海　　狼

從生存的掙扎中
探索人性力量的遠征

THE SEA WOLF

JACK LONDON

傑克・倫敦——著

小月——譯

CONTENTS

CONTENTS

CONTENTS

CONTENTS

CONTENTS

前言

從生存的掙扎中探索人性力量的遠征

一提到傑克．倫敦，自然而然就會聯想到他最著名的經典作品《野性的呼喚》，並且在腦海中浮現雪橇犬巴克在克朗代克嚴苛的極地荒野裡，喚醒隱藏於自身的力量，回歸狼群的懷抱。在《野性的呼喚》出版的隔年，也就是一九〇四年，傑克．倫敦緊接著出版了一本以「狼」為名的小說《海狼》，不過這次的主角不是動物而是人，故事的舞台也搬到了一艘從舊金山往日本進發，然後北上白令海獵捕海豹的遠洋漁船。

傑克．倫敦的人生經歷崎嶇坎坷卻又充滿勵志。出生在舊金山貧窮的農民家庭的他，從小不但當過牧童和報童，甚至當過碼頭的童工。因為貧窮，他必須自己賺取學費，現在我們所提倡並重視的「自學」，成為他最重要的學習方法。

成年之後，為了一圖溫飽，他開始了寫作生涯。四十歲就英年早逝的他，從二十四歲創作第一本小說開始算起，他共完成了十九篇長篇小說、一百五十多篇短篇小說，以及其他關於劇本、散文論文等各種作品，他甚至曾直言不諱地向讀者宣稱：「寫作只是為了金錢。」他可以說是世界文學史上最早的商業作家之一，被譽為商業作家的先鋒。

事實上，傑克·倫敦靠著寫作賺到的第一筆稿費，是得自於他在十七歲時投稿的一場寫作競賽。這場比賽是由舊金山的當地報紙出資舉辦，靠著自學的他拔得頭籌，得到了二十美元的獎金（順帶一提，第二名和第三名分別是出身史丹佛大學和加州大學柏克萊分校的高材生，更顯現出他努力自學和寫作潛力）。至於投稿文章的內容，正是他與「蘇菲亞·蘇瑟蘭」號簽約成為水手，前往白令海獵捕海豹的親身經歷。

因此，《野性的呼喚》與《白牙》的故事背景，是源自於傑克·倫敦在克朗代克掏金的經驗，《海狼》這本小說則是結合了他年少時代的歷練，鉅細靡遺地描繪了水手們在海上的生活，例如：在跨越太平洋的航程中，如何操帆掌舵，平安穿越危險的暴風雨；或是抵達海豹獵場的時候，如何安排小艇的隊形，組織整片海域的狩獵行動等等。

不僅如此，《海狼》的兩位主角，某種程度上都可以看見傑克．倫敦本人的影子。韓福瑞．凡．韋登是位仰賴寫作維生的文學評論家，成長於無憂無慮的家庭、不諳世事的他，因緣際會搭上了獵捕海豹的「幽靈」號；船長狼．拉森則截然相反，從小離鄉背井而經歷社會的磨練，儘管靠著暴力來統御船員，卻憑藉著自學而飽讀詩書。

在「幽靈」號上，文弱書生韓福瑞．凡．韋登面對了與過往文明社會天差地遠的嚴峻現實，必須學會脫離待在舒適圈的心態自立自強，才有辦法在險象環生的大海、蠻不講理的船員，以及宛若暴君的船長之間活下來。在外在環境壓迫的同時，船長狼．拉森還不斷向他提出直達靈魂的責問，有靠過自己的「雙腳」立足於世嗎？人的本質是什麼？生命的目的是什麼？傑克．倫敦彷彿透過這兩位主角有如哲學家思辨的對話，向讀者拋出一個個值得深思的問題，究竟在面臨人生的困境和磨難時，是屈服於現狀的無奈而隨波逐流，抑或是激發出生命的本能，找出自我的方向？

此次畢方文化以《海狼》一九〇四年的英文版本為範本，重新編譯這本經典文學，希望讓讀者可以感受到這位被稱為美國二十世紀現實主義作家，如何在小說中呈現出他的細微觀察和文字敘述，以及蘊藏在故事中對生命和自我的看法。更希望在二十一世紀重視自我覺察、內在生命力量的現在，可以從主角們的生存歷練中，讓大家對未來直面人生的困難與選擇時，能有更深刻的體悟和決心。

1

我幾乎不知道該從何說起才好，儘管有時候我很喜歡開玩笑地把事情的起因都怪到查理・福魯賽斯頭上。他在塔瑪佩斯山（Mount Tamalpais）附近的米爾谷（Mill Valley）有一間避暑小屋，卻很少住在那裡，只有在冬天的那幾個月會去小屋讀讀尼采和叔本華來消磨時間，讓腦袋放空一下。一到了夏天，他反倒選擇待在悶熱揚塵的都市裡揮灑汗水，孜孜不倦地工作。如果不是我養成習慣，每個禮拜六下午都會趕去探望他，一路住到禮拜一早上，那我也不會這麼剛好就在這個一月的禮拜一，待在一艘航行在舊金山灣（San Francisco Bay）的船上。

我搭乘的是一艘很安全的船，「馬丁尼茲」號是一艘新造好的蒸汽渡輪，才在索薩利托（Sausalito）和舊金山之間航行了第四還第五趟。然而濃霧籠罩整個海灣，危險悄然到來，但由於我是個在陸地上生活的人，對此一點警覺都沒有。事實上，我記得自己當時在操舵室下方的船頭甲板找了個好位子，神清氣爽地任憑霧中的神祕勾起我的無窮想像。一陣清新的海風拂面而來，頓時就只有我一個人置身在潮濕的霧氣裡——不過當然不只我一個人，因為我隱約感覺頭上那間玻璃屋裡有著舵手和我認為是船長的人。

我還記得當時一想到船上的勞力分工，就覺得有多麼舒適愜意，我不用去操心霧氣、風向、潮汐或航線，只管去探望我那住在海灣另一端的朋友。我心裡想，人就是要術業有專攻啊。舵手和船長對海上活動十分在行，讓像我一樣的成千上萬人都不用為大海和航行煩惱。而且，因為不用投注精力學習雜七雜八的事物，我就可以一心一意鑽研一些特別的事情，比如分析愛倫·坡在美國文學上的地位——順帶一提，這正是我在這個月的《大西洋》雜誌上發表的一篇文章。上船的時候經過船艙，我注意到一位魁梧的紳士正在目不轉睛地閱讀《大西洋》雜誌，他翻開的地方正好就是我那篇文章。這又再次凸顯了勞力分工的好處，舵手和船長的專業知識讓那位魁梧的紳士能專心閱讀我關於愛倫·坡的專業知識，同時將他安全地從索薩利托載到舊金山。

這時，一名紅臉男子砰地一聲關上了身後的艙門，跌跌撞撞地走在甲板上，打斷我的思緒。不過，我已經在心裡為一篇計畫中的文章打好草稿，篇名就叫作〈自由的必要性：向藝術家的呼籲〉。那名紅臉男子看了一眼操舵室，打量一番海霧，踉踉蹌蹌地走過甲板，又走回來（顯然他兩條腿都是義肢），靜靜地站在我的旁邊，雙腳岔開，臉上流露出一種難以掩飾的愉快神情。我可以準確地斷定，他在海上渡過了不少歲月。

「這可惡天氣真讓人受不了，頭上會提早長出白髮來。」他邊說邊朝著操舵室點了點頭。

「我倒認為沒有什麼特別需要動腦筋，」我回答道，「這像ABC一樣簡單。他們根據指南針掌握方向、距離和速度。我看這不過就是道算術題罷了。」

「動腦筋！」他哼了哼鼻子說，「像ABC一樣簡單！不過是道算術題！」

他好像振作起來，憑空向後仰起身子，狠狠地盯著我。「衝出金門海峽（Golden Gate）的這股海潮是怎樣的情形？」他責問道，或是說在朝著我大吼，「退潮退得有多快？流向是怎樣，嗯？你聽得出動靜嗎？那是一個鐘聲浮標，我們就要正面朝著這浮標開過去了！看看他們在改變航道了吧！」

濃霧裡傳出陣陣悲愴的鐘聲，我看見舵手飛快地轉著舵。浮標剛才好像還在正前方，如今卻在一旁鳴響。我們船上的汽笛刺耳地回應，同時在霧裡一次又一次地響起其他船隻的汽笛聲。

這時又來了一個人。「那是艘渡輪，」這位新來者指著右邊遠處汽笛聲的方向說，「還有那裡！你聽得出來嗎？是用嘴巴吹出來的。十之八九是艘平底雙桅縱帆船。最好小心一點啊，雙桅縱帆船閣下。啊，我是這麼認為的。現在正是鬼門關的時刻啊！」

那艘看不見的渡輪鳴響一陣又一陣汽笛聲，而口吹的喇叭聲嘟嘟直響，像是受到驚嚇。

「現在他們是在互相打招呼，盡量避免碰撞。」紅臉男子繼續說，這時遠處急促的汽笛聲停了下來。

紅臉男子容光煥發，難掩眼中激動的神情，將喇叭和汽笛的信號翻譯成具體的語言，「左邊那裡有汽笛在響。你聽見那個聲音嘶啞的傢伙——我判斷可能是一艘蒸汽帆船，是從海灣峽角逆著潮水慢慢開過來的。」

一陣像發瘋似鳴響的尖銳小汽笛聲，從正前方傳過來，貌似近在咫尺。「馬丁尼茲」號上鑼聲大作。我們這艘汽船的明輪停了下來，嘩嘩打水的節奏隨之消失，而後才又開始轉動起來。那尖銳的小汽笛，彷彿一隻在巨獸環伺的咆哮聲中唧唧吟唱的蟋蟀，從海霧更遙遠的彼端穿透過來，很快變得愈來愈微弱。我看著身旁的同伴，等候他的指點。

「有艘小汽船在橫衝直撞，」他說，「我恨不得我們的船把它撞沉了，小混帳一個！它們都是惹是生非的亂源，有帶來過什麼好事嗎？都是些蠢貨在開著這種汽船，不知道從哪裡冒出來要趕著吃早餐，把小汽笛亂按一通，要世界上所有人都讓路給他，因為他來了，他自己不要命了！就是因為他來了！而你卻得格外小心！什麼先行權！什麼公共守則！他們根本不理那一套！」

我對他毫無來由的發火感到好笑，他氣呼呼地顛來簸去，我則是神遊於霧氣間的浪漫幻想。這灰濛濛一片的海霧確實有些浪漫氛圍，宛若一道充滿無限神祕的灰影，籠罩著大地這個不停旋轉的小小圓點；芸芸眾生不過就是點點星火，受到詛咒發瘋似地拚命工作，騎著木頭與鋼鐵的坐騎穿過神祕的中心，在伸手不見五指的世界裡盲目前行，心中難掩對神祕的疑慮與恐懼，於是便藉由大吼大叫來為自己壯膽。

我的同伴這時笑出聲來，將我的思緒拉回現實。我過去也在這種神祕中策馬前行，不斷摸索和掙扎，卻誤以為自己看清一切。

「喂，有人在我們的航道上逆向行駛，」他說，「你聽得出來嗎？他開得很快，筆直朝著我們衝過來了。估計他還沒聽見我們的聲音。海風吹拂的方向正好相反。」

清新的海風向我們徐徐吹來，我能隱約聽見前方某側不遠處傳來汽笛的聲響。

「是渡輪嗎？」我問道。

他點了點頭，隨後補了一句：「要不然他就不會開這麼快了。」他暗自笑了一聲，「上頭的人看來緊張了起來。」

我向上看了一眼。船長把頭和肩膀探出操舵室，全神貫注地凝視濃霧，彷彿光靠意志力就可以看穿這片霧氣。船長的神色焦慮不安，正如同我的同伴，因為他已經跌跌撞撞地走到護欄邊，用同樣專注的眼神朝著那看不見的危險的方向望去。

轉眼間，所有的事情就發生了，快得出乎意料。濃霧突然散開，彷彿有枚楔子將它一分為二，接著出現了一艘汽船的船頭，兩側如同海中巨獸尖嘴上掛著的海草般帶著一團團的霧氣。我能看見對面操舵室和一個探出半邊身子、用雙肘支撐身體的白鬍子男子。他身穿藍色制服，我記得他竟是那麼乾淨俐落、處變不驚，在這種情況下依然鎮定自若，讓人不寒而慄。他接受命運的安排，與其攜手前行，冷靜地評估著即將到來的衝擊。他就在那裡探出身體，若有所思地靜靜朝著我們掃視一輪，彷彿在判斷兩船相撞的精確位置，根本不理會我們的舵手怒氣沖沖地大喊：「你找死啊！」

我轉頭看去，意識到顯然沒有必要回答這聲叫罵了。

「趕快抓住點什麼東西，千萬別鬆手。」紅臉男子對我說。他所有的怒氣已經過去，好像受到了某種超自然寧靜的啟迪。「等著聽女人的尖叫吧。」他冷冷地說，而我覺得幾乎是惡狠狠的口氣，彷彿他以往有過這種經歷似的。

我還來不及按他的建議做，兩艘船就撞在一起。我們一定是正好撞在船身的中間，因為我什麼都沒看見，那艘突然冒出來的汽船就直接越過了我的視線。「馬丁尼茲」號猛然傾斜，立刻傳來木頭斷裂和劈開的聲音。我整個人摔倒在濕漉漉的甲板上，還來不及掙扎起身，就聽到了女人的尖叫聲。我敢肯定，正是這種讓人膽戰心驚、難以言喻的尖叫聲，讓我一下子陷入驚惶失措的狀態。我記得救生圈放在船艙裡，但是我被擋在了門口，一群拚命往外衝的男女把我撞了回來。接下來的幾分鐘發生的事情，我完全想不起來了。但我卻清楚地記得有人把救生圈從高高的架子上拿下來，那個紅臉男子把它們一個個繫在一小群歇斯底里的女人身上。這幕記憶中的場景如我見過的任何一張照片般逼真，現在回想起來依然栩栩如生：船艙旁邊被撞破的大洞參差不齊，灰濛濛的霧氣從洞裡裊裊升起；軟墊座位上沒有人，到處遺落著倉皇逃竄的痕跡，比如行李、手提包、雨傘、圍巾等等；那位剛才在閱讀我的文章的魁梧紳士，穿上了軟木和帆布做的救生衣，手裡還拿著那本雜誌，並且沒完沒了地反覆叨念著同一句話，問我情況危不危險；紅臉男子拖著兩條義肢四下走動，跌跌撞撞卻英勇無畏，把救生圈繫在每一個走過來的人身上；最後，又傳來了女人們發瘋般的尖叫聲。

正是這種尖叫聲讓我神經緊繃，紅臉男子也同樣如此。我的腦袋永遠也忘不了另一幅場景。那位魁梧的紳士把雜誌塞進大衣口袋裡，好奇地打量起來。一群面色慘白、張大嘴的女人失魂落魄地聚在一起尖聲亂叫；紅臉男子這時氣到臉色發紫，將雙臂高舉過頭，好像要把一聲聲刺耳的尖叫扔到遠方，同時大聲喊道：「閉嘴！喔，給我閉嘴！」

我記得眼前的景象讓我忍俊不禁，突然大笑起來，可是下一個瞬間我就知道自己也歇斯底里起來。因為這些女人和我一樣都是人，如同我的母親和姐妹，害怕死神找到她們，不甘心就這樣死去。我還記得，她們一聲聲的尖叫讓我想起屠夫刀尖下的待宰豬隻，如此鮮明的對比害我嚇壞了。這些女人懷有無比崇高的感情、無比慈悲的同情，這時候卻張開嘴不停地尖叫。她們想活下去，卻如同捕鼠籠裡的老鼠般無助，只能放聲尖叫。

此情此景帶來的恐懼讓我受不了了，於是從船艙回到甲板上。我覺得心煩意亂，直想嘔吐，只得在一條長椅上坐下來。霧氣朦朧間，我看見和聽到男人們來去匆匆，一邊大聲叫喊，一邊放下救生艇，就如同我在書中讀過的場景一般。滑車卡住不動。一切都停止了運轉。一艘載滿女人和孩子的救生艇降到海面上，卻沒有塞住出水孔，轉眼間就進了水，整艘翻覆。另外一艘救生艇的一頭已經放下去，另一頭還掛在滑車上，就這樣遭人棄置。那艘橫衝直撞、闖下大禍的汽船卻不見蹤影，雖然我聽到人們說那艘船一定會派小艇來幫助我們脫困。

我走到下層甲板，「馬丁尼茲」號沉沒得很快，海水就在眼前。有些乘客正在往水裡跳，而那些跳進水裡的乘客卻叫嚷著要人把他們救上船來。沒有人理會他們。一聲驚叫傳來，說我們就要沉下去了。我被接二連三的慌亂搞得暈頭轉向，在擁擠的人群中掉了下去。我一點都不知道自己是怎麼掉下去的，卻馬上明白那些掉進水裡的人為什麼迫不及待要回到船上來。海水實在太過冰冷，令人痛苦難耐。那種刺痛來得又快又猛，我才剛掉進水裡，就感受到如大火燒灼般的痛楚。寒氣鑽進了骨髓，彷彿死神已經把我牢牢抓在手裡。我難受至極，不知所措，大口喘氣，等到救生圈讓我浮上水面時已經喝飽了海水。我嘴巴裡滿是嗆人的鹹味，喉嚨和肺裡的苦澀則讓我上氣不接下氣。

但是，最不堪忍受的還是寒冷。我覺得自己過不了幾分鐘就會喪命。同在水中的人們在我身邊拚命掙扎，還能聽見他們叫喊著彼此的聲音。我還聽到了划動艇槳的聲響。顯然，那艘橫衝直撞的汽船已經放下了救生艇。時間在煎熬中過去，我十分訝異自己還活著。我的下半身已經沒有知覺，凜冽的麻木感環伺心臟，悄悄往深處逼近。漂浮著惡毒泡沫的微小浪花不停朝我襲來，灌進我的嘴巴裡，讓我呼吸更加困難，只能徒勞無功地掙扎。

周遭的嘈雜聲變得模糊起來，不過我還是聽見遠處傳來最後一聲絕望的尖叫，知道「馬丁尼茲」號已經沉沒了。過了好一陣子——實際過了多久我完全不清楚——我突然驚醒過來。我孤身一人，聽不見任何呼喚或哭喊——只有海浪嘩嘩作響，空洞詭譎地迴盪在濃霧裡。人群中引發的恐懼會讓人感到休戚與共，不像一個人面對的時候那樣懾人心魄，而我此時此刻就遭受這種恐懼的折磨。我在往哪裡漂流？紅臉男子說過，潮汐會往金門海峽的方向退去。那麼，我正被海浪往大海裡推去嗎？我只是靠著救生圈才浮著嗎？我聽說這東西是用紙和燈心草做的，很快就會被水浸濕，失去浮力。我根本不會游泳。顯然，我孤身一人漂浮在這片灰濛濛的原始混沌之中。我承認瘋狂的情緒緊緊抓住了我，開始像女人一樣拉尖嗓門大呼小叫，同時用麻木的雙手拍打海水。

我完全不曉得自己究竟堅持了多久，只記得一陣空白襲來，就陷入痛苦不堪、飽受折磨的睡眠裡。我醒過來，彷彿過了好幾個世紀。我看見霧中有一艘船的船頭幾乎直接朝我迎面而來，船上三面三角形的船帆，彼此巧妙地交疊在一起，被風吹得鼓鼓的。船頭衝開海水，頓時濺起大片浪花，嘩啦作響，我好像正好位於船的航道上。我努力想叫出聲來，可是早已筋疲力盡。船頭衝了過去，恰巧跟我擦肩而過，但濺起的大片水花帶來迎頭痛擊。接著，狹長的黑色船體從我身旁滑行而去，近在咫尺，彷彿我一伸手就能碰到船身。我發瘋似地想盡辦法用手指勾住船身的木頭，然而我的雙手很沉重，半點力氣也沒有。我再次使勁吶喊，卻叫不出聲。

我眼睜睜看著船尾開過去，一如往常遁入海浪之間的空隙，同時瞥見一個人站在船舵旁邊，另一個人則只是在一旁津津有味地抽著雪茄。我看見煙霧從他的嘴巴裡冒出來，而他不慌不忙地轉過頭，朝我所在的方向瞧了一眼海水。這是只有百無聊賴的人才會有的偶然動作，手邊沒有任何非做不可的急事，僅僅是人活著就要活動活動筋骨而已。

但是，這一瞥就是生死一瞬間。我眼看這艘船被濃霧吞沒，看見了船舵旁邊那個人的後背，另一個人則正緩慢地轉過頭來，將視線投向海面，不經意地在海面上看見了我。他的臉上帶著一種心不在焉的神情，彷彿是在沉思。我很擔心即使他的目光落到我身上也會視而不見。但是，他的視線固定在我身上，與我四目相交，他顯然是看見我了，因為他一下子撲向船舵，把另一個人推到旁邊，兩隻手飛快轉著船舵，打了一圈又一圈，與此同時叫喊著什麼命令。那艘船好像突然間偏離了原來的航道，轉眼之間鑽進濃霧裡消失無蹤了。

我覺得自己在漸漸地失去知覺，竭盡心力抗拒著逐漸包圍我、令人窒息的空白與黑暗。過了不久，我聽到了划動艇槳的聲音，愈來愈靠近，還有個人不斷在呼喊。等他來到離我很近的地方時，我才聽出他不耐煩地在喊：「你到底為什麼不回應一聲啊？」我知道這是在說我，隨後那空白和黑暗就把我吞沒了。

2

我似乎在浩瀚的宇宙間隨著強烈的頻率擺動。閃爍的光點潑濺在我身旁，倏然而過。我知道它們是繁星，還有尾光搖曳的彗星，當我在恆星之間飛行，它們就遍布四周。我擺盪到極限，正準備往回盪去時，一面大鑼匡噹大響。在一段難以估量的時間裡，我徜徉在幾世紀平靜的漣漪中，享受並思忖我這壯闊的旅程。

但是，這個夢境的樣貌產生了變化，因為我跟自己說這一定是個夢。我擺動的頻率愈來愈快了。來回擺盪的間隔短到讓我難以承受，幾乎喘不過氣，被猛力推向天際。鑼聲愈響愈快、愈響愈大聲。我索性放任不管，心裡有一種無名的恐懼。後來，我彷彿在熾熱耀眼的大太陽底下，在粗糙的沙子上被人拖著行走，帶來一陣難以忍受的疼痛感。我的皮膚在烈火般的炙烤下感到灼痛。鑼聲依然敲敲打打、匡噹作響。閃爍的光點從我身邊滑落，匯聚成無窮無盡的光流，彷彿整個星系正墜入茫茫虛空之中。我喘到上氣不接下氣，難受到睜開了雙眼。有兩個人正跪在我身旁，盡力搶救我。原來那來回擺盪的感覺是船在海面行駛，所以會不停搖擺。那可怕的鑼是個掛在牆壁上的平底鍋，每當船搖晃起來就會匡噹匡噹地響。至於炙熱粗糙的沙子，竟是一雙在我裸露胸膛上搓來搓去的手。我就是因為這疼痛大叫出來，並且半抬起頭來。我的胸膛發紅刺痛，能看見微小的血滴從破爛紅腫的表皮滲出來。

「這就行了，約遜，」其中一個人說道，「沒看見你把這位閣下的皮都搓破流血了嗎？」

名叫約遜的男子是個身材高壯的斯堪地那維亞人，他停止搓揉，手足無措地站了起來。和約遜講話的人顯然是個倫敦佬，身形俐落，簡直像女人一樣柔弱標致，從樣貌看得出他是喝著母親的乳汁，聽著教堂的鐘聲長大的。他頭戴一頂邋遢的穆斯林帽子，穿著一件遮到他纖瘦臀部、麻布袋似的髒兮兮外衣，表明他是一間髒亂透頂的廚房裡的廚師，而我正躺在這廚房裡。

「您現在覺得怎麼樣，先生？」他臉上帶著那種討好的假笑問道，肯定是他乞討小費的祖先代代相傳下來的。

為了回答他的話，我吃力地弓起身體打算坐起來，約遜從旁扶了我一把。那個匡匡噹噹的平底鍋讓我心煩意亂，無法集中思緒。我緊緊抓住廚房裡的木頭結構穩住身體——不得不說那上面沾滿的油漬讓我十分不舒服——隔著火熱的爐灶伸出手去抓住那件折磨我的廚具，把它從鉤子上取下來，一勞永逸地插進了煤箱裡。

那個廚師看著我神經緊繃的樣子咧嘴一笑，往我手裡塞了一只熱氣騰騰的馬克杯並說道：「拿去，喝下去會覺得好一點。」那是杯令人作嘔的飲料——船上的咖啡——不過飽含的熱度令人精神振奮。我大口大口喝著滾燙的咖啡，瞧了瞧我那血肉模糊的胸膛，又轉頭看了看那個斯堪地那維亞人。

「謝謝你，約遜先生，」我說：「不過，你不認為你的方法是顧此失彼嗎？」

他明白我用肢體語言表達出來的無聲責備，於是抬起手掌仔細看了看。那雙手掌上磨出了厚厚的硬皮。我伸手撫摸那粗硬的表皮，磨砂般的觸感讓我不禁再次咬緊牙關。

「我叫約翰遜（Johnson），不是約遜（Yonson）。」他講話慢吞吞地，不過英語說得非常標準，只有一點點口音而已。他淡藍色的眼睛裡流露出溫和的抗議，還有一種小心翼翼的坦誠和男子氣概，讓我一下子就對他產生好感。

「謝謝你，約翰遜先生。」我趕緊糾正自己的態度，向他伸出手來。他遲疑片刻，有些不自在和難為情，然後將身體的重心換到另外一隻腳上，笨拙地握住我的手，大力地晃起來。

「你有什麼乾衣服可以借我穿一下嗎？」我問那位廚師。

「有的，先生，」他爽快地回答，「我這就下去翻一翻我的行李，只要你不介意穿我的東西。」他步伐矯捷地跑出廚房，或者說鑽出廚房，幾乎就像老鼠一般滑溜。事實上，我後來才了解到這種滑溜或圓滑，可能正是他最突出的人格特質。

「我現在人在哪裡呢？」我問約翰遜，覺得他肯定是一名水手，「這是艘什麼樣的船？朝著哪裡航行？」

「剛離開法拉隆島（Farallones），向西南方前進，」他彷彿想盡量展現自己最標準的英語，一字一句慢吞吞地回答，並且嚴格按照我提問的先後順序，「雙桅縱帆船『幽靈』號，開往日本捕獵海豹。」

「誰是船長？」等我換上乾衣服後，一定要去見見他。

約翰遜露出難為情的樣子，不知該如何是好。他支支吾吾想找出適合的詞彙來組織完整的答案，「船長是狼．拉森，人們都是這樣叫他的。我從未聽過他有別的名字。不過你最好用溫和一點的口氣和他說話。他今天早上大發雷霆。大副——」

可是他還沒把話說完，廚師已經溜了回來。

「你還是別從這裡出去的好，約遜，」他說，「那老傢伙要你到甲板上，在這種時候你別惹他發火。」

約翰遜乖乖地轉身向門口走去，邊走邊越過廚師的肩膀，向我使了一個非常嚴肅又意味深長的眼色，好似在強調他剛剛被打斷的話，要我和船長講話溫和一些。

廚師的手上掛著幾件皺巴巴的衣服，不但看起來很髒，也很難聞。

「衣服還沒乾就收起來了，先生，」他特地說明了一番，「不過在我把你的衣服用火烤乾之前，只能將就將就了。」

我扶著身旁的木頭，因為船身搖晃害我怎樣都站不穩，廚師也趕緊扶住我，而我忙著穿上一件粗糙的毛線內衣。那刺人的觸感讓我渾身起雞皮疙瘩，很不自在。廚師注意到了我這種身不由己的難受和齜牙咧嘴的樣子，便偷笑著說：「我知道你長這麼大，從未受過這樣的罪吧，看你生得細皮嫩肉，我都還沒見過有哪個女人的皮膚跟你一樣嬌嫩。我一眼就敢肯定你是個紳士。」

我打從一開始就很討厭他，在他幫我穿衣服的時候，這種厭惡有增無減。他手一碰過來，我就想躲得遠遠的，全身上下都在抗拒。因為這種反感，加上廚房爐火上各式各樣的鍋子正咕嚕作響煮著東西，冒出各種氣味，讓我恨不得立刻脫身逃到有新鮮空氣的甲板上。另外，我也必須趕快見到船長，看看如何安排讓我可以盡快上岸。

我接著穿上一件領口已經磨破的廉價襯衫，胸口沾染到奇妙的色澤，我猜是過去殘留的血跡，穿上去之後，廚師在一旁不停向我道歉。腳上穿了一雙工人穿的厚皮靴，至於褲子，我最後穿上一條已經褪色的淡藍色工作褲，有一邊褲管比另一邊短了足足十英寸。那條截短的褲管看上去像是魔鬼曾抓住這個倫敦佬的靈魂，但最後失手只帶走一條褲管。

「我該向誰感謝救命之恩呢？」我問道。這時我已經穿戴整齊，頭上戴了一頂小孩的帽子，身上套著一件不合身的條紋棉夾克，長度只到腰際，袖子也只能遮住手肘。

廚師自鳴得意地站了起來，臉上露出輕蔑的假笑。根據我在這趟旅程的最後，與大西洋航線的船員打交道的經驗，我敢打包票他是在等待小費。由於對他有更深入的了解，我現在知道這完全是下意識的動作。毫無疑問是來自於根植在基因裡的奴性。

「穆格里奇，先生，」他邊用女人般的相貌擠出油膩的假笑，邊討好地說，「湯瑪斯．穆格里奇隨侍在側，閣下。」

「好的，湯瑪斯，」我說，「等我的衣服乾了之後，我不會忘了你的。」

他的表情柔和起來，眼神閃閃發亮，彷彿在他內心深處的祖先，不斷用前世討要小費的朦朧記憶，加速煽動情緒。

「謝謝你，先生。」他說，完全一副感恩戴德、低聲下氣的模樣。

隨著廚房門向後打開，他一下子溜到一旁，我走到了甲板上。由於在冰冷的海水裡泡了很久，我的身體依然虛弱。一陣風迎面吹來，使得我在晃動的甲板上步履蹣跚，走到了客艙的某個角落，靠在那裡休息。這艘帆船一路傾斜航行，朝著太平洋的滾滾海水乘風破浪而去。假如這艘船如同約翰遜所說是向西南方前行，那麼我推測這風八成是從南方吹過來的。霧已散去，陽光取而代之，在海面照射出粼粼光點。我轉身向東看去，知道那是加利福尼亞的方位，但是除了霧氣飄蕩的海岸，什麼也看不見——毫無疑問，正是那片濃霧為「馬丁尼茲」號帶來了災難，讓我落到了目前的處境。在北方不遠處則有一堆裸露的岩石突出海面，我能清楚看到其中一塊巨石上有著一座燈塔。順著與我們的航道相去不遠的西南方看去，則隱隱浮現一艘艘帆船的三角形船帆。

向地平線的彼端環視一周後，我開始打量近在咫尺的環境。我的第一個念頭是，一個與死神擦肩而過、從船難中活下來的人，很容易引起眾人的注目。但是除了船舵旁邊的一個水手隔著客艙頂部好奇地看著我，倒還沒有招來什麼人的注意。

所有人似乎都在關心船中央正在發生的某件事情。有個大塊頭男子仰躺在那裡的艙口蓋上。他全身上下都穿著衣服，唯獨襯衫正面被撕開，不過看不清楚他的胸膛，因為那裡覆蓋著一片如狗毛般濃密的黑色胸毛。他的臉和脖子隱藏在黑灰夾雜的鬍子底下，鬍子要不是被水浸濕泡軟，肯定也是濃密蓬鬆。他雙眼緊閉，顯然失去了知覺，可是嘴巴大開，胸口不斷起伏，呼哧呼哧地費力呼吸，彷彿隨時都會窒息。有個水手，一次又一次有條不紊地像習慣動作般，把一個帆布水桶用繩子吊進海裡，打好水後一下一下拉上來後，把桶子裡的水往那個仰躺著的男人潑過去。

在艙口還有個來回踱步、嘴裡惡狠狠地嚼著雪茄頭的男子，正是這個人漫不經心地向海裡看了一眼，我才能從海裡得救。他的身高看起來有五呎十吋或十吋半，但我對他的第一印象或說是感覺，卻不在於身高，而是力量。儘管他身材魁梧，有著寬闊的肩膀和結實的胸膛，可是我無法用魁梧來形容他的力量。或許可以用在消瘦結實的男子身上會看到的那種精實來比擬，只是他身材厚實的程度反而像是大一號的大猩猩。當然，他的長相半點猩猩的影子都沒有。我極力想表達的是，這種力量本身更像是一種超脫他外在肉體的事物。我們一見到那種力量，就會聯想到那些原始的生物，像是野獸或是想像中住在樹上的原始人——這種野蠻凶猛、活力充沛的力量是生命的本質、是活動的潛能、是許多生命形式依賴成形的元素。簡而言之，就是一條蛇的頭被砍掉後身體還能扭動，或是烏龜肉用手指一戳，仍然會顫抖反彈的那股力量。

這就是我對這個走來走去的男人身上所蘊含力量的印象。他的雙腿步伐穩健，如履平地般牢牢踩在甲板上；每條肌肉的動作乾淨俐落，抬起肩膀或用嘴唇緊叼著雪茄的時候，都會展現出無窮無盡的力量。事實上，儘管這種力量在他的一舉一動中表露無遺，但似乎深處還靜靜蟄伏著更為強大的力量，時不時顯露出來。然而隨時都有可能爆發，將如雄獅怒吼或狂風暴雨般來勢洶洶，壓倒眾生。

那個廚師從廚房探出頭來，對我扮鬼臉來表示鼓勵，同時伸出手指了指那個在艙口走來走去的男子。這下我知道他就是船長，也就是廚師口中的「老傢伙」，那個我必須去找他談談、好想辦法讓我上岸的人。我正準備過去，知道五分鐘的激烈爭論在所難免，這時候那個仰躺在地的不幸男子愈來愈喘不過氣來，在地上痙攣抽搐。滿是濕漉漉鬍子的下巴，隨著背部肌肉緊繃愈抬愈高，胸口下意識地鼓起來，本能地想努力呼吸更多的空氣。我知道在那些毛髮下面的皮膚正在發紫。

船長，或者說人們是這樣叫他的——狼．拉森，停止走動，注視著那個垂死的人。最後的垂死掙扎異常激烈，讓那個水手一下停止往那個人臉上潑水，好奇地望著他，結果手上的帆布桶傾向一邊，裡頭的水全都灑在了甲板上。那個垂死之人用腳後跟在艙板上折騰了一陣，接著伸直雙腿，費盡九牛二虎之力挺直身子，頭部左右滾來滾去。過了一會，他的肌肉鬆弛下來，頭不再滾動，彷彿如釋重負般從他的嘴裡飄出一聲長嘆。他的下巴低下來，上嘴唇翹起，露出兩排抽菸燻黑的牙齒。看上去他的五官彷彿對著這個他已經離去和嘲弄的世界，凝聚出一個猙獰的冷笑。

接著發生一件令人瞠目結舌的事情。船長突然用雷霆萬鈞之勢向死者發難，嘴裡滔滔不絕噴出各式各樣的詛咒。那些詛咒不是無聊的發洩，也不是不顧體面的汙言穢語，而是一句接一句永無止境的褻瀆，就像靜電一樣劈啪作響。我長到這麼大從未聽過如此的謾罵，也想不到會發生這樣的事情。我自己向來喜歡文學表達，特別是鏗鏘有力的詞藻和用語，我敢說在場沒有任何人比我更能欣賞他活靈活現、充滿力量又帶有絕對褻瀆的咒罵。如同我十之八九猜到的，他之所以辱罵一番，是這個身為大副的人在離開舊金山之前曾去尋歡作樂，如今剛啟程沒多久就不光彩地死掉，這下子狼．拉森缺少了重要人手。

毋需多言（至少對我的朋友們來說如此），我當下有多麼震驚。我總是對各種咒罵或髒話極為反感，因而萌生一陣無奈傷感，心裡沉甸甸的，或更準確來說，整個人頭暈目眩。對我來說，死亡一向都要肅穆莊嚴以待。死亡要來得平靜，喪禮要辦得神聖。然而，直到此時此刻我才領教到死亡更骯髒可怕的一面。如前所述，我能欣賞從狼·拉森口中咒罵出的那種讓人膽戰心驚的力量，但也讓我感受到難以言喻的震撼。那滔滔不絕的詛咒足以讓屍首面目全非，就算濕答答的鬍子開始冒煙燃燒，燒得吱吱作響並捲曲起來，我不會有半點意外。然而那個已死之人卻一直保持面帶諷刺的冷笑，滿滿玩世不恭的嘲弄與蔑視。他才是這場鬧劇的主人。

3

狼．拉森的咒罵戛然而止，如同他開罵時一樣讓人措手不及。他重新點上雪茄，環顧四周，視線正好落在了那位廚師身上。

「喂，廚子？」他用有些冷漠又如鋼鐵般強硬的平穩語氣開口。

「是的，船長。」廚師迫不及待地應聲回答，露出那種自得其樂必恭必敬的奴才模樣。

「你不覺得自己把脖子伸得太長了嗎？你知道，那樣對身體不好。大副死了，這下子我可不能讓你也一命嗚呼。你必須非常、非常保重自己的身體，廚子。明白嗎？」

最後這句問號與前面平穩的語氣形成鮮明對比，像條鞭子般猛力抽了一下，讓廚師聽了嚇得直打哆嗦

「知道，船長。」他唯唯諾諾地回答一聲後，那顆令人不快的腦袋就縮回了廚房裡。

由於這陣劈頭喝斥只針對廚師，所以其他船員對此漠

不關心，各自做著手邊的事情。不過，有幾個看起來不像是水手的人依然在廚房和艙口之間的艙梯逗留，小聲地互相交談。我後來才知道這些人是獵人，負責射殺海豹，是一群比普通水手地位更高的人。

「喬韓森！」狼．拉森叫道。一名水手很聽話地站了出來。「快拿上你的頂針掌和針，把那傢伙縫起來。你去帆纜庫可以找到一些舊帆布。湊合著用吧。」

那個水手照規矩說了聲「是，是，船長」之後，問道：「我該往他腳上套些什麼呢，船長？」

「再說吧，」狼．拉森回答道，隨後拉高嗓門大喊道：「廚子！」湯瑪斯．穆格里奇像嚇人箱裡的玩偶般瞬間從廚房裡跳出來。

「下去客艙裝一袋煤炭來。」

「你們誰有《聖經》或禱告書？」船長朝著那些在樓梯附近逗留的人提出第二個要求。

那群人搖搖頭，有個人還趁機開了個玩笑，儘管我沒有聽清楚說了什麼，不過引起在場的人哄然大笑。

狼．拉森又朝著水手們問了一遍同樣的要求。《聖經》和禱告書似乎成了稀有物品，不過有個水手自告奮勇去問下層的值班人員，不一會便回報說沒一個人有。

船長聳了聳肩，說道：「那我們只好就這樣把他扔到海裡去，不用多說些廢話了。除非我們這位剛從死裡逃生、長得像牧師的人能背出幾句海葬的禱文來。」

就在這個瞬間，他突然轉過身來面對我。

「你是個牧師，對吧？」他問道。

那些獵人——總共六個人——全都轉過身來對著我看。我像稻草人一樣手足無措地站在原地。我的模樣引來一陣放肆的大笑，完全沒有因為眼前躺著一句面帶嘲諷的屍體而有所收斂。那是一種大海一般粗俗、刺耳與直白的大笑；這種笑聲裡面蘊含的無禮情分和粗魯感受都源自於不知禮節和風度的本性。

狼．拉森面無表情，不過一雙灰色的眼睛露出一點愉悅的神情。這時候，我往前走到離他很近的地方——撇開他的身材和方才滔滔不絕的咒罵——得到了對這個人的第一印象：他的五官端正、輪廓分明，有張發福的方臉。一眼看去會覺得臉相當大，不過一對比他的身材，比例就顯得正常許多，反而會讓你深信潛藏在他那張臉後面的內心深處，沉睡著無窮無盡、偌大的心智和精神力量。他的下顎、下巴、眼睛上方高高揚起的眉毛都展現出一種強大、非比尋常的強大，透露出深藏於靈魂深處的無窮活力和男子氣概。這樣的心靈難以形容、無可比擬、獨一無二。

那雙眼——我命中註定要好好審視一番——又大又漂亮，如同真正的藝術家一般分得很開，受到上方寬厚濃密的黑色眉毛庇護。瞳孔本身是種變化莫測的灰，眨眼之間像太陽底下抖動的絲綢般，不斷變換顏色，灰色一會深一會淺，一會又是深海般澄澈的蔚藍。這雙眼睛用千變萬化的障眼法將靈魂偽裝起來，只有在少數罕見時刻會讓靈魂赤裸裸地袒露在世界之中，展開某種奇妙冒險——這雙眼睛能散發出與鐵灰色天空相提並論的陰沉絕望；能夠閃耀出與利刃揮舞反射的白光般的點點星火；能夠變得像北極的風景一樣凜冽逼人，又能變得溫暖柔和，讓人在深情的目光下起舞；熱情又陽剛，誘人又逼人，讓女人神魂顛倒、無法自拔，直到她們歡天喜地地俯首稱臣、滿懷喜悅地自願犧牲。

還是言歸正傳。我因為對這樣的葬禮感到不快，於是告訴他我不是牧師，他聽了嚴厲地責問道：「你在這世上是靠幹什麼過活呢？」

我得坦白說，過去從未有人問過我、自己也未曾思考過這個問題。我一下子愣住，整個人不知所措，只好硬著頭皮結結巴巴地說：「我——我是一個紳士。」

他咧嘴恥笑了一聲。

「我有工作過，我能工作。」我急躁地喊道，彷彿他是我的法官，我在為自己辯護，但同時也非常明白辯駁這件事情的自己是個徹底的白癡。

「為了過活嗎？」

他身上有股緊迫逼人的氣勢，我因此不能自已——用福魯賽斯的話來說就是「驚惶失措」，像個站在嚴厲的老師面前瑟瑟發抖的學生。

「是誰養活你呢？」他接著責問道。

「我有一份收入，」我毫不猶豫地說，不想再多談論這個話題，「請原諒我說過的話，這一切都和我希望與你會面的理由無關。」

然而，他對我的爭辯置之不理。

「是誰賺的錢？嗯？我想是靠你的父親吧。你是靠死人來過活，從來沒靠自己的雙手賺到半毛錢。你無法獨自一人活過每一天，為一日三餐奔波來填飽肚子。讓我看看你的手。」

他一定是迅速又精準地催動身上潛藏的巨大力量，要不就是我一瞬間睡著了，因為我還沒來得及反應，他已經向前跨出兩步，抓住了我的右手，仔細端詳起來。我試著把手抽回來，可是他的手指緊緊地抓著我，看不出有用力，卻讓我覺得自己的手快被捏碎了。在這樣的處境下，很難維持一個人的尊嚴。我既不能像小學生那樣大喊大叫、百般掙扎，也不能攻擊一個隨時都可以把我的手腕扭斷的傢伙。我別無他法，只好安靜地站著接受屈辱。我還來得及看見，那個死人的口袋裡的東西已經被倒在甲板上，至於他的身體和臉上的一抹冷笑則已經統統包裹進帆布裡。水手喬韓森手上戴著皮製的頂針掌穿針引線，用粗大的白線把帆布邊縫在一起。

狼．拉森輕蔑地把我的手甩開。

「死人的手讓你的手保持柔軟。這樣的手也只能洗洗碗盤，在廚房打打雜。」

「我希望能上岸，」我恢復神智堅定地說，「你評估一下耽擱造成的損失，我會全數賠給你的。」

他好奇地打量我，眼裡流露出譏笑的目光。

「我有個正好相反的提議，完全是為了你的靈魂著想。我的大副死了，船上會有許多人事異動。一個船尾的水手來做大副，船艙雜工來填補水手的位置，而你則去補上那個雜工的空缺，只要簽了這次出航的各種文件，就給你每個月二十塊錢，膳宿免費。意下如何？記住，這都是為了你的靈魂好，會讓你重新做人。你能夠及時學會靠自己的雙腿自立，也許還能學會走路呢。」

但是我沒有理會他的找碴。我先前在西南方看見的那艘船的船帆已經愈來愈大，愈來愈清楚了。那些船帆是與「幽靈」號一樣的縱帆，不過船身看起來要小一點。那是艘很漂亮的船，隨著海浪一起一落地朝我們飛馳過來，顯然會在離我們很近的地方開過去。海風愈颳愈強，太陽在照下最後幾縷憤憤不平的光線後消失無蹤。大海已經變成暗沉的鐵灰色且波濤洶湧，向天空拋灑成團的白色浪花。我們的船行駛得愈來愈快，船體傾斜得更厲害。一陣大風吹來，船緣欄杆沒入海中，那側甲板也瞬間被海水吞沒，兩個獵人見狀趕緊把腳抬起來。

「那艘船很快會從我們旁邊開過，」停頓片刻後，我說，「看樣子它是朝與我們相反的方向而去，很有可能是開往舊金山。」

「是很可能，」狼．拉森回答說，一邊從我跟前轉過身去，大聲喊道，「廚子！喂，廚子！」

倫敦佬一下子從廚房竄出來。

「那個打雜的在哪裡？讓他來見我。」

「是的，船長。」湯瑪斯．穆格里奇飛快地跑到船尾，消失在船舵旁邊另一個艙梯下方。過了一會兒，他又冒了出來，身後跟了一個十八、九歲身強體壯的小夥子，臉上怒目圓睜，一副惡狠狠的模樣。

「他來了，船長。」廚師說。

但是狼．拉森沒有理會那寶貝廚子，立刻向那個船艙雜工轉過身去。

「你叫什麼名字，孩子？」

「喬治．李區，船長。」那孩子悶悶不樂地回答，他的態度很清楚地表明他知道自己被叫來的原因。

「這不是一個愛爾蘭人會取的名字，」船長厲聲說道，「奧圖或麥卡錫這樣的名字更適合你這副長相。要不然，一定是你母親的柴火堆裡藏過一個愛爾蘭人。」

我看到那個年輕人在聽見這樣的侮辱後緊握雙拳，脹紅了臉。

「不過先別扯這個了，」狼．拉森接著說，「你也許有很多好理由去忘掉自己的名字，而只要你乖乖聽從命令，再爛的名字都不影響我喜歡你。你是在電報山（Telegraph Hill）港口上船的，對吧。一看你的嘴臉就知道你是從那裡上船的。那裡的人都很強硬，加倍地難對付。我了解這種人。喔，可是在這艘船上，你要做好心理準備把這脾氣改掉，明白嗎？不過話說回來，是誰雇你上船的？」

「麥克里迪和斯旺森。」

「叫船長！」狼．拉森怒吼起來。

「麥克里迪和斯旺森，船長。」那孩子露出不滿的神情改口道。

「誰拿到了預付的錢？」

「他們倆拿走了，船長。」

「我就想肯定是這樣。你真該慶幸讓他們把錢拿走。有幾位你可能聽過的紳士正在找你，你可不能太快被抓住呢。」

小夥子突然變得像個野蠻人，身體弓了起來，彷彿隨時準備撲上去，用著一張被激怒的野獸似的臉怒吼道：「這是——」

「是什麼？」狼．拉森用特別輕柔的聲音問道，彷彿他充滿好奇，一心想聽聽那後半句沒有說出來的話。

小夥子遲疑了一下，強忍住情緒說道：「沒什麼，船長。我收回剛才的話。」

「你這就是指我說的是對的。」他邊說邊露出得意的微笑，「你多大了？」

「剛滿十六歲，船長。」

「說謊。你早就十八歲了。你的身材騙不了人，壯得跟馬一樣。把你的行李收拾一下，到前水手艙去上工吧。你現在就是划槳手了。你升官了，聽懂了嗎？」

沒等那小夥子回答，船長就轉身朝著那個剛幹完用帆布包裹屍體的髒活的水手說道：「喬韓森，你對航海了解多少？」

「沒多少，船長。」

「喔，當我沒說。你現在是大副了。把你的行李從船尾搬到大副的艙室去。」

「是的，船長。」喬韓森高興地開始行動。

與此同時，剛才那個打雜的小夥子還沒離開。

「你還在等什麼呢？」狼．拉森責問道。

「我簽的不是划槳手的合約，船長，」他回答道，「我簽的是船艙雜工。我根本不想當什麼划槳手。」

「給我去收拾行李，快去。」

這次，狼．拉森的命令十分果斷，毫無妥協的餘地。小夥子狠狠瞪了一眼，依然沒有離去。

接著，狼．拉森再一次展現他體內巨大的力量。這一切來得令人措手不及，眨眼間事情就結束了。他猛撲過去，在甲板上往前跳了整整六英尺，一拳打在那個小夥子的肚皮上。與此同時，我感覺自己的胃裡一陣痙攣，彷彿是我被痛揍了一拳。之所以提及這點，只是想表明當時我的神經組織有多麼敏感，有多不習慣這種野蠻的場面。那個船艙雜工——他的體重少說也有一百六十五磅——立刻蜷縮起來，身體像晾在棍子上的抹布般癱軟地掛在拉森的拳頭上。接著，他飛到半空中，畫出一道短暫的弧線後，頭和肩膀著地，摔到甲板上那具屍體旁邊，痛苦地打滾。

「怎麼樣？」拉森問我，「你想好了嗎？」

我這時正好瞥見那艘朝我們開過來的帆船，現在幾乎和我們的船並駕齊驅，相隔不到幾百碼遠。那是一艘非常整齊俐落的小船，能看見船帆上有個大大的黑色數字。我曾看過這種領航船的照片。

「那是什麼船？」我問道。

「領航船『水雷女士』號，」狼．拉森冷冷地說，「剛送走領航的船隻，正開回舊金山。憑藉這陣風，五、六個小時就會抵達了。」

「請你向對方打個信號，這樣我或許就可以跟著上岸了。」

「對不起，我的旗語書掉進海裡了。」他說，那幾個獵人聽了紛紛竊笑。

我遲疑片刻，直愣愣盯著他的雙眼。我才目睹了那個船艙雜工的悲慘遭遇，很清楚自己極有可能遭受同樣的虐待，甚至更糟。如同前述，我只遲疑了片刻就幹出了自認為一生中最勇敢的舉動——我跑到船邊，揮動兩臂大聲喊道：「喂——『水雷女士』號！帶我上岸！只要帶我上岸就給你們一千塊錢！」

我邊等邊看著對面站在船舵旁的兩人，其中一個在掌舵，另一個人拿起話筒放在嘴邊。我沒有回頭去看拉森，儘管隨時都等著那個野蠻人從我身後揍來要命的一拳。彷彿過了好幾個世紀之後，我受不了這種沉默，於是轉過身來。他沒有移動半步，依然待在原地，自在地隨著船的搖晃擺動，還點上了一支雪茄。

「怎麼回事？是發生了什麼事嗎？」這是從「水雷女上」號傳來的呼喊。

「是的！」我使盡全力大聲叫喊，「攸關生死的大事！只要帶我上岸，一千塊錢！」

「我的水手喝多了舊金山威士忌，承受不住了！」狼．拉森在我身後大喊，「這傢伙，」——用大拇指指了指我——「正在幻想海蛇和猴子呢！」

「水雷女士」號上的那個人對著話筒大笑起來。那艘領航船猛然從一旁開過去。最後傳來一聲：「替我好好教訓他一頓！」那兩個人就揮了揮手表示告別。

我絕望地靠在欄杆上，眼見那艘乾淨俐落的小帆船迅速遠去，逐漸拉大橫亙在我們之間的荒涼海域。五、六個小時之後，她很可能就到達舊金山了！我頭痛欲裂，喉嚨痛到心臟要從那裡跳出來。一陣捲起的浪花沖上船舷，濺得我滿嘴鹹澀的海水。強勁的海風吹得「幽靈」號嚴重傾斜，背風側的船舷欄杆都沒入水裡。我能聽見海水沖上甲板的聲音。

過了一會兒，我回過頭來看見那個船艙雜工顫顫巍巍站了起來。他的臉色蒼白、痛苦地扭曲，彷彿生了一場大病。

「嘿，李區，你要搬到前水手艙去嗎？」狼．拉森問道。

「是的，船長。」答自一個已經屈服的靈魂。

「那你呢？」他問我。

「我給你一千塊錢——」我才剛開口就被打斷。

「閉嘴！你打算去做船艙打雜的工作嗎？還是我得『親手』照顧你一下？」

我該怎麼辦呢？被痛揍一頓甚至丟掉小命，或許到頭來對我的處境毫無益處。我目不轉睛地盯著那雙凶神惡煞的灰色眼睛。它們早已將人類靈魂裡的光明與溫暖消磨殆盡。人們或許能在一些人的眼裡看見靈魂，但是他的眼睛就像大海一樣荒涼、冷漠、灰暗。

「想好了嗎？」

「想好了。」我說。

「說『想好了，船長。』」

「想好了，船長。」

「你叫什麼？」

「凡・韋登，船長。」

「名字呢？」

「韓福瑞，船長；韓福瑞・凡・韋登（Humphrey Van Weyden）。」

「多大年紀了？」

「三十五歲，船長。」

「行了。到廚子那裡熟悉你的差事。」

就這樣，不管我有多麼心不甘情不願，還是落入了為狼・拉森效勞的處境。他比我更強大，就是這麼回事。但是，當時的一切非常不真實，就算現在回想起來也覺得如此。對我來說，那永遠是場荒謬怪誕的噩夢。

「等等，先別走。」

我乖乖地停下往廚房走去的腳步。

「喬韓森，把全部船員叫來。這下我們把一切安排妥當，該來舉行葬禮，可以把那具沒用的屍體清出甲板了。」

喬韓森開始呼喊船艙裡的船員，兩名水手在船長的指揮下把帆布包裹起來的屍體放到了艙口蓋上。緊靠甲板兩側的欄杆旁，綁著一些船底朝上的小艇。幾個人連著艙口蓋一起把那件毛骨悚然的貨物搬到背風側的小艇上，屍體的雙腳對著下方的海水，腳上還綁著廚師拿來的那袋煤炭。

我過去一直以為海上的葬禮是件非常莊重肅穆的事情，但是眼前這次葬禮不管從哪方面來說，都讓我的想法破滅了。一個同伴們都叫他「斯摩格」（Smoke，譯註：即抽菸的意思）的黑眼睛小個子獵人正在講故事，張口閉口都夾雜一些詛咒和髒話；這群獵人不時會放聲大笑，在我聽來像是狼嚎或地獄看門犬狂吠。水手們吵吵鬧鬧地走到船尾，有些人剛輪完班還在揉著眼睛驅趕睡意，全都在小聲地說話。他們的臉上流露出一種不耐煩的不祥表情，證明他們不喜歡這趟航程，不但有著這樣的船長，還在一開始就碰上這麼觸霉頭的事情。他們時不時會偷看狼・拉森一眼，我看得出來他們對這個人憂心忡忡。

狼・拉森走到艙口蓋旁，大家脫下帽子。我朝著他們看上一輪——有二十個人，再算上我和船舵旁邊的那個人，總共二十二個人——我之所以好奇不安地打量四周是有原因的，因為看來我的命運是要跟他們一起被關在這漂浮的微小世界裡，不知道何年何月才能解脫。這些水手主要是英國人和斯堪地那維亞人，滿是沉重駑鈍的相貌。獵人們則有所不同，有著更為強壯且多樣的面孔，深刻的臉部線條散發出自由奔放的激情。說來奇怪，我立刻注意到狼．拉森的長相裡沒有這種邪惡的印記。真的一點都看不出來。講真的，他的臉部線條鮮明、堅定有力，看上去反倒會覺得他這個人開朗誠懇，如果再把鬍子刮乾淨的話更是如此。我簡直難以置信——直到第二件大事發生——這跟剛才在船艙雜工面前凶神惡煞的是同一張臉。

就在他開口講話時，海風一陣接一陣地吹來，讓船身嚴重傾斜。穿過索具發出的風聲嗚嗚作響，像是一首狂亂不羈的歌曲。幾名獵人焦慮地看著高處。船的背風側，也就是那個死人躺著的那側，已經整個沒入海中。隨著船身從海水裡浮起擺正，就會把海水橫掃到整個甲板上，淹過我們的鞋面，讓我們濕透。一陣大雨朝我們襲來，像冰雹一樣的雨滴打得渾身發疼。雨勢過去後，狼．拉森開始講話，脫下帽子的船員隨著甲板的起落晃來晃去。

「我只記得葬禮的一個流程，」他說，「那就是『屍體應該拋進海裡』。那麼，把它拋下去吧。」

他的話就說到這裡。船員抬起艙口蓋，但樣子看上去有些迷茫惶恐，顯然是因為葬禮實在太過簡短了。狼．拉森於是對船員大發雷霆。

「把那頭抬起來，該死的！你們到底在幹什麼？」

船員手忙腳亂地把艙口蓋的一頭抬起來，那個死人就像狗兒躍入水中一般雙腳朝前落入海中，而腳上的那袋煤炭不斷拖著他往下墜。他就這樣消逝在人世間了。

「喬韓森，」狼．拉森用輕快的語氣對新大副說，「全體船員都在場，讓他們先在甲板上待著，去好好處理一下中桅帆和三角帆。我們要撞上一場東南方來的風暴了。趁你們現在都在這裡，還是先把三角帆和主帆收起來才好。」

甲板上一時忙亂了起來，喬韓森大聲下達命令，船員把船索該拉的拉，該放的放——這一切看在一個生活在陸地上的人眼中，自然是亂成一團。但是，特別讓我釋懷的是混亂中的那股冷酷無情的氛圍。那個死人只是一個插曲，縫在帆布裡，綁上一袋煤炭，統統拋入海裡，已經成為過去，船還要航行，工作還要繼續。每個人都無動於衷。獵人們聽著「斯摩格」的新故事哈哈大笑；船員在收放船索，兩個人爬到了桅杆高處；狼．拉森依據風向在觀察烏雲密布的天空；那個死得慘不忍睹的人就這樣草草下葬，沉入了大海，不斷下沉直至深處。

大海的殘忍、無情和威嚴一下湧入我的腦海。生命變得低俗廉價，是難以言喻的卑劣事物，淤泥和黏液攪拌而成的一坨沒有靈魂的團塊。我走向迎風側靠近牽索不遠的欄杆，越過濺起淒涼浪花的海浪，注視著遮掩住舊金山和加利福尼亞沿岸的團團霧氣。一陣風雨交加，我已經很難再看見遠方的濃霧。在大風大浪的環伺下，這艘詭異的帆船和船上駭人的船員，顛簸地徑直向西南方開去，航向那浩瀚孤寂的太平洋。

4

當我在這艘獵捕海豹的帆船「幽靈」號上努力適應新環境的時候，等著我的是數不清的恥辱和痛苦。那個廚師，船員叫他「醫生」，獵人們叫他「湯米」（Tommy，譯註：也用來指英國士兵），而狼・拉森直呼他為「廚子」，搖身一變成了另一個人。因為我現在身分不同了，這下他狗眼看人低，過去對我卑躬屈膝、討好奉承，現在則頤指氣使、沒事找事。現實就是我不再是那個女人般細皮嫩肉、風度翩翩的紳士，而是隨處可見、身無分文的船艙雜工了。

他非常荒謬地堅持要我稱呼他為「穆格里奇先生」，他指派工作給我的舉止和態度也讓我無法忍受。我除了在船艙打掃四間狹小的單人臥艙之外，還要在廚房裡幫他打下手，可是我根本不知道如何削馬鈴薯、洗刷油膩的鍋子之類的粗活，這在他眼裡變成沒完沒了的挖苦根源。他根本不把我這個人放在心上，準確來說，是不把我過去的人生和習以為常的事物放在心上。這只是他對我採取的態度的冰山一角，坦白說那天還沒過完，我就已經對他恨之入骨，有生以來從未對任何人有如此多的厭惡情緒。

這第一天上工對我來說特別難熬，是因為「幽靈」號一直處在縮帆的狀態（我後來才聽懂這行話是什麼意思），以便穿過穆格里奇先生所謂的「怒吼的東南暴風」。五點半，在他的指揮下，我把餐桌搬到客艙裡，擺上在惡劣天候使用的盤子，然後把茶和熟食從廚房端過去。在此，我忍不住想談談在海上生活的最初經歷。

「動作快點，要不你會淹死。」穆格里奇先生在臨走前耳提面命，這時我一手拿著茶壺，另一隻手的腋下夾著幾條剛出爐的麵包，正要走出廚房。這時一個名叫韓德森的獵人——長得個頭高大、吊兒郎當的——從統艙（獵人如此戲稱他們在船身中段睡覺的地方）走向客艙。而狼．拉森在船尾，抽著一直叼在嘴邊的雪茄。

「她要來了，趕快躲開！」廚師大喊。

我一下子愣住，根本不知道什麼要來了，只看見廚房門砰一聲地關上。接著，我看到韓德森發瘋似地跳上主船索，從內側不斷往上爬，轉眼間就來到比我的頭還高好幾英尺的地方。與此同時，我眼見一排冒著白沫的洶湧巨浪高高躍過船舷的欄杆，而我就在這浪頭的正下方。我的腦袋完全反應不過來，一切都是如此陌生突然，只知道自己的處境很不妙而已。我一動也不動、不知所措地站著，這時，狼・拉森從船尾大聲喊道：「趕快抓住點什麼，你——你，漢普（Hump，譯註：船長只喊出了男主角名字的前半部，同時也有駝背之意）！」

可是一切都太遲了。我趕緊跳向船索，希望可以抓住它，可是那道大浪劈頭朝我蓋下。接下來發生的事，簡直一團混亂。我置身水下無法呼吸，將要溺斃。我的雙腳不聽使喚，滾了一圈又一圈，早已不知道被海水掃到了哪裡。我有好幾次撞到了堅硬的物體，有一次還扎扎實實重擊到右膝蓋。然後，大水似乎突然退去，我又能自由地呼吸新鮮空氣了。原來我剛才被大水沖到了廚房前面，繞過統艙的艙梯，從船的迎風側滾到逆風側的排水孔。我的膝蓋受了傷，疼痛不已，沒有辦法支撐起全身的重量，或者說至少我覺得自己不能把身體的重量壓上去；我確定自己的腳骨折了。但在這個時候，廚師從我身後逆風側的廚房門口大喊：「喂，叫你呢！你總不能一整晚都躺在那裡吧！茶壺去哪裡了？掉進海裡了吧？要是你的脖子摔斷了，也只是剛好而已！」

我掙扎著站了起來。那把大茶壺倒是還在我的手裡。我一瘸一拐地走到廚房前面，把茶壺遞給他。但是，他怒氣沖沖地大發脾氣，不知道是真的還是裝出來的。

「你如果不是個白癡，就是我瞎了。我倒是很想知道你到底能幹什麼？嗯？你到底能幹什麼？送一壺茶到船尾都辦不到，非得把茶水灑了才高興。這下害得我又要再燒一壺了。」

「你還好意思哭嗎？」他繼續向我開罵，火氣又更上一層樓，「就只因為撞了一下你可憐的小腳腳，媽媽可憐的小心肝。」

我沒有哭出來，儘管臉色或許已經痛到面目全非，但是我咬緊牙關打起精神，蹣跚地從廚房走到客艙，再從客艙走回廚房，途中沒有再遭遇任何意外。這次飛來橫禍讓我得到了兩樣東西：一條腿膝蓋受傷，穿脫褲子都很困難，我因此吃足了幾個月苦頭；另一樣東西是「漢普」這個名字，也就是狼．拉森那時候在船尾大喊的名字。從此以後，船前和船後就只用這個名字來叫我，甚至徹底融入我的思緒裡，我聽到這兩個字就知道是我自己，認為我本人就是「漢普」，彷彿「漢普」打從一開始就是我這個人。

在客艙的餐桌旁伺候著狼．拉森、喬韓森和另外六個獵人，可不是件輕鬆的工作。首先，客艙很小讓我很難走動，而船身劇烈的顛簸又讓移動難上加難。但是，最讓我難以忍受的是我盡心伺候的這些人，沒有一個人同情我。我隔著褲子都感受得出來自己的膝蓋愈腫愈大，痛得我都快要暈過去了。我從客艙的鏡子瞥見自己慘白嚇人的臉，痛到不成人形。在場所有人肯定都看出我的慘狀，可是沒有人說出半句同情的話，或是多看我幾眼。所以稍後狼．拉森在我洗碗時來找我說話，讓我都忍不住想感謝他：「別為這樣的小事情煩惱。你會慢慢習慣這些事。這或許會讓你跛個好一陣子，可是你將來會因此走得更穩健。」

「這就是你們所謂的矛盾，對吧？」他又補上了一句。

我點頭稱是，照著慣例回答：「是的，船長。」他聽了之後似乎很滿意。

「我看你懂一點文學的東西？嗯？很好。找機會再來跟你交流交流。」

接著，他沒再多說些什麼，就轉身回到了甲板上。

那天夜裡，我總算把沒完沒了的工作做完後，來到了統艙，他們在那裡幫我安排了一個床位。我很高興終於擺脫了廚師那可惡的嘴臉，可以讓腳休息一下。令我吃驚的是，我身上的衣服已經乾了，也沒有任何感冒的跡象，儘管「馬丁尼茲」號沉沒時泡了那麼長的海水，後來還被大浪沖得渾身濕透。要是平常的我，經過這麼一番折騰，早就躺在船上讓訓練有素的護士來照顧我了。

但是，膝蓋的傷勢仍然讓我受盡折磨。就我所見，似乎腫到連骨頭都擠到膝蓋邊緣。我坐在床上檢查膝蓋時（六名獵人都待在統艙裡吞雲吐霧、大聲喧嘩），韓德森不經意地看了一眼。

「看上去很糟，」他評估道，「纏一塊布上去就會沒事了。」

就這樣，沒了。要是在陸地上，我肯定是舒舒服服地躺在床上，有一位外科醫生在一旁悉心照料，嚴格叮囑我什麼都別做，只管好好休息。然而，我必須說句公道話，他們對我的痛苦漠不關心，可是就算他們之中有誰受罪了，也同樣會漠不關心。我相信，首先，這種態度是習慣使然，其次，他們也不怎麼善解人意。我敢保證一個情感豐沛縝密的人，受了同樣的傷，會感受到比他們多兩三倍的痛苦

儘管我累了——實際上是筋疲力盡了——可是膝蓋痛得我睡不著覺。我只能強忍疼痛，不敢大聲呻吟。要是在家裡，我肯定會大吼大叫來宣泄；但是在這陌生原始的環境裡，似乎只能像個野蠻人一樣強忍下去。這群人的心態就是如此，在重大的事情上堅忍不拔，面對瑣碎小事卻像小孩子般大鬧脾氣。我還記得在後來的航行中，看見另一位獵人克夫特的手指被砸成肉醬，可是他仍面不改色，一聲不吭，然而，我卻不只一次看見他因為雞毛蒜皮的小事大發雷霆。

克夫特現在正是這樣，在一旁吼叫、咆哮，揮舞著手臂，像惡魔一樣咒罵，只因為他在和另一個獵人爭辯小海豹是不是天生就會游泳。克夫特認為小海豹一生下來就

會游泳，而另一個獵人拉蒂默——一個長得像美國北方佬的乾瘦傢伙——卻認為小海豹之所以在陸地上出生，就就是因為牠們不會游泳。牠們的母親不得不教會牠們游泳，就如同鳥兒要教會雛鳥如何飛行一樣。

剩下四個獵人在大多數時間裡，不是靠在桌邊就是躺在床上，聽著這兩個人沒完沒了地辯論。不過，他們聽得津津有味，每隔一段時間還會熱烈地參與討論。當全部人一起七嘴八舌地爭辯時，吵到像一股轟雷在狹小的空間裡不斷迴響。他們的話題是如此幼稚和瑣碎，討論的水準自然也好不到哪去。老實說，談不上有一丁點的理性，甚至根本沒有。這群人就只是胡亂斷言、假設和指責。他們會很挑釁地提出小海豹究竟天生會不會游泳的看法，然後去攻擊對方的判斷、常識、國籍或是過去的歷史。反對的一方也如法炮製。我之所以會提到這點，是想表明我迫不得已要去打交道的對象，就只有這點程度，他們看似有大人的外表，內心卻仍然是個小孩子。

他們抽菸，不停地抽，抽的是便宜又難聞、粗製濫造的菸草。整個客艙裡煙霧繚繞，空氣混濁難聞；加上船在風暴裡艱難航行，顛簸得非常厲害，如果我暈船的話，非把五臟六腑吐出來不可。其實，我早就感到噁心不適，但這可能是因為我的膝蓋傷勢和過勞所致。

我躺在床上沉思，自然而然會想到自己的命運和處境。這真是做夢也想不到，我，韓福瑞．凡．韋登，堂堂一個學者，在文學藝術方面少說也是個業餘愛好者，竟會躺在這艘前往白令海捕獵海豹的帆船上。船艙雜工！我長到這麼大從來沒有做過任何粗重的體力勞動，也沒在廚房打過下手。我一直過著悠哉平靜、無憂無慮的生活——靠著一份既有保障又愜意的收入當個與世無爭的學者。充滿暴力的人生和體育競技都與我無緣。我一直以來都是個書呆子，我的姐妹和父親從小就這麼叫我。我長到這麼大只露營過一次，而且剛開始沒多久我就起身離開，回到舒適又便利的房子裡。往事不堪回首，如今我渾身疲憊不堪地躺在這裡，等待我的是布置餐桌、削馬鈴薯皮、洗盤子等無止境的勞動。而且我手無縛雞之力。醫生們都說我的體質天賦異稟，但是我從未好好鍛鍊開發過。我的肌肉像個女人似的又小又軟，醫生們也常常把這句話掛在嘴邊，用來說服我嘗試時下風行的體育鍛鍊。然而，比起動手，我更喜歡動腦；這就是我現在的處境，只能抱著孱弱的身體去面對眼前艱難的未來。

這僅僅是占據我腦海的其中幾件事，只是想藉此澄清我命中註定就是無可救藥的軟弱角色。不過，我還是思念起我的母親和姐妹，想像得到她們有多麼憂傷。我在「馬丁尼茲」號船難的失蹤名單裡，成了一具下落不明的屍體。我能想見報紙上的頭條標題：大學俱樂部以及古董會的成員會邊搖著腦袋邊說：「可憐的傢伙！」我還能想見查理．福魯賽斯在那天早晨我向他道別後，會披著睡衣躺在備有枕頭的床榻窗邊，自言自語般叨念著悲傷沉痛的悼詞。

在我沉浸於自己思緒的同時，「幽靈」號左右搖擺、上下起伏，在波濤洶湧的浪尖和水花飛濺的波谷中開闢出一條航道，直往太平洋深處駛去——而我就在這艘船上。我能聽見上頭傳來的風聲，就像悶聲怒吼般呼嘯而過。我頭頂上反覆傳來踢躂的腳步聲。四周的木造結構和擺飾發出永無止境的咯吱聲，用千百種音調在無病呻吟、咳聲嘆氣。獵人們還在扯開嗓門大聲爭辯，宛如某種半人半獸的兩棲生物。空氣裡充斥著各種詛咒和骯髒的叫罵。我能看見他們怒氣沖沖、面紅耳赤，一旁泛著病態黃光的海燈，讓他們的粗俗舉止變得更加醜惡。在朦朧的煙霧裡，床鋪看上去更像是動物園裡豢養動物的籠子。牆上掛著油布雨衣和靴子，來福槍和霰彈槍則牢牢地擺在隨處可見的架子上。這是過往時代的冒險家和海盜的海上據點。我任憑思緒漫無邊際地馳騁，但久久不能入睡，那是個疲倦、枯燥的漫漫長夜。

5

不過，這也是我在獵人統艙裡渡過的第一個也是最後一個夜晚。第二天，喬韓森，那個新大副，就被狼．拉森從艙房趕出去，發配到了統艙，此後就都睡那裡。而我就占據了那個狹小的頭等艙房，那間房間在航行的第一天就已經住了兩個人。獵人們很快就知道這次對調床位的原因，隨即也成為他們大發牢騷的源頭。聽說喬韓森每天晚上都會在睡夢中把白天發生的一切重述一遍，他會沒完沒了地說話、喊叫和下達命令，搞得狼．拉森難以入睡，於是把這個麻煩人物打發到獵人那裡了。

由於整晚無法入睡，我起床後覺得渾身無力、心煩意亂，在「幽靈」號上一瘸一拐地渡過忙碌的第二天。湯瑪斯．穆格里奇清晨五點半就把我轟起來，如同《孤雛淚》裡的比爾．塞克斯（Bill Sykes）把他的狗轟出狗窩一樣；不過，穆格里奇對我的冷酷無情卻連本帶利地遭到報應。他虛張聲勢地大喊大叫（我整夜躺著無法合眼），肯定吵醒了某個獵人，因為在昏暗的光線中我只看到有人猛然踹出沉重的一腳，穆格里奇就卑躬屈膝地請求眾人原諒。後來，我在廚房裡注意到他的耳朵又青又腫，而且再也沒有恢復到原來的樣子，被水手們戲稱為「花椰菜耳朵」。

那天發生了一樁又一樁倒楣的事情。我前一天晚上就把烘乾的衣服從廚房拿了回來，所以起床第一件事情便是換下廚師的衣服。我檢查一下自己的錢包。原本錢包裡除了一些小零錢（我對這種事情記得非常清楚），還有價值一百八十五塊的金幣和鈔票。可是錢包找到了，裡面的錢卻沒了，只剩下一枚小銀幣。我來到甲板上的廚房裡工作，開口詢問錢包的事，原本也只預期會得到一個粗暴的回答，沒想到卻是一頓來勢洶洶的嚴厲訓斥。

「招子放亮點，漢普，」他目露凶光、放聲大喊，「你想要有人把你的鼻子揍扁嗎？你要是認定我是小偷，自己心裡清楚就行了，不然就要為你的錯誤付上血淋淋的代價。你要是還不知感激，那乾脆把我揍瞎算了。你原本是個在海上悽慘漂浮的人渣，是我把你救到這廚房，好心照顧你，現在反而遭受這樣的對待。聽著，我記住你了，下次你倒了楣，我會讓你倒楣到底！」

他話音剛落，就舉起拳頭朝著我衝過來。說來也丟臉，我嚇得想躲開他的拳頭，直接跑出了廚房。我有什麼辦法呢？力量，在這艘野蠻的船上的主宰就是力量。道德勸說只是一番不知所云的空話。想像一下，一個中等身材的男人，體格消瘦、軟弱無力、缺乏鍛鍊，一直過著和平閒散的生活，對所有暴力行徑都退避三舍——這樣一個人還能怎麼辦？與其面對這群人面獸心的傢伙，我還不如去挑戰一頭憤怒的公牛。

此時此刻，我想到的就是這些，覺得應該為自己辯駁一番，讓內心獲得平靜。但是，這並不會讓我得到滿足。即便今天，我也不能允許我的男性尊嚴去回首這些事情，並獲得解脫。那種情景真的超出了理智的行為方式，無法進行冷靜理性的判斷。按照正常邏輯來看待這件事情，這根本算不上有多丟人；然而，回憶起來卻仍然免不了有耿耿於懷的羞恥感。從男性尊嚴的角度來說，我覺得自己的男子氣概受到難以言喻的踐踏和羞辱。

這一切都無關緊要。我從廚房奪門而出，導致膝蓋劇痛無比，跑到船尾就已經癱軟無力倒在地上。不過那個倫敦佬沒有追過來。

「看他逃跑的蠢樣！看他逃跑的蠢樣！」我聽見他在身後大喊，「還拖著一條瘸腿呢！快回來，你這可憐的媽媽小心肝。我不會打你，我不會。」

於是，我走回去繼續工作，這場插曲就這樣告一段落，但是更多不妙的事態還在等著我。我把早餐餐桌擺在艙室，七點就等著那些獵人和船長、大副來用餐。風暴顯然在夜裡就已散去，可是海水仍然波濤洶湧，強風不斷吹拂。值班的水手稍早已經把船帆揚起，「幽靈」號正乘風全速航行，只有兩面中桅帆和船首三角帆還沒放下來。從船長他們的交談中，我得知這三面帆在用完早餐後也會揚起來。我還聽到狼．拉森一心想盡可能利用這次風暴，前往這片海域的西南方，希望能趕上那裡的東北季風。他冀望能乘著那股穩定的風力完成前往日本的大部分航程，轉往南方的熱帶進發，接近亞洲的海岸後再朝北前進。

早餐過後，我又遭遇了一次不值得羨慕的經歷。我洗完碗之後，就去清理艙室的火爐，把爐灰拿到甲板上倒掉。狼．拉森和韓德森站在船舵旁邊很專心地在聊天。水手喬韓森在掌舵。當我開始往船的上風處走去時，看見喬韓森把頭猛甩了一下，但我誤以為他是在打招呼，問候早安。其實，他是要告訴我要去下風處倒爐灰。我對自己的愚蠢一無所知，走過狼．拉森和獵人身邊，就這樣迎著風頭把爐灰倒出去。結果，大風把它們吹了回來，不僅吹在我身上，還吹在了韓德森和狼．拉森的身上。說時遲那時快，狼．拉森又狠又猛地一腳朝我踢來，彷彿是在踢一隻野狗。我過去未曾想過被人踢一腳竟會這麼疼痛難忍。我連滾帶地從他身邊走開，倚靠在艙室休息，幾乎快要暈了過去。我眼冒金星，感到陣陣噁心。反胃的感覺揮之不去，好不容易才爬到了船舷旁邊。但是，狼・拉森並未從後面追過來，他把身上的爐灰拍掉後，就繼續跟韓德森交談。至於喬韓森則在船尾目睹了事情的全部經過，派了兩名水手到船尾來收拾善後。

上午稍晚的時候，我卻經歷了一次截然不同的驚喜。我按照廚師的吩咐，到狼・拉森的個人艙房打掃房間、整理床鋪。在床頭牆壁的架子上放了一排書。我打量了一下，看到了一大串令人瞠目結舌的名字，例如莎士比亞、丁尼生（Alfred Tennyson，譯註：英國桂冠詩人）、愛倫・坡，以及德昆西（De Quincey，譯註：英國浪漫主義文學作家）。書架上還有些科學作品，都是些代表性人物的著作，有廷得耳（John Tyndall，譯註：愛爾蘭物理學家）、普羅克特（Richard Proctor，譯註：英國天文學家）和達爾文。然後是天文學和物理學的書籍，我還看到了布爾芬奇（Thomas Bulfinch，譯註：美國神話學家）的《寓言時代》（*Age of Fable*），蕭（Shaw）的《英美文學史》（*History of English and American Literature*），約翰遜的兩卷巨著《自然史》（*Natural History*）。接著有若干文法書，像是梅特卡夫（Metcalf）、里德（Alonzo Reed）和凱洛格（Brainerd Kellogg）的著作；我最後看見一本《院長的英語》（*The*

Dean's English）時不禁啞然失笑。

我很難把這些書和我見識到的那個人聯繫在一起，而且很懷疑他究竟讀不讀得懂這些書。可是，當我著手收拾床鋪的時候，在毯子之間抖出一本劍橋版的《白朗寧全集》，顯然是他看書看到睡著之後掉進了被窩裡。書頁正好翻到〈陽台〉（In a Balcony）這首詩，而且我還注意到詩句到處都有用鉛筆畫線的痕跡。接著，這本書在船身傾斜的時候掉到地上，從書中滑落一張紙，上面畫滿了幾何圖形和某種計算。

由此可見，這個可怕的人並非是個不學無術的粗人，這從他殘忍野蠻的行為舉止是難以想像的，他頓時成了一個謎團。單看他本性的任何一個面向都很好理解，一旦放在一起就相當令人困惑。我先前已經提過，他的用字遣詞相當有水準，偶爾稍嫌不是那麼精準。當然，平常與水手和獵人交談的時候，難免會充滿語病，但這是他們使用的行話本身的問題；至於他對我說過的幾句話，全都字正腔圓、精準無誤。

由於窺見了狼·拉森人格的另一面，讓我得以鼓起勇氣，下定決心把我損失錢財的事情跟他說。

沒過多久，我看他獨自在船尾閒逛，於是向他開口說道：「我被人搶了。」

「叫船長。」他嚴而不厲地糾正我。

「我被人搶了，船長。」我連忙改口。

「怎麼回事？」他問道。

於是我將事情全盤托出：我的衣服是如何掛在廚房裡晾乾，後來我向廚師提到這件事情時又是如何差點挨揍。

他聽完我的敘述後莞爾一笑。「雞毛蒜皮，」他斷定道，「廚子偷走了。但難道你認為不值得用這錢來換你多災多難的命嗎？再說，這也是一次教訓。你這下學會了如何看好自己的錢。我猜，直到現在，你的錢財都有律師或業務代理人幫你操心吧。」

我在話中感受到無言的諷刺，不過我繼續問道：「我該怎麼做才能把錢要回來？」

「那要看你的本事了。你現在可沒有什麼律師或業務代理人，就只能靠自己了。你賺到一塊錢，就要好好收起來。像你一樣隨手把錢到處亂丟的人，錢不見也是活該。再說，你也犯下罪過。你無權把誘惑擺在你的夥伴面前。你引誘廚子，他就跟著墮落。你將他永生的靈魂置於險境。順帶一提，你相信靈魂永生嗎？」

當提到這個問題時，他的眼皮緩緩地抬起來，彷彿內心深處正向我敞開，而我正注視著他的靈魂。然而，這只是我的錯覺。儘管好像看得夠遠，但沒人能窺探狼・拉森的靈魂深處，或者根本無法見識到他的靈魂——我對此深信不疑。我漸漸了解到那是一個非常孤獨的靈魂，永遠深藏不露，只在很罕見的時刻會展現出些許蹤跡。

「我在你的眼睛裡看見了永生。」我回答道，但沒加上「船長」——我之所以嘗試省略了稱呼，是因為認為我們的交談很投機。

他沒有很介意我省略了稱呼。「關於這點，我同意，你看見了某種活生生存在的事物，不過那未會永遠活下去。」

「我看到的不只那些。」我壯起膽子繼續說。

「那麼你看見了良心。你看見了生命活生生的良心；但僅止於此，生命終將走到盡頭。」

他思考得多麼透澈，又把想法表達得多麼精準！他原本好奇地看著我，隨即把頭轉開，迎風瞭望灰濛濛的大海。他眼中泛起一絲淒涼，嘴巴的線條變得嚴厲冷峻。他明顯陷入了悲觀的情緒之中。

「那麼，這又是為了什麼呢？」他突然朝我轉過身來問道，「如果我能永生——為什麼呢？」

我啞口無言。我該怎麼向這個人解釋我的理想？我要如何把某種憑感覺的事物、某種夢中旋律般的事物、某種深信不疑但超越文字的事物，用言語表達出來？

「那麼，你相信什麼？」我反問他。

「我相信生命是一團混亂，」他不假思索地回答道，「生命像酵母，是一種會發酵、會動的東西，也許能動個一分鐘、一小時、一年或一百年，但是到了極限就會停止活動。以大欺小、弱肉強食，他們就能繼續活動、保持力量。幸運的酵母能吃得最多、動得最久，就是這麼回事。你對那樣的東西又有什麼看法呢？」

他朝著一群在船中央操作某種繩索的水手，不耐煩地揮了揮手。

「他們在活動；水母也在活動。他們為了吃而動，而吃又是為了能繼續動下去。道理就是如此。他們為了填飽肚子而活，肚子又是為了活著而存在。這是一個迴圈；你逃不出這個迴圈，他們也逃不出這個迴圈。到了生命的盡頭，他們就靜止不動了。他們再也動不了。他們就死了。」

「他們有種種夢想，」我插話說，「光芒四射的夢想——」

「關於食物的。」他簡潔地下了結論。

「還有更多——」

「食物。想要有著更大的胃口和更多能滿足胃口的幸運。」他的聲音聽來有些刺耳，但一點都不輕浮，「你看，他們夢想著有趟幸運的航行，能賺到更多錢；夢想著能成為船上的大副；夢想著發家致富——換句話說，想要占得更好的位置去剝削他們的同伴；想要整晚都待在船裡吃好睡好，讓其他人去做髒活。你跟我和他們完全一樣，沒有任何區別，只不過我們吃得更多、更好而已。我現在在吃他們，你也一樣。可是在過去，你比我吃得更多。你睡在柔軟的床上，身穿精緻的衣服，吃著可口的食物。是誰製作那些床鋪？誰縫製那些衣服？誰料理那些食物？不是你。你從來沒有揮灑過自己的汗水辦到任何事情。你靠著父親賺來的收入過活。你像一隻從天而降的軍艦鳥，襲擊那些鰹鳥，搶走牠們抓到的魚。你就是水手們口中所謂組成政府的那群人，作為其他所有人的主宰，吃光別人努力獲取並理應讓自己溫飽的食物。你穿著暖和的衣服。他們縫製了這些衣服，可是自己卻衣衫襤褸、瑟瑟發抖，向你、律師、掌管你財務的業務代理人懇求施捨一份工作。」

「但這又是另外一回事。」我喊道。

「不，這完全是同一件事。」他這時語速極快地說，眼神閃閃發光，「就像豬一樣，這就是活得像豬一般的永生，會有什麼用處和意義？生命的盡頭會有什麼？這一切到底是什麼？你沒有為食物付出過什麼。可是你吃下或浪費的食物也許可以拯救幾十個窮困潦倒的人，他們生產食物卻吃不到那些食物。你是為了實現什麼永生的目標？他們呢？考慮一下你自己和我吧。你的生命和我的生命相撞而糾纏在一起，你吹噓的永生還有什麼價值？你一心想回去陸地，因為那裡是你像豬一般生活的寶地。我心血來潮，硬是把你留在這艘船上，這裡是我這種豬如魚得水的地方。我要把你留在這裡。我可以讓你生，也可以讓你死。你也許今天就會死，或這個星期，抑或是下個月。我現在就能一拳了結你，因為你是個可悲的懦夫。不過要是我們都能永生，這又是為了什麼呢？像你我這一輩子都如豬一樣過活，似乎不是永生的人會做的事。話說回來，這一切究竟是什麼？我為什麼把你留在這裡——」

「因為你比我強大。」我乘機脫口而出。

「可是為什麼會比你強大呢？」他馬上用咄咄逼人的口氣問道，「因為我是個比你大一點的酵母嗎？你還不懂嗎？你還不懂嗎？」

「就算懂了也沒有希望啊。」我反駁道。

「我同意你的說法，」他回答，「既然活動就是活著，那麼到底為什麼要活動？拒絕活動、拒絕成為酵母的一部分，那也許就有希望了。可是——問題就在這裡——我們都想活著、想活動，哪怕根本沒有理由，因為恰巧生命的本質就是活著、就是活動，想要活下去、動下去。倘若事情並非如此，生命也將逝去。正是因為你的生命是如此，才會讓你夢想著永生。在你身上的生命就是活生生的，想要永遠活下去。我呸，像豬一樣的永生！」

他猛然轉過身，開始向前走去。他走到船尾艙口時停下來，叫我過去。

「順便問問，那個廚子偷走了多少錢？」他問道。

「一百八十五塊錢，船長。」我回答道。

他點了點頭。沒過多久，當我走下艙梯去準備晚餐的餐桌時，聽見他在大聲地責罵船中間的那幾個人。

6

第二天早上，風暴已經停歇，「幽靈」號在平靜無風的大海上緩緩前行。不過，偶爾還是感覺得到輕微流動的空氣，狼．拉森不停地在船尾巡視，雙眼一直瞭望著東北方，因為強大的季風只會從那個方向吹來。

船員們都在甲板上為了這季的捕獵，忙碌地準備各種小艇。船上總共有七艘小艇，一艘是船長專用的，其他六艘則是供獵人使用。每艘小艇是三人一組，有一個獵人、一個划槳手和一個舵手。在帆船上，划槳手和舵手是船員。獵人理應指揮值班船員，並且隨時聽從狼．拉森的命令。

除此之外，我還得知了更多事情。無論是在舊金山或維多利亞（Victoria）的船隊裡，「幽靈」號都被認為是最快的一艘帆船。實際上，它原本是艘海盜帆船，設計上特別重視速度。儘管我對這些知識知之甚少，但這艘船的線條和配置就能告訴你一切。在昨天晚上跟約翰遜一起值下午六點到八點的第二班夜班時，他在一次簡短的對話裡告訴我關於「幽靈」號的事情。他講起來熱情洋溢，對優秀的船隻情有獨鍾，如同有些人鍾情於馬匹一樣。不過，他對這次航行的前景非常反感，我聽得出來狼．拉森在獵捕海豹的船長中，有很不好的名聲。約翰遜之所以會簽約加入這次航行，完全是衝著「幽靈」號來的，不過他已經開始感到後悔了。

約翰遜告訴我，「幽靈」號是一艘八十噸重、造型精良的帆船。它的橫梁，或者說寬度，有二十三英尺，而長度則有九十英尺多。一組重量極沉但不知多重的鉛質龍骨，讓行駛非常穩定，船上還有一副巨大的帆布。從甲板到主桅杆的頂端，高約一百英尺，而前桅加上中桅卻短了八或十英尺。我把這些細節說出來，讓你了解這個漂浮在海上的小小世界的大小，上面載著二十二個人。這是一個非常狹小的世界、一粒微塵、一塊斑點，我非常驚訝於人們竟敢搭上這樣渺小脆弱的發明在海上冒險。

狼．拉森肆無忌憚的航海風格也同樣聲名狼藉。我無意間聽見韓德森和另外一個獵人史坦迪希——一個加利福尼亞人——在談論這件事情。兩年前，他在白令海的一場颶風中弄斷了「幽靈」號的桅杆，因此才裝上了現在於各方面都更結實、更重的桅杆。據說他在重新裝設桅杆時說過，寧願船翻了，也不能再失去這些桅杆。

船上的每個人，除了因為升官而相對聽話的喬韓森之外，好像對於登上「幽靈」號出海都有一套說詞。船頭有一半船員都是遠洋水手，他們都會說自己對「幽靈」號或船長一無所知。而知情的船員都私下傳聞說，那些獵人雖然是優秀的射手，但是他們喜歡惹是生非的流氓性格惡名昭彰，根本無法與其他正經的船隻簽約。

我還認識了另一個名叫路易斯的船員，他有張和善的圓臉，是來自新斯科細亞（Nova Scotia）的愛爾蘭人，非常喜歡跟別人打交道，只要找得到一名聽眾，便能滔滔不絕地講下去。時值下午，廚師在下面睡覺，我削著沒完沒了的馬鈴薯皮，路易斯溜進廚房來「閒聊」。他之所以會上船的說法是，自己喝得醉醺醺時才簽約上船。他反覆強調就算在清醒的時候，做夢也不會做出這種世界上最愚蠢的事情。這十幾年來，他似乎每到捕獵季節就會做獵捕海豹的工作，在舊金山和維多利亞兩地的船隊都算得上名列前茅的最佳舵手。

「哎，我的夥計，」他不祥地朝著我搖搖頭，「你挑到了最糟的一艘船啊，還是你也像過去的我一樣喝茫了。這種捕獵海豹的船是水手的樂園——只可惜那是在別艘船上的情況。大副是第一個死的，不過記住我說的話，這趟航行結束前還會有更多人死掉。現在，給我聽好了，這話在你、我，還有這根柱子之間說說就好，這個狼．拉森是一個不折不扣的惡魔，自從由他掌舵之後，這艘『幽靈』號就是地獄。我難道會不知道嗎？我難道會不知道嗎？我難道會忘了兩年前，他在函館跟人打架，開槍打死對方四個手下？我不就躺在只有三百碼遠的『愛瑪』號上嗎？同一年，他又一拳打死一個人。是的，先生，只用一拳就送那個人上路了。對方的腦袋肯定就像蛋殼一樣碎得稀巴爛。還有倉島（Kura Island）的長官、警察局長、日本紳士，先生，他們都是作為狼．拉森的客人登上『幽靈』號，還帶著他們的妻子——一群小巧玲瓏的女人，彷彿扇子上畫的美女一樣。他起錨開船的時候，那些傻呼呼的丈夫不就像意外一樣被留在船尾的小艇上嗎？一個星期以後，那些可憐兮兮的女士們，在海島的另一頭才被放上岸。她們不就逼不得已只好翻山越嶺走路回家，腳上穿的小草鞋，走不了一英里就爛掉了？我難道不知道嗎？這個狼．拉森呀，就是一頭野獸——就是《啟示錄》裡提到的巨大野獸；他根本幹不出什麼好事。不過，我可是什麼也沒對你說過啊，你給我記住了。我從來就不會去說三道四，因為老胖子路易斯還想活著過完這次航行，不是娘生的兒子才想到海裡餵魚去呢。」

「狼．拉森！」他過一會又氣沖沖地說，「喂，你仔細聽我說！狼——他就是一隻狼。他不像某些人只是黑心，他是根本連心都沒有。狼，就是狼，他就是狼。你不覺得他的名字叫得很恰當嗎？」

「可是，如果他的所作所為這麼為人所知，」我問，「為什麼他還能招募到船上這麼多船員呢？」

「你要怎樣才能讓人們在上帝的土地和海洋上做任何事呢？」路易斯用一副凱爾特人特有的怒火問道，「我要不是醉得像頭豬，糊里糊塗簽了字，你會在船上見到我嗎？至於其他人，像是那些獵人，他們沒辦法跟好人一起出海。船頭的帆船水手，那些可憐的傢伙什麼都不知道。不過，他們總有一天會曉得，總有一天，然後後悔自己為什麼要出生在這世上。要不是可憐的老胖子路易斯和他面臨的麻煩，我都要為這些可憐的人流淚了。但我可沒有在說人閒話，你給我記好，我沒有。」

「那些獵人是壞傢伙，」他再度開口，因為心裡的話不吐不快，「不過，我們等著看吧，他們遲早會惹事打起來的。他就是制服他們的那個傢伙。只有他能讓他們腐爛的黑心肝感到畏懼。看看我的那個獵人，霍納，大家叫他『喬克』．霍納（'Jock' Horner，譯註：Jock為蘇格蘭佬的意思），看上去沉默寡言、很隨和的樣子，講話聲音就像女孩子一樣柔和，裝得一臉老實樣。去年不就是他打死自己手下的舵手嗎？儘管對外謊稱是一場令人難過的意外，但是我在橫濱碰到了同一組的划槳手，他把真相全都告訴我。還有『斯摩格』那個黑色的小惡魔——他不就因為在俄羅斯保留地庫柏島（Copper Island）盜獵，被俄羅斯人抓去在西伯利亞的鹽礦幹了三年苦工嗎？他就算跟同夥一起被銬上手腳，不也還是跟別人起爭執鬧事了？——『斯摩格』用籃子把另一個傢伙送到鹽礦上面去，只不過是具破碎的屍體，今天一條腿、明天一隻手、後天一顆腦袋，一塊一塊送上去。」

「你肯定是在開玩笑！」我被這番話嚇得驚聲尖叫。

「開玩笑？」他快如閃電般追問，「我可什麼都沒說。我是個聾子、是個啞巴，為了你的母親好，你也該這麼照做。我每次開口都不得不說他們的好話。至於他呢，上帝詛咒他的靈魂，願他在煉獄裡腐爛個上萬年，然後墮入最深的那層地獄裡！」

約翰遜，那個在我最初登上船時把我的胸口搓到破皮的男人，似乎是船頭或船尾的男人之間，最不那麼難以理解的人。事實上，他身上沒有什麼難懂的地方。他的坦率和男子氣概會立刻讓人留下印象，因而使得能和緩這種性情的謙虛，可能會被誤認為軟弱。但是，他一點都不軟弱。反之，他看似有著堅定信念的勇氣和男子漢的確信。正是這一點，讓他在我們最開始認識的時候，就抗議自己被叫作「約遜」。關於這一點和約翰遜本人，路易斯下了評判和預言。

「是個不錯的小夥子，那個和我們待在一起、傻頭傻腦的斯堪地那維亞人約翰遜，」他說道，「是船頭最好的水手。他是我的划槳手。但他總有一天會跟狼・拉森發生衝突，就如同火花會向上飛濺一樣。就只有我明白。我能夠看見那像是天空中的風暴般正在醞釀和逼近。我曾像個兄弟般跟他談過，但幾乎看不出來他有收斂或做些表面工夫。每當事情不合他的意時，他就會開始抱怨，而總是會有些打小報告的人把話傳到狼的耳裡。狼很強壯，這就是一隻狼討厭力量的原因，他遲早會在約翰遜身上看到這股力量——不願屈服，也不願在一頓咒罵或痛揍後還要說聲『是的，船長，謝謝你的好意，船長』。喔，風暴要來了！風暴要來了！而天曉得我到哪裡才能找到另一個划槳手！那個蠢蛋在那老傢伙叫他『約遜』的時候說了什麼，他居然回答：『我的名字是約翰遜，船長』，然後一個字母一個字母拼了出來。你真該看看那老傢伙的臉！我原本以為老傢伙會當場收拾他。但結果並沒有，不過總有一天會的，到時候他會打破斯堪地那維亞人傻傻的腦袋，否則就是我不懂這些討海人的本性！」

湯瑪斯・穆格里奇愈來愈讓人難以忍受。我每次開口都被逼得要叫他「先生」或「長官」。其中一個原因是狼・拉森似乎對他另眼相看了。我認為一個船長跟廚師這麼要好是前所未有的事情，但這正是狼・拉森的舉動。有兩三次，他把頭伸進廚房裡，滿面春風跟穆格里奇閒聊，然後在某天下午，兩人還在船尾樓口聊了整整十五分鐘。當對話結束後，穆格里奇回到了廚房，變得油光滿面、容光煥發，他一邊工作，一邊用讓人心煩又刺耳的假音哼著叫賣小販的歌曲。

「我一向跟高級船員處得來，」他用私底下的口氣對我說，「我懂得如何讓自己獲得賞識，我真的懂。我的前一任船長就是這樣——我想都沒想就下到客艙聊了幾句，還友好地喝了一杯。『穆格里奇，』他對我說，『穆格里奇，你錯失了你的選擇。』『你是什麼意思？』我說。『你生來就該是個紳士，不必為生計出來工作。』如果他沒說過這話，就讓老天懲罰我吧，漢普。我當時就坐在他的艙室，開心舒適地抽著他的雪茄，喝著他的蘭姆酒。」

這陣嘮嘮叨叨的閒聊讓我心煩意亂，從未聽過如此令我討厭的聲音。他那油腔滑調、含沙射影的口氣、奉承的笑容和醜陋的自負，都刺激著我的神經，有時候甚至讓我渾身發抖。他肯定是我見過最噁心和讓人厭惡的人。他做的飯菜髒得難以形容，而且由於船上所有吃的東西都是他做的，我不得不小心翼翼去挑選吃下肚的東西，從食物裡找出最不髒的來吃。

我的雙手非常讓我困擾，因為太不常用它們來工作。指甲變色發黑，皮膚已經布滿汙垢，即使用硬毛刷子也刷不掉。後來又磨出許多水泡，疼痛難耐、沒完沒了。加上我的前臂又被嚴重燙傷，有一次船身晃動時，我的身體失去平衡，就這樣撞上了廚房的火爐。我的膝蓋也不見好轉，不但沒有消腫，骨頭依然擠到了膝蓋邊緣。從早到晚靠著這膝蓋一瘸一拐地走著，對傷勢一點幫助都沒有。如果想要讓它好起來，我需要的就是休息。

休息！我過去從來不曉得這個字的含義。我長這麼大一直都在休息，所以不明白什麼是休息。如今，倘若我能坐下來半個小時，什麼事都不做，甚至連腦袋都放空，這會是天底下最愉快的事情。但另一方面，這是一個啟示。從此以後，我能體會勞動人民的生活。我做夢也想不到工作是件如此可怕的事情。從早上五點半到晚上十點，我是所有人的奴隸，沒有任何一分一秒是屬於我自己，只有在第二班夜班快結束時才能忙裡偷閒，讓我能暫停片刻，看著在太陽底下波光粼粼的海面，或是凝視著水手爬到斜桁帆的高處，或在船首斜桅上奔跑。而我肯定會聽到那討人厭的聲音喊著：

「喂，你，漢普，別偷懶。我可是一直盯著你。」

統艙裡瀰漫著濃濃的火藥味，有傳言說斯摩格和韓德森打了一架。韓德森看上去是最厲害的獵人，一個慢條斯理的傢伙，很難去激怒他。但他肯定是被惹毛了，證據就是斯摩格的一隻眼睛瘀青變色，當他走進客艙吃晚餐的時候看起來特別凶惡。

就在晚餐之前，發生了一件殘忍的事，表明這群人的冷酷和野蠻。在船員之間有個叫作哈里遜的菜鳥，一個外表看起來笨手笨腳的鄉下孩子，我想是受到冒險精神的驅使，才踏上他的初次航行。在微微的逆風裡，這艘雙桅縱帆船不斷改變航向，而這時候船帆要從某一側轉向另一側，就會有個人被派到高處去移動前斜桁帆。當哈里遜在高處時，不知道什麼原因，帆腳索卡進了斜桁末端的滑輪裡。就我所知，有兩個方法可以排除這個狀況——一個是降下前桅帆，相較之下簡單也沒有危險；另一個是爬出斜桁尖端的吊索，上到斜桁的末端，這是一個極其危險的工作。

喬韓森向哈里遜喊話，叫他爬出吊索。所有人都心知肚明那孩子會害怕，而且他會感到害怕也是應該的，要在甲板上八十英尺的地方，把自己的性命託付給那些又細又纏在一起的繩子。要是吹拂的是穩定的微風，情況倒還不是那麼糟，但「幽靈」號在波濤洶湧的大海上下顛簸，每次晃動都會讓帆布飄動而發出隆隆響聲，至於吊索則是一下鬆弛，一下繃緊。這些都會像用鞭子抽打蒼蠅一樣，把一個人啪地一聲甩出去。

哈里遜聽見了命令，也理解要求他該怎麼做，但是依然裹足不前。這大概是他這輩子第一次爬到這個高的地方。受到狼・拉森的蠻橫傳染的喬韓森，爆出一連串的辱罵和詛咒。

「夠了，喬韓森，」狼・拉森粗魯地說，「我要你明白，只有我能在這艘船上破口大罵。如果有需要你的協助，我會叫你過來。」

「是的，船長。」大副乖乖認錯。

與此同時，哈里遜已經開始爬到吊索上。我從廚房門口向上望去，可以看見他的四肢都在顫抖，如同染上了瘧疾。他緩慢謹慎地往前移動，每次就前進個一英寸。在清澈湛藍的天空下，他的輪廓就像一隻巨大的蜘蛛，沿著蛛網的網格在爬行。

由於前桅帆高高聳起，這是一段微微向上的攀爬。而那些穿過斜桁和桅杆各處滑輪的吊索，讓哈里遜的手腳有各別的支撐點。但麻煩的點在於，沒有足夠強勁或穩定的風，讓船帆保持滿帆。當他爬到一半時，「幽靈」號向著迎風面來了一次劇烈的顛簸，然後又回到了兩片海面之間的波谷。他只得停止前進，緊緊抓住吊索不放。我可以看見在八十英尺的高空，他的肌肉極度痛苦地繃緊，想緊握住自己的性命。船帆收了起來，而斜桁在船身中間擺盪，吊索則鬆弛下來。儘管一切都發生得很快，但我還是能看見吊索在他身體重量的拉扯下垂了下來。接著，斜桁突然迅速地擺向另一側，大帆發出大砲般隆隆聲響，而三排收帆索打在帆布上，發出一連串步槍槍聲般的聲響。牢牢抓住繩索的哈里遜在空中經歷一陣令人頭暈目眩的猛衝。這陣衝力突然停了下來，吊索立刻變得緊繃。這像鞭子的一甩，讓他緊抓不放的姿勢崩潰了，其中一隻手從繩索上鬆開，另一隻手拚命掙扎一陣子後也撐不下去。哈里遜的身體突然往後翻，向下墜落，結果不知道用了什麼方法，靠著雙腿保住自己的性命，頭下腳上掛在繩索上。他使出吃奶的力氣再度用雙手握住吊索，但花費很長一段時間才回到原本的位置，就這樣吊在那裡，可憐的傢伙。

「我敢打賭他沒有胃口吃晚餐了。」我聽見狼．拉森的聲音從廚房轉角附近傳來，「注意你的頭上，喬韓森！小心！要來了！」

事實上，哈里遜已經頭昏眼花，像個暈船的人，有很長一段時間緊抓著他一點都不牢靠的棲身之所，絲毫不想移動。然而，喬韓森繼續殘忍暴力地逼迫他完成任務。

「真是可恥。」我聽見約翰遜用非常緩慢但正確的英語咆哮道。他就站在距離我幾英尺遠的主桅支索附近。「那孩子夠積極。如果他得到機會的話，他會願意學。但這是場——」他停頓了一會，最後說出「謀殺」這個字眼。

「你給我注意點！」路易斯低聲對他說，「看在你媽的分上，管好你的嘴巴！」

但是，在那旁觀的約翰遜依然不停地發牢騷。
「聽著，」獵人史坦迪希對著狼·拉森說，「他是我的划槳手，我可不想失去他。」
「你說得對，史坦迪希，」拉森回答，「當他在你的小艇裡，他是你的划槳手。但是當他在我的船上時，他是我的水手，而我該死地高興想讓他做什麼就做什麼。」
「可是這沒理由——」史坦迪希準備開始長篇大論。
「夠了，放輕鬆，」狼·拉森勸了回去，「我已經說得很明白，別再提了。這個人是我的，如果我想要的話，我還會把他拿去煮湯吞下肚。」
獵人目露凶光，但還是轉身離開，走到統艙的艙梯，待在那裡向上看。所有人現在都到了甲板上，眼睛都盯著高處看，有個人正在上面跟死神搏鬥。這群工業組織准許他們控制其他人的生命的人，他們的冷酷無情令人震驚。我這個生活在世界的輪轉之外的人，不曾想像過世界是用這樣的方式運作。生命總是一種似乎特別神聖的東西，但在這裡卻無足輕重，不過是商業算術上的數字。我必須說，儘管如此，這些水手他們是有同情心的，就像約翰遜的例子，但那些長官（獵人和船長）卻是無情又冷漠。即使是史坦迪希的抗議，也是因為他不想失去自己手下最好的划槳手。假如今天是其他獵人的划槳手，他也會像他們一樣，只會覺得很好笑而已。

還是回到哈里遜身上吧。喬韓森花了整整十分鐘在羞辱怒罵這個可憐蟲，才讓他再度開始行動。不久之後，哈里遜來到了斜桁的末端，跨坐在斜桁之上，讓他有更好的機會堅持下去。他解開了帆腳索，於是現在可以自由返回，沿著吊索稍微下降到桅杆，但是他已經嚇壞了。儘管他現在的位置很不安全，但還是不願意放棄，選擇去到更加不安全的吊索那裡。

哈里遜打量了他必須穿越的空中小徑，然後再往下看了看甲板。他的眼睛瞪得大大的，身體劇烈顫抖。我從未見過一個人的臉上印著如此強烈的恐懼。喬韓森徒勞無功地喊著，要他下來。他隨時都有可能從斜桁上摔落，但已經嚇得手足無措。狼．拉森跟斯摩格來回走動聊天，沒有理會哈里遜，不過他曾經對著站在船舵旁邊的人厲聲喊道：「你偏離航道了，兄弟！小心點，除非你是想找麻煩！」

「是，是，船長。」舵手回答，並且把船舵向下打好幾個輻條。

舵手犯的錯在於讓「幽靈」號偏離航道好幾度，為的是讓僅有一點的微風把前桅帆張滿，並且保持穩定滿帆的狀態。他冒著惹怒狼．拉森的風險，努力想幫助不幸的哈里遜。

時間一分一秒過去，對我來說，這種焦慮的感覺太過可怕。另一方面，湯瑪斯・穆格里奇認為這是件有趣可笑的事，他不斷把頭探出廚房門外，搖頭晃腦地說著玩笑話。我真是恨死他了！而我對他的憎恨在這段可怕焦慮的時間裡不斷升溫，達到了難以想像的程度。我有生以來第一次感受到想殺人的欲望，正如某些妙筆生花的作家所形容的，憤怒到想「見紅」。一般來說，生命可能依舊是神聖的，但是在湯瑪斯・穆格里奇這個特殊的例子裡，生命確實變得非常褻瀆。當我意識到自己陷入暴怒時，感到很害怕，並且在腦海中閃過一個念頭：我也被自己身處環境的殘酷給汙染了嗎？我過去可是連罪大惡極的罪刑，都反對用死刑來執行正義和公理。

整整半個小時過去了，然後我看見約翰遜與路易斯發生了一些爭執。最後，約翰遜擺脫了路易斯阻攔的手臂，隨即向前走去。他穿過了甲板，跳上了前桅支索，然後開始往上爬。但是，狼・拉森銳利的目光逮到了他。

「喂，你，你爬上去幹嘛？」狼・拉森喊道。

約翰遜的攀爬被阻止。他看著船長的眼睛，慢慢地回答道：「我正要去把那個孩子接下來。」

「你會從索具上爬下來，而且會該死地迅速爬下來。你聽見沒？快下來！」狼・

拉森吼道。

約翰遜猶豫了，但多年來對船上長官的服從壓倒了他，於是他悶悶不樂地回到了甲板上，然後往船頭走去。

五點半的時候，我到甲板下面去擺放餐桌，但我完全不曉得自己在做什麼，因為我的眼睛和腦袋都充滿了同一個景象，一個臉色蒼白、渾身發抖的男子，像隻蟲一樣的滑稽，攀爬在劇烈搖晃的斜桁上。到了六點，當我開始端上晚餐，到甲板上從廚房拿取食物。我看到哈里遜還待在同一個位置。餐桌上的交談都是關於別的話題。似乎沒有人對於肆意遭受毀滅的生命感興趣。不過當我稍晚一點又多跑了一趟廚房時，看見哈里遜跌跌撞撞，從前桅支索走到前水手艙的艙口，讓我感到非常高興。他終於鼓起勇氣下來了。

在結束這件事之前，我必須記下當我在洗碗時，跟狼．拉森在客艙對話的片段。

「你今天下午看起來心煩意亂，」他開口說，「發生了什麼事？」

我看得出來他知道是什麼弄得我可能跟哈里遜一樣難受，所以他是在試著吸引我的注意，於是我回答：「是因為那個男孩受到的殘酷對待。」

他短促地笑了一聲。「我想，就像暈船一樣。有些人會，有些人不會。」

「並不是那樣。」我反駁。

「就是這樣，」他繼續說，「陸地上充滿著殘酷，正如同海洋上充滿著搖晃。而有些人會因為這個原因感到不適，有些人則是因為別的理由。這就是唯一的道理。」

「但你這個嘲笑生命的人，難道不重視生命的價值嗎？」我責問道。

「價值？什麼價值？」他直盯著我，眼睛一動也不動，彷彿裡面藏著一抹憤世嫉俗的微笑。「什麼樣的價值？你該如何去測量？又有誰重視？」

「我重視。」我回答道。

「那麼，生命對你來說有多少價值？我的意思是，另一個人的生命。說看看，有多少價值？」

生命的價值？我怎麼可能賦予有形的價值？不知何故，一向善於表達的我，在狼．拉森面前卻失去了表達能力。我後來判斷這有一部分是因為他的人格特質，但絕大部分在於他那完全與眾不同的觀點。不像我遇過的其他唯物主義者，一開始還和他們有些共通點，我和他一點共通點都沒有。或許，是他思想的原始簡明迷惑了我。他直接切入問題的核心，總是剔除問題中所有多餘的細節，而帶著如此決絕的氣勢，我彷彿發現自己在腳下沒有立足之地的深水裡掙扎。生命的價值？我怎麼能在一時的衝動下回答這個問題？對我來說，生命的神聖已經是不證自明之物。生命從根本上就有價值，是我從未質疑過的真理。但他挑戰這個真理時，我卻啞口無言。

「我們昨天曾談過這點，」狼．拉森說，「我認為生命是一種發酵物、一種酵母，靠著吞噬生命來活下去，而這樣活著僅僅只是種成功的豬性。唉，在供給與需求裡，生命是世界上最不值錢的東西。這裡只有這麼多水、這麼多土地、這麼多空氣，但是要求出生的生命卻無窮無盡。自然是個敗家子。看看魚類和他們幾百萬的魚卵吧。而且，看看你和我吧。在我們的腰間蘊藏著數百萬生命的可能性。假如我們能找到時間和機會，利用殆盡身體裡每一滴尚未出生的生命，我們就能成為許許多多民族之父，並居住在各個大陸上。生命？呸！一點價值都沒有。是不值錢的東西裡面最沒有價值的一個。生命於任何地方都在乞討。自然用慷慨之手將生命揮灑出去。在能夠容納一個生命的空間裡，自然種下了一千個生命，接著生命吃著生命，直到剩下最強壯、最像豬的生命為止。」

「你讀過達爾文，」我說，「可是，當你以為適者生存允許你肆意破壞生命，那你誤解了達爾文的意思。」

他聳了聳肩。「你知道你只提到了人類的生命，你毀滅的獸類、禽類和魚類不比我或其他人少。為什麼我要吝嗇於這既不值錢又沒有價值的生命呢？水手的人數比海上能容納他們的船還多，工人人數比能容納他們的工廠或機械還多。唉，你們這些生活在陸地上的人把窮人安置在城市裡的貧民窟，散播饑荒和瘟疫給他們，而且還有更多的窮人，因為缺乏一小塊麵包屑或一小口肉而死去（這就是被毀滅的生命），比你知道該如何是好的程度還多。你有看過倫敦的碼頭工人為了一個工作機會，像荒野的野獸一樣打架嗎？」

他開始走向艙梯，不過又轉過身來說了最後一番話。「你知道生命唯一的價值就是生命加諸於自身的價值嗎？而這個價值當然被高估了，因為生命必然會偏袒自己。拿那個我讓他爬上高處的人來說。他不斷堅持著，彷彿自己是個珍貴的東西，超越鑽石或紅寶石的寶藏。這是對你來說？不。對我來說？一點也不。對他自己來說？沒有錯。可是，我並不接受他的估價。他很可悲地高估了自己。還有許多生命正要求要誕生。即便他摔了下來，腦漿像從蜂巢裡流出的蜂蜜一樣滴到甲板上，對世界來說也沒有任何的損失。供給的量實在太大了。他只對他自己有價值，而為了顯示這價值有多麼虛假，他沒有意識到死亡是指他失去了自我。他獨自評價自己有比鑽石和紅寶石還要高的價值。鑽石和紅寶石已經不見了，散落在甲板上被一桶海水沖走，而他甚至不知道鑽石和紅寶石不見了。他沒有失去任何東西，因為他失去了自我，所以失去了關於失去的知識。你還不明白嗎？你還有什麼要說的？」

「反正你就是這麼固執己見。」這是我能說的一切，接著就繼續洗著我的碗盤。

7

在經歷過三天各式各樣的風向後，我們終於趕上了東北季風。撇開我可憐的膝蓋，在經過一整晚好好的休息後，我來到了甲板上，發現「幽靈」號正乘著浪頭，順風前行，從船尾吹拂的涼爽微風，讓所有船帆（除了三角帆）都張滿了。喔，這偉大季風的奧妙！我們航行了一整天、一整夜、隔天、後天，一天接著一天，風總是從船尾吹來，風勢又強又穩定。帆船靠著本身就能航行，不需要拉拽帆腳索或滑輪，或者是去移動中桅帆，水手們需要做的事情就只有掌舵。在晚上太陽下山的時候，帆腳索就會鬆弛下來；到了早上的時候，當帆腳索被露水浸濕而舒展開來，就會再度被拉緊——僅此而已。

十節、十二節、十一節，時不時會有所變化，這就是我們達到的速度。每當強風從東北方吹來，在一個晝夜間就能讓我們航行二百五十英里。這讓我又憂又喜，我們正以這樣的步調遠離舊金山，也正以如此的速度駛向熱帶。

每天都以可察覺的溫度在變熱。在第二班晚班的時候，水手們會來到甲板，脫光衣服，然後用水桶從船邊打水來潑在彼此身上。開始看得見飛魚，而夜晚在上面值班的人會到甲板上，爭先恐後捕捉那些跳上船的飛魚。到了早晨，湯瑪斯．穆格里奇便收到賄賂，廚房裡充滿著煎炸飛魚的迷人香味。如果約翰遜在船首斜桅的頂端捉到耀眼美麗的海豚，那麼從船頭到船尾就都有海豚肉可以吃了。

約翰遜似乎把所有閒暇時間都花在那裡，或是待在桅頂橫桁的高處，看著「幽靈」號在船帆的驅使下破浪前行。在他的眼裡滿是激情和熱愛，恍恍惚惚地走來走去，陶醉地望著膨脹的船帆、飛濺泡沫的浪花，以及在跟著我們一同浩浩蕩蕩前行的液體山脈上起伏奔馳的「幽靈」號。

日日夜夜都是「驚奇和狂喜」，儘管我只能從沉悶的工作中抽出少許時間，但還是偷空凝視，凝視著我從未夢想過的世界所擁有的無盡壯麗。頭上的天空一片蔚藍，沒有絲毫瑕疵，藍得像大海本身一樣。腳下的海水則呈現湛藍色緞面的顏色和光澤。環繞地平線周圍的都是羊毛般的蒼白雲朵，從未改變、從未移動，就像襯托完美無瑕的碧藍天空的銀色布景。

我忘不了在一天夜裡，當我在理應上床睡覺的時間，躺在前水手艙的艙頂，凝視著一排排被「幽靈」號的船鼻尖推開的泡沫漣漪。那聲音聽上去就像是在小溪潺潺流過寧靜山谷裡滿是青苔的石頭，而這餘音繚繞的歌曲引領我出神，離開了自我，我不再是那個叫作漢普的船艙雜工，也不是凡·韋登，那個在書本中做了三十五年夢的男子。但是，我身後傳來一個聲音，那毫無疑問是狼·拉森的聲音。那聲音因為那個男人無畏的確信顯得有力；因為對他所引詞句的欣賞而顯得柔和，進而喚醒了我。

喔，熾熱的熱帶之夜，當船的軌跡劃出一道光亮
那馴服了炎熱的天空，
當穩健的船鼻尖呼聲穿過滿布星辰的表面，
受到驚嚇的鯨魚甩出一道火焰！
親愛的姑娘，她的外殼被太陽曬得傷痕累累，
她的繩索因露水而緊繃。
我們呼嘯著駛向往日的航線、屬於我們的航線、駛向遠方的航線，
我們隨著漫漫航線向南漂移——這總是一條嶄新的航道。

道。

「喂，漢普？這有打動你嗎？」在詩句和伴奏所需的適當停頓後，狼・拉森問

我打量著他的臉。那張臉就像大海一樣光芒四射，眼睛則在星光下閃爍光輝。

「至少讓我覺得很不尋常的是，你表現出的熱情。」我冷冷地回答。

「嘿，兄弟，這就是活著！這就是生命！」他大喊道。

「那是既廉價又沒有價值的東西。」我用他自己的話去回敬他。

他放聲大笑，這是我第一次從他的聲音裡聽見真誠的笑聲。

「喔，我沒辦法讓你明白，沒辦法灌輸到你的腦袋裡，生命究竟是什麼樣的東西。當然，生命對其本身之外來說，都是沒有價值的。而我可以告訴你，我的生命如今非常有價值——對我自己來說。這是無價的，你可能會認為這是一個可怕的高估，但我愛莫能助，因為是我體內的生命做出了這樣的估價。」

他似乎在思索用什麼樣的話來表達心中的想法，最後接著說：

「你知道，我現在充滿著一股莫名的振奮，感覺彷彿所有時間都在我身上迴盪，所有的力量都為我一人所有。我知曉真理，懂得分辨善惡對錯，我的視野既清新又遠大。我幾乎要相信上帝的存在。但是——」他的聲音變了調，臉上也失去了光彩，

「我找到自我的這種狀況又是什麼呢？生命的喜悅？生命的歡愉？這種靈感，我可以這樣稱呼它嗎？當一個人的消化系統沒有問題、腸胃健康、胃口良好，一切順利時，就會出現這種狀況。這是對生命的賄賂、血液的香檳，是一種發酵的活力，讓一些人能產生神聖的想法，另一些人則能看見上帝，或是在看不見上帝時創造他。這就是一切，生命的酩酊、酵母的攪動和爬行、在生命意識到自己活著而發瘋的胡言亂語。然後，呸！我明天就會像酒鬼一樣為此付出代價。而我會知道自己終有一死，很可能就死在海上，停止自我的爬行，與海中腐爛之物隨波逐流；被飽餐一頓；變成腐肉。放棄我的肌肉裡所有力量和動力，讓它變成魚鰭、魚鱗和魚的內臟的力量與動力。呸！我呸！香檳已經平淡無奇。那股活力與氣泡消失無蹤，變成索然無味的飲料。」

狼．拉森就像來時一樣突然離我而去，帶著如同老虎般的重量和柔軟，跳到了甲板上。「幽靈」號繼續在航線上破浪前行。我注意到船鼻尖發出的潺潺水聲就像鼾聲一般，而當我聽著那聲音時，狼．拉森從極度歡愉到絕望的迅速轉變所帶來的影響，慢慢離我而去。接著，有位遠洋水手在甲板中間，用渾厚的男高音唱起了《季風之歌》（Song of the Trade Wind）：

喔，我是水手們深愛的風——
我穩定、強健、忠實，
他們憑藉著天上的白雲來追隨我的蹤跡，
在那深不可測的熱帶蔚藍之上。

＊　＊　＊

無論白天或黑夜，我都追著帆船而行，
我像隻獵犬一樣跟著她的軌跡；
我在正午時分最為強勁，但就算在月色之下，
我能讓她的船帆堅挺不拔。

8

有些時候，我認為狼・拉森發瘋了，或者至少瘋了一半，因為他的古怪脾氣和變幻無常。也有些時候，我覺得他是個非凡的人物，一個前無古人的天才。最終，我深信他是原始人的完美典範，晚生了一千年或者好幾個世代，在這個文明達到巔峰的世紀裡，是個不合時宜的存在。他屬於最顯而易見類型的個人主義者。不僅如此，他還非常孤獨。他跟船上其他人之間一點都不意氣相投。他無與倫比的剛強活力和心智力量，把他跟旁人隔絕開來。他們對狼・拉森來說，更像是孩童，即便是獵人也不例外，而他也像對待孩童一樣對待他們，只能降低到他們的水平，彷彿一個男人在跟小狗玩耍。要不然，他就會用活體解剖學家般殘忍的手去探究他們，摸索他們的心智歷程，檢驗他們的靈魂，彷彿要看看靈魂是由什麼構成。

我曾經看過許多次，他在餐桌上辱罵著不同的獵人，這時他的眼神沉著平靜卻又帶著某種興趣，抱持著好奇心去思忖他們的行為、答覆和微不足道的憤怒。他這樣的好奇心，對我這個旁觀並了然於心的人來說，幾近可笑。關於他自己的憤怒，我相信那不是真的，那有時候是種實驗，但主要是種習慣，他認為適合對他的同胞所採取的姿態或態度。除了大副死去的那起事件可能是個例外，我知道自己從未見過他真正發怒，而我也不希望見到他真的大動肝火，那時候他會釋放出身上所有的力量。

關於變幻無常這個問題，我該談一談湯瑪斯．穆格里奇在客艙裡的遭遇，同時講完一起我已經提過一兩次的事件。某一天，在十二點的午餐結束後，我剛整理完客艙，狼．拉森就與湯瑪斯．穆格里奇從艙梯走了下來。儘管廚師有個能從客艙直通艙房的小隔間，但他從來不敢在客艙逗留，或是被人看見，每天就像個膽怯的鬼魂一樣飛快地來回一兩次。

「所以你懂得如何玩『拿破崙』這個紙牌遊戲，」狼．拉森帶著一種愉快的語調說道，「我早應該猜到是個英國人都會玩。我自己就是在英國人的船上學會的。」

湯瑪斯．穆格里奇站在狼．拉森旁邊，一個胡說八道的傻瓜，能夠這樣子跟船長打好關係讓他樂不可支。他裝腔作勢，費盡努力裝出一副生來就有尊嚴的樣子，若非可笑，就是令人作嘔。他徹底忽略了我的存在，儘管我認為他根本沒把我放在眼裡。

他虛無飄渺的蒼白雙眼就像慵懶的夏日海洋般飄移，然而其所見到的幸福景象就超出了我的想像。

「拿牌來，漢普，」狼．拉森吩咐，他們在桌子旁邊坐了下來，「順便把雪茄和威士忌拿出來，你在我的房間裡都找得到。」當我拿著東西回來的時候，正好聽見那個倫敦佬籠統地在暗示自己身上的祕密，他可能是個紳士之子，只是出了差錯或什麼的；同時他也是個靠匯款過活的人，有人付錢給他，要他遠離英國。「付了我很多錢，先生，」他是這麼說的，「付了很多錢要我滾蛋，並且不准回去。」

我拿來了平常慣用的玻璃酒杯，但狼．拉森皺起眉頭，搖了搖頭，用手示意我把平底酒杯拿來。他在裡面倒滿了三分之二杯純的威士忌——湯瑪斯．穆格里奇稱之為「紳士的飲料」。接著，兩人為這光榮的遊戲「拿破崙」舉杯，點上雪茄，然後開始洗牌和發牌。

他們打牌有賭錢，漸漸把下注的金額往上加。他們喝著威士忌，把酒喝得一乾二淨，我又取來更多的酒。我不曉得狼．拉森是否有作弊，他絕對有能力辦到這點，但他不停在贏錢。廚師往他的鋪位來回跑了好幾趟去拿錢。每次他都表現得大搖大擺，但一次就只帶回來幾塊錢。他喝到變得多愁善感、隨便，幾乎看不清楚牌面，坐也坐不直。每當他又要回去鋪位的時候，就會用油膩的食指勾住狼・拉森的鈕眼，虛張聲勢地重申：「我有錢。我有得是錢，我告訴你，我可是紳士之子。」

狼・拉森一點都不受酒精的影響，儘管他一杯接著一杯，只要酒杯倒滿了，就繼續喝下去。他面不改色，甚至沒有因為對方的滑稽舉動而被逗樂。

最終，廚師大聲嚷嚷說他要像個紳士一樣輸掉，於是把最後的一筆錢都賭下去，結果輸得一乾二淨。於是他雙手抱頭放聲大哭。狼・拉森饒富趣味地看著他，好像準備要對他進行調查和活體解剖，然後改變了主意，因為已經有了預料中的結果，沒有什麼東西好調查的。

「漢普，」他相當客氣地對我說，「請扶著穆格里奇的手，幫忙他上去甲板，他感到非常不舒服。」

「然後告訴約翰遜，在他頭上澆幾桶海水。」他悄聲在我耳邊補上一句。

我把穆格里奇先生留在甲板上，交給幾個咧嘴壞笑的水手負責，已經交代好他們該怎麼處理。穆格里奇先生在睡夢裡咕噥著，說自己是紳士之子。但當我走下艙梯去清理餐桌時，我聽見他被第一桶海水潑醒的尖叫聲。

狼・拉森正在數他贏來的錢。

「剛好一百八十五塊，」他大聲說道，「正如我所想的一樣，這傢伙身無分文就上了船。」

「所以你贏到手的錢是我的，船長。」我大膽地開口。

他對我露出一個戲弄的微笑。「漢普，我年輕的時候學過一點文法，而我認為你講話的時態搞錯了。你應該說『曾經是我的』，而不是『是我的』。」

「這不是文法的問題，而是倫理問題。」我回答。

狼．拉森過了快一分鐘才開口。

「你知道嗎，漢普，」他帶著緩慢又嚴肅的語氣開口，裡面有股難以言喻的悲傷，「這是我第一次從一個人的口中聽見『倫理』這兩個字。你我兩人是這艘船上唯一懂得這兩個字意思的人。」

他停頓了一會後接著說，「在我生命中的某段時間，我夢想著有朝一日能和使用這種語言的人交談，讓我可以擺脫自己出身的環境，和那些能夠談論倫理之類的事情的人相互對談和交流。而這次我第一次聽到這兩個字怎麼發音。不過這都是題外話，因為你是錯的。這既不是文法也不是倫理問題。而是個事實的問題。」

「我懂，」我說道，「事實就是你擁有這些錢。」

他的臉色明亮了起來，似乎對我的領悟力感到開心。

「但這迴避了真正的問題，」我接著說，「那就是正確與否的問題。」

「啊，」他諷刺地噘起嘴巴說道，「我看你還相信有對錯這種事。」

「但難道你不相信嗎？一點也不？」我追問。

「一點都不相信。強大就是正確，這就是一切。軟弱就是錯誤。用非常蹩腳的說法就是，如果一個人變強就對他有益，變弱則對他有害。或者換個好一點的說法，強者是愉快的，因為能得到利益；弱者是痛苦的，因為會遭受懲罰。就像現在，能擁有這些錢就是一件愉快的事情。擁有它對一個人來說是件好事。能夠擁有這筆錢，卻把它讓給你，放棄擁有它的喜悅，那我就是委屈自己，委屈了我體內的生命。」

「可是你占有這筆錢，就是委屈了我。」我反駁道。

「一點也不。一個人不可能委屈另一個人。他能委屈的只有自己。在我看來，當我考慮到別人的利益時，總是做錯決定。你難道不明白嗎？兩團竭盡全力想吞噬對方的酵母，怎麼會委屈彼此呢？他們生來的天性就是要拚命吞食，然後避免遭到吞食。當他們偏離這一點的時候，就犯下了罪。」

「那麼，你不相信利他主義？」我問道。

這個詞對他來說，似乎耳熟能詳，但仍然若有所思地在斟酌。「讓我想想，這是指某種關於合作的事情，對吧？」

「喔，在某種程度上來說，是有些關聯。」我回答道，這次對他的用詞出現如此落差，一點都不意外。就像他擁有的知識一樣，都是靠自己閱讀、自學而來，沒有人指導他學習，而且他想了很多，卻很少或根本沒有說出口。「利他行為是為他人福祉而做出的舉動。這是種無私的行為，跟為了自己來行動，也就是自私的行為相反。」

他點了點頭。「喔，對，我現在想起來了。我在讀史賓賽的時候碰過這個詞。」

「史賓賽！」我驚呼，「你讀過他的書？」

「讀得不多，」他坦白，「我讀懂了不少《第一原理》（*First Principles*）。但他的《生物學》（*Biology*）卻讓我洩氣，而《心理學》（*Psychology*）則讓我的心情盪到谷底好幾天。老實說，我並沒有明白他到底在說什麼。我把這歸咎於自己的智商缺陷，但從那之後，我則認為是因為缺乏準備。我缺乏適當的基礎。只有史賓賽和我自己知道，我有多麼徹底地被擊垮。不過，我確實從他的《倫理學資料》（*Data of Ethics*）學到一些東西。我就是在那本書碰到『利他主義』這個詞，而我現在也想起來這個詞是怎麼被使用了。」

我很好奇這個男人能從那樣的作品裡得到些什麼。史賓賽我記得很清楚，利他主義是他理想中最高階行為的關鍵。很明顯，狼．拉森已經篩選過這位偉大哲學家的教誨，依自己的需求和欲望來加以否定和選擇。

「你還讀過什麼別的嗎？」我問道。

他微微蹙起眉頭，竭盡腦力想把以前從未說出口的想法，恰如其分地表達出來。我感覺到一股精神上的歡愉。我正在摸索他的靈魂，正如同他摸索別人的靈魂一樣。我正在探索一塊處女地。一個奇異、一個奇異非常的領域在我眼前展開。

「用最簡短的話來說，」他開口說道，「史賓賽是這樣說的：首先，一個人必須為自己的利益來行動——這麼做便是有道德、是良善的。接著，他必須為了自己子女的利益來行動。然後，他必須為了自己種族的利益來行動。」

「而最高、最好、正確的行為，」我插話道，「就是同時為個人、子女和種族帶來利益的行動。」

「我不贊同那點，」他回答道，「也不了解其必要性，或是有合乎常理。我排除了子女和種族。我不會為了他們犧牲任何東西。這有太多矯揉造作的言語和情緒，而你必須親眼見證，至少對一個不相信永生的人來說是如此。有了擺在我面前的永生，利他主義會是個有利可圖的商業提案。我可以把自己的靈魂提升到各種高度。但在我面前的沒有永生，只有死亡，在被給予的短暫時間裡，這團爬行蠕動的酵母被稱作生命，這就是為什麼我如果做出任何犧牲的行為，都是不道德的。任何讓我失去一點爬行或蠕動的犧牲都是愚蠢的——不只愚蠢，還是對自己的傷害，是邪惡的行為。如果我想從發酵過程中獲得最多，就不能失去任何一次爬行或蠕動。當我正在發酵和爬行的時候，不論是犧牲或是自私，都不會讓即將降臨到我身上的永恆靜止變得更容易或是更艱難。」

「那你是個人主義者、唯物主義者，並且從邏輯上來說，是享樂主義者。」

「好多厲害的字眼，」他笑了起來，「不過什麼是享樂主義者？」

當我告訴他享樂主義者的定義後，他點了點頭。

「所以你同樣也是——」我接著說道，「一是個只要私人利益有可能干涉，就沒有辦法信任的人？」

「你現在終於開竅了。」他快活地說。

「你是個完全沒有世俗所謂道德的人？」

「正是如此。」

「一個總是受人畏懼的人——」

「可以這麼說。」

「如同害怕一條蛇、一頭老虎或一隻鯊魚那樣嗎？」

「現在你了解我了，」他說，「了解在一般人眼中的我。其他人都叫我『狼』。」

「你是某種怪物，」我大膽地補上一句，「是思索著賽提柏斯（Setebos）的凱利班〔Caliban，譯註：莎士比亞戲劇《暴風雨》（*Tempest*）裡凶殘醜陋的奴僕。後來白朗寧據此寫了一首詩〈凱利班談論賽提柏斯〉（Caliban upon Setebos）〕。他的所作所為就跟你一樣，在閒暇時候憑著奇思妙想行事。」

他一聽到這個隱喻就眉頭深鎖。他並未聽懂，而我立刻就明白他並不知道這首詩。

「我正在閱讀白朗寧。」他承認道，「相當難懂。我沒有讀懂多少，已經快要不知所措。」

我不厭其煩地提議去他的艙房裡取來那本書，並朗讀〈凱利班談論賽提柏斯〉。他非常高興。這是一種他去推理和思考自己徹底理解之事的原始方式，他好幾次用評論和批評打斷我的朗讀。當我讀完的時候，他又要我從頭朗讀第二、第三遍。我們展開了討論——哲學、科學、演化、宗教。他暴露出自學者的不精確，同時必須得承認原始心靈擁有的自信和直率。他非常簡潔的推理是個優勢，而他的唯物主義遠比查理・福魯賽斯巧妙複雜的唯物主義來得更有說服力。而我這個根深柢固——或用福魯賽斯的話來說，個性倔強的理想主義者，並未被折服。不過，儘管沒有獲得認同，但是狼・拉森用值得尊敬的氣勢，猛攻我的信仰的最後堡壘。

時間過得很快，馬上就要到晚餐時間，但餐桌還沒有擺好。我開始坐立不安、十分焦急，而當湯瑪斯・穆格里奇在艙梯蹬大眼睛、面露憤怒和不悅的神色時，我準備起身去做我的工作。但是，狼・拉森在這時候對他喊道：「廚子，你今晚勤快一點。我與漢普有事要忙，而且沒有他，你會幹得更好。」

接著，又發生了史無前例的事情。那天晚上，我跟船長和獵人們一起坐在餐桌上，由湯瑪斯・穆格里奇服侍我們，並且結束後由他來洗碗——這是一股心血來潮，一種狼・拉森式的凱利班情緒，而我料到這將會給我帶來麻煩。在這段期間裡，我們聊個沒完，獵人們都聽到厭煩，因為他們一個字也聽不懂。

9

休息了三天，休息了美好的三天，我一直和狼・拉森待在一起，在客艙的餐桌用餐，什麼事都不做，就只和他討論生命、文學和宇宙。而湯瑪斯・穆格里奇則是怒火中燒，除了他分內的差事外，還要做我那份工作。

「小心風暴將至，我能告訴你的只有這些。」當狼・拉森忙於平息獵人之間的糾紛，我在甲板上多出半個小時的空閒時，路易斯過來提醒我。

「你說不準會發生什麼事。」路易斯繼續說道，來回答我想知道更多確切資訊的提問。「這個人就像氣流和水流一樣不受控制。你永遠猜不透他的想法。就在你以為自己了解他，並順著他的意時，他會突然轉過身來，死死盯著你，然後朝著你怒吼，把你所有順風的船帆都撕成碎片。」

所以，當路易斯預言的風暴朝我襲來時，我並不怎麼感到驚訝。我們一直在進行一場熱烈的討論——當然是關於生命的，結果我變得放肆起來，對狼・拉森和他的生命提出了嚴厲的指責。事實上，我正活生生地解剖他，徹底翻開他的靈魂，就像他平常習慣對其他人做的一樣。說話尖銳直接可能是我的弱點，但我將所有顧忌都拋到腦後，又割又砍，直到他整個人放聲咆哮。他那曬成古銅色的黝黑面孔氣得發紫，雙眼燃燒著熊熊怒火。他的眼裡沒有任何一絲澄澈或理智，滿是瘋子的盛怒。這就是我在他體內看見的那匹狼，而且是匹瘋狂的狼。

他吼到一半便撲向我，抓住了我的手臂。儘管我內心已經在顫抖，但還是咬緊牙關硬撐了下來。不過這個人無窮的力量超出我能撐住的範圍。他單手抓住了我的二頭肌，當他的手用力收緊時，我一下子就畏縮起來，高聲尖叫。我的雙腳支撐不住，根本站不直身子，也痛苦難耐。我的肌肉拒絕履行職責。疼痛實在太過劇烈。我的二頭肌正在被捏成肉醬。

他似乎恢復了神志，因為眼裡閃過一道清澈的光芒，接著鬆開了他的手，發出一陣更像是咆哮的短促笑聲。我摔到了地板上，感覺非常虛弱，他則坐了下來，點燃一根雪茄，然後像貓盯老鼠一樣看著我。當我痛苦地扭動身體時，可以看到他的眼裡浮現了我經常注意到的好奇心、探詢、驚訝和困惑，以及他對於這一切究竟是怎麼回事的永恆疑問。

我終於靠著雙腳爬起身，走上客艙的梯子。美好的日子過去了，我除了回到廚房，別無選擇。我的左手彷彿癱瘓一般失去知覺，過好幾天才能正常活動，直到好幾個禮拜以後，最後的僵硬和疼痛感才消失。而狼．拉森只不過是把手放在我的手臂上捏了一下而已。沒有任何猛烈拉扯，他就只是用了穩定的壓力收緊他的手。直到第二天我才完全理解他到底做了什麼，他把頭伸進了廚房，並且作為友好的象徵，問我手臂都還好嗎。

「這原本有可能會更糟。」他笑著說道。

我當下正在削馬鈴薯皮。他從鍋子裡拿起一顆又大又結實、還沒削過皮的馬鈴薯。他用手握住馬鈴薯，用力一捏，馬鈴薯就變成黏糊糊的汁液，從他的手指間噴出來。他把手上殘留的馬鈴薯泥甩回鍋子裡，隨即轉身離開。我這下清楚明白，如果那個怪物把他真正的力量釋放在我身上，我可能會變成什麼樣子。

但是除此之外，這三天依然非常美好，讓我的膝蓋獲得其所需的難得機會，感覺好多了，腫脹已經明顯消退，膝蓋骨也降回正確的位置。當然，這三天的休息給我帶來預料之中的麻煩。顯而易見地，湯瑪斯．穆格里奇要我為那天三付出代價。他非常惡劣地對待我，不斷詛咒我，還把自己的工作推到我身上。他甚至膽敢朝我舉起拳頭，但我自己也變得像野獸一樣，對著他的臉狠狠怒吼，這一定把他嚇退了。我可以想像這不是一幅愉快的畫面。我，韓福瑞．凡．韋登，在臭氣沖天的船上廚房裡，蹲坐在角落忙著自己的工作，同時抬起頭面對著正準備揍我的人的臉，揚起嘴唇，像隻狗一樣咆哮。我的眼裡閃爍著恐懼和無助，以及恐懼和無助所帶來的勇氣。我並不喜歡這幅景象，讓我強烈想起困在陷阱裡的老鼠。我不想去思考這點，但這行為奏效了，因為那一拳並未揮下來。

湯瑪斯．穆格里奇退縮了，滿心怨恨、惡狠狠地瞪著我，而我也照樣瞪回去。我們就像一對一起被關進籠子裡的野獸，齜牙咧嘴向對方示威。他是個膽小鬼，因為我先前沒有展現出足夠的害怕就不敢揍我，所以選擇了另外一個新方法來恫嚇我。廚房裡就只有一把刀子，而只要是一把刀，就意味著任何事情。經過多年的使用和磨損，刀刃已經變得又長又薄，看上去異常凶殘，所以剛開始我每次用這把刀的時候都膽戰心驚。廚師從喬韓森那裡借來一塊石頭，著手磨利那把刀。他用非常賣弄的姿勢在磨刀，並且時不時就對我投來意味深長的目光。他整天反反覆覆磨著那把刀。每當他一有空，就會拿出刀子和石頭，然後開始磨刀。這塊鋼鐵變得像剃刀般鋒利。他用手掌的魚際和指甲測試了那把刀，還剃掉了手背上的毛，並用極細微的敏銳眼神去掃視刀鋒，發現或假裝發現刀鋒有某個些許不平整的地方後，他就會把刀子放到石頭上，不斷磨啊磨，直到我笑得合不攏嘴，這實在是太可笑了。

這同時也不是開玩笑的，因為我知道他會用刀子做出什麼事，即便他是個徹底的膽小鬼，但膽小鬼有膽小鬼的勇氣，就像我一樣，會驅使他去做出一些他全身上下的本性都會抗議並害怕去做的舉動。「廚子正磨刀霍霍要宰了漢普。」在水手之間傳遍了這樣的耳語，其中有些人還拿這件事取笑他。廚師對此沒有放在心上，反倒沾沾自喜，帶著不祥的預感和神祕點了點頭。直到昔日的船艙雜工喬治・李區拿這件事情開了一個粗俗的玩笑。

李區恰巧就是穆格里奇跟船長打完牌後，被叫去朝他臉上潑水的其中一位水手。李區顯然徹底完成了自己的任務，所以讓穆格里奇懷恨在心，朝他破口大罵，還包含許多辱罵祖先的邪惡字眼。穆格里奇拿出原本磨利要來對付我的刀子去威脅李區。李區放聲大笑，罵出更多他在電報山學會的粗口，在我跟他都還搞不清楚狀況以前，他的右手臂已經被迅速揮舞的刀子從手肘到手腕狠狠劃開一道傷口。廚師向後退開，臉上露出凶惡的表情，刀子擺在自己身前，做出防禦的姿勢。儘管鮮血像噴泉一樣噴灑在甲板上，但李區仍舊神色自若。

「我遲早會找你算帳，廚子，」他說，「而且我會狠狠地對付你。我不會急著找你報仇。當我找上你的時候，你手上不會有那把刀子。」

話一說完，李區就安靜地轉身離開。穆格里奇的臉因為知道自己做了什麼，以及被他刺傷的人不久之後可能對他做什麼，恐懼到滿臉鐵青。不過，他對待我的態度卻比以往更加凶狠。儘管他對於要為自己的所作所為付出代價感到恐懼，但看得出來這對我是個教訓，因此變得更加趾扈和眉飛色舞。此外，他看到自己讓別人見血之後，就產生一股近乎瘋狂的欲望。不論他往哪個角度思考，都會變得非常激動。這其中的心理因素糾纏不清，但我卻能像讀一本書一樣，清楚解讀他的心理運作。

好幾天過去了，「幽靈」號依然在季風吹拂之下破浪前行，而我可以發誓自己看見穆格里奇眼裡的瘋狂不斷增長。我承認自己開始害怕起來，非常、非常害怕。磨啊磨、磨啊磨，磨了一整天的刀。當他感受著銳利的刀鋒和瞪著我時的眼神，絕對不是吃素的。我不敢背對他，離開廚房的時候都是倒退著走出去——這成為水手和獵人們的娛樂消遣，他們會三五成群聚過來，目送我離開。這壓力實在太緊繃了。我有時候都覺得腦袋會在這樣的壓力下崩潰——在這艘充滿瘋子和野蠻人的船上是稀鬆平常的事。我的存在每分每秒都暴露在危險之中。我是一個落難的人類靈魂，從船頭到船尾沒有任何靈魂表現出足夠的同情心，要對我伸出援手。有時候，我想過向狼・拉森求助，但我在他眼裡看見的是質疑生命並嗤之以鼻、嘲弄一切的魔鬼，這樣的景象猛然朝我襲來，迫使我克制自己的念頭。又有些時候，我曾經認真考慮過要自殺，但我樂觀的哲學費盡全力阻止我，在漆黑的夜晚從船緣跳下海裡去。

狼・拉森有好幾次嘗試引誘我進行討論，但我只給了簡短的回答來避開他。最終，他命令我暫時回到客艙餐桌旁坐下，讓廚子接手我的工作。於是，我向他坦白那三天的得寵，使得我必須忍受湯瑪斯・穆格里奇如何的對待。狼・拉森的眼睛笑瞇瞇地看著我。

「這麼說你害怕了，嗯？」他冷笑著。

「對，」我毫不避諱地坦白承認，「我怕了。」

「你們這群傢伙都是這個樣子，」他帶有幾分生氣的樣子大喊，「感傷著你們永恆的靈魂並害怕死亡。一看到銳利的刀子和倫敦佬，對生命的執著就超越了你所有多情的愚蠢想法。為什麼呢，我親愛的夥計，你會永遠活著。你是神，而神是不會被殺死的。廚子傷害不了你。你確信自己會復活。那麼又有什麼好害怕的呢？

「在你面前有著永恆的生命。你是永生的百萬富翁，一個不會失去這份財富的百萬富翁。你的財富比起星星更不容易變質，與空間和時間一樣會持續到永遠。你的本金不可能減少。永生是個沒有開始和結束的事情。永恆就是永恆，就算你死在這裡，但你將在這之後繼續活在別的地方。這一切都非常美好，將擺脫肉體的束縛，讓被囚禁的靈魂自在翱翔。廚子不可能傷害你。他只會給你前往永恆必經之路的助力。

「或者，如果你還不希望有人推你一把，那為什麼不換你推廚師一把？根據你的想法，他也必須是個永生的百萬富翁。你無法讓他破產。他的鈔票永遠都會按照面值流通。你不可能靠著殺死他去減少他生命的長度，因為他不存在開始或結束，必定會在某個地方，用某種方式繼續活下去。那麼就幫他一把，捅他一刀，解放他的靈魂。他的靈魂如今被關在一個骯髒的監獄裡，你破門而入只對他有益而無害。而且誰知道呢？或許從那具醜陋的屍體裡，會冒出一個美麗的靈魂飛向藍天。幫他一把，我就會讓你升到他的位子，他每個月有四十五塊錢的薪水。」

很顯然，我從狼．拉森那裡得不到任何幫助或憐憫。不論最終做了什麼，我都必須靠自己，而我從恐懼之中鼓起勇氣，制定了以牙還牙的計畫來對付湯瑪斯．穆格里奇。我向喬韓森借來一塊磨刀石。路易斯——那個小艇的舵手——老早就求我給他點煉乳和糖。儲存這些美味的儲藏室就位於客艙地板的下方。看準機會，我偷了五罐煉乳，然後在路易斯於甲板上值班的那天晚上，用這些煉乳跟他換了一把和湯瑪斯．穆格里奇的蔬菜刀一樣，看起來既凶殘又修長的匕首。這把匕首生了鏽所以很鈍，但我搬出磨刀石，讓路易斯磨出銳利的刀鋒。在那天晚上，我睡得比平常更香。

第二天早餐過後，湯瑪斯．穆格里奇又開始磨啊磨、磨啊磨。我那時候正跪在地上清理爐灰，所以警戒地看了他一眼。當我倒完爐灰，回到廚房後，他正在跟哈里遜講話。這個老實的鄉巴佬一臉著迷和驚奇。

「對，」穆格里奇說道，「那個大人不過是把我關在雷丁（Reading）監獄裡兩年，但我會在乎才有鬼呢。另外一個傻瓜被整得很慘。你真該看看他。那把刀就長這個樣子。我像刺進一塊柔軟的奶油裡一樣，把刀子捅進去，然後他就尖叫起來，樣子比三流戲院的演出還要精采。」他朝著我的方向看了一眼，想知道我有沒有上當，接著繼續說下去。「『我不是故意的，湯米。』他哭哭啼啼地說，『上帝，幫幫我吧，我不是故意的！』我則是緊緊追在他後面，說道：『我會狠狠修理你。』我把他砍成了碎片，我就是這麼幹的，而他不停地尖叫。有一次他抓住了刀子，試著想要握住它。不管他的手指都還握在上面，我就直接把刀子抽出來，劃出深可見骨的傷口。喔，我可以告訴你，他那副樣子可真是丟臉。」

大副的呼喊打斷了這血淋淋的故事，哈里遜走去了船尾。穆格里奇坐在通往廚房的門檻上，繼續磨著他的刀。我把鏟子收好，冷靜地坐到煤炭箱上頭，面對面看著他。他惡狠狠地瞪了我一眼。我依然保持冷靜，但心臟已經撲通撲通地跳。我拿出路易斯的匕首，開始用磨刀石去磨。我一直等著這倫敦佬任何一丁點突然爆發的跡象，但令我驚訝的是，他完全沒有表現出注意到我在做什麼的樣子。他就只是繼續磨著他的刀，而我也繼續磨我的。整整兩個小時，我們就坐在那裡，面對著面，不停地磨刀，直到消息傳遍了整艘船，大半的船員都聚集到廚房門口來看好戲。

鼓勵和建議滿天飛。而喬克．霍納——一個沉默寡言、自言自語、看上去連一隻老鼠都不會傷害的獵人——建議我避開肋骨，往腹部刺過去，同時用匕首使出一招他口中的「西班牙式旋轉」。至於李區，他包好繃帶的手臂顯眼地掛在胸前，求我留點廚師的殘渣給他。狼．拉森在船尾樓停下來一兩次，滿臉好奇地打量著他所認為的生命，也就是不停蠕動和爬行的酵母。

我可以毫無顧忌地說，在那個當下，生命的價值對我來說，同樣汙穢不堪。生命一點都不美好，一點都不神聖——只有兩個會動的膽小東西，坐在那裡往磨刀石上面磨著刀，還有一群不論膽小與否的其他東西在一旁看著。我敢保證，他們之中有一半的人等著看我們把對方砍得血流如注。這會成為一場娛樂表演。而我不認為當我們陷入你死我活的局面時，有人會出手干涉。

另一方面，整件事情都很可笑和幼稚。磨啊磨、磨啊磨——韓福瑞・凡・韋登在船上廚房磨著他的刀，還用他的拇指去試刀利不利！所有這些情況都令人難以置信。我知道跟我同個圈子的人都不敢相信會有這種事情發生。我成天被叫作「娘娘腔」・凡・韋登不是沒有原因的。而「娘娘腔」・凡・韋登有辦法做到這種事，對韓福瑞・凡・韋登來說是個啟示，儘管他並不知道該感到高興還是羞恥。

然而，什麼事都沒發生。兩個小時過去之後，湯瑪斯・穆格里奇把刀子和磨刀石推到一旁，然後伸出了他的手。

「我們兩個讓這群傻瓜看好戲，究竟有什麼好處呢？」他問道，「他們一點都不愛我們，而且很該死地會高興看到我們割斷自己的喉嚨。你這個人不壞，漢普！就像你們美國佬說的，你很有種，我有點欣賞你。讓我們來握手吧。」

我也許是個膽小鬼，但沒有比他還膽小。這場勝利明顯是我贏了，所以拒絕去握住他可恨的手，放棄任何一點到手的勝利。

「好吧，」他自暴自棄地說，「握不握隨便你，我還是欣賞你。」為了保住顏面，他滿臉凶狠地轉身面對那群圍觀者。「滾出我的廚房，你們這群該死的蠢貨！」

一壺熱氣騰騰的水增強了這聲命令的力道，水手們見狀紛紛慌忙躲避。這對於湯瑪斯·穆格里奇來說是種勝利，讓他能夠更體面地接受我帶給他的慘敗。不過，他當然也太過小心謹慎，以至於沒有試圖把獵人趕走。

「我看廚子這下完了。」我聽見斯摩格對霍納這麼說。

「當然，」霍納回答，「從現在開始，漢普就是廚房的老大，廚子得收斂收斂。」

穆格里奇聽見了之後，迅速看了我一眼，但我假裝自己沒聽到這番話。我不認為自己取得了影響深遠且全面的勝利，但同時也下定決心不會放棄任何到手的東西。隨著日子過去，斯摩格的預言應驗了。倫敦佬對待我，比對狼·拉森還要來得必恭必敬、唯命是從。我不用再稱呼他為先生或閣下、不用再洗油膩的鍋子、不用再削任何馬鈴薯皮。我做著自己的工作，而且只用在我認為適合的時間，用我認為適合的方式，做自己的工作。此外，我像個水手一樣把匕首連著刀鞘掛在腰間，並且始終對湯瑪斯·穆格里奇保持一種囂張跋扈、輕蔑侮辱的態度。

10

我跟狼・拉森之間變得日漸親密——如果「親密」這個詞可以用來表示主僕之間的關係，或是更準確一點來說，國王和弄臣之間的關係的話。我對他來說只不過是個玩具，而他重視我的程度，頂多就像孩童重視玩具一樣。我的功能就是博君一笑，只要我能逗樂他，一切都相安無事；但是讓他覺得無聊，或是讓他湧現不好的情緒，我立刻就會從客艙的餐桌被貶回廚房裡，不過與此同時，也很幸運自己能全身而退。

我慢慢認識到這個男人的孤獨。船上沒有一個人不恨他或是怕他，而他也鄙視船上所有的人。他似乎為體內巨大的力量所左右，並且從未找到能有效表達的適當方式。他就像是路西法（Lucifer），一個遭到放逐的驕傲靈魂，被流放到一個充滿著如同魯德亞德・吉卜林（Rudyard Kipling，譯註：英國小說家暨諾貝爾文學獎得主）筆下的〈湯姆林森〉（Tomlinson）這首詩裡所描述、毫無生氣的鬼魂的社會。

這種孤獨本身就已經相當糟糕，雪上加霜的是，他還受到源自種族的原始憂鬱所折磨。認識他之後，我對古老斯堪地那維亞的神話有了更透徹的理解。那些創造了可怕萬神殿的白皮膚、金頭髮的野蠻人，跟他有著同樣的性格。在他身上看不見拉丁人那種愛笑的輕浮。當他笑的時候，只會是一種飽含凶殘的幽默感。不過，他很少笑，更常是處在悲傷的情緒裡。這是如同種族的根源一樣深遠的悲傷。這是來自種族的傳承，如此的悲傷讓這個種族神智清醒、生活高潔、狂熱地追求道德，最後這點在英國改革教會和格蘭迪夫人〔Mrs. Grundy，譯註：湯瑪斯．莫頓（Thomas Morton）的喜劇中拘謹、墨守成規的角色〕身上達到了巔峰。

事實上，這種原始憂鬱的主要宣泄口，是在宗教方面採取更加痛苦的苦修。但這種宗教的補償卻遭到狼．拉森否定。他所奉行的野蠻唯物主義不允許這樣的行為。所以，當他浮現憂鬱的情緒時，除了化身為魔鬼之外也別無選擇。假使他不是一個這麼可怕的人，我有時候還會為他感到難過。好比三天前的早上，我去他的艙房幫他的水壺裝水時，就意外撞見了他。他並沒有看到我。他的頭埋在雙手裡，肩膀像是啜泣般在抽搐起伏。他似乎沉浸在某種撕心裂肺的巨大悲痛。當我輕手輕腳退出去時，聽見他在呻吟：「上帝！上帝！上帝啊！」他並不是真的在呼喊上帝，僅僅是一句咒罵，卻發自他的靈魂。

午餐時，他向獵人詢問治療頭痛的方法，到了傍晚，即便強壯如他，也陷入幾乎失明的狀態，在客艙裡蹣跚前行。

「在我的人生裡從來沒有病得這麼厲害，漢普。」他這麼說道，那時候我正引導他走回房間，「除了有一次我的頭被絞盤棒撞出一道六英寸長的傷口，正在癒合的期間，我也未曾有過頭痛。」

這次讓他失明的頭痛持續了三天，他像野獸一樣飽受痛苦，而這似乎就是在船上經歷痛苦的模樣，沒有訴苦、沒有同情，完全孤身一人。

不過，這天早上，我走進他的艙房去整理床鋪、把東西歸位時，發現他康復了，並且正在認真工作。桌子和床鋪堆滿了設計圖和計算紙。他手拿著羅盤和直角尺，在一大張透明的紙上描摹，顯然是某種東西的比例尺。

「嗨，漢普，」他愉快地歡迎我，「我剛好完成最後幾筆。想看這怎麼運作嗎？」

「但這是什麼？」我問道。

「為水手節省勞力的方法，讓航海簡化到幼稚園的程度。」他開心地回答，「從今天起，就算是一個孩子也能夠為一艘船導航。不用再進行冗長的計算。你只需要在昏暗的夜晚找到一顆星星，就能立刻知道自己的位置。你看，我把透明的比例尺畫在這張星圖上，使其圍繞著北極轉。在比例尺上面，我算出了緯度和方位。我要做的就是以一顆星星為基準，把比例尺放到上面，然後旋轉比例尺直到對準下方星圖上的數字。嘿！你就有了船的精確位置！」

他的聲音透露出一種勝利的語氣，像今早的大海一般蔚藍的雙眼則閃閃發光。

「你肯定對數學很在行，」我說，「你在哪裡念書的？」

「很不幸，我從未進到學校學過，」他回答，「我不得不為自己努力鑽研。」

他冷不防問我：「你覺得我為什麼要做到這樣？夢想在時間的沙灘上留下足跡？」他用最令人討厭的嘲諷笑聲笑了出來。「才不是這樣。是為了申請專利來從中獲利，在別人工作的時候徹夜狂歡，這就是我的目的。還有，我挺享受這計算的過程。」

「創造的喜悅。」我低聲說道。

「我想應該就是這麼稱呼。這就是另外一種表達生命喜悅的方式，基於它是活生生的。這是發展贏過物質、活人贏過死人的勝利，是屬於酵母的驕傲，因為它在發酵和爬行。」

我無奈地攤開雙手，對他根深柢固的唯物主義表示不贊同，隨即開始整理床鋪。他繼續在那張透明的比例尺上描摹著線條和數字。那是需要極高細膩度和精準度的工作，我不得不佩服他調節自身力量的方式，來達到他需要的精細和靈巧。

當我整理完床鋪，發現自己看他看得入迷。他毫無疑問是個英俊的人——以男性的角度來說，是個美男子。而我又再一次感受到源源不絕的驚嘆，在他的臉上沒有注意到任何一點惡毒、邪惡或罪惡。我確信那是張沒有犯過錯的人會有的臉。關於這點，我不希望產生誤會，我的意思是那是一張沒有違背自己的良心，或者說根本沒有良心的人的臉。我自己偏好後者的解釋。他身上展現了極度的返祖現象，是個如此純粹原始的人，屬於在道德本質發展成形之前就出現在這個世界上的典型人物。他不是不道德，只是沒有道德概念而已。

如同我所說過的，從男性的角度，他有著一張美麗的臉孔。臉刮得乾乾淨淨，線條稜角分明，恍若浮雕一般潔淨俐落。當大海與陽光將他天生白皙的皮膚曬成古銅色，這展現出奮鬥與戰鬥，同時增添了他的野蠻和美麗。他的嘴唇飽滿，但帶有一種薄嘴唇特有的堅毅，甚至可以說是嚴厲。他的嘴型、下巴和下顎，同樣展現出一種帶有男性凶狠和不屈不撓特質的堅毅或嚴厲，鼻子也是如此。那是個生來就要征服或命令他人的人會有的鼻子，帶有一點鷹勾鼻。這可能算得上是希臘的味道，或是羅馬的味道，但對前者來說有點太過巨大，對後者來說又太過精緻。儘管他整張臉就是凶狠和力量的體現，但是折磨他的原始憂鬱似乎反而加強了嘴巴、眼睛和眉毛的線條，賦予其原本會缺少的寬闊和完整。

於是，我發覺到自己無所事事站在一旁觀察他。我無法形容這個人讓我產生了多大的興趣。他是誰？他是什麼樣的人？他怎麼會變成這個樣子？所有力量、所有潛能似乎都寄宿在他身上，那麼為什麼他只是沒沒無聞的獵海豹船船長，在狩獵海豹的人們之間以凶殘著稱？我的好奇心促使我滔滔不絕地發表看法。

「為什麼你沒有在這個世界上做出一番偉大的事業呢？有了寄宿在你身上的力量，你能夠達到任何的高度。由於缺乏良心和道德的本能，你可能早就統治世界，把它掌握在你的手裡。然而你人在這裡，在你人生的巔峰，開始走下坡和邁向死亡的時刻，過著晦暗骯髒的生活，為了滿足女人的虛榮心和對裝飾品的愛好而獵捕海洋生物，然後用你的話來說，沉溺在豬一般的生活裡，一點都稱不上是了不起。為什麼你擁有如此驚人的力量卻一事無成？沒有任何事情擋在你眼前，也沒有任何事情能阻擋你。你是怎麼了？缺乏野心？輸給了誘惑？怎麼回事？究竟是怎麼回事？」

我一開口發難，狼．拉森就抬起眼睛看著我，並且滿臉得意地聽我說，直到我說完話，氣喘吁吁、灰心喪志地站在他面前。他等了一會，似乎在思索該從哪裡說起，然後開口：「漢普，你知道那個播種者的寓言嗎？如果你還記得，有些種子落到了遍地石頭、沒有多少泥土的地方，然後立刻就發芽了，因為它們缺少泥土的深度。而當太陽一出來，它們就枯萎了，因為它們沒有生根，於是就乾枯了。至於有些種子則落到荊棘之間，當荊棘生長起來，就遏制了它們的生長。」

「所以呢？」我說道。

「所以呢？」他略帶暴躁地反問，「這才不好，我就是其中一個種子。」

他垂下頭看著那張比例尺，繼續描摹。我做完工作之後就打開門準備離開，這時他開口對我說：「漢普，如果你去看挪威地圖的西海岸，會找到一個叫作羅姆斯達倫峽灣（Romsdal Fiord）的凹岸。我就出生在距離那片水域一百英里的地方。但我不是挪威人，我是個丹麥人。我的父母都是丹麥人，我也不曉得他們怎麼會來到西海岸那片荒涼的海灣。我從未聽說過原因。除了這點之外，就沒什麼祕密可言了。他們都是窮苦人家，也不識字，祖先世世代代都是這樣的人——一群海上的農夫，他們自古以來的習俗就是把子孫散布在海浪上。其他沒什麼好說的了。」

「不，還有。」我反駁，「這對我來說依然很模糊。」

「我還能告訴你什麼呢？」他反問道，再度變得凶狠起來，「告訴你童年生活的貧瘠？告訴你吃魚的飲食跟粗鄙的生活方式？告訴你我才剛學會爬就隨船出海？告訴你我的兄弟一個接一個到遠洋討生活，然後再也沒有回來過？告訴你我自己因為不會讀書寫字，十歲就在老家沿海的船上當雜工？告訴你粗糙的飲食和更加粗暴的對待，用拳打腳踢來代替語言，並且是家常便飯，至於恐懼、仇恨和痛苦則是我唯一的靈魂體驗？我一點都不想回憶。就算是現在，只要我一想起來，一股瘋狂就會在我腦中油然而生。當我獲得成年人的力量時，原本打算回去殺掉幾個沿岸的船長，不過那時候我的生命軌跡投向了別的地方。不久之前，我確實回去了，但很不幸的是除了一個船長之外，其他人都死了。那個船長以前是個大副，當我後來遇見他的時候，他已經是個船長，而在我離開之後，他成為一個再也不能走路的跛子。」

「但是你讀過史賓賽跟達爾文，卻從未進過學校，那麼你是怎麼學會讀書寫字？」我提問道。

「在英國商船工作的時候。十二歲開始做船艙雜工，十四歲做船上服務員，十六歲當上普通船員，十七歲成為一等水手，然後是前水手艙的領班，有著無窮無盡的野心和永無止境的孤獨，沒有得到任何幫助或同情。我所做的一切都是為了自己——航海、數學、科學、文學，還有諸如此類的事情。這有什麼用呢？就像你說的，在我人生的巔峰，正準備走下坡和死亡的時候，成為一艘船的船長和業主。微不足道，對吧？而當太陽升起，我就會枯萎，因為我並沒有生根，所以就乾枯了。」

「但歷史告訴我們，奴隸能黃袍加身。」我指責出來。

「同時歷史也表明是機會找上了這些黃袍加身的奴隸。」他厲聲回答，「沒有人能夠創造機會。所有偉人辦到的事情就是在機會來臨時，把握住機會。那個科西嘉人就成功了，我曾經夢想要變得跟他一樣偉大。我能夠抓住機會，但機會從未找上我。荊棘湧現，把我掐死了。漢普，我可以告訴你，你比任何一個活人都還要了解我，除了我自己的兄弟之外。」

「那他在做什麼？他人又在哪裡？」

「『馬其頓』號的船長，海豹獵人。」他回答，「我們很有可能會在日本沿海碰到他。人們都叫他『死神』．拉森。」

「死神．拉森！」我不由自主地叫出來，「他跟你很像嗎？」

「幾乎一點都不像。他是個沒有頭腦的野獸。他擁有我所有的——我的——」

「野蠻。」我提示道。

「對——感謝你說出這個詞——我所有的野蠻，但他讀不了書，也寫不了字。」

「所以，他從未探討過生命的大道理。」我補上一句。

「沒錯。」狼．拉森帶著一股難以言喻的悲傷回答，「他拋開了生命於不顧，反而過得更加快樂。他忙於活著這件事情本身，根本沒有時間去思考它。我犯下的錯誤就是翻開了書本。」

11

「幽靈」號已經抵達她在太平洋上描繪出的航線的最南端，並且慢慢開始轉向西北方，前往某座孤島，據傳會在那裡補滿船上的水桶之後，再前往日本沿海展開這季的海豹狩獵。獵人測試和練習發射他們的來福槍和霰彈槍，直到滿意為止。划槳手和舵手製作好斜杆帆，用皮革和繩子綁好了艇槳和艇錨，這樣一來當他們悄悄靠近海豹時，就不會發出半點聲響。再來，用李區的家鄉話來說，把小艇排得跟蘋果派一樣井井有條。

順帶一提，李區的手臂癒合得很順利，只是疤痕會跟著他一輩子。湯瑪斯．穆格里奇活在對他的極度恐懼中，在天黑之後都不敢貿然走到甲板上。前水手艙出現了兩三起爭執。路易斯告訴我，水手們的閒話傳到了船尾，有兩個打小報告的人，被他們的同伴狠狠教訓了一頓。路易斯搖搖頭，對同坐一艘小艇的划槳手約翰遜的前景表示擔憂。約翰遜錯在他太過暢所欲言，就因為名字的發音，和狼・拉森發生過兩三次衝突。某天晚上，約翰遜在船中央的甲板上揍了喬韓森，自此以後，大副都用正確的名字去叫他。但想當然，他是絕對不會去揍狼・拉森一頓。

路易斯也告訴我更多關於死神・拉森的事，跟船長簡短描述的內容吻合，我們可能會在日本沿海遇上死神・拉森。「小心發生衝突，」路易斯預告，「他們就像狼崽子一樣恨著對方。」死神・拉森率領了船隊裡唯一一艘獵捕海豹的汽船「馬其頓」號，這艘船搭載了十四艘小艇，其他帆船則只有六艘。人們謠傳船上配有大砲，以及這艘船可能幹過的那些不可思議的劫掠和遠征，從走私鴉片到美國和私運武器到中國，到拐賣黑人和公然打劫都有。不過，我不得不相信路易斯說的話，因為我從未抓到他說謊過，而且他對於獵捕海豹和待在獵捕海豹船隊裡的人，都有著淵博的知識。

在這艘名副其實的地獄船上，從船頭到廚房、從統艙到船尾的情況都是如此，人們為了彼此的性命而拚死戰鬥和掙扎。獵人們都在期待斯摩格和韓德森之間隨時都有可能發生的槍戰，這兩人的舊恨還沒了結，至於狼・拉森則明確表示，假如這樣的事情發生，他會殺掉那個活下來的人。他坦白自己不是基於任何道德的立場，對他而言，要不是需要獵人好好活著去打獵，所有的獵人都可以自相殘殺、吞噬彼此。只要他們能夠忍耐到這個狩獵季結束，他保證會給他們一場盛大的狂歡，到時候所有恩怨一次解決，倖存者可以把死掉的那個人扔下海，然後編出一個海上失蹤人口的故事。我想就連獵人都震懾於他的冷血。即便獵人是群惡人，但他們肯定非常怕他。

湯瑪斯．穆格里奇對我百依百順，但我也暗地裡在提防他。他有著源自恐懼的勇氣——這種奇妙的事情我也很清楚，這隨時都有可能壓過恐懼，讓他取走我的性命。我的膝蓋好多了，儘管有很長一段時間裡常常會感到疼痛，至於被狼．拉森緊緊握住的手臂，上頭的僵硬感也逐漸消退。除此之外，我的身體狀況非常好，覺得自己處在絕佳狀態。我的肌肉變得結實，而且大了一圈。然而，我的雙手卻悽慘無比，看上去像是被煮到半生不熟，手指因為生出了倒刺而苦不堪言，指甲也都斷裂變色，指甲肉的邊緣似乎還冒出了黴菌。此外，我還長了癤，這很有可能是飲食的緣故，因為我過去從未受過這種苦。

前幾天晚上，我看見狼．拉森在讀《聖經》，覺得很有意思。原本在航行之初曾經徒勞無功地找過一次《聖經》，沒想到後來就在死去大副的箱子裡找到一本。我很好奇狼．拉森能從《聖經》得到什麼，而他對著我大聲朗讀《傳道書》（*Ecclesiastes*）的內容。我可以想像他在念給我聽的同時，是在訴說自己心中的想法，他的嗓音在狹窄的客艙裡深沉又憂傷地迴盪著，深深吸引著我，讓我著迷。他或許沒受過教育，但明確知道如何表達文字的意義。在他朗讀的當下，我能從他的聲音裡，聽見那股未來也會一直從中感受到的原始憂鬱：

> 我又為自己積蓄金銀和君王的財寶，並各省的財寶；又得唱歌的男女和世人所喜愛的物，並許多的妃嬪。
>
> 這樣，我就日見昌盛，勝過以前在耶路撒冷的眾人。我的智慧仍然存留。
>
> 後來，我察看我手所經營的一切事和我勞碌所成的功。誰知都是虛空，都是捕風；在日光之下毫無益處。
>
> 凡臨到眾人的事都是一樣：義人和惡人都遭遇一樣的事；好人，潔淨人和不潔淨人，獻祭的與不獻祭的，也是一樣。好人如何，罪人也如何；起誓的如何，怕起誓的也如何。
>
> 在日光之下所行的一切事上有一件禍患，就是眾人所遭遇的都是一樣，並且世人的心充滿了惡；活著的時候心裡狂妄，後來就歸死人那裡去了。
>
> 與一切活人相連的，那人還有指望，因為活著的狗比死了的獅子更強。
>
> 活著的人知道必死；死了的人毫無所知，也不再得賞賜；他們的名無人記念。

他們的愛，他們的恨，他們的嫉妒，早都消滅了。在日光之下所行的一切事上，
他們永不再有分了。

「就是如此，漢普。」他用手指把書合上，然後抬頭看著我，「這位在耶路撒冷身為以色列國王的傳道者，他的想法跟我一樣。你叫我厭世主義者。而這難道不是最看不見希望的厭世主義嗎？——『都是虛空，都是捕風』『在日光之下毫無益處』『眾人所遭遇的都是一樣』。他說無論愚昧或聰慧、潔淨或不潔淨、罪人或聖人都一樣，他們遭遇的就是死亡那件禍患。傳道者因為愛惜生命，不願死亡，所以說道：『因為活著的狗比死了的獅子更強。』他寧可選擇虛空和捕風，也不想要墳墓裡的寂靜和不動。我也是如此。爬行是豬一般的行為，但不去爬行，變成像泥土和石頭一樣，則令人討厭到簡直不敢想像。這對我體內的生命來說令人厭惡，因為生命的本質就在於活動、活動所擁有的力量，以及對這股力量的意識。生命本身就是不能滿足的，但是一旦看向死亡，那就是更大的不滿足。」

「你比奧瑪〔譯註：即波斯詩人奧瑪．開儼（Omar Khayyam），《魯拜集》（*Rubáiyát*）的作者〕還糟糕。」我說道，「他至少在經歷了年輕慣常的痛苦之後，找

到了滿足，並且將他的唯物主義變成一件愉快的事情。」

「誰是奧瑪？」狼．拉森問道。在那之後，我一整天都沒有再做更多工作，隔天也沒有，後天更是沒有。

在他胡亂閱讀的過程裡，從來沒有機會讀到《魯拜集》，所以這對他來說就像發現寶藏一樣。我還記得不少內容，大概整本四行詩集的三分之二，而我輕易就拼湊出剩下的部分。我們光是一個小節就討論了好幾個小時，而且我發現他能讀出詩裡的後悔哀嘆和叛逆，這是我絞盡腦汁也無法自行體會的。也許我的朗誦帶著某種屬於自己的輕快語調，因為他會朗誦出同樣的句子，並且賦予它們一種焦慮不安和激昂的叛逆，非常令人信服（他的記憶力很好，在讀第二遍，甚至往往在第一遍的時候，就將四行詩變成自己的東西）。

我對於他會最喜歡哪一首四行詩很感興趣，當他想到那首誕生自一瞬間的暴躁、與波斯人自鳴得意的哲學跟和藹的生活方式大相逕庭的四行詩，我一點都不意外：

請君莫問何處來？

請君莫問何處去！

浮此禁觴千萬鍾，
可以消沉那傲慢無禮的記憶。

「太好了！」狼・拉森大喊，「太好了！這就是那關鍵主旨。傲慢無禮！他用了一個再好不過的詞。」

我試著否定和反對，但徒勞無功。他滔滔不絕地跟我爭論，把我駁倒了。

「生命的本性就是如此。生命，當它意識到自己將會停止活下去的時候，必然會反抗。它無法克制自己。傳道者發現生命和生命的作為全都是虛空、捕風，是個禍患。但是死亡，也就是不會再變得空虛和煩惱，他發現是件更大的禍患。一章接著一章，他都在擔憂著一件所有人都會遭遇到的事情。奧瑪、我、還有你都一樣。哪怕是你，因為當廚子磨刀霍霍對著你時，也在反抗死亡。你害怕著死亡。在你體內的生命，那股構成你、比你更了不起的生命，不想死去。你曾經講過永生的本能。我則談過生命的本能，也就是活下去，當死亡漸漸逼近時，就會壓倒所謂永生的本能。它在你身上壓倒了那股本能（你不能否認），因為瘋狂的倫敦佬廚子在磨著刀子。

「你現在怕他。你也怕我。你無法否認這點。如果我掐住你的喉嚨，像這樣

——」他的手一貼上我的喉嚨，我就喘不過氣來，「開始把生命從你的身體榨取出來，先這樣，再那樣，你的永生本能就會變得閃爍，而你渴求活下去的生命本能就會活躍起來，然後你就會拚命想保全自己。嗯？我在你的眼裡看見了對死亡的恐懼。你舉起手臂在空中揮舞。你使盡所有微不足道的力量去掙扎求生。你的手緊緊抓住我的手臂，力道卻輕到如同一隻蝴蝶停在上面。你的胸口起伏，舌頭突出，皮膚發紫，眼神渙散。你不斷呼喊著：『活下去！活下去！活下去！』你還哭喊著要在此時此刻活下去，而不是在來世活著。你懷疑起自己的永生了，對吧？哈！哈！你對永生沒有了把握。你不敢冒這個風險，只有你能把握的生命才是真實的。啊，生命變得愈來愈黯淡。這就是死亡的黑暗，是存在的終止、感覺的終止、活動的終止，那黑暗正朝著你靠攏，降臨到你身上，在你身旁升起。你的眼神發直，變得呆滯。我的聲音聽起來既微弱又遙遠。你看不見我的臉，依然在我的掌握中掙扎。你踢著雙腿，身體像蛇一樣蜷縮起來，胸口費力喘氣。想活下去！活下去！活下去——」

我聽不見接下來他說了什麼。意識已經被他如此生動描述的黑暗吞沒，當我清醒過來時，已經躺在地板上。他抽著雪茄，若有所思地看著我，眼神裡帶著那熟悉的好奇目光

「那麼，我有說服你嗎？」他問道，「來吧，喝一口這個。我想問你幾個問題。」

我躺在地板上搖搖頭，表示拒絕。「你的辯論實在太——呃——暴力了。」我忍受著喉嚨的劇痛，勉強說出話來。

「你在半小時內就會沒事了。」他向我保證，「然後我答應你，不會再用任何物理的方式來示範了。快起來吧。你可以坐在椅子上。」

然後，我這個怪物手中的玩具又開始講起奧瑪和傳道者，一直討論到大半夜。

12

過去的二十四小時內，我目睹了一場殘酷行徑的嘉年華。這就像是瘟疫一樣爆發，從客艙擴散到前水手艙。我一點都不知道該從何說起。狼・拉森毫無疑問是真正的起因。這群人之間的關係，因為各種恩怨、爭執、過節變得愈來愈緊繃，處在不穩定的狀態，所以惡意的情緒就像野火般蔓延開來。

湯瑪斯・穆格里奇是個線人、間諜、告密者。他把船頭那群人的事情都向船長報告，想藉此巴結來重新獲得寵幸。我知道就是他將約翰遜的一些輕率言論告訴狼・拉森。約翰遜好像在船上的販賣部買了一套油布雨衣，結果發現品質極差，而他也毫不猶豫就大肆宣揚這個事實。販賣部是一種小型的乾貨商店，所有獵捕海豹的帆船都有設置，備有許多專門針對水手所需的物品。水手買了什麼東西，就會從他日後在狩獵海豹時獲得的收入裡扣除，因為獵人就是如此計算酬勞，所以划槳手和舵手同樣如此——他們領薪水時收到的是「分紅」，按照每艘船獵到的每張海豹皮所賣出的價格分配利潤。

不過，我對於約翰遜在販賣部的抱怨一無所知，所以目睹到的場面讓我感到相當突然和震驚。我剛打掃完客艙，在狼·拉森的引誘之下談起了他最喜歡的莎士比亞人物哈姆雷特，這時喬韓森從艙梯走了下來，後面跟著約翰遜。後者按照海上的習俗，脫下了帽子，必恭必敬地站在客艙中央，身體隨著船的搖晃劇烈且不自在地擺動，同時面對著船長。

「關上門，拉緊滑門。」狼·拉森對我說。

當我聽從吩咐照辦的時候，注意到約翰遜的眼裡發出焦慮的目光，但是想不透原因。直到事情發生為止，我做夢也想不到會發生什麼事，但他打從一開始就知道，並且勇敢地等待事情的到來。在他的行為裡，我發現了對狼·拉森所有唯物主義觀點的全面反駁。理念、信條、真理和誠實左右了水手約翰遜。他是對的，他也知道自己是對的，所以無所畏懼。如果有必要的話，他可以為對的事情赴死，並且會忠於自己，真誠對待自己的靈魂。這描繪了精神對肉體的勝利，靈魂的堅毅不摧和在道德上的輝煌。這樣的靈魂超越了時間、空間和物質的限制，伴隨著唯有誕生自永恆和永生的信心和無堅不摧。

不過，還是回到正題。我注意到約翰遜眼神中的焦慮，卻誤以為這是他天生的害羞和窘迫。大副喬韓森站在離他幾英尺遠的地方，而狼．拉森坐在他正前方三碼遠的一張旋轉椅上。在我關上門並拉緊滑門之後，出現了一陣明顯的停頓，持續了整整一分鐘。最後，狼．拉森打破了沉默。

「約遜。」他開口說道。

「我的名字是約翰遜，船長。」這位水手毫無畏懼地糾正。

「好吧，約翰遜，然後，去你的！你猜得到為什麼我要叫你過來嗎？」

「是的，猜不到，船長。」約翰遜緩緩回答，「我的工作做得很好。大副知道，你也知道，船長。所以，這沒什麼好抱怨的。」

「就這樣而已嗎？」狼．拉森用輕柔、低沉的喉音問道。

「我知道你跟我過不去，」約翰遜用他堅定不移、一板一眼的緩慢語調繼續說道，「你不喜歡我。你——你——」

「說下去，」狼．拉森催促道，「別害怕我的感受。」

「我並不怕。」水手回嘴，曬傷的臉因為生氣而微微泛紅，「我說話速度不快，是因為我從老家來的時間沒有你長。你不喜歡我，是因為我實在太像個男人。這就是為什麼，船長。」

「就船上的紀律而言，你的確太像個男人，如果這是你要表達的意思，而你也懂得我想要達什麼的話。」狼．拉森如此反駁。

「我懂英語，也明白你的意思，船長。」約翰遜回答，聽到自己的英語遭到嘲諷，臉變得更紅了。

「約翰遜，」狼．拉森擺出一副拋棄剛才的開場白，直奔主題的姿態，「我聽說你對那些油布雨衣不是很滿意？」

「是，我不滿意。它們的品質不是很好，船長。」

「所以你就整天滔滔不絕談論這件事。」

「我只是表達心裡所想的，船長。」水手勇敢地回答，同時也不失船上的禮節，在每句話後面都加上了「船長」。

就在這個瞬間，我剛好朝喬韓森看了一眼。他斗大的拳頭握緊又鬆開，一臉凶神惡煞，懷抱惡意看著約翰遜。我注意到喬韓森的眼睛底下仍有一塊隱約可見的黑色瘀青，是他前幾天晚上被水手痛扁的痕跡。這是我第一次有預感即將發生某件可怕的事情——但我無法想像那會是什麼。

「你知道像你這樣對我的販賣部和我本人說三道四的人，會有什麼下場嗎？」狼・拉森問道。

「我知道，船長。」水手回答。

「什麼下場？」狼・拉森帶著不容分說的口氣厲聲追問。

「就是你和大副接下來準備對我做的事情，船長。」

「看看他，漢普，」狼・拉森對我說道，「看看這生氣勃勃的塵土，這個會動、會呼吸、會反抗我，並且徹底相信自己是由良善之物構成的物質聚合物。他對某些人類幻想的產物深感欽佩，例如正義和誠實，並且不顧所有個人的不適和威脅，都要實踐這些事情。你對他有什麼看法，漢普？你對他有什麼看法？」

「我覺得他是一個比你更好的人。」不知怎地，我在某股欲望的驅使下如此回答，想要把即將落在他頭上的怒火分擔到我的身上。「在他身上的人類幻想，正如你選擇如此稱呼，造就了高貴和男子氣概。你沒有幻想、沒有夢想、沒有理想，你一無所有。」

他點了點頭，流露出野蠻凶殘的愉悅。「說得太對了，漢普，太對了。我沒能造就高貴和男子氣概的幻想。活著的狗比死了的獅子更強，我贊同那位傳道者的想法。我唯一的信條就是眼前的利益，而這讓我得以生存。這裡有一塊我們都叫他『約翰遜』的酵母，當他不再是塊酵母，只是塵埃的時候，將不比任何塵埃來得高貴，而我仍將活著，放聲咆哮。」

「你知道我接下來打算做什麼嗎？」他問道。

我搖了搖頭。

「喔，我要來行使我的咆哮特權，讓你見識高貴最後的下場。看好了。」

他離約翰遜有三碼遠，還坐在椅子上。九英尺！他沒有先站起來，就從椅子上跳了起來。他離開椅子的瞬間，原本還端坐在上面，然後就像老虎那樣的野生動物一般，直接從坐著的姿勢一躍而起，並且也像老虎一樣，封住了兩人之間的空間。這是如雪崩般傾瀉的怒火，約翰遜試圖抵擋，但徒勞無功。約翰遜一手向下護住腹部，一手向上保護頭部。但是狼・拉森的拳頭擊中位在中間的胸口，發出響亮的一聲，造成毀滅性的打擊。約翰遜猛然從口中吐出一口氣，又戛然而止，像是揮舞斧頭的人不得已會發出聲音的喘氣。他差點就向後跌倒在地，身體左晃右晃，努力想恢復平衡。

我無法詳細描述接下來發生的可怕場面，那實在太過令人作嘔，即便現在回想起來都會讓我反胃。約翰遜打得夠勇敢，但他不是狼．拉森的對手，更不是狼．拉森加上大副的對手。那場面驚心動魄。我從未想像過人類能忍耐到這種地步，還能夠活著、掙扎求生。約翰遜就是如此奮力掙扎。當然，他已經沒有希望，一點渺茫的機會都沒有，他跟我一樣都明白這一點，但身上的男子氣概讓他無法停下這場為了男子氣概而起的戰鬥。

我再也看不下去，覺得自己隨時會失去理智，所以我跑到艙梯想把門打開，逃到甲板上。不過，狼．拉森暫時離開了他的受害者，用他驚人的跳躍力，跳到我身旁，然後把我甩到客艙遠處的角落。

「生命的現象，漢普。」他嘲弄我，「好好待在那裡看著。你或許能蒐集到靈魂永生的數據。此外，你知道的，我們無法傷害約翰遜的靈魂，我們能毀壞的只有他稍縱即逝的皮囊。」

時間像是過了好幾個世紀——實際上毆打只持續了不到十分鐘。狼．拉森和喬韓森使盡全力招呼這個可憐的傢伙。他們用拳頭揍他，用厚重的鞋子踢他，把他打倒在地之後，又把他拖起來再次擊倒。他的眼睛已經什麼都看不見，耳朵、鼻子和嘴巴都流出血來，把客艙弄得一片狼藉。而當他再也站不起來的時候，他們依然對躺在地上的約翰遜拳打腳踢。

「好了，喬韓森，夠了。」狼．拉森最後說道。

然而，大副已經獸性大發，所以狼．拉森不得不反手一揮，把大副趕開。他的動作看上去已經很輕柔，卻把喬韓森像軟木塞一樣向後甩了出去，一頭撞到牆上，發出碰的一聲。喬韓森跌坐在地上，暈頭轉向好一陣子，艱難地喘氣，呆滯地眨著眼睛。

「把門打開，漢普。」他對我下了命令。

我聽命照辦，這兩個畜生把約翰遜像垃圾一樣搬起來，抬上了艙梯，穿過了狹窄的門口，來到甲板上。約翰遜的鼻子血流如注，在舵手的腳上匯聚成一道猩紅的溪流，而這個舵手不是別人，正是他的小艇夥伴路易斯。但是，路易斯就只是轉了一下船舵，不慌不忙地看了一眼羅經櫃。

曾經是船艙雜工的喬治．李區，他的舉動卻截然不同。從船頭到船尾，沒有任何事情比他接下來的行為來得讓我們驚訝不已。李區沒有收到命令，就擅自來到船尾樓，把約翰遜拖到船頭，然後盡其所能幫他包紮傷口，讓他舒服一點。約翰遜已經不成人形，不僅如此，五官也面目全非，從遭受毒打到拖往船頭的短短幾分鐘內，就已經面無血色、鼻青眼腫。

至於李區的舉動——在我清理好客艙的這段期間，他一直在照顧約翰遜。我來到甲板上呼吸新鮮空氣，想藉此緩解過度緊繃的神經。狼．拉森正抽著雪茄，檢查著計程儀。原本「幽靈」號的計程儀通常都拖在船尾，但因為某些目的被拉了上來。突然之間，李區的聲音傳到我的耳裡，聽起來既緊張又嘶啞，充滿了無比的憤怒。我轉過身來，看到他站在船尾樓口下面，靠近廚房左舷側的地方。他的臉部肌肉在抽搐，面色發白，目光如炬，緊握的拳頭高高舉起。

「願上帝把你的靈魂打入地獄，狼．拉森，你只配下地獄，你這個懦夫、殺人犯、蠢豬！」他破口大罵。

我整個人嚇得目瞪口呆，覺得他立刻就會被打死。不過，狼．拉森並沒有興起要毀掉他的念頭。他慢慢走到船尾樓口，把手肘靠在客艙的一角，若有所思且滿心好奇地低頭看著這情緒激動的男孩。

接著，這個男孩開始譴責狼．拉森，後者從未被人這樣罵過。水手們驚惶失措地聚在一起，待在前水手艙的艙口外面觀望和聆聽。獵人們慌忙走出統艙，但當李區繼續大罵的時候，我看見他們臉上沒有絲毫輕浮的神色。即便是他們，也全都嚇壞了，不是因為那男孩說了多糟糕的話，而是他嚇人的魯莽。沒有任何活人敢公然反抗狼．

拉森。我知道自己開始從震驚，轉向敬佩那個男孩，而且我在他身上看到了永生的偉大無畏，超越了肉體，以及肉體的恐懼，正如古老的先知去譴責邪惡一般。

那是多麼激昂的譴責啊！他把狼．拉森的靈魂赤裸裸地拖出來示眾，傾注來自上帝和上天的詛咒，在一股盛怒之下罵到靈魂委靡不振，帶有點中世紀天主教會開除教籍的味道。他滔滔不絕地譴責，憤怒之情高漲到極點，幾近上帝一般的怒火，然後又因為徹底的筋疲力盡而淪為最下流齷齪的謾罵。

他的憤怒是一種瘋狂。他的嘴邊沾滿了口水泡沫，有時候會哽到說不出話來，只能發出咕嚕聲。在這整個過程中，狼．拉森神色自若、無動於衷，倚著手肘，低頭沉思，似乎陷入了巨大的好奇心。這場酵母生命的狂野騷動、激烈的反叛和物質的對抗，觸動了狼．拉森，讓他產生了困惑和興趣。

每分每秒，我在等著，大家也都在等著，等著他會朝那男孩撲過去，徹底摧毀他。但是，這不是他心裡的念頭。他的雪茄抽完後，繼續一言不發好奇地盯著李區。

李區罵到陷入一種怒氣無處宣泄的恍惚狀態。

「豬！豬！豬！」他反覆大喊，「你為什麼不走過來把我殺了，你這個殺人犯？你明明辦得到！我一點都不怕！這裡沒有人會阻止你！該死，與其落入你的掌心苟且偷生，不如一死脫離你的魔掌。來吧，你這個懦夫！殺了我！殺了我！殺了我！」

事情發展到這個地步，湯瑪斯．穆格里奇喜怒無常的靈魂讓他來到了現場。他原本一直在廚房門口聽著，但這時卻走出來，乍看之下是要把廚餘從船舷倒出去，但明顯是要來看看他認為肯定會發生的殺戮。他對著狼．拉森的臉露出奉承的假笑，可惜後者似乎沒看到他。但倫敦佬一點都不害臊，還發瘋了，瘋得一場糊塗。他轉身對著李區說道：「你說這什麼話！真令人不爽！」

李區的怒火這下不再無處宣泄，終於有了一個可以出手的東西。而且自從發生刺傷事件之後，這是倫敦佬第一次沒有帶著他那把刀就走出廚房。他話還沒說完，就被李區打倒在地。他掙扎了三次想要爬起來，努力逃回廚房，但每次都再度被摺倒。

「喔，天啊！」他哭喊，「救我！救我！你們怎麼不快點拉走他？快拉走他！」

獵人們如釋重負，放聲大笑。悲劇已經落幕，鬧劇正要上演。水手們咧著嘴，大膽地移動到船尾，擠在一起看著討人厭的倫敦佬遭到雙拳痛擊。甚至連我也感受到巨大的喜悅湧上心頭。我承認自己很高興看到李區痛扁湯瑪斯．穆格里奇，儘管落在他身上的這件事，就跟約翰遜遭遇到的一樣可怕。不過，狼．拉森的表情沒有絲毫變化，也沒有換過位置，就只是一直抱持著巨大的好奇心在注視一切。為了他所有講究實用主義的確信，狼·拉森似乎想藉著觀察這場生命的喧鬧和活動，希望能發現更多關於生命的事物，並且在生命最瘋狂的掙扎中，發現某種他至今仍未注意到的東西——這正是解開生命奧祕的關鍵，能讓其清楚明瞭、一覽無遺。

回到這場架！這跟我剛才在客艙目睹的場面相當類似。倫敦佬努力想從勃然大怒的男孩手中保護自己，但是半點用都沒有。他還嘗試想躲回客艙，同樣徒勞無功。他朝著客艙翻滾、匍匐前進，在被擊倒的時候也朝著客艙的方向倒下。不過，拳頭如雨點般落下，他像羽毛球一樣被打來打去，到最後也落到跟約翰遜同樣的下場，無助地躺在地上，不斷承受李區的拳打腳踢，沒有人出手干涉。李區原本可以殺了他，但在滿足了自己的復仇心之後，就離開匍匐在地的敵人往船頭走去，留倫敦佬一個人像隻小狗般在那邊嗚咽啜泣。

不過，這兩起事件只是當天表演的序幕。到了下午，斯摩格和韓德森兩人之間互不相讓，統艙裡子彈齊飛，緊接著四個獵人驚惶失措地逃到甲板上。從敞開的艙梯口冒出一陣刺鼻的濃煙，那通常是黑火藥燃燒的產物，然後狼·拉森就跳進煙霧裡一躍而下。打鬥和衝突的聲音傳入我們耳裡。兩個獵人都受了傷，狼·拉森因為兩人違背了自己的命令，在狩獵季到來之前就弄殘了自己，於是教訓了他們一頓。事實上，兩人都受了重傷，而狼·拉森在痛扁他們之後，隨即用粗暴的外科手法為他們動手術並包紮傷口。在他檢查清理子彈造成的傷口時，我在一旁擔任助手，看著兩人在沒有任何麻藥的情況下忍受他粗魯的手術，能支撐他們的只有一大杯濃烈的威士忌。

後來，在第一班夜班的時候，前水手艙又發生了衝突，起因是討論約翰遜為什麼會被打的閒言閒語。從我們聽到的吵鬧聲，以及第二天看到的傷痕累累的人，很明顯前水手艙裡的某一半人，把另一半人揍得鼻青眼腫。

到了第二班夜班，喬韓森和長得像北方佬的乾瘦獵人拉蒂默打了一場架，為這天畫下了尾聲。動手的原因是因為拉蒂默抱怨大副睡覺時製造的噪音，而儘管喬韓森遭到修理，但那天餘下的夜裡，他依然讓整個統艙的人睡不著覺，自己則是幸福地呼呼大睡，不斷在夢裡跟人打著一輪又一輪的架。

至於我自己則是噩夢纏身，就算到了白天，也像在經歷可怕的夢境，暴行不斷湧現，炙熱的激情和冷血的殘暴驅使眾人去奪取他人的性命，試圖傷害、摧殘和毀滅對方。我的神經受到震撼，心靈也驚嚇不已。我過去都活在相較對人類的獸性一無所知的狀態。事實上，我對生命的理解只停留在知識的層次。我自己經歷過暴行，但那也是種知識上的暴行——查理·福魯賽斯的刻薄挖苦、古董會成員的殘酷諷刺和偶爾來上一句的刺耳幽默，以及我在大學時期的教授口中的惡言惡語。

一切僅止於此。人類會藉由傷害他人的肉體，讓其血濺三尺來宣泄自己的憤怒，對我來說是既古怪又可怕的新事物。我想，自己也不是平白無故被叫作「娘娘腔」．凡．韋登，因為我整晚在床鋪上接連做著噩夢，輾轉難眠。在我看來，我已經真的是對生命的現實一無所知。我自嘲地苦笑了一下，因為似乎在狼．拉森令人厭惡的哲學裡，找到了比起我自己的哲學更能徹底解釋生命的說法。

當意識到自己的思想動向時，我感到非常害怕。我周遭持續不斷的暴行帶來退化般的影響。這很有可能摧毀我生命中最美好、最耀眼的一切事物。我的理性告訴我，湯瑪斯．穆格里奇遭到痛扁是件不好的事，但即便要為此付出性命，我也無法阻止自己的靈魂樂在其中。即便自己將承受滔天大罪，我依然帶著瘋狂的愉悅暗自竊笑，而這的確是個罪孽。我不再是韓福瑞．凡．韋登，我是漢普，「幽靈」號的船艙雜工；狼．拉森是我的船長；湯瑪斯．穆格里奇和其他人是我的夥伴，我反覆不斷地接受著曾經烙印在他們身上的模具所帶來的印記。

13

有三天的時間，我不只做完分內的工作，還連湯瑪斯．穆格里奇的份都做完了。我為自己能好好完成他的工作而自鳴得意。我知道這贏得了狼．拉森的贊許，而在我短暫主宰廚房的期間，水手們都滿意到笑得合不攏嘴。

「打從上了這艘船之後，總算吃到一口乾淨的食物，」哈里遜在廚房門口對著我說，他從前水手艙過來還午餐的鍋碗瓢盆，「湯米煮的飯菜不知怎地總有一股油膩味，放很久不新鮮的油膩，而我估計從舊金山出發之後，他就沒換過身上的襯衫。」

「我知道他沒換過。」我回答道。

「而且我敢打賭，他睡覺的時候也是穿著那身衣服。」哈里遜補上一句。

「你贏了。」我表示同意，「同一件襯衫，他自從穿到身上後就再也沒有脫下來過。」

但是，狼．拉森只允許給他三天的時間養傷，到了第四天，他還又瘸又痛，眼睛腫到睜不開，幾乎看不見東西，就在床鋪上被人拎著脖子拖起來，要他回到工作崗位。他嚎啕大哭，但狼．拉森毫不留情。

「不准再上那些廚餘。」狼．拉森臨走前下了這道命令，「不能再搞得又油又髒，注意點，然後偶爾穿件乾淨的襯衫，否則你就會被拖到船舷旁邊。聽懂了嗎？」

湯瑪斯．穆格里奇虛弱無力地穿過廚房，每當「幽靈」號出現短暫的晃動，他整個人就搖搖欲墜。為了恢復平衡，他把手伸向圍住火爐並用來防止鍋子滑落的鐵欄杆。但他沒抓到欄杆，反而在全身重量的順勢之下，手就直接摸到鍋子燒紅的表面。接著，就聽見滋滋作響的聲音，飄來肉類烤焦的味道，以及他痛到不行的尖叫。

「喔，老天爺啊，老天爺，我究竟是造了什麼孽？」他嚎啕大哭，坐在煤炭箱上甩著手，想緩解新傷口的痛苦。「為什麼總是我？這真的讓我受夠了，我這麼努力去過著人畜無害的生活，沒有傷害過任何人。」

淚水從他浮腫變色的臉頰滑落下來，臉因為痛苦而扭曲，一抹野蠻的表情閃過他的臉龐。

「喔，我恨死他了！我恨死他了！」他咬牙切齒地說。

「恨誰？」我問道。但這可憐的傢伙又再度怨嘆起自己的不幸而哭了起來。猜他恨誰，比起猜他不恨誰要來得簡單許多，因為我已經見識過在他體內去驅使他憎恨全世界的邪惡魔鬼。有時候我覺得，他甚至連自己都討厭，生命跟他打交道的方式是如此怪誕和殘酷。在這種時候，一股巨大的同情就會在我心中油然而生，為自己曾經以他的不幸和痛苦為樂而感到慚愧。生命對他是如此不公，自從將他形塑成現在這個樣子的時候，就要了一個卑鄙的玩笑，並且一直捉弄他。他有過什麼機會成為不一樣的人嗎？然後彷彿要回答我心中沒有說出的想法，他哭喊道：「我從來沒有過機會，將來也不會有！我小的時候有人送我去讀書嗎？有人讓我填飽肚子嗎？有人幫我擦乾鼻血嗎？有人為我做過什麼嗎？我就問有任何人嗎？」

「別在意，湯米。」我說道，把手放到他的肩膀上安慰他，「振作點。到最後終究會好起來。你往後的日子還很長，你可以做任何讓自己開心的事情。」

「說謊！去你的說謊！」他朝著我的臉大吼，並且把肩膀上的手甩開，「這都是謊話，你自己清楚。我已經註定是個樣子，一坨剩菜剩飯拼湊出來的。好事都發生在你身上，漢普。你生來就是個紳士，從來就不知道餓肚子是什麼滋味，你的小肚子餓得咕嚕咕嚕叫，像隻老鼠在裡面轉，最後餓得哭到睡著。這一切都不會好轉的。如果我明天成為美國總統，能填飽我小時候空空如也的肚子嗎？

「我就說怎麼可能呢？我註定就是要受苦受難。我受過的苦比十個人加起來還多，我說真的。我該死的人生都待在醫院裡。我在阿斯平沃（Aspinwall）、哈瓦那、紐澳良都得過熱病。我還差點因為壞血症死掉，在巴貝多（Barbados）折磨了六個月。在檀香山得了天花，在上海斷了兩條腿，在烏納拉斯卡（Unalaska）得了肺炎，還在舊金山弄斷三根肋骨，內臟全部攪在一起。然後我現在又是這個樣子。看看我！看看我！我的肋骨又被人從背後踢斷。在船鐘敲響八次之前我就會咳出血來。我倒要問，這能怎麼賠我呢？誰會來賠我？上帝？喔，上帝肯定很恨我，才會派我到他該死的世界來航海！」

這番針對命運的長篇大論講了一個多小時，隨後他就開始埋頭幹活，一跛一跛走來走去，口中抱怨連連，眼睛裡充滿著對所有造物的巨大仇恨。儘管如此，他對自己的診斷是正確的，三不五時就會發病吐血，承受巨大的痛苦。正如他所說，上帝似乎對他恨之入骨，以至於不想讓他就這樣死去，因為他最終都會好起來，然後變得比以前更加惡毒。

又過了好幾天，約翰遜才舉步維艱地走到甲板上，心不在焉地做著他的工作。他依然是個病人，我不只一次看到他痛苦地爬上中桅帆，或是垂頭喪氣地站在船舵旁邊。不過，更糟糕的是，他的精神似乎已經崩潰了。他在狼．拉森面前卑躬屈膝，幾乎對喬韓森唯命是從。至於李區的舉動恰好相反，他像初生之犢一樣在甲板上四處走動，明目張膽地對著狼．拉森和喬韓森怒目而視。

「我有一天會要你好看，你這個扁腳的瑞典人。」某天晚上，我在甲板上聽見他這麼對喬韓森說。

大副在黑暗裡咒罵他，然後下一秒，某樣投擲物就砸在廚房的牆上，發出劇烈的聲響。接著是更多咒罵和一陣嘲笑，等到一切都歸於平靜之後，我偷偷溜到外面，發現堅硬的木板上嵌著一把沉重的刀子，砍進了超過一英寸深。幾分鐘後，大副折回來四處摸索，想找到這把刀子，但我第二天就私底下把刀子還給了李區。當我將刀子交給他的時候，他對我咧嘴笑了一下，裡頭包含的真摯感謝之情，比我自己的階級成員習以為常的眾多華美之詞都來得多。

與船上同行的其他人不同，我發現自己沒有陷入爭執的麻煩，跟所有人都處得不錯。獵人們八成只是在容忍我，但他們沒有一個人討厭我。當斯摩格和韓德森在甲板遮蓋處休養，日日夜夜在吊床上晃蕩時，他們向我打包票，我比任何一位醫院裡的護士都來得優秀，等到這趟航程結束，領到薪水之後，他們一定不會忘記我。（聽上去好像我需要他們的錢一樣！我，可是能夠把他們這群人、這些貨物，以及整艘船和設備全都買下來好幾遍！）不過，我的任務就是照護他們的傷口，協助他們渡過難關，而我也盡力了。

狼．拉森又遭受了一次持續兩天之久的劇烈頭痛。他肯定是痛得很厲害，因為他叫我過去之後，對我的指示百依百順，像個生病的孩子一樣。不過，我所做的一切似乎都無法緩解他的頭痛。儘管如此，他仍然在我的建議之下放棄抽菸和喝酒。至於為什麼像他這樣雄偉的動物也會為頭痛所困，讓我百思不得其解。

「我告訴你，這就是上帝之手。」這是路易斯的看法。「這是他沒天良的報應，還會有更多在等著他，要不然——」

「要不然？」我催促道。

「儘管我不該這樣說，要不然上帝就是在打瞌睡，沒有做好他的事。」

我前面說過自己和所有人都處得不錯，是我搞錯了。湯瑪斯．穆格里奇不但依然恨我，還找到了全新的理由。我花了不少時間才弄明白，直到最後才發現是因為我生來就比他好命很多——他的說法是「生來就是個紳士」。

「還是沒有死人。」我挖苦路易斯，這時斯摩格和韓德森正肩併著肩，友好地在聊天，進行他們初次的甲板活動。

路易斯用他精明的灰色眼睛打量著我，裝模作樣地搖了搖頭。「我告訴你，風暴就要來了，等到她呼嘯而過時，所有人都要在船帆繩索旁邊做好準備。我已經有這樣的預感很久了，而我現在可以清楚感受到，就像在黑夜裡觸碰著索具一樣。」

「誰會最先發難？」我問道。

「不會是又老又不中用的路易斯，我跟你保證。」他大笑起來，「因為我從骨子裡知道，明年的這個時候，我會盯著老媽的雙眼。她已經厭倦看著大海，尋找她交給大海的五個兒子。」

湯瑪斯．穆格里奇過了一會之後問我，「他都跟你說了什麼？」

「他說有朝一日要回家看他母親。」我委婉地回答他。

「我沒有母親。」倫敦佬說道，用一種黯淡無光、毫無希望的眼神看著我。

14

我這時候才意識到，我從未給過女性適當的評價。在這方面，雖然就我所知，不曾帶有任何一點戀愛的元素，但直到目前為止，我未有脫離有著女性的環境。我的母親和姐妹總是待在我身邊，而我則老是想從她們身邊逃開。她們總是讓我心神不寧，除了擔心我的健康，還時不時闖入我的小窩搞破壞，把我引以為傲、井然有序的混亂弄得更加亂無章法。儘管看上去是整齊多了，但我在她們離開之後，就再也找不到任何東西。可是現在，唉，我會有多歡迎她們，還有她們的裙襬發出的窸窣聲，這過去都讓我極度厭惡。我敢保證，假如我能回到家，我再也不會動不動就對她們發火了。她們每天早、中、晚都可以叫我吃藥、叫我看醫生，也隨時隨地都可以打掃我的小窩，把東西歸位，而我只會靠在椅背上看著，並且感謝我擁有一位母親和幾位姐妹。

這一切都讓我覺得納悶。「幽靈」號上這二十多個男人的母親在哪裡呢？這讓我覺得男人應該要徹底跟女人隔絕，獨自闖蕩世界，是件既不自然也不健康的事。而粗魯和野蠻就是其必然的結果。我身邊的這群男人應該要有妻子、姐妹和女兒，那樣他們才能變得溫和、溫柔和有同情心。但真實的情況是，他們沒有半個人結婚。年復一年，他們誰都沒有接觸過一個好女人，或是接受這樣的女人所散發出來不可抗拒的影響或救贖。在他們的人生裡沒有平衡可言。他們身上的陽剛之氣，本身就屬於獸性的一部分，已經過度發展了。至於在他們天性裡另外那塊精神層面，則是發育不良——事實上是萎縮了。

他們是一群獨身者，粗暴地摩擦彼此，每天都在這樣的摩擦之中變得更加冷酷無情。有時候我會覺得他們根本不可能有母親，看起來他們就是一種半人半獸的物種，一個獨立的種族，在他們之中沒有性別這回事，就像烏龜蛋一樣在太陽底下孵化出來，或是藉由某種類似的骯髒方式獲得生命。而他們終日在獸性與惡毒中潰爛，最後像他們活著的時候一樣，醜陋地死去。

這個全新的思考方向讓我滿心好奇，昨天晚上我就跟喬韓森聊了天——這是自從這趟航程開始以來，他第一次跟我說公事以外的話。他在十八歲的時候離開瑞典，現在已經三十八歲了，在這段時間裡沒回過一次家。好幾年前，他在智利某間提供給水手的寄宿旅店遇見一位同鄉，才知道他的母親還活著。

「她現在肯定是一個年紀很大的女人了。」喬韓森說，一臉若有所思地盯著羅經櫃，然後猛然朝哈里遜使了個嚴厲的眼色，因為他讓船偏離了一點航道。

「你最後一次寫信給她是什麼時候？」

他把心算的過程大聲說出來：「八一年——不，呃，八二年？——八三年？對，八三年。已經十年前了。從馬達加斯加的一個小港口寄出去的。我那時候在做生意。

「你知道的，」他繼續說道，彷彿在對著遠在大半個地球外、被他忽視的母親說話，「每年我都打算回家。所以有什麼好寫的呢？不過就是一年而已。而每年總是發生一些事情，讓我回不了家。不過，我現在是大副了。等我在舊金山領到錢，搞不好有五百塊，我就會搭上帆船，繞過合恩角（Horn，譯註：位於南美洲最南端）前往利物浦，這又可以讓我賺更多的錢，然後我就會從那裡坐船回家。到時候她就再也不用去工作了。」

「但她還有在工作嗎？現在？她年紀多大了？」

「七十歲的樣子。」他回答完後繼續自吹自擂地說道，「在我的國家，我們一出生就開始工作，直到死掉為止。這就是為什麼我們很長壽。我會活到一百歲。」

我永遠不會忘記這次對話，因為是我聽到他所說的最後一段話。或許也是他自己說過的最後一段話。當我下到船艙去睡覺的時候，覺得下面太悶了，不適合睡覺。那是個平靜的夜晚，我們脫離了季風，「幽靈」號每個小時僅僅只能前進一海里。所以我捲好棉被和枕頭，夾在腋下，再走上甲板。

當我經過哈里遜和建在客艙頂端的羅經櫃，我注意到他這次足足偏離航道有三度這麼多。我以為他是睡著了，由於希望他能躲過責罵或更糟糕的懲罰，於是就向他搭話。不過，他並未睡著，反而瞪大雙眼，看上去極度忐忑不安，沒有辦法回話。

「怎麼回事？」我問道，「你不舒服嗎？」

他搖了搖頭，彷彿剛回過神來，長嘆了一口氣，讓呼吸平緩下來。

「那麼，你最好對準你的航線。」我喝叱他。

他轉了一下船舵，我看見羅經盤慢慢擺動到北北西的方向，輕微晃動幾下之後就穩定住。

我重新拿好毯子和枕頭，準備繼續往前走，這時候有某種動靜吸引了我的目光，於是朝著船尾的欄杆看過去。有一隻肌肉發達的手緊抓著欄杆，還不停滴著水。旁邊有另一隻手漸漸在黑暗中現形。我目不轉睛地看著，自己到底看見了什麼樣來自幽暗深處的訪客？不論來者是什麼，我知道它是沿著測程繩爬上船來。我看見了一顆頭，滿頭濕漉漉而豎直緊貼的頭髮，接著是那不會讓人錯認的雙眼和狼·拉森的臉。他的右邊臉頰被血染得鮮紅，血是從頭部某處的傷口流出來的。

狼·拉森動作俐落地爬上船，站起身來，然後迅速朝掌舵的人看了一眼，似乎想確認那個人的身分，以及有沒有從中感受到威脅。海水不斷從他身上流下來，細微的潺潺水聲讓我分心。當他朝我走過來時，我本能地往後退了一步，因為從他的眼神裡看到了死亡的殺氣。

「沒事的，漢普。」他低聲說道，「大副在哪裡？」

我搖了搖頭。

「喬韓森！」他輕聲呼喊，「喬韓森！」

「他人在哪裡？」他對著哈里遜問道。

這個年輕小夥子好像已經恢復了鎮定，相當冷靜地回答：「我不知道，船長。我不久前看到他往船頭走過去了。」

「我也去了船頭。但你有注意到我沒有從原路返回。你能解釋一下嗎？」

「你肯定是掉下船了，船長。」

「要我去統艙找他嗎，船長？」我問道。

狼．拉森搖了搖頭。「你找不到他的，漢普。不過，你會知道他在哪。來吧。別管你的毯子，就把它留在那裡吧。」

我緊跟在他的身後，船中央半點動靜都沒有。

「這些該死的獵人。」他說道，「又懶又肥，連值四小時的班都辦不到。」

不過，我們在前水手艙前端發現三個在睡覺的水手。狼．拉森把他們的身體翻過來，看著他們的臉。他們理應在甲板上站哨，依照船上的慣例，只要在風平浪靜的時候，就允許值班人員睡覺，但是高級船員、舵手和瞭望員是例外。

「誰負責瞭望？」狼．拉森問道。

「是我，船長。」霍利約克回答，他是其中一位遠洋水手，聲音裡帶有一絲顫抖。「我才剛瞇了一下眼睛，船長。對不起，船長。下次不敢了。」

「你有在甲板上看見或聽見任何動靜嗎？」

「沒有，船長，我——」

不過，狼．拉森厭惡地哼了一聲就轉身離開，留下水手不敢置信地揉著眼睛，驚訝於自己這麼簡單就被放過了。

「現在，動作放輕一點。」狼·拉森輕聲告誡我時，他正彎下腰走進前水手艙的艙門，準備下去。

我跟在他的後面，心臟撲通撲通亂跳。我不僅對即將發生什麼事一無所知，對究竟發生什麼事也毫無概念。不過，現在已經見血，狼·拉森也不是一時興起從船舷跳下去，摔破他的頭皮。再說，喬韓森人還不見了。

這是我第一次下到前水手艙，我一時三刻也忘不了，當我站在樓梯底部時對它產生的印象。前水手艙就直接建在帆船的艙口之間，是個三角形的結構，三面牆邊擺滿了雙層的床鋪，總共有十二個床位。這裡沒有比格拉布街（Grub Street，譯註：倫敦的一條街道，以住滿了窮困的文人及底層的出版商和經銷商而聞名）的公寓隔間大多少，但這裡塞滿了十二個人，吃喝拉撒睡所有生命活動都在裡面。我在家裡的臥室沒有很大，但仍舊可以容納十二間類似的前水手艙，如果算上天花板的高度，至少可以到二十個左右。

這裡頭聞起來又酸又臭，在昏暗搖曳的海燈照明之下，我看到牆上每一寸可以利用的空間都掛滿了海靴、油布雨衣，和各式各樣乾淨或骯髒的衣服。隨著船身的搖晃，這些東西就會前後擺動，發出像是樹枝打在屋頂或牆壁一樣的刷刷聲。某個地方傳來靴子碰撞牆壁的不規律聲響。儘管這在海上是個平靜的夜晚，還是不斷傳來由嘎吱作響的木頭和艙壁，以及地板下毛骨悚然的噪音組成的合奏。

睡著的人並不在意。這裡有八個人（另外有兩個人則是在甲板下面值班），他們呼吸吐出的熱度和氣味，讓空氣變得很混濁，至於耳朵裡則充滿著他們打呼、嘆氣和呻吟的聲音，這都是像動物一般的人們在休息時會有的明顯特徵。但他們都睡著了嗎？他們所有人都睡著了？他們真的有睡著過嗎？這顯然就是狼．拉森的疑問——他想找出誰看上去是睡著了、誰沒睡著，以及誰不久前還沒睡著。他察看的樣子讓我想到薄伽丘筆下的一則故事。

他從搖晃的燈架上取下那盞海燈，交到我的手裡，然後從右舷側的第一個床位開始檢查。那個床位的上鋪躺著奧夫蒂——奧夫蒂，他是個肯納卡人（Kanaka），也是優秀的水手，所以他的同伴都直接叫他「肯納卡人」。他仰躺在床鋪上，呼吸平靜得像個女人，一隻手枕在頭底下，另一隻手放在毯子上面。狼．拉森把拇指和食指壓在他的手腕上，數著脈搏。在這個過程中，肯納卡人醒了，醒的時候就像睡著一樣輕柔，身體沒有任何動作，就只有眼睛睜開，張得又圓又大，黑溜溜的眼珠目不轉睛地盯著我們的臉。狼．拉森把手指放到嘴唇上，示意他別出聲，於是他的眼睛又閉了起來。

下鋪躺著路易斯，他非常肥胖、體溫偏高，睡得汗流浹背，他確實睡著，也睡得很辛苦。狼．拉森握住他的手腕，讓他不安地動了幾下，接著躬起身子，有一瞬間只靠著肩膀和腳踝在支撐身體。他動了幾下嘴唇，然後說出一段難以理解的夢話：「一先令值二十五美分。但是你得認清楚三便士硬幣那玩意，不然酒店老闆就會當作是六便士塞給你。」

隨後，他翻過身去，沉重哀愁地嘆了一口氣，說道：「六便士是個鞣皮匠（tanner，譯註：俚語中的六便士），一先令是個鐘擺（bob，俚語中的一先令），至於一匹小馬是什麼，我就不知道了。」

狼．拉森相當滿意於看到路易斯和肯納卡人都有老實在睡覺，接著走向了右舷側的第二張床，上下鋪都有人睡在上面。在海燈的光線之下，我們發現躺著的人是李區和約翰遜。

正當狼．拉森彎下腰靠近下鋪，檢查約翰遜的脈搏，我站在一旁舉著海燈，看見李區偷偷摸摸地抬起頭，從他的床鋪邊緣往外察看發生了什麼事。李區肯定看破狼．拉森的詭計及他對檢查的自信，因為我手中的海燈立刻就被打碎，整個前水手艙陷入一片黑暗。他一定也在同一瞬間縱身一躍，直直撲向了狼．拉森。

最初的聲響宛如公牛和野狼之間的搏鬥。我聽見狼．拉森火冒三丈的怒吼，以及李區毛骨悚然的絕望咆哮。約翰遜肯定立刻就加入了戰局，所以他這幾天在甲板上卑躬屈膝的行為，只是設計好的圈套。

我被這場黑暗中的打鬥嚇壞了，靠著梯子上不停顫抖，沒有辦法爬上去。這是我的老毛病，每當碰到肉體暴力的場面，就會開始噁心想吐。這次雖然我因為黑暗而看不見，但是可以聽到拳頭揮擊的聲音——肉體之間的強烈碰撞發出的輕柔撞擊聲。接著聽見身體扭打在一起的聲響、吃力的喘息，以及因為突如其來的疼痛而發出的短促呻吟。

一定有更多人參與這次謀殺船長和大副的陰謀，因為我從聲音裡聽出來，李區和約翰遜很快就得到他們其中一些夥伴的支援。

「誰拿把刀來！」李區吼道。

「猛打他的頭！敲破他的腦袋！」約翰遜大喊。

但是，狼．拉森在第一聲怒吼之後，就沒有再發出任何聲響。他抱持著絕望，默默地為生命而戰，被痛苦所包圍，打從一開始就倒在地上，沒有辦法再站起來。就算使盡體內的無窮力量，我覺得他也沒有任何希望。

他們搏鬥的力量讓我印象深刻，因為他們蜂擁而來的身體撞倒了我，導致嚴重瘀青。不過，在一片混亂之中，我成功爬進了一張下鋪的空床位，避開了扭打的人群。

「大家！我們抓住他了！我們抓住他了！」我聽見李區在大喊。

「誰？」那些真的睡著的人問道，他們才剛醒過來，搞不清楚現在是什麼狀況。

「那該死的大副！」李區狡猾地回答，幾乎喘不過氣來。

這答案引起了一陣喝采，而在那之後，有七個強壯的人壓在狼．拉森身上，不過我相信路易斯並沒有湊上一腳。前水手艙就像是被掠食者捅過的馬蜂窩。

「下面的！發生什麼事了！」我聽見拉蒂默從艙口處往下大喊，他相當謹慎，不敢輕易下到那個他在黑暗中聽見充滿激動情緒的煉獄。

「有人找到刀子了嗎？喂，有人找到刀子了嗎？」李區在第一次出現相對安靜的空檔時問道。

加入打鬥的人數是造成混亂的主因，他們妨礙了自己付出的努力，而狼．拉森就只有唯一一個目標，並且成功達成，那就是殺出一條血路，穿過地板，抵達樓梯。儘管身處伸手不見五指的黑暗裡，我依然能夠憑藉著聲音得知他的進展。他居然爬到了樓梯底下，除非是個巨人，不然沒有人能辦得到同樣的事情。即便有一大群人竭盡全力想按住他，但狼．拉森還是靠著手臂的力量，一點一點從地板上挺起身子，直到站穩了腳步。然後慢慢一步接著一步手腳並用，拚命爬上樓梯。

我剛好看見最後的一瞬間，是因為拉蒂默終於拿來了一盞提燈，並舉起來，光線就從艙口照了進來。雖然我沒看見狼．拉森本人在哪，但他已經快要爬到樓梯的頂端。我見到的景象就只有一大群人緊抓著他不放，不斷扭來扭去，就像一隻長著許多腳的巨大蜘蛛，隨著船隻的規律晃動而前後搖擺。這團人型蜘蛛每邁出一步都要花費很長時間，但依然一階一階往上爬。原本一度搖搖欲墜，眼看就要摔下去，但斷開的支點又恢復了平衡，繼續往上爬。

「是誰？」拉蒂默喊道。

藉著提燈的光芒，我可以看見他滿臉迷惑地往下看。

「拉森。」從那團人裡發出一聲聽不太清楚的低沉回答。

拉蒂默伸出他空下來的那隻手。我看見有一隻手突然伸出來，用力握上去。拉蒂默使勁一拉，那團人猛然往上衝了好幾階。狼．拉森另外一隻手也伸了出來，牢牢抓住艙口的邊緣。那團人晃出了梯子，但依然緊抓著他們逃跑的敵人不放。他們開始一個一個往下掉，不是被艙口的銳利邊緣刷下去，就是被正在用力踢人的雙腿踢下去。

李區是最後一個掉下去的人，他在艙口底端幾乎垂直地向後倒，頭和肩膀撞到趴在下面的夥伴身上。狼．拉森和那盞提燈消失無蹤，把我們留在了黑暗裡。

15

樓梯底下的人連滾帶爬地站起來，同時傳來一片咒罵和呻吟聲。

「誰去把燈點上，我的大拇指脫臼了。」其中一個名叫帕森斯的水手說道，他是個皮膚黝黑的陰沉男子，為史坦迪希那艘小艇的舵手，划槳手則是哈里遜。

「燈掉到纜柱附近了，去找找看。」李區說道，在我藏身的床鋪邊緣坐下。

眾人在一陣搜索之後點燃了火柴，接著海燈亮了起來，散發昏暗的光芒並冒著煙。在詭異的燈光之下，一群光著腿的人走來走去，照料他們的瘀青和傷口。奧夫蒂－奧夫蒂握住帕森斯的拇指，用力往外拉，然後迅速把它推回原位。與此同時，我注意到這位肯納卡人的指關節已經裂開，可以看見骨頭。他向我們展示自己的傷口，同時露出美麗潔白的牙齒笑著，解釋會有這些傷口是因為揍了狼．拉森的嘴巴。

「原來那是你，嗯，你這個黑乞丐？」有人用挑釁的口氣責問道。這人是愛爾蘭裔美國人凱利，原本是碼頭工人，這是第一次出海，在克夫特的小艇擔任划槳手。

他同時吐出一口血和牙齒，並且把他咄咄逼人的臉湊到奧夫蒂－奧夫蒂的面前。肯納卡人向後一跳，退回自己的床鋪，然後再往前一躍，手上多了一把長刀。

「唉，住手吧，你們讓我受夠了。」李區出手干預。很顯然，儘管他年紀輕又沒有經驗，卻是前水手艙的老大。「得了，凱利，別找奧夫蒂的麻煩。在黑暗中他該死的怎麼會知道那是你呢？」

凱利嘟囔幾句就消氣了，肯納卡人則露出潔白的牙齒，發出感激的微笑。他是個美麗的人，身形婀娜多姿，就像女人一樣，大大的眼睛既溫柔又迷人，與他當之無愧的好鬥善戰名聲相互矛盾。

「他究竟怎麼掙脫的呢？」約翰遜問道。

約翰遜坐在自己的床邊，整個人的姿勢顯現出他極度沮喪和絕望。由於剛才耗盡了體力，仍然在大口地喘氣。在打鬥的過程中，他的襯衫完全被撕爛，臉頰則是被劃出一大道傷口，鮮血直流，一路流到他赤裸的胸膛，在蒼白的大腿上畫出一條鮮紅的痕跡，最後滴落到地板上。

「因為他是個魔鬼，我之前就跟你說過了。」李區如此回答，接著他站了起來，眼裡含著淚水，憤恨地表達他的失望之情。

「你們都沒有人拿一把刀來！」他不停地怨嘆道。

但是，其他人都在害怕各種可能發生的後果，沒人理會他。

「他怎麼會知道誰是誰？」凱利問道，並且殺氣騰騰地環顧四周，「除非我們之間有誰跑去告密。」

「他只要看我們一眼就全都明白了。」帕森斯回答，「只要看你一眼就夠了。」

「告訴他，甲板掀了起來，把你的牙齒從嘴裡挖出來。」路易斯咧嘴笑道。他是唯一一個沒有離開床鋪的人，整個人得意洋洋，因為身上沒有任何一處瘀青，證明他沒有參與這天晚上的打鬥。「等著明天他看見你們的臉吧，你們這幫人。」他咯咯笑。

「我們可以說以為那是大副。」有人說道。至於另外一個人則說：「我知道要我說什麼了——我聽到有人在打架，於是跳下床，下巴被狠狠揍了一拳，然後我就加入戰局。我也說不清楚在黑暗中誰是誰，或發生什麼事，就只是亂打一通。」

「然後你打的就是我，肯定是這樣。」凱利附和他的話，臉色頓時明亮了起來。

李區和約翰遜都沒加入他們的討論，誰都看得出來，兩人的夥伴都認為他們肯定要面對最糟糕的下場，已經沒有任何希望，死路一條。李區忍受他們的恐懼和責備好一陣子之後，突然發難：「你們讓我受夠了！你們這群好傢伙！如果你們少出一張嘴，多動點手，他現在早就完蛋了。為什麼你們之中沒有一個人，一個人就好，在我大喊的時候給我一把刀？你們真讓我覺得噁心！就在那邊抱怨來抱怨去，好像只要他一逮到你們，就會把你們幹掉一樣！你們該死的很清楚他辦不到。他承受不起的。這裡沒有船主，也沒有海濱拾荒客，他需要你們來幫他幹活，而且需要得很。沒有你們，誰來划槳、掌舵或開船？要接受懲罰的是我和約翰遜。滾回床上去吧，立刻，然後閉上你們的嘴。我想要來睡一下了。」

「好啦，好啦。」帕森斯提高嗓門，「搞不好他不會對我們怎麼樣，不過記住我說的話，從現在起，這艘船就是活生生的地獄了。」

在這段期間，我一直都擔心自己尷尬的處境。如果這群人發現我在這裡會發生什麼事？我絕對不可能像狼．拉森那樣殺出一條血路。就在這個時候，拉蒂默從艙口往下呼喊：「漢普！老大叫你過去！」

「他不在這裡！」帕森斯喊回去。

「不，他在。」我出聲說道，從床鋪溜下來，盡最大的努力讓自己的聲音保持鎮定和勇敢。

水手們驚惶失措地看著我，臉上帶著強烈的恐懼，以及因為恐懼而產生的凶相。

「我這就來！」我對拉蒂默大喊。

「不，你不能走！」凱利喊道，擋在我和樓梯中間，他的右手做了一個擺明要掐死人的手勢。「你這該死的告密者！我會讓你閉上嘴巴！」

「讓他過。」李區命令道。

「休想！」凱利憤怒地回嘴。

李區沒有改變他坐在床邊的姿勢，連動都沒動一下。「我說，讓他過。」他重複了一遍，但聲音裡飽含堅定不移的鋼鐵意志。

愛爾蘭人動搖了。我從他身邊走了過去，而他則站到一旁。我踏上樓梯之後，回頭看了一眼，看見一圈凶神惡煞的臉孔正透過昏暗不明的黑暗窺視著我。我心中突然湧現一股深深的同情。我想起了倫敦佬是怎麼形容的。上帝一定是對他們恨之入骨，才會讓他們受到如此的折磨！

「我什麼都沒看見，也什麼都沒聽見，相信我吧。」我靜靜地說。

「我告訴你們，他說話算話。」當我走上樓梯的時候，聽見李區這麼說，「他跟老大、你們和我都不一樣。」

我在客艙找到了狼．拉森，他打著赤膊，渾身是血，正等著我，並用一種古怪詼諧的笑容迎接我。

「來吧，開始上工，醫生。這次航行的種種跡象顯示適合全面的實習。我還真不知道要是沒有你，『幽靈』號會變成怎樣。如果我能懷有如此高尚的情操，我會告訴你，她的船長對此非常感激。」

我懂得如何使用「幽靈」號配備的簡易藥箱，當我在客艙火爐上燒開水，準備幫他包紮傷口時，他四處走來走去，有說有笑，還用精明的眼神檢查自己的傷口。我從未看過他脫光衣服的樣子，他的身體讓我驚嘆不已。我過去都不會輕易去讚揚肉體——根本不會，但是眼前的肉體令人驚豔到，足以讓我體內的藝術家去欣賞它展現出的奇蹟。

我不得不說，自己深深著迷於狼．拉森身材的完美曲線，以及某種駭人的美。我已經見識過前水手艙那群人的身體。儘管他們有些人的肌肉發達，但所有人身上都有美中不足的地方，這裡發育不良、那裡過度發育；扭曲或歪斜破壞了對稱；腳太長或太短；露出的筋骨太多或太少。奧夫蒂－奧夫蒂是唯一一個身體曲線賞心悅目的人，但是實在太過頭了，我反而會稱之為女性的美。

然而，狼．拉森正是那種男性的美，渾身男子氣概，完美到近乎於神。在他到處走動和舉起手臂的時候，發達的肌肉就會在綢緞般的肌膚下躍動。我忘了說，他的古銅色肌膚只到臉部而已。由於他的斯堪地那維亞血統，整個身體白裡透紅，是最白皙的女人才會有的膚色。我還記得他抬起手臂去觸摸頭上的傷口時，他的二頭肌就像活生生的生物般在潔白的皮膚底下移動。這就是那個幾乎要了我的命的二頭肌，我還見識過它揮出多少致命的一擊。我無法把視線從他身上挪開，一動也不動地站在那裡，手中的一卷消毒棉花鬆開，撒落在地板上。

狼．拉森注意到我，而我這才意識到自己一直盯著他看。

「上帝把你捏造得完美無缺。」我說。

「是嗎？」他回答道，「我自己經常這麼認為，然後好奇個中原因。」

「目的是──」我開口說道。

「實用。」他打斷我的話，說道，「這個身體就是為了實用而生。這些肌肉用來抓握、撕裂和摧毀那些擋在我和生命之間的生物。但是，你可曾想過其他的生物？他們同樣也有各式各樣用來抓握、撕裂和摧毀的肌肉。當他們堵在我和生命之間，我就會用超越他們的力量去抓握、撕裂和摧毀他們。目的無法解釋這些，但實用可以。」

「這樣就不美好了。」我表示反對。

「你的意思是，生命是不美好的。」他笑了起來，「可是你卻說上帝把我造得完美無缺。你看見這個了嗎？」

他用力綳緊腿和腳，腳趾牢牢抓住了客艙的地板。成塊的肌肉像山巒起伏般在皮膚下蠕動和隆起。

「摸摸看。」他命令道。

他的肌肉宛若鋼鐵般堅硬。我還注意到他整個身體下意識地聚攏在一起，既緊綳又警覺。肌肉從臀部開始，沿著背部擴展到肩膀，輕柔地舒展開來；手臂只不過輕微抬起，肌肉就立刻收縮；而手指漸漸彎曲，直到變得像猛禽的利爪一樣。甚至連他的眼神都變了，出現了警惕和打量的神色，不用說，就是種戰鬥的目光。

「穩定，平衡。」他說道，立刻放鬆下來，讓身體回到休息的狀態。「腳用來抓住地面，腿用來站直和穩住身體，至於手臂、手掌、牙齒和指甲，則是我用來拚命殺死對手，或防止自己被對手殺死。目的？實用是個更適合的詞彙。」

我沒有再出言反駁，已經見識到原始好戰的野獸有如機械般的運作機制，並且留下極為深刻的印象，彷彿我看見的是一艘大型戰艦或「大西洋」號的引擎。

一想到前水手艙那場激烈的打鬥，我對他的傷勢並不嚴重感到驚訝，並且也自己動作靈巧地幫他包紮好傷口感到得意。除了幾處比較嚴重的傷口之外，剩下都僅僅只是瘀青和撕裂傷。他在落海前遭受的那次重擊，使得他的頭皮裂開了幾英寸。在他的指導之下，我先把傷口附近的頭髮剃掉，然後將傷口清理乾淨再縫合起來。至於他的小腿則嚴重撕裂，看起來就像是被鬥牛犬咬過。他跟我說，那是某個水手用牙齒留下來的傷口，他在打鬥的一開始就咬上來並緊咬不放，整個人一起被拖上前水手艙樓梯的頂端，直到被踢了之後才鬆口。

「順帶一提，漢普，就像我說過的，你是個派得上用場的人。」當我的作業結束後，狼・拉森開口說道，「你知道，我們缺了一個大副。從現在開始，就由你負責監督，每個月有七十五塊錢，船前船後的人都要叫你凡・韋登先生。」

「我——我不懂航海，你知道的。」我倒抽了一口氣。

「這一點關係都沒有。」

「我真的不想坐到高位上。」我反對道，「在現在這個卑微的處境裡，我明白夠多生命的險惡了。我沒有經驗。平庸，你知道的，是有它的好處的。」

他的臉上露出一抹微笑，彷彿這一切已經決定好了。

「我不願意在這艘鬼船上當大副！」我堅決地大喊。

我看見狼·拉森的臉色變得很難看，並且露出凶狠的眼神。他走到自己房間的門口，說道：「現在，凡·韋登先生，晚安。」

「晚安，拉森先生。」我虛弱地回應。

16

我敢說，大副這個位子除了不用再洗更多碗，沒有其他任何讓我覺得高興的地方。我連大副最基本的職責都搞不清楚，要不是水手們同情我，肯定會做得糟糕透頂。我對於繩索和索具一無所知，也完全不懂如何調整船帆和見風轉舵，但水手們不厭其煩地指導我——路易斯證明自己是個特別優秀的老師，而我和底下的人也沒有發生什麼摩擦。

至於獵人就是另外一回事了。他們在海上見多識廣，所以把我當作笑話看。事實上，這對來我說確實是個笑話，我，這個不折不扣生活在陸地的人，竟然要擔任大副的職務。但是被別人當成笑話看，又是另外一回事。我沒有任何抱怨，不過狼・拉森卻要求他們對我遵守最嚴謹的海上禮儀，遠比對待可憐的喬韓森還要禮遇，而在經歷好幾次的爭吵、威脅和抱怨之後，他最終還是讓獵人乖乖就範。我在船頭船尾都成了「凡・韋登先生」，只有狼・拉森他本人會在非正式的場合叫我「漢普」。

這實在很有趣。也許我們在吃午餐的時候，風向會偏離個幾度，當我離開餐桌，狼·拉森就會說：「凡·韋登先生，請你把船轉到左舷迎風的方向。」然後我就會走上甲板，伸手示意要路易斯過來，向他請教接下來該怎麼做。接著，在花費幾分鐘消化他的指導並徹底掌握伎倆之後，我便著手發號施令。我還記得在最早的時候，有一次狼·拉森在我開始下達命令的時候現身。他抽著雪茄，靜靜看著一切，直到事情都完成之後，便沿著迎風側的船尾樓走到船尾，來到我身旁。

「漢普，」他說道，「容我打擾一下，凡·韋登先生。我要恭喜你，你現在可以把父親的腿送回墳墓了。你已經找到自己的雙腿，並且學會靠著自己的腿站立。學點處理繩索、揚帆啟航的工作，再經歷幾場風暴和諸如此類的事情，等結束這段航程之後，你就可以在任何一艘沿岸航行的雙桅縱帆船上擔任船員了。」

從喬韓森死去到抵達海豹獵場之間的這段時間，是我在「幽靈」號上渡過最愉快的一段時光。狼·拉森相當體貼，水手們也都會幫我的忙，而且我不用再跟湯瑪斯·穆格里奇接觸，弄得心煩意亂。坦白說，隨著日子一天一天過去，發現我暗自對自己的表現感到驕傲。情況實在很奇妙，我這個不諳航海的人成了船上的二當家，儘管如此，我依然成功達成了任務。在這短暫的時間裡，我替自己感到驕傲，也開始喜歡上腳下「幽靈」號帶來的顛簸起伏，這時她正向西北方航行，穿越熱帶海域，前往能讓我們補給淡水的小島。

不過，我所經歷的不是真正純粹的幸福。這是比較出來的，剛好在過去與未來的巨大苦難之間，有一段不是那麼痛苦的時期一閃而過。對那些海員來說，「幽靈」號是你所能形容的一艘最糟糕的地獄船。他們從未獲得一刻的安寧或和平。狼・拉森對於他們試圖謀害自己的性命，以及在前水手艙遭受的毆打懷恨在心，所以不論早、中、晚，抑或是大半夜，都費盡心思讓他們生不如死。

狼・拉森深諳小事情引發的心理作用，正是透過各式各樣的小事情，把那些水手逼上了瘋狂的邊緣。我看見哈里遜從他的床鋪被叫出去，將一把擺錯位置的油漆刷收到正確的地方，而兩個在甲板下面值班的人則是在沉睡中被叫醒，要他們陪著哈里遜一起去，並看著他物歸原位。這只是件小事，真的，可是事情一旦因為那樣的腦袋所想出的千百種詭計而倍數成長，就可以略微想像得到前水手艙那群人的心理狀態。

理所當然出現許多抱怨，也持續爆發小規模的衝突。架一打起來，總有兩三個人要治療那個披著人皮的野獸造成的傷口，而這野獸正是他們的船長。由於客艙和統艙裡有著一大批的武器，所以聯手行動是行不通的。李區和約翰遜這兩個人則是受到狼・拉森殘忍脾氣特別關照的受害者。約翰遜表情和眼神裡浮現的深沉憂鬱，讓我內心都在淌血。

李區的狀況則不太一樣。在他身上寄宿了太多好戰的獸性，似乎被一種永不滿足的憤怒占據心神，沒時間去感受悲傷。他的嘴唇已經扭曲成一種永遠都在咆哮的樣子，只要一見到狼・拉森，立刻就會發出可怕又嚇人的怒吼，而我相信這已經是下意識的反應。我曾經看過他眼睛緊盯著狼・拉森，就像動物盯著他的飼主，同時從喉嚨深處傳出動物般的咆哮，迴盪在他的牙齒之間。

我記得有一次在甲板上，那是個晴朗的白天，我碰了他的肩膀一下，準備要下達命令。李區原本背對著我，在我的手碰到他的瞬間就一躍而起，想跳離我身邊，同時扭過頭來對我咆哮。他當下把我誤認為那個他所憎恨的人。

李區和約翰遜只要有一丁點的機會，都會把狼・拉森給殺了，但機會從未到來。狼・拉森實在太過機警，不會給出任何破綻，而且他們也沒有適合的武器，光靠拳頭是沒有任何勝算的。狼・拉森一次又一次跟李區對打，而李區也總是像隻山貓一樣，用牙齒、指甲和拳頭來還擊，直到最後打到筋疲力盡，甚至失去意識，大字仰躺在甲板上。可是，李區也從未抗拒過下一次的交手。在他身上所有的魔鬼向狼．拉森的魔鬼發起挑戰。只要他們同時出現在甲板上就會大打出手，謾罵、咆哮和毆打對方。我曾經看見李區毫無預警或挑釁，就直接撲到狼．拉森的身上。有一次，李區把自己那把沉重的刀子連刀帶鞘朝著狼．拉森擲過去，只差一英寸就射中他的喉嚨。又有一次，李區站在後桅桁上，把一根鋼製的索針用力扔下來。在一艘不斷搖晃的船上，這是難度很高的投擲動作，但是這根索針在空中呼嘯而過，飛行了七十五英尺的距離，差一點就射中剛剛從艙梯走出來的狼．拉森的頭，而索針的尖端整個沒入堅硬的甲板裡兩英寸多深。還有一次，李區偷偷溜進統艙，拿走了一把已經上了膛的霰彈槍，正拿著槍往甲板上衝的時候，就被克夫特抓個正著，解除了武裝。

我經常很納悶為什麼狼．拉森不殺了他來杜絕後患。但是，他總是哈哈大笑，看上去樂在其中。這裡面似乎有種特別的刺激，就好像人們喜歡養凶猛的動物當寵物來取樂一樣。

「這為生命帶來刺激，」他向我解釋道，「當生命掌握在一個人的手裡。人類是天生的賭徒，而生命是他可以下的最大賭注。當賠率愈大，刺激也就愈大。為什麼我要克制自己去享受讓李區的靈魂陷入癲狂所帶來的愉快呢？而且，這是我對他的好意。感覺的偉大是互相的。他現在活得比船頭任何水手都來得莊嚴，儘管他自己並不知道這一點。因為他有著那些人沒有的東西——目的，要去執行並達成的某件事情、讓人全心投入去努力實現的目的、想要殺死我的欲望，以及他能夠殺死我的希望。說真的，漢普，他現在過得非常充實。我懷疑他以前是否有活得這麼機警和敏銳，而且有時候當我看見他情緒激昂到處在激情和感性的巔峰時，真的會很羨慕他。」

「啊，但這是膽小的行為，膽小的行為！」我叫喊道，「你占盡了所有優勢。」

「在我們兩人之間，你和我，誰究竟是更膽小的那一個？」他嚴肅地問道，「如果這個局面令人不快，當你沒有要站出來的時候，你的良知就妥協了。假設你真的那麼偉大、那麼真誠地面對自己，你應該加入李區和約翰遜的陣營。但是你在害怕，你就是在害怕。你想要活下來。你身上的生命在哭喊著不管要付出什麼代價，它都要活下去。所以你活得很可恥，不忠於你夢想中的至善之物，並且犯下了罪，違背你那可憐至極的渺小法典。假使真的有地獄的話，你就是讓你的靈魂直奔地獄而去。呸！我擔綱更為勇敢的角色，沒有犯下任何的罪，因為我忠於自己身上生命的敦促。至少我是真誠對待自己的靈魂，而這正是你沒做到的。」

他的這段話讓我如坐針氈。或許，我終究是在扮演一個膽小的角色。我愈思考這件事，就愈明白自己眼前的責任，就是按照他建議的去做，加入李區和約翰遜的行列，努力置他於死地。我想，就在那個時候，我的清教徒祖先的嚴酷良知進入我的腦海，迫使我做出駭人的行徑，甚至認可謀殺是個正當的行為。我沉浸在這個想法裡不能自拔。讓世界能擺脫這樣一個怪物，會是最具道德的舉動，人類會因此變得更為美好和快樂，生命也會過得更為公平和愜意。

我思索許久，躺在床上久久不能入睡，反覆估量這個局面的種種情況。在值夜班時，我趁著狼．拉森待在甲板下面，跟約翰遜和李區談了一會。兩人都已經失去了希望——約翰遜是因為情緒方面的灰心沮喪，李區則是因為在徒勞無功的打鬥中敗下陣來，已經筋疲力盡。不過，後者在某天晚上情緒激動地緊緊握住我的手，說道：「我覺得你很正直，凡．韋登先生。但是，你就待在原本的位置，閉好你的嘴巴，什麼都別說，做你的事就好。我們已經是個死人，我知道的。不過，也許哪天我們最需要的時候，你依然能幫我們一點忙。」

就在隔天，在上風處與船身幾乎成九十度垂直的方向，隱約浮現了溫萊特島（Wainwright Island）的影子。狼．拉森原本正在攻擊約翰遜，然後遭到李區的襲擊，最後把兩人都教訓了一頓。這個時候，他開口預言了。

「李區，」他說道，「你知道我早晚會把你殺了，不是嗎？」

李區用咆哮聲來回答。

「至於你，約翰遜，在我跟你了結之前，你就會對活著這件事情感到厭倦，然後跳海自盡。就來看看你會不會吧。」

「我有個提議，」他側身對著我，補上一句，「我跟你賭一個月的工錢，他肯定會照做。」

我曾經希望他的受害者能在下船補充淡水時趁機逃走，但狼．拉森選了一個非常好的停靠點。「幽靈」號停泊在距離一處偏僻沙灘的海浪線半英里遠的地方。這裡是一座深谷，兩側是陡峭的火山岩壁，沒有人能爬得上去。而在狼．拉森的現場監督下（他自己也上岸了），李區和約翰遜把小木桶裝滿水，接著滾到沙灘上去。他們沒有機會搶走一艘小艇，重獲自由。

然而，哈里遜和凱利就做了這樣的嘗試。他們是其中一艘小艇的組員，負責的任務是在船和沙灘之間來回搬運木桶，每次需要運一個桶子。就在午餐之前，他們應該要載著一個空桶前往沙灘，可是改變了航向，向左繞過直入大海、阻擋在他們和自由之間的岬角。在岬角冒著浪花的岸邊，有著一座日本殖民者的美麗村莊，以及深入內陸的美好山谷。一旦進入他們應許的安全地帶，這兩個人就能反抗狼・拉森了。

我早就注意到韓德森跟斯摩格整個早上都在甲板上徘徊，但直到現在才知道他們為什麼待在那裡。他們舉起了來福槍，從容不迫地朝著逃亡者開槍。這是一場冷血的槍法表演。最一開始，他們的子彈直直飛過小艇兩側的水面，沒有造成任何傷害。不過，當小艇上的兩人繼續拚命划槳，他們射擊的落點就愈來愈靠近。

「看我把凱利右手的槳打掉。」斯摩格更加仔細地瞄準了目標。

我透過望遠鏡看過去，斯摩格一開槍射擊，槳葉就四分五裂。韓德森也如法炮製，同樣選擇往哈里遜右手的槳開槍。小艇開始打轉。剩下的兩支槳也很快就遭到擊碎。兩人嘗試用斷槳繼續划船，但手中的斷槳也被打飛。凱利扯下一塊小艇底部的木板，開始划水，但是當木板的碎片刺進他的手裡時，痛得大喊一聲，把木板扔到一旁。然後，哈里遜和凱利就放棄了掙扎，任憑小艇在水上漂浮，直到狼・拉森派了第二艘小艇過去，才把他們連人帶船拖上岸。

當天下午稍晚，我們就起錨離開了那座島。眼前等著我們的就只有待在海豹棲息地長達三到四個月的狩獵季。前途確實一片黑暗，而我懷抱著沉重的心情繼續工作。一股愁雲慘霧似乎籠罩在「幽靈」號上空。狼・拉森再度因為頭痛欲裂而臥病在床。

哈里遜無精打采地站在船舵前面，半倚著船舵來撐住自己，彷彿肉體的重量壓得他疲憊不堪。其他船員則是死氣沉沉。我在前水手艙的艙口後面撞見凱利蹲坐在那裡，頭枕在膝蓋上，雙手抱著頭，陷入難以言喻的沮喪絕望。

我發現約翰遜整個人呈大字型躺在前水手艙的頂端，凝視著船鼻尖攪亂的水流，這個景象讓我不寒而慄，想起狼・拉森的預言，似乎就要應驗了。我試著叫約翰遜離開，打斷他死氣沉沉的思緒，但是他悶悶不樂地對我笑了一下，不願意離開。

當我回到船尾時，李區上前跟我搭話。

「我想請你幫我一個忙，凡・韋登先生。」他說道，「如果你運氣好，能夠再次回到舊金山，可以去找一位叫作麥特・麥卡錫的人嗎？他是我老爸，就住在山上，在梅費爾麵包店後面，經營一家鞋匠鋪，每個人都知道，所以你不會找不到。告訴他，我為對他造成的麻煩和自己做過的那些事情感到抱歉，然後——然後就幫我告訴他：『上帝保佑他』。」

我點了點頭，不過接著說道：「我們會一起回到舊金山，李區。當我去見麥特・麥卡錫，你會跟著我一起去的。」

「我很願意相信你說的話，」他回答道，並且握了握我的手，「但是我辦不到。

狼．拉森會幹掉我，我很清楚。我唯一能指望的就是他早點把我做掉。」

在他離去之後，我發覺自己內心也有相同的渴望。既然事情終究要發生，何不乾脆早點了結。整艘船的愁雲慘霧把我團團包圍，顯然最糟糕的結果已經在所難免，而當我一連好幾個小時在甲板上來回踱步時，發現狼．拉森令人厭惡的想法深深折磨著我。這一切究竟是怎麼回事？生命的輝煌何在，竟然允許如此肆意去摧殘人類的靈魂？畢竟，生命就是一個廉價骯髒的東西，愈快結束愈好。一了百了，再無瓜葛！我也倚靠著船舷的欄杆，嚮往地凝望著大海，確信自己早晚有一天會沉下去，沉入大海冰冷墨綠的遺忘深淵裡。

17

說來也怪，儘管到處都充滿著不祥的預兆，但是「幽靈」號並未遭遇到什麼特殊的狀況。我們繼續朝著西北方前進，直到抵達日本沿岸，碰上了一大群的海豹。沒人知道海豹是從無邊無際的太平洋的什麼地方出發，年復一年地向北遷徙，前往白令海的棲息地。而我們跟著這些海豹往北進發，蹂躪和摧毀他們，把剝完皮的屍體扔去餵鯊魚，海豹皮則是用鹽醃製保存，日後就可以用來妝點都會女性的白皙肩膀。

這是場肆無忌憚的屠殺，這一切都是為了女人。沒有人要吃海豹肉或海豹油。在一整天的殺戮之後，甲板到處都是海豹的皮和屍體，因為血液和油脂而變得濕滑不堪，連排水孔排出的都是鮮紅的血水。桅杆、繩索和船舷欄杆都濺滿血紅色的汙漬。船員像是屠夫一樣赤裸著身體，手臂沾滿鮮血，奮力揮舞著用來剝皮的刀子，把毛皮從他們殺害的漂亮海洋生物身上剝下來。

我的任務就是清點他們從小艇卸下的海豹屍體，監督剝皮的工作，清理甲板，然後讓一切恢復原狀。這不是什麼愉快的工作。我的靈魂和胃都對此反感，但是從某方面來說，這種管理和指揮許多人的工作，對我是有好處的，讓我寥寥無幾的執行能力有所成長。我意識到自己正經歷一種強化或硬化的過程，這對「娘娘腔」．凡．韋登來說有益無害。

我開始感受到一件事情，那就是永遠都不可能再變回原來的那個我。我對於人類生命的希望和信念，仍然遭受狼．拉森毀滅性的批評，但是他已經成為某些微小事物發生轉變的原因。他為我開啟了真實世界的大門，我原本對這個世界一無所知，也一直對其退避三舍。我學會更仔細去看待活生生的生命，認識到世界存在著這樣的事實，跳脫思想和觀念的領域，給予存在的具體和客觀層次某種程度的價值。

當我們抵達海豹狩獵場之後，與狼．拉森接觸的機會比以往更加頻繁。如果天氣好，我們待在海豹群之中，所有人就會搭乘小艇前去捕獵海豹，只留下我和狼．拉森，以及派不上用場的湯瑪斯．穆格里奇，三個人待在船上。但這不是在鬧著玩的。六艘小艇會以帆船為中心點呈扇形散開，等到第一艘迎風艇到最後一艘背風艇相距十到二十英里遠，他們會沿著直線的航道在海上巡航，直到黃昏或惡劣天氣把他們趕回來為止。至於我們的職責就是讓「幽靈」號準確航行在最後一艘背風艇的背風處，以便在遇到突如其來的風暴或是即將變糟的天候時，所有小艇都能乘著順風回到船上。

對兩個人來說，要駕馭一艘像「幽靈」號這樣的船，不但要掌舵、隨時注意小艇，還要起帆和收帆，不是件輕鬆的事情，尤其是碰上強風吹拂的時候。所以，這就落到我頭上，讓我不得不學習，而且得學得夠快才行。掌舵我很快就上手，但是要迅速爬上桅桁，然後在離開繩梯並爬得更高時，光靠著手臂來甩動我全身的重量，是件更加困難的事。這件工作我也學會了，並且學得很快，因為我莫名其妙感受到一股狂野的渴望，想為狼・拉森眼中的我來平反，證明自己能靠心智活動以外的方式過活。不僅如此，當我能迅速上到桅頂，靠著雙腿緊緊攀附在那危險的高度上，同時用望遠鏡掃過海面來搜尋小艇，讓我感到十分喜悅。

我記得在風和日麗的某一天，小艇早早就出發，隨著它們在大海上四散而去，獵人們的槍聲也變得愈來愈模糊和遙遠，漸漸就聽不見了。只有從西方吹來一股微風，但當我們努力趕到背風艇的背風側時，風也停止了。我從桅頂眺望出去，看見六艘小艇一艘接著一艘，追蹤著海豹往西方遠去，消失在地平線的另一端。我們漂浮在幾乎沒有一絲波紋的平靜大海上，沒有辦法追上小艇。狼・拉森憂心忡忡。氣壓計的數字在下降，東方的天色也讓他不太高興，狼．拉森全神貫注地觀察著天氣。

「如果風從那裡吹過來，」他說道，「又強又快的話，就有可能把我們推到小艇的迎風側，這麼一來，統艙和前水手艙很有可能就會多出空床位了。」

到了十一點，海面平靜如鏡。正午時分，儘管我們已經處在北緯緯度相當高的地方，依然熱得讓人受不了，空氣完全停滯。如此悶熱壓抑的天氣，讓我想起老加利福尼亞人口中所說的「地震來臨前的天氣」。這帶來一種不祥的預感，無形之中讓人覺得大難臨頭。漸漸地，整片東方的天空烏雲密布，籠罩在我們頭頂上的烏雲，就像來自煉獄的漆黑山脈。你可以非常清楚看見上面的峽谷和懸崖，以及交錯其間的陰影，以至於會不自覺尋找起白花花的海浪線，以及海洋衝擊陸地時轟隆作響的洞穴。然而，我們依然在海上輕微晃動，半點風都沒有。

「看來不會是場哭哭啼啼般的風暴。」狼．拉森說道，「大自然老母親要站直她的雙腿，使盡渾身解數大吼了。就算只打算保住我們一半的小艇，這也會讓我們不停手忙腳亂，漢普。你最好趕緊爬上去把中桅帆鬆開。」

「假如她正要發威，但這艘船上就只有我們兩個人？」我語帶抗議地問道。

「唉，我們得趕在船帆全被扯下來之前，盡可能在最開始的時候做出最大的努力，追上我們的小艇。我一點都不在乎在那之後會發生什麼事。桅杆撐得住，而你跟我也必須得撐住，儘管我們還有一堆艱巨的工作要做。」

海面依然風平浪靜。我們吃完了午餐。一想到還有十八個人在海的另一端漂浮，以及我們頭上像山脈般綿延不絕的雲層正向下壓境，我這頓飯吃得既匆忙又著急。然而，狼．拉森看上去依然不為所動，儘管如此，我注意到當我們回到甲板上時，他的鼻孔有一陣輕微的抽動，動作也明顯加快。他的表情嚴肅，臉上的線條變得僵硬，可是在他今天清澈透明的藍色瞳孔裡，卻出現一種奇妙的光彩、一道明亮閃耀的光芒。這讓我覺得他很開心，帶有一種殘忍的快樂；他很高興，因為有一場即將到來的鬥爭；他很興奮，因為曉得生命中最重要的時刻之一，也就是生命浪潮洶湧而來之時，就在他的眼前。

狼．拉森一度在無意之間，同時也沒意識到我在看他，對著即將到來的暴風雨放聲大笑，笑聲裡滿是諷刺和挑釁。我看著他站在那裡，就像一個在《天方夜譚》裡登場的小人物，面對某個壞心腸精靈的巨大身影。他勇敢面對命運，毫不畏懼。

狼．拉森走到廚房。「廚子，等你把鍋碗瓢盆收拾好就上到甲板。隨時待命。」

「漢普，」他說道，並且意識到我看他看得入迷，「這比威士忌更刺激，是你那個奧瑪錯過的場面。我終究認為他活過的人生並不完整。」

西半邊的天空如今滿布烏雲，太陽已經黯淡下來，慢慢從視野裡消失不見。這時是下午兩點，朦朧的暮色業已籠罩著我們，充滿略帶紫色的飄渺光芒。沐浴在這道光芒之下，狼・拉森的臉愈來愈容光煥發，甚至在我興奮過頭的想像裡，他看上去就像全身圍繞著一圈光環。我們待在一片非比尋常的寂靜之中，儘管周遭充斥著各種跡象與預兆，表明了即將來臨的聲響和動靜。悶熱的氣溫變得愈來愈難以忍受。汗水浸濕了我的額頭，可以感覺到正順著我的鼻子往下流。我覺得自己就快要暈倒了，於是伸手扶著欄杆。

隨後，就在這接下來的一瞬間，一陣細微到幾乎聽不見的風聲飄忽而過。這陣風聲是從東邊傳來，並且如同耳語一般轉瞬即逝。儘管垂下來的船帆沒有任何動靜，不過我的臉依然感受到了一絲涼意。

「廚子。」狼・拉森低聲喊道。穆格里奇帶著驚恐可憐的表情轉過頭來。「解開前縱帆下桁的索具，然後傳過來，當一起風的時候，就放開帆腳索，緊緊抓著索具過來。只要你搞砸任何一件事，那就會是你這輩子做過的最後一件事。聽懂了嗎？

「凡・韋登先生，準備好繞過桅前帆，然後跳上中桅帆，盡快張開船帆，上帝讓你能多快就多快——你做得愈快就會愈容易。至於廚子的話，如果他手腳不俐落，你就朝他眼睛中間揍上一拳。」

我聽出了狼．拉森話中的誇獎，很得意他對我下達的指令裡沒有帶著任何威脅。我們的船頭正對著西北方，他打算一起風，就立刻掉轉船帆，以便迎風而行。

「風會從船尾的方向吹來。」他向我解釋，「根據最後的槍聲判斷，那些小艇順著風，稍微偏向南方去了。」

他轉身走向船尾的船舵。我則是走到船頭，在三角帆旁邊待命。一陣又一陣的微風吹來。船帆緩緩地飄動了幾下。

「感謝上帝，風不是一下全來了，凡．韋登先生。」倫敦佬突然熱心地喊道。

我確實也很感謝上帝，因為那時候已經學到足夠多的知識，知道在所有船帆都張開的情況下，會有什麼災難在等著我們。微風變成了陣風，船帆揚起，「幽靈」號開始移動。狼．拉森用力把船舵往左打，我們就開始朝下風處偏航。風現在死命地吹向船尾，吹拂的力道愈來愈強，我負責的桅前帆猛烈拍打。我沒有注意到其他地方發生了什麼事，不過當前帆和主帆受到風的壓迫而改變方向時，我感覺到船身突然前後搖擺，接著往一邊傾斜。我手忙腳亂地擺弄著船首斜桅帆、船首三角帆和支索帆。當我這部分的任務完成後，「幽靈」號正朝著西南方前進，風從她的船尾吹來，而全部的帆腳索都綁在右舷上。儘管我累得氣喘吁吁，心臟跳動得像有把大槌子在敲打，但依然沒有停下來喘口氣，而是直接跳向中桅帆，趁著風變得太強之前揚起船帆，並用繩索在下方固定好。接著，我就到船尾去等候下一道命令。

狼·拉森點頭表示贊許，然後把船舵交給我。風力逐漸增強，大海則是波濤洶湧。我掌了一個小時的舵，每分每秒都變得益發困難。我沒有在風從斜後方吹來時掌舵的經驗。

「現在快拿著望遠鏡上去，找找看有沒有小艇的影子。我們的速度最少有十節，正要到十二或十三節。這老女孩知道如何前進。」

我爬上了離甲板差不多七十英尺高的前桅桁。當我搜索著眼前空曠的水域時，徹底了解到假如想找回我們的人，就必須加緊腳步。甚至，當我凝望著我們正疾馳其上的茫茫大海，都很懷疑是否還有一艘小艇漂浮在上面。那般脆弱的小艇似乎不可能在這樣的大風大浪中倖存下來。

我沒有辦法感受到這股風的全部力量，因為我們正順風而行。不過，從我所在的高處往下看，就好像自己置身於「幽靈」號之外，能看見她的輪廓在波濤洶湧的海面上被清楚勾勒出來，正憑藉著生命的本能向前馳騁。有時候，「幽靈」號會高高躍起，穿過巨大的浪濤，右舷的欄杆會整個沒入水中，從甲板到艙口都會淹滿翻騰的海水。在這種時刻，從迎風側的擺盪開始，我會以令人頭暈目眩的速度飛過空中，整個過程就好像我其實是緊抓著一個倒吊鐘擺的末端，在那些較為劇烈的擺動，橫跨的幅度肯定有超過七十英尺。這種暈頭轉向的橫移帶來的恐懼一度壓垮了我，手腳緊緊抱住桅杆，無力地顫抖，沒有辦法看向海面去搜尋失蹤的小艇，或是留意海上發生的任何情況。唯一看到的景色就是在下方不斷怒吼的大海，拚命想要吞噬掉「幽靈」號。

但是，一想到還待在大海中央的那些人就讓我鎮靜下來，並且忘我地專心搜尋他們的存在。在接下來的一個小時裡，我只看見荒蕪淒涼的茫茫大海。隨後，一縷變化無常的陽光照射在海面上，形成一片憤怒翻騰的銀色，我在那裡看見有個小黑點一瞬間突入天際，然後又被吞沒。我耐心等待。那個極小的黑點再度穿過盛怒的銀光，就位在距離我們船頭左舷好幾度的方向。我沒有打算大喊，而是揮動手臂來告訴狼・拉森這個消息。他調整了航向，等到黑點出現在我們的正前方時，我又比出確認的手勢。

黑點變得愈來愈大，其變化之快讓我第一次充分意識到我們行駛的速度。狼・拉森示意要我下去，而當我來到船舵旁，站在他身邊時，他便吩咐了各種頂風停航的指示。

「預計頓時會亂成一團，」他提醒我說，「不過別理會它，你該做的就是做好你的工作，然後讓廚子在前帆腳索做好準備。」

我設法找出一條路往船頭前進，但沒有什麼選擇，因為不論是迎風或背風側的欄杆似乎都一直沉在水裡。在告訴湯瑪斯・穆格里奇他該做什麼之後，我爬上了前桅索具，離甲板幾英尺高。那艘小艇現在靠得很近，我可以清楚看見它正面迎向風浪，拖著已經被扔下去當作艇錨的桅杆和艇帆。小艇上的三個人正奮力把水舀出去。每道如同山脈般高聳的海浪都會吞沒他們，使其消失在視線之中，我焦慮萬分地等待，生怕他們再也不會出現。接著，就在希望渺茫的一瞬間，小艇會突然從滾滾浪尖中竄出，船頭指向天空，然後露出潮濕暗沉的艇底，到最後看起來就好像直立在空中一樣。三人急急忙忙舀水的身影一閃而過，而就在這一瞬間，小艇整艘翻覆，船頭在上、船尾在下，幾乎快要呈九十度垂直，露出艇身的內側，墜落到下方張開血盆大口的波谷裡。小艇每次能再度出現，都是一個奇蹟。

「幽靈」號突然偏離了航道，逐漸駛離小艇，這讓我大吃一驚，以為狼・拉森認為救人已經不可能，所以決定放棄。後來我才明白他正準備頂風停船，於是下到甲板上做好準備。我們現在就在風頭上，而小艇在距離很遠的地方與我們平行。我感覺到帆船突然失去了阻力，所有拉力和推力都消失無蹤，同時速度加快了許多。「幽靈」號正以船尾為軸心掉頭，迎風而去。

當「幽靈」號到達正確的角度，至今為止一直避免迎頭撞上的全部風力逮住了我們。我既不幸又無知地正面對上這陣風，那就好像有面牆堵在我前面，讓我的肺部灌滿空氣，以至於沒有辦法吐氣。正當我喘不過氣、快窒息而死的時候，「幽靈」號一陣顛簸，船身側面朝上，直接翻了過去，脫離了迎風的狀態，而我則看見從頭上鋪天蓋地而來的大海。我轉過身讓呼吸平緩下來，再度回頭望去。海浪正向「幽靈」號傾瀉而下，我則抬頭仰望著浪花。一道陽光照耀在高聳的浪頭上，我瞥見一抹急馳而來的翠綠，背後是一片乳白色的泡沫。

就在海浪落下的瞬間，場面陷入了一團混亂，所有事情同時發生。我遭受沉重到快昏迷過去的撞擊，不是只有身體特定的某個地方，而是全身上下都受到重創。我鬆開了緊握支撐點的手，整個人落入水中，腦袋則是閃過一個念頭，想起曾經聽說過的可怕事情，那就是我被捲入海浪的波谷裡。我的身體只能無助地承受撞擊，不斷翻來滾去，而當我再也憋不住氣時，就將嗆人的鹹水吸入肺裡。但是在這個過程中，我腦袋只有一個念頭——必須讓三角帆轉向迎風側。我沒有害怕死亡，不知道為什麼，相信自己肯定能渡過這場難關。在恍惚的意識裡，我一心想著要完成狼．拉森下達的命令，而我彷彿看見他站在船舵前面，身處於狂亂無序的中心，用他直面風暴的意志，向它發起反抗。

我猛然吐在了我認為是欄杆的地方，深吸了一口氣，緊接著再吸了一口甜美的空氣。我試著站起來，但是撞到了頭，結果又以雙手和膝蓋著地的姿勢跌倒。一股反常的水流把我沖到前水手艙下方，捲進了艙口裡面。當我四肢著地爬出來的時候，跨過了正躺在地上不停呻吟的湯瑪斯．穆格里奇。沒有多餘的時間去檢查他的狀況了，我必須去把三角帆的方向轉過來。

來到甲板上之後，我發現世界末日儼然降臨，從四面八方傳來木頭、鋼鐵和帆布的撕裂聲和撞擊聲，整艘「幽靈」號已經支離破碎。前桅帆和前桅中桅帆在這次轉向中失去了風力，加上沒有人及時收起船帆，正伴隨著巨大的轟鳴聲摔成粉碎，沉重的帆桁在船舷兩側的欄杆之間碎裂四散。空中滿是飛舞的殘骸，脫落的繩子和牽索就像蛇一樣捲曲纏繞，發出嘶嘶聲響，而前桅帆斜桁的碎片在這之間不斷落下。

桅杆只差幾英寸的距離就會砸到我身上，促使我趕緊行動。局面或許還沒有到絕望的地步。我還記得狼．拉森的提醒，他已經預料到事情會突然亂成一團，而現在正是如此。他人究竟在哪裡？我瞥見他正努力拉動主帆，用他力大無窮的肌肉把船帆拉起來，讓其攤平。「幽靈」號的船尾高高翹起，懸在空中，席捲而來的白色浪濤勾勒出他的身體輪廓。所有這一切，甚至包括一整個充滿混亂和殘骸的世界，是我在可能只有十五秒的時間內，見到、聽到和掌握到的事情。

我沒有停下腳步去看那艘小艇變成什麼樣子，而是躍向了三角帆的帆腳索。三角帆開始不停來回晃動，一會迎風，一會逆風，劈啪作響。不過，我趁著每次三腳帆開始晃動的時候，用盡全身的力量拉動帆腳索，慢慢翻轉三角帆的方向。我知道自己已經盡力了，拉著繩索拉到每根手指頭的指尖都破裂流血，而在我拉著三角帆的同時，斜桅帆和支索帆的帆布全都裂開，並且以雷霆之勢化為塵埃。

我依然努力拉著繩索，每次多拉進來一點，就會把繩子繞兩圈來穩住，等到下一次船帆晃動時再多拉一點。緊接著，帆腳索變得很容易鬆開，在我忙著收緊繩索的時候，狼．拉森站到我旁邊，獨自一人就把三角帆拉到定位。

「動作快！」他大吼道，「然後快跟上！」

我跟在他的後面，注意到儘管船上一片狼藉，但已經恢復了初步的秩序。「幽靈」號已經頂風停了下來，並且依然能夠正常運作，也正在運作。雖然失去了其他船帆，但正轉向迎風側的三角帆和向下攤平的主帆都還撐得住，將「幽靈」號的船頭固定在洶湧的大海之上。

我搜索著小艇的同時，狼．拉森在清理懸吊小艇的索具，最後終於在背風側的大海上看見小艇高高仰起，距離不到二十英尺遠。狼．拉森算得很精準，我們剛剛好漂到小艇的旁邊，因此唯一要做的事情就只有將索具鉤住小艇的兩端，把它拉上船。不過，說來容易，做來難。

待在小艇前端的是克夫特，奧夫蒂－奧夫蒂待在尾端，凱利則在小艇中央。當我們漂得更近時，小艇隨著波浪上升，而我們則是在波谷中下沉，所以他們會高到幾乎快要到我正上方的位置，我可以看見他們三個人正把頭探出小艇往下看。接著，在下一個瞬間就輪到我們猛然向上竄起，他們則直直往下墜落。這似乎讓人難以置信，下一波海浪竟然沒有把「幽靈」號直接砸到那微小易碎的小艇上。

不過，趁著這個時候，我把鉤索傳給了肯納卡人，狼．拉森也做了同樣的事情，把另外一邊的鉤索交給了克夫特。兩邊的鉤索一下子就鉤到了小艇上，而那三個人巧妙地算準了船身擺動的時機，同時跳上了帆船。當「幽靈」號的船舷晃出水面時，小艇便緊貼在船身旁邊，在整艘船擺盪回去之前，我們就已經將小艇沿著船舷拉上來，船底朝上放置在甲板上。我注意到克夫特的左手血流如注，他的中指被壓成稀巴爛。但他沒有表現出絲毫的痛苦，還用右手幫我們把小艇牢牢固定好。

「你，奧夫蒂！準備好把三角帆轉過來！」剛把小艇安置妥當，狼．拉森就立刻下了命令。「凱利，到船尾把主帆的帆腳索鬆開！你，克夫特，去船頭看廚子出了什麼事！凡．韋登先生，再上去高處觀望，並且把擋住你去路的雜物都清掉！」

下達完命令之後，狼．拉森就用他老虎般的獨特跳躍，去到船尾，站在船舵旁邊。當我好不容易爬上前支索帆，「幽靈」號慢慢轉向下風。這次，我們一進到海浪的波谷、被水流捲進去的時候，已經沒有會失去控制的船帆。然後，當我爬到桅桁一半的地方，被強勁的風力吹得整個人平貼在索具上，所以我人根本不可能會掉下去，而「幽靈」號整艘船傾向一邊，就快要翻覆，桅杆與水面呈現平行的狀態。我望向「幽靈」號的甲板，但不是直直往下看，而是與垂標呈接近九十度的角度看過去。不過，我看到的不是甲板，而是原本應該是甲板的地方，那裡已經被狂暴洶湧的海水給淹沒。我只看到兩根桅杆突出水面，其他什麼都沒看見。在這個瞬間，「幽靈」號已經沉到了海面之下。隨著「幽靈」號的船身逐漸擺正，脫離側面的壓力，回到原本的位置，甲板也像鯨魚的背脊一樣衝出海面。

接著，我們全速行駛，穿越驚濤駭浪的大海，這時候我像蒼蠅一樣攀附在桅桁上，搜尋著其他小艇。半個小時後，我看見了第二艘小艇，但已經艇底朝天被海水淹沒，喬克．霍納、胖子路易斯和約翰遜三個人緊緊抓住小艇不放。這一次，我留在高處，而狼．拉森成功頂風停船，沒有被海浪捲進去。就像上次一樣，我們漂到小艇旁邊。索具很快就鉤好，繩子拋向三人，他們像猴子一樣爭先恐後爬上船。當小艇被拉上船時，由於撞到船舷而整個四分五裂，不過殘骸還是被牢牢固定好，因為在修修補補之後，又能重新拼湊成一艘完整的小艇。

「幽靈」號再度在風暴襲來之前掉轉船頭，駛向下風處，這一次整艘船沒入海中有幾秒鐘之久，讓我以為再也不會浮上來。就算是比船身中央高出許多的船舵，都不斷被海水淹沒和捲走。在這樣的時刻，我不可思議地覺得自己正與上帝獨處，獨自跟他一起眺望著他盛怒之下造就的混亂。接著，船舵再度浮出水面，隨後浮上來的是狼．拉森寬廣的肩膀，他的手握住船舵的輻條，讓「幽靈」號按照他的意志進發。狼．拉森的姿態彷彿他自己就是凡人之神，正主宰著這場風暴，甩開灑落在他身上的海水，駕馭著風暴朝自己的目標前進。喔，真是太神奇了！真是太神奇了！那些渺小的人類能夠活著、呼吸和行動，並且驅使著如此脆弱的木頭和布條造物，穿過如此磅礴的自然元素鬥爭。

就像之前一樣，「幽靈」號擺脫了海浪的波谷，再度把甲板舉出水面，朝著呼嘯的狂風直衝而去。這時已經是下午五點半，而在半個小時之後，當白天最後的時刻在昏暗騷亂的暮色中逝去，我看見了第三艘小艇。小艇已經翻了過來，也沒有見到水手的影子。狼．拉森故技重施，先是把船停住，然後掉頭轉向迎風側，朝小艇漂過去。但是這一次他偏離了四十英尺，小艇就從船尾擦肩而過。

「是四號艇！」奧夫蒂－奧夫蒂大喊。在那艘小艇從浪花中浮出水面又沉下去的瞬間，他銳利的眼睛捕捉到小艇上的數字。

那是韓德森的小艇，跟他一起不見蹤影的還有霍利約克跟威廉斯，他們是另外一組遠洋水手，毫無疑問是失蹤了，但小艇還在，於是狼．拉森不顧一切要回收那艘小艇。我下到甲板，看見霍納和克夫特正出聲反對這麼做，但徒勞無功。

「上帝啊，不管風暴颳得有多麼猛烈，哪怕是從地獄吹過來的，我都不會讓它奪走我的小艇。」狼．拉森大吼，儘管我們四個人站在一起頭靠著頭，才好聽得清楚，但是他的聲音聽起來依舊微弱又遙遠，就好像和我們有很大一段距離。

「凡・韋登先生！」他繼續大喊，雖然在這陣騷亂裡，我聽上去就像是在講悄悄話的音量。「跟約翰遜和奧夫蒂一起待在三角帆旁邊待命！你們剩下的人都去船尾，顧好主帆的帆腳索！現在立刻行動！否則我把你們全都送到天國去！明白嗎？」

當狼・拉森猛力把船舵往回打，「幽靈」號開始掉頭後，獵人們別無他法，只能聽從他的命令，盡力達成這個冒險的選擇。我整個人再一次被驚濤駭浪給淹沒，只能死命抓著前桅底下的繫索栓，這才意識到此舉究竟是冒著多大的風險。我的手指被硬生生扯開，整個人掃到船邊，飛過船舷掉進海裡。我不會游泳，但在整個人沉下去之前，又被海浪捲了回去。一隻強而有力的手抓住了我，當「幽靈」號終於浮出水面時，我發現自己欠約翰遜一條命，並注意他依然焦慮不安地四處張望，這才發覺到在最後一刻走到船頭的凱利不見人影。

這一次，由於錯過了小艇，而且也位在跟前幾次的狀況不一樣的位置，狼・拉森不得不採取截然不同的手段。他迅速順風航行，讓船身向右側傾斜，然後轉向左舷的方向迎風行駛。

「真了不起！」正當我們成功穿過洶湧而來的洪水，約翰遜在我耳邊大喊，而我知道他指的不是狼・拉森的航海技術，而是「幽靈」號本身的性能。

這時，天色已經暗到看不見任何小艇的蹤影，但狼・拉森依然穩穩地穿過這片可怕的激流，彷彿受到精準無誤的直覺指引。這一次，儘管我們一直半泡在水裡，不過並沒有碰到會把我們捲進去的波谷，正好漂到了翻倒的小艇旁邊。小艇被拉上船的時候，已經變得破爛不堪。

接著是兩個小時的辛苦勞動，我們所有人，包含兩個獵人、三個水手、狼・拉森和我都在收帆，一個收拾好換下一個，三角帆和主帆也是。靠著這兩張短帆把船停下來，甲板總算擺脫了積水，而「幽靈」號則像一塊軟木塞，在捲浪中上下浮沉。

在最一開始，我的指尖就已經裂開了，而在收帆的時候，痛到眼淚都順著臉頰流下來。當所有事情都做完，我像個女人一樣認輸投降，躺在甲板上痛苦不堪地打滾。

與此同時，湯瑪斯・穆格里奇像是溺斃的老鼠一樣，被人從前水手艙頂端底下拖了出來，他之前一直膽小如鼠地躲在那裡。我看見他被拉到船尾的客艙，然後驚訝地發現廚房已經消失無蹤，原本應該是廚房的地方只剩下一片什麼都沒有的甲板。

在客艙裡，我發現所有人都聚了過來，包括水手們也是，當咖啡還在小火爐上煮著的時候，我們邊喝著威士忌，邊吃著乾硬的麵包。我長這麼大從來沒有覺得食物這麼好吃過，熱騰騰的咖啡也沒有這麼好喝過。「幽靈」號搖晃顛簸的程度實在太過劇烈，即便是水手也必須扶著什麼才能移動，有好幾次在一聲「要來了！」的大喊之後，我們全都倒成一團，撞到左舷船艙的牆壁上，感覺就像是摔到甲板上一樣。

「去他的放哨。」在吃飽喝足之後，狼．拉森這麼說，「甲板上什麼事都不能做。如果有什麼東西要撞上我們，躲也躲不掉。所有人都上床去吧，好好睡一覺。」

水手們迅速往船頭走去，一邊走一邊點上舷燈，至於兩個獵人則留下來睡在客艙，因為他們認為打開通往統艙艙梯的滑門並不明智。狼．拉森和我兩個人一起切除了克夫特被壓爛的手指，並把傷口縫合起來。穆格里奇在被要求煮飯、供應咖啡和保持爐火不要熄滅的這段期間，一直在抱怨自己有內傷，現在則發誓肯定斷了一兩根肋骨。一檢查之下，我們發現他真的斷了三根肋骨。不過，他的狀況只能推遲到隔天來處理，主要是因為我並不知道該怎麼處理斷掉的肋骨，必須先找書來研究研究。

「我認為這不值得，」我對狼．拉森說道，「用凱利的命換一艘破爛小艇。」

「但凱利的命也不值多少錢，」他回答道，「晚安。」

在經歷了這一切之後，我的指尖疼痛難耐、三艘小艇下落不明，更別提「幽靈」號正瘋狂地活蹦亂跳，原本以為自己會睡不著，但沒想到我的頭一碰到枕頭，眼睛就立刻閉上，在極度疲憊之下，我一整晚睡得死死的。與此同時，「幽靈」號孤獨無助地在風暴中奮戰。

18

隔天，風暴漸漸停歇，狼．拉森跟我惡補解剖學和外科手術，處理好穆格里奇斷掉的肋骨。當風暴過去之後，狼．拉森開始在我們遭遇風暴的海域來回巡航，並多少往西方的方向航行。與此同時，我們正著手修復小艇，並且縫製好新的船帆張掛起來。我們看見一艘接一艘獵捕海豹的帆船，然後登上了這些船。這些帆船大多數都在搜尋失蹤的小艇，收留了他們碰上的小艇和船員，不論是否是隸屬於自己這艘船。因為獵捕船隊聚集在我們的西方，所以那些四散在遠處的小艇，都瘋狂逃往最近的避難所。

我們在「西斯科」號上回收了兩艘小艇，船員們全都平安無事。令狼．拉森喜出望外，但我自己卻難掩哀傷的是，他在「聖地牙哥」號找出了斯摩格、尼爾森和李區。所以，在經過五天時間的搜索之後，除了韓德森、霍利約克、威廉斯和凱利四個人之外，我們幾乎找回了全部的人，於是再度踏上了從側翼圍捕海豹群的狩獵。

隨著我們跟著海豹群往北進發，開始遭遇到駭人的海霧。日復一日，當我們把小艇放下船，在還沒有碰到水面之前，就已經被濃霧吞沒。而我們在船上每隔一段時間就會鳴響喇叭，十五分鐘就會鳴槍一次。小艇不斷失蹤，又不斷被人尋獲，所以按照這些狩獵小艇的規矩，他們會跟著救助自己的帆船一同打獵，直到被原本的帆船找到為止。但是，不出所料，狼．拉森因為少了一艘小艇，就霸占了碰上的第一艘走失的小艇，強迫上面的船員跟著「幽靈」號一起狩獵，並且在我們看見他們原本隸屬的帆船時，不許他們回到自己的船上。我還記得他是如何用來福槍指著那個獵人和兩個手下的胸口，逼迫他們待在甲板下面，因為當時他們的船長開著船與我們擦肩而過，並向我們打探消息。

湯瑪斯．穆格里奇對生命的依戀異常頑強，沒過多久就一跛一跛地四處走動，履行著他身兼廚師和雜工的雙份職責。約翰遜和李區一如過往地遭受欺凌和毆打，他們明白只要狩獵季一結束，自己的生命也就到了盡頭。剩下的船員則過著狗的生活，像狗一樣為他們殘酷無情的主人工作。至於狼．拉森和我，倒是處得相當不錯，儘管我仍然無法擺脫「殺了他才是正確決定」這樣的想法。他讓我無比著迷，也讓我無比畏懼。然而，我無法想像他倒地死亡的樣子。在他身上有股青春永駐的耐力，不斷冉冉升起，阻絕了他將會一死的畫面。我能想見的只有狼．拉森會不斷活下去，總是在主宰、打鬥和摧毀他人，他自己則會倖存下來。

狼．拉森其中一個娛樂消遣，就是當我們身處在海豹群中，但海面波濤洶湧到沒有辦法降下小艇時，他會親自出馬，帶著兩個划槳手和一個舵手，乘著一艘小艇下船。他的槍法也相當高明，在獵人們稱之為不可能的狩獵條件之下，依然能帶回許多海豹毛皮。這對他來說似乎就像呼吸一樣，將自己的生命握在手裡，並且在巨大的賭注中為之奮鬥。

我學會愈來愈多的航海技術，某一天，我們碰上了近來難得的好天氣，我很滿意於靠自己就能駕駛和操控「幽靈」號，還能去回收小艇。狼．拉森再度苦於他的頭痛，所以我從早到晚都站在船舵旁邊，跟在最後一艘背風小艇後面橫跨大海，在沒有他的命令或建言之下辦到頂風停船，然後把眼前這艘小艇跟其他五艘都拉回船上。

我們時不時就會遭遇到猛烈的大風，因為這就是一個風暴頻仍、氣候寒冷的地帶，而六月中旬發生了一場令我永生難忘且意義重大的颱風，因為這改變了我的未來。我們肯定就快要被捲入這場環形風暴的中心，狼．拉森先是靠著收起兩段的三角帆，最後在收起全部船帆的狀態下，逃出了颱風的中心，繼續向南航行。我從未想像過會有如此波濤洶湧的大海。相較之下，之前遭遇過的海況就像漣漪一樣，眼前兩股海浪的波峰之間就相隔有半英里寬，而且我敢肯定，這些海浪的高度都比我們的桅杆頂端還高。風浪如此之大，讓狼・拉森也不敢頂風停船，只能被遠遠驅離到南方的海域，遠離了海豹群所在的位置。

颱風的風勢減弱後，我們肯定是被吹到橫跨太平洋的汽船航線上，這個位置連獵人們都感到驚訝，因為我們恰巧就在另一群海豹的中間。能遇到這第二群海豹（或是獵人所謂殿後的海豹）是難得一見的事情。不過，這換來的是一句「放下小艇！」與此起彼落的隆隆槍響，以及持續一整天的殘忍屠殺。

就在這個時候，李區跑來找我。我剛統計完最後一艘拉上來的小艇獵捕的海豹皮數量，他就趁著夜色來到我身邊，悄悄地對我說：「凡・韋登先生，你能告訴我，我們現在離岸邊有多遠，還有橫濱在哪個方位嗎？」

我的心頭一陣雀躍，因為我知道他心裡的盤算，於是就把橫濱的方位告訴他，就在我們西北偏西、五百英里遠的地方。

「謝謝你，先生。」他說完這麼一句話，就消失在黑暗之中。

隔天早上，三號小艇、約翰遜和李區全都不見蹤影。其他小艇上的水桶和食物箱，以及那兩個人的被褥和裝備袋也都消失無蹤。狼・拉森火冒三丈。他揚帆啟航，往西北偏西的方向前進，有兩名獵人爬上桅頂，不斷用望遠鏡掃視海面，他則是像一頭憤怒的獅子在甲板上踱步。他太了解我會同情逃跑的兩人，所以沒有派我到高處去搜索。

風勢正好，但斷斷續續。要在蔚藍無垠的海面上找出這麼渺小的小艇，就如同大海撈針一樣困難。不過，狼・拉森讓「幽靈」號全速前進，趕往逃亡者和陸地之間的中間點。到達之後，他就在肯定是兩人必經之路的位置來回巡航。

到了第三天早上，船鐘剛敲響八下不久，人在桅頂上的斯摩格大喊他找到了那艘小艇。所有人都來到了船舷欄杆旁邊。一陣微風從西方吹來，表示有更大的風勢將接踵而至。而就在背風處，在旭日東升的太陽照耀下顯得波光粼粼的銀色水面上，出現了一個小黑點，隨後又消失不見。

我們迎著順風揚起船帆，追趕那艘小艇。我的心情像鉛塊般沉重，一想到即將發生的事情就渾身不舒服。當我看見狼・拉森的眼神裡閃過勝利的光芒，他的身影在我眼前晃動時，我感到一股幾乎無法抗拒的衝動，想要撲到他身上。想到李區和約翰遜將遭受的暴力對待，我整個人焦慮到失去理智。我知道自己在迷迷糊糊之間溜到了統艙，拿起一把上了膛的霰彈槍正準備走上甲板，就聽到一聲驚訝的叫聲：「那艘小艇上面有五個人！」

我靠在艙梯上來撐住自己虛弱無力、不斷顫抖的身體，聽見其他人也齊聲附和那人的觀察。接著，我雙腳一軟，再度癱倒了下去，並且明白自己差點做了什麼而感到震驚。還好，謝天謝地，我把槍放了回去，然後偷偷溜回甲板上。

沒人注意到我離開甲板。小艇已經靠得夠近，足以讓我們看出來這比任何一艘獵捕海豹的小艇都來得大，外觀結構也大相逕庭。當我們靠得更近之後，看見小艇上的艇帆已經收了起來，桅杆也拆了。艇槳架好之後，小艇上面的人等著我們把船停好，然後救他們上去。

已經從桅頂下到甲板上的斯摩格，現在站在我的旁邊，開始意味深長地暗自竊笑。我好奇地看了他一眼。

「這下要亂成一團了。」他咯咯笑道。

「出了什麼事？」我問道。

他又咯咯笑了起來。

「你難道沒看見？就在小艇尾端的座位，在最後面那裡。那要不是一個女人，就讓我再也打不到任何一隻海豹！」

我仔細看了看，但還是不敢肯定，直到四面八方爆發一陣歡呼。小艇上有四個男人，第五個確定是個女人。我們都興奮得不得了，只有狼・拉森例外，他明顯感到非常失望，因為這不是他那艘小艇，上面也沒有載著那兩個承受他惡意的受害者。

我們放下船首斜桅帆，把三角帆的帆腳索拉到順風的方向，再讓主帆平放，迎風航行。小艇的船槳拍擊水面，沒划幾下就來到了船邊。我現在才終於好好看清楚那個女人的樣貌。她身上裹了一件長外套，因為早晨相當寒冷。我只能看見她的臉，以及從頭上戴著的水手帽裡露出的一團淺棕色頭髮。她有雙水靈靈的棕色大眼睛，嘴唇甜美又嬌嫩，還有張精緻的鵝蛋臉，因為太陽的曝曬和海風的吹拂，導致她整張臉已經被曬成猩紅色。

她在我的眼裡，就像是從另外一個世界來的生物。我意識到自己對她產生一股饑渴的欲求，就好像挨餓的人尋求一塊麵包一樣。但是，仔細想想，我已經很久沒有看過女人了。我知道自己在偌大的驚嘆中迷失了自我，幾乎陷入一種精神恍惚的狀態——這，真的，是個女人嗎？結果讓我忘記了自己是誰，以及身為大副的職責，沒有去幫助這些新人登船。當其中一位水手把她抱到狼・拉森向下伸展的手臂裡，她環顧了我們好奇的臉孔，露出愉快甜美的笑容。那是一種女人才會有的笑容，我已經許久沒看過這樣的笑容，都已經遺忘了世界上還有這種笑容存在。

「凡・韋登先生！」

狼・拉森的聲音讓我一瞬間回過神來。

「你能帶這位女士下去客艙，並好好照顧她嗎？整理好那間備用的左舷艙房。讓廚子去負責處理。然後看看你能不能為那張臉做些什麼，她的曬傷很嚴重。」

他猛然轉身離開，去詢問另外那幾個新來的人。小艇在海上隨波逐流，其中有一個人聲稱這實在「遺憾到了極點」，因為橫濱就在眼前了。

我陪著這個女人走到船尾，發現自己莫名其妙害怕著她，同時也有些手足無措。我似乎是第一次意識到女人是多麼嬌小、脆弱的生物。我抓住她的手臂來扶她走下樓梯時，被手臂的纖細和柔軟給嚇了一跳。確實，她有著女人都會有的纖瘦和嬌弱身材，但對我來說，她實在太過纖瘦嬌弱，根本就像虛無飄渺的空氣一般，以至於我已經做好了輕輕一握，就會握碎她手臂的心理準備。講了這麼多，坦白說，都是為了展現我在長久以來的否定之後，對一般女性的第一印象，尤其是我對茉德・布魯斯特的印象。

「不需要再為我大費周章了。」當我急急忙忙從狼・拉森的艙房裡拉來一張扶手椅，請她坐在上面時，她出聲表示反對。「那些男人今天早上無時無刻不在尋找陸地，而這艘船照理說夜裡就能抵達。你說難道不是嗎？」

她對眼前未來的單純信心讓我大吃一驚。我該如何跟她解釋這裡的狀況，那個像面對命運之神一般、怒氣沖沖迎向大海的奇怪男人，以及我花了好幾個月才學到的一切？不過，我還是誠實地回答她：「如果是遇到我們的船長以外的其他人，我會跟你說明天就會在橫濱上岸。但是，我們的船長是個奇怪的男人，我得請你做好發生任何事情的心理準備，明白嗎？——任何事情。」

「我——我坦白說自己聽不是很懂。」她遲疑了一下說道，眼睛裡流露出忐忑不安但非害怕的神色。「還是我誤會了遇到船難的人總是會受到無微不至的照顧？你知道的，這只是一件小事。我們是如此靠近陸地。」

「說實話，我不知道。」我努力安撫她，「我只是想讓你做好最壞的打算——假設這真的發生的話。這個人，這個船長是個畜生、是個惡魔，誰都說不準他接下來會做出什麼無法想像的荒謬舉動。」

我愈說愈亢奮，但她用一句「喔，我懂了」來打斷我的話，而且語氣裡滿是疲憊。動腦想事情顯然相當花費力氣，她明顯已經體力不支了。

她沒有再問更多進一步的問題，我也就沒有多說什麼，接著遵照狼・拉森的吩咐，讓她覺得舒服一點。我像家庭主婦一樣忙進忙出，為她的曬傷張羅舒緩疼痛的乳液，從狼・拉森的私人儲藏裡偷拿出一瓶我知道那邊會有的波特酒，然後指揮湯瑪斯・穆格里奇去整理好那間備用的頭等艙房。

風勢迅速加劇，「幽靈」號的船身傾斜得愈來愈嚴重，當頭等艙房準備好的時候，「幽靈」號正以風馳電掣之勢在海上航行。我已經徹底將李區和約翰遜的存在拋諸腦後，直到一聲晴天霹靂般的「哈，是小艇！」從敞開的艙口傳下來。那毫無疑問是斯摩格在桅頂上大喊的聲音。我朝那個女人看了一眼，但她正靠在扶手椅上，雙眼緊閉，看上去疲憊不堪。我懷疑她是否已經聽到了那聲大吼，但我下定決心要避免她看見，因為明白那兩個被逮到的逃亡者接下來會遭遇的殘酷行徑。她累了，這樣很好，她需要好好睡一覺。

甲板上傳來一連串迅速的指令，一陣腳步聲和縮帆索的劈啪聲，與此同時，「幽靈」號朝著風頭駛去，準備搶風轉往另外一側的航向。當「幽靈」號順風行駛，船身開始傾斜，扶手椅便在客艙地板上滑動，而我及時跳起來穩住椅子，避免這個剛救上來的女人被甩出去。

由於她的眼皮實在太過沉重，以至於看向我的時候，只在睡意朦朧間隱約流露出些許困擾著她的驚訝。我帶著她走到艙房的路上也是步履蹣跚、跌跌撞撞。穆格里奇意味深長地對著我笑，我把他推了出去，命令他回去做好廚房的工作。他為了報復我，跑去在獵人之間散布謠言，說我真不愧是個優秀的「女士僕人」。

她重重地靠在我身上，我相信她從扶手椅起身走到頭等艙房這段路上又睡著了。我會發現這一點，是因為船身突然搖晃，她人差不多就直接倒在床鋪上。她醒了過來，睡眼惺忪地笑了一下，然後又睡過去。確定她睡著之後，我幫她蓋上兩條水手用的厚重毛毯，讓她的頭躺在一顆我從狼．拉森床上順手拿來的枕頭上，就離開了。

19

我來到甲板上，發現「幽靈」號正向右轉彎，讓左舷側迎風地向前航行，接著直直朝著風頭前進，追著那艘在我們前方靠著同樣風勢，張開斜杠帆迎風行駛的小艇。所有人都來到了甲板上，因為他們知道李區和約翰遜被拖上船後會發生什麼事。

船鐘敲響四下的時候。路易斯來到船尾，接手操控船舵的工作。空氣中瀰漫著一股濕氣，而我注意到他穿上了油布雨衣。

「我們接下來會碰到什麼天氣？」我問道。

「從吹拂的風來看，會是一場劇烈的強風，先生。」他回答道，「還會帶來一場雨，把我們淋得渾身濕透，就這樣。」

「我們找到他們這件事真是太糟糕了。」我說，這時一股大浪襲來，「幽靈」號的船頭一躍而起，那艘小艇的身影一瞬間穿過三角帆的縫隙，進入我們的視線。

路易斯轉了一下船舵後，停頓了一陣子。「他們是絕對到不了陸地的，先生。我是這麼想。」

「真的這麼想？」我追問道。

「真的，先生。你沒有感覺到嗎？」一陣風撲向了「幽靈」號，路易斯不得不迅速把船舵往上打，好讓船避開風頭。「沒有一艘蛋殼般的小艇能漂在接下來一個小時的海面上，在這裡被我們拉上船，是算他們走運。」

狼・拉森剛才還在船中央跟被救起來的四個人交談，現在他大步流星地走到船尾。他的腳步像貓一樣輕快，並且顯得比平常更輕盈，雙眼則炯炯有神。

「三個加油工，還有一個資淺管輪。」他開口說道，「不過，無論如何我們都會讓他們去做水手或划槳手。至於那位女士該怎麼辦呢？」

不知道為什麼，當狼・拉森提到她的時候，我感覺到一陣刀割般的刺痛。我想那是存在我內心的某種愚蠢潔癖，但這種情緒依然揮之不去，所以我就只是聳聳肩來表示回答。

狼・拉森噘起嘴，吹出一聲逗弄人的口哨。

「那麼，她叫什麼名字呢？」他問道。

「我不知道。」我回答道，「她睡著了，也累壞了。其實，我正等著聽你那邊的消息。那是哪艘船？」

「一艘郵輪。」他簡短地回答，「『東京』號，從舊金山要前往橫濱。在那場颱風中失去航行能力，是艘舊船，上上下下都像篩子一樣裂開。他們已經漂流了四天。所以你不知道她究竟是誰或是做什麼的？——小姐、妻子或是寡婦？好吧，好吧。」

他揶揄地搖了搖頭，並用嘲弄的眼神看著我。

「你打算——」我正準備開口，話都已經到了嘴邊，想問他是否打算把這些遇難的人帶到橫濱去。

「我打算怎樣？」他問道。

「你打算怎麼處置李區和約翰遜？」

他搖了搖頭。「說真的，漢普，我不知道。你看見了，有了這些新補上的人，我想要的人手都補齊了。」

「那兩人就快達成他們渴望的逃亡。」我說道，「為什麼不給他們換個待遇？把他們接上船，然後好好對待他們。他們會走到這一步，也是被逼得無可奈何。」

「被我逼的嗎？」

「就是你。」我堅定地回答，「我警告你，狼．拉森，如果你虐待那些可憐的傢伙，做得太超過的話，我就會拋下對自己生命的熱愛，只想要殺死你。」

「好極了！」他大喊，「你讓我感到驕傲，漢普！你靠著復仇找到自己的雙腿。你現在是個獨立的個體了。你過去很不幸地生活在輕鬆安逸的環境裡，但你正逐漸成長，而我更喜歡你現在的樣子。」

他的語氣和神情一轉，臉色變得很嚴肅。「你相信承諾嗎？」他問道，「承諾是神聖的嗎？」

「當然。」我回答道。

「那麼，我們來做個約定。」他接著說道，真是個演技高超的演員。「如果我答應不碰李區和約翰遜一根寒毛，那麼反過來，你能答應我，不會再試圖殺死我嗎？」

「喔，這不是說我怕了你，我不是這個意思。」他趕緊補上一句。

我簡直不敢相信自己聽見了什麼。這個男人是中了什麼邪？

「就這麼說定了？」他不耐煩地問道。

「好。」我回答道。

他朝我伸出手來，可是就在我滿心歡喜地握回去時，我敢發誓看到他的眼裡閃過一個嘲諷的魔鬼。

我們從船尾樓漫步走到背風側。那艘小艇現在近在咫尺，陷入絕望的困境。約翰遜在掌舵，李區則負責往外舀水。我們用差不多兩倍快的速度趕上他們。狼．拉森示意路易斯保持一點距離，我們在距離小艇不到二十英尺的上風處，與他們並駕齊驅。「幽靈」號擋住了小艇的去路。失去風力的斜杠帆無力地拍打，小艇的艇身不再傾斜，使得兩人得迅速換個位子。小艇停了下來，當我們被一股巨浪舉了起來，他們便落到了海浪的波谷裡。

就在這個時候，李區和約翰遜抬起頭來，看向曾經同舟共濟的船員們的臉，他們全都站在船中央的欄杆旁邊。雙方都沒有打招呼。在他們的戰友眼裡，兩人已經是個死人，在彼此之間存在著一道隔絕生者與死者的鴻溝。

在下一秒，他們正對著船尾樓，而我和狼．拉森就站在那裡。如今輪到我們墜入波谷，他們則躍升到浪頭上。約翰遜看向我，而我能看見他的臉色既憔悴又疲憊。我朝他揮揮手，他也揮手作為回應，但動作已經失去希望，落入絕望，就好像是在做最後的告別。我沒有看見李區的眼神，因為他正盯著狼．拉森，臉上滿是先前那種不共戴天的憎恨情緒。

然後，他們漂到了船尾。那張斜杠帆突然之間灌滿了風，使得這艘脆弱的敞篷小艇嚴重傾斜，看上去肯定就要翻覆。一陣白色浪花濺到小艇的上方，激起一片雪白霧氣。小艇再度出現，但已經半沒入水中。李區不斷把水舀出去，而約翰遜緊抓著操艇的櫓，臉色蒼白，滿是焦慮。狼．拉森在我耳邊發出短促的笑聲，大步走向船尾樓順風的那一側。我原本預期他會下令讓「幽靈」號頂風停船，不過「幽靈」號維持原本的航線，狼．拉森也沒有任何表示。路易斯沉著冷靜地站在船舵旁邊，但我注意到前面那群水手轉過他們不安的臉龐，朝著我們的方向看過來。「幽靈」號依然不斷前進，直到小艇逐漸縮成一個黑點，這時，狼．拉森出聲下令掉轉航向，朝右舷迎風的方向航行。

我們掉頭來到那艘苦苦掙扎的小艇上風處兩英里多的地方，靠著張開船首斜桅帆讓船頂風停下來。獵捕海豹的小艇並不適合迎風操縱。他們都希望能待在順風的位置，以便在風頭到來之前，就能靠著剛剛吹起的微風趕回帆船上。可是，在這一片荒涼的海域上，除了「幽靈」號之外，李區和約翰遜沒有其他可以躲避的地方，於是他們毅然決然決定迎風航行。在波濤洶湧的大海上，這是個進展緩慢的工作。他們隨時隨地都有可能被嘩啦作響的捲浪吞沒。我們一次又一次不斷看著小艇迎風行駛，撞上巨大的白色浪濤，失去航向，然後像個軟木塞一樣被海浪猛地捲回來。

約翰遜是個出色的水手，他對小艇的理解和掌握度並不亞於帆船。在一個半小時之後，他已經相當靠近我們，並且在最後一次逆風航行時就來到船尾，準備趁著下一次逆風的時候趕上我們。

「所以你們改變了主意？」我聽見狼·拉森喃喃自語，一半是對自己，一半是對李區和約翰遜，彷彿他們能夠聽到一樣。「你們想要上船，是嗎？好啊，那麼就儘管跟上來吧。」

「上風滿舵！」他對那個肯納卡人奧夫蒂－奧夫蒂下達命令，後者在這個時候接替路易斯來掌舵。

命令一道接著一道。當「幽靈」號駛向下風處，前帆和主帆的帆腳索都被鬆開，好迎接順風。當我們在風頭前面上下顛簸時，約翰遜冒著生命危險鬆開了帆腳索，穿過「幽靈」號的尾流，距離我們只有一百英尺遠。狼·拉森再度放聲大笑，同時用手臂示意要他們跟上，很明顯是要跟他們玩玩。就我的想法，這是個教訓，用來代替毆打，但這也是個危險的教訓，因為那艘脆弱的小艇隨時都有被淹沒的風險。

約翰遜立刻迎風航行來追趕我們，他別無選擇。死亡無所不在，遲早會有某道巨浪撲向小艇席捲而去，讓他們消失在這個世界上。

「這就是他們心裡對死亡的恐懼。」正當我往船頭走去，準備去收起船首斜桅帆和支索帆時，路易斯悄悄地在我耳邊說道。

「喔，他不一會就會頂風停船，把他們救上來了。」我興高采烈地說，「他存心想給他們一次教訓，就只是這樣而已。」

路易斯精明地看了我一眼。「你是這樣想？」他問道。

「當然。」我回答道，「難道你不是嗎？」

「在這些日子裡，我想的就只有保住我自己。」他回答道，「我一直對事情的發展充滿著疑惑。舊金山的威士忌害我陷入一團亂，而船尾那個女人則把你搞得更亂。啊，只有我知道你是一個頭號大傻瓜。啊，我就知道你是個十足的大傻瓜。」

「你這是什麼意思？」我追問道，因為他話一說完，就準備轉身離開。

「我是什麼意思？」他大吼道，「這是你問我的！不是我是什麼意思，而是狼是什麼意思。狼，我說，那匹狼！」

「如果麻煩來了，你會袖手旁觀嗎？」我衝動地問道，因為他說出了我內心的恐懼。

「袖手旁觀？老胖子路易斯我會袖手旁觀，麻煩已經夠多了。事情才剛要開始，我告訴你，才只是個開始。」

「我沒想到你是這樣一個膽小鬼。」我譏諷道。

他輕視地瞪了我一眼。「既然我沒有對那兩個可憐的傻瓜伸出援手，」他指了指船尾的小艇，「你覺得我會為一個從未見過的女人弄得頭破血流嗎？」

我輕蔑地轉身，往船尾走去。

「最好收起中桅帆，凡．韋登先生。」我走上船尾樓時，狼．拉森這麼對我說。

我覺得如釋重負，至少不用再為那兩個人擔心。很明顯他不希望跟小艇的距離拉得太遠。一想到這裡，我就重拾了希望，立刻將他的命令付諸實行。我還沒來得及開口下達必要的命令，幾個等不及的水手就已經跳上吊索和下拉索，而其他人則是爭先恐後爬上高處。狼．拉森看見他們這種急切的心情，露出一抹冷酷的笑容。

我們持續拉開與小艇的距離，等到他們已經落後好幾英里遠後才停船等待。所有眼睛都看向那艘趕過來的小艇，連狼．拉森也不例外，但他是船上唯一一個冷眼旁觀的人。路易斯目不轉睛地盯著，臉上露出難以掩飾的焦慮。

小艇愈靠愈近，奮力穿越波濤洶湧的墨綠大海，看上去宛若一隻活生生的生物，在狂濤駭浪上昂起、穿梭和翻騰，或是正以為要消失在海浪後方，沒想到卻又衝向天際，出現在我們面前。小艇看似不可能繼續存活下來，可是靠著每次令人眼花撩亂的突進，辦到了不可能的任務。一陣狂風暴雨襲來，小艇從飛揚的雨水中一躍而出，幾乎就要來到我們面前。

「上風滿舵，嘿！」狼．拉森大吼，同時跳到船舵旁邊，使勁打著船舵。

「幽靈」號再次衝出去，乘著風勢疾駛，約翰遜和李區在後方追了我們兩個小時。我們停船、前進，停船、前進，而那艘在船尾苦苦掙扎的小艇則被海浪不斷拋向天空，然後墜入洶湧的波谷。在他們距離我們四分之一英里的時候，一陣狂風暴雨籠罩了小艇，消失在視線之中。小艇再也沒有出現。風再度讓空氣變得清新，但沒有一葉風帆打破紛擾的海面。我覺得自己好像一瞬間在迸濺的浪尖上，看見小艇底部的黑色剪影。往好的方面想，一切都結束了，對約翰遜和李區來說，他們已經脫離苦海。

水手們依然待在船中央，沒有人走下甲板，也沒有人開口說話，甚至彼此也沒有交換過眼神。每個人看似都嚇得目瞪口呆，就好像陷入深深的沉思，一臉不敢置信，試著理解剛才到底發生什麼事。狼．拉森沒有給他們些許思考的時間，立刻讓「幽靈」號啟航，但目標是朝著海豹群進發，而不是橫濱港。但是，水手們拉動船帆來改變航向的時候，動作已經不再那麼急切。我聽見從水手之間傳來咒罵聲，讓他們的嘴脣緊閉，顯得他們本人也一樣沉重、毫無生氣。不過，獵人可就不是這樣。斯摩格忍不住講了一個故事，獵人們哄堂大笑，走下了統艙。

當我正準備走到船尾，經過廚房的背風側時，那位被我們救上來的管輪朝我搭話，他的臉色蒼白，嘴脣不停顫抖。

「天啊！先生，這究竟是一艘什麼船？」他哭喊道。

「你有眼睛，你也看見了。」我用近乎殘酷粗暴的語氣回答他，蘊含了我自己心中的痛苦和恐懼。

「你的承諾呢？」我對著狼．拉森說。

「我是做出了承諾，可是我沒有想過要把他們救上船。」他回答道，「而且，不管怎麼說，你得承認我沒有碰他們一根寒毛。」

「離得遠遠的！離得遠遠的！」他過了一會大笑了起來。

我沒有做出反應，心裡已經一團亂，完全說不出話來。我知道，必須花時間好好想一想。那個如今正睡在備用艙房的女人，是我必須考慮的責任，而在我腦海中閃過的唯一一個理性想法是，如果我想幫上她任何的忙，就一定不能草率行事。

20

那天剩餘的時間都過得平淡無奇。一陣朝氣蓬勃的強風吹得我們渾身濕透，隨後漸漸和緩了起來。那個資淺管輪和三個加油工與狼・拉森激烈爭辯後，穿戴起從販賣部取來的裝備，被指派到各個獵人轄下的小艇，同時也要負責船上的值班工作，然後就匆匆忙忙去到前水手艙。他們邊走邊抱怨，只是音量並不大。這四個人已經見識過狼・拉森的性格，並為此感到震驚，然而他們很快就從前水手艙聽到更多悲慘的故事，喪失了最後一丁點的反叛之心。

布魯斯特小姐（我們從管輪那裡得知了她的名字）沉睡不醒。吃晚餐時，我請獵人們降低音量，以免打擾到她。直到隔天早上，她才出現在我們面前。我原本打算讓她單獨用餐，可是狼・拉森卻出手干涉，質問道：「她是誰？厲害到不能在客艙的餐桌和大家一起用餐？」

不過，她來到餐桌一起吃飯，倒是造成一些有趣的結果。獵人們變得像蛤蜊一樣安靜。只有喬克・霍納和斯摩格的臉皮夠厚，時不時偷偷瞄她一眼，甚至會加入談話。其他四個獵人則死命盯著自己的盤子，不停咀嚼食物，他們的耳朵有如計算過的一樣，精準地隨著下巴咀嚼的動作搖來晃去，就與許多動物的耳朵如出一轍。

狼．拉森一開始沒說多少話，就只有被問到的時候才會回應。這不是因為他覺得尷尬害臊，一點都不是。對他來說，這個女人屬於新的類型，跟他過去所知道的任何女人都不同，所以十分好奇。狼．拉森觀察著她，眼睛鮮少離開她的臉，除非被手臂或肩膀的動作吸引過去。我也在觀察她，儘管一直在保持談話，但是知道自己有些害羞，不是那麼有自信。狼．拉森泰然自若，有著無比的自信，任何事情都無法動搖。與面對風暴和戰鬥的態度相比，他面對女人時也沒有露出絲毫的膽怯。

「所以我們什麼時候可以抵達橫濱呢？」她問道，並且轉過身來，直直盯著狼．拉森的眼睛看。

問題就這樣擺到檯面上。一張張嘴巴停止咀嚼，耳朵也不再晃動，不過眼睛依然死命盯著盤子，每個人都渴望聽到答案。

「四個月內，如果狩獵季結束得早，或許有可能三個月。」狼．拉森說道。

她倒抽了一口氣，結結巴巴地說：「我——我以為——可是別人告訴我，距離橫濱只剩下一天的航程。這——」她說到這裡停了下來，環視著一張張緊盯著盤子的冷漠面孔。「這不對啊。」她最後下了結論。

「這個問題你得和這位凡．韋登先生商量。」他回答，並且一臉不懷好意地對我點了點頭。「凡．韋登先生可以稱得上是對錯方面的權威。而我，就只是一位水手，會用有些不一樣的角度看待這個狀況。你逼不得已得與我們待在一起，或許對你來說是個不幸，但對我們來說是個天大的幸運。」

狼．拉森面帶微笑地看著她，他的目光讓她低下了頭，但頭再度抬起時，帶著挑釁的眼神看向我。我從她的眼裡讀出了無聲的問題：這是對的嗎？然而，我已經下定決心，必須在這裡扮演一個中立的角色，所以沒有回答。

「你怎麼說？」她詢問道。

「確實是很不幸，尤其是如果你接下來幾個月已經有規畫好任何安排。不過，既然你說去日本是為了調養身體，那麼我向你保證，沒有任何地方比『幽靈』號更適合增進健康了。」

我看見她的眼裡閃著熊熊怒火，而這次換我垂下頭來，感覺到自己的臉在她的注視下變得通紅。這是個膽小怕事的舉動，但我還能怎麼辦呢？

「凡·韋登先生連說話的語調都帶有權威感。」狼·拉森大笑。

我點了點頭，而她則是恢復神情，滿懷期待地等著。

「不是說他現在有多值得一提，」狼·拉森接著說，「但他進步很多。你真該看看他剛上船的樣子，讓人很難想像會有這麼瘦弱可憐的人類。是不是，克夫特？」

克夫特因為直接被狼·拉森點名，嚇了一跳，手裡的刀子掉到了地上，不過他努力擠出了一段咕噥聲，表達他的同意。

「靠著削馬鈴薯皮和洗碗盤來獲得成長。對吧，克夫特？」

又是一陣表示贊同的咕噥聲。

「看看他現在這個樣子。確實，還稱不上是滿身肌肉發達的人，不過，依舊算是有肌肉，比剛上船的時候好太多了。還有，他有著能自立的雙腿。你看著他這個樣子或許不會這樣想，但他一開始完全無法靠著自己獨自站立。」

獵人們紛紛竊笑，她用富含同情的眼神看著我，這就足以彌補狼·拉森針對我的惡劣行徑。事實上，我已經很久沒有得到別人的同情，這使得我的內心軟化，心甘情願成為對她唯命是從的奴隸。但是，我對狼·拉森很生氣，他正出言誹謗來挑戰我的男子氣概，挑戰了他聲稱是他幫助我取得的「雙腿」。

「我或許學會了靠著自己的雙腿站立。」我回嘴，「但我還沒學會用這雙腿踩在其他人身上。」

狼・拉森傲慢無禮地看向我，冷冷地說了一句：「那麼，你的教育只完成了一半。」接著便轉身面對她。

「我們這些『幽靈』號上的人都很好客。凡・韋登先生已經對此深有體會。我們會盡一切努力讓客人感到賓至如歸，是吧，凡・韋登先生？」

「甚至要你去削馬鈴薯皮和刷盤子。」我回答道，「更別提會扭斷你的脖子來展現彼此的友誼。」

「我希望你不要從凡・韋登先生那裡得到對我們的錯誤印象。」狼・拉森故作著急地打斷我的話，「你會注意到，布魯斯特小姐，他的腰間配著一把匕首，一個——哎呀——高級船員最不會去佩戴的東西。凡・韋登先生真是值得尊敬，但有時候——我該怎麼說才好？——呃——喜歡挑起爭端，必要的話還會採取嚴酷的手段。他在冷靜的時候是個相當公正的人，而既然他現在很冷靜，那麼肯定不會否認他昨天還威脅過要我的命。」

我幾乎就要窒息，眼睛裡肯定充滿著怒火。他接著又把注意力吸引到我身上。

「看看他現在這個樣子，在你面前幾乎控制不住自己。不管怎麼說，他不習慣有女士在場。我必須先把自己武裝起來，才敢跟他一起上去甲板。」

他難過地搖了搖頭，喃喃說道：「太糟糕了，太糟糕了。」獵人們爆發出一陣哄堂大笑。

這些遠洋水手的聲音在狹窄的空間裡轟隆作響，產生一種原始野蠻的影響。這整艘船都是如此原始野蠻，而注視著這個陌生的女人，了解到她在這艘船上有多麼不協調之後，讓我第一次理解到自己有多大程度上已經成為他們的一員。我懂這些人，也懂他們心裡在想什麼，自己也是其中的一分子，過著狩獵海豹的生活，吃著狩獵海豹得來的食物，腦袋裡想的也大都是狩獵海豹的念頭。對我來說，這一切已經都不再陌生，不管是粗糙的衣服、粗獷的臉孔、狂野的笑聲，還是晃動的客艙牆壁，以及隨之搖擺的海燈。

當我往一片麵包上抹奶油的時候，目光偶然停在了我的手上，指節周圍明顯脫皮發炎，指頭紅腫，指甲裡滿是骯髒的汙垢。我感覺到自己的脖子長滿毛絨絨的鬍子，知道身上穿著的外套袖子已經破破爛爛，藍色襯衫的衣領少了一顆鈕釦。至於狼・拉森提到的匕首就插在我屁股上的刀鞘裡。我已經很自然地覺得那把匕首就應該掛在那裡，自然到完全沒有想過這件事，直到現在我看見她望向匕首的眼神，才明白有多麼奇怪，以及這一切在她眼中肯定也奇怪無比。

不過，她聽出狼．拉森話中的嘲諷，再一次對我投來同情的目光。可是，她的眼神裡也帶著些許迷惑，因為狼．拉森的嘲諷讓她更搞不懂目前的情況。

「或許，可以讓某艘路過的船帶我走。」她提議道。

「這裡不會有路過的船隻，其他船都是來獵捕海豹的。」狼．拉森回答。

「我沒有衣服，什麼都沒有。」她出言反對，「你肯定很難理解，先生，我不是個男人，也很不習慣你和你的手下看似習以為常的飄忽不定、不拘小節的生活。」

「你愈快習慣這種生活愈好。」狼．拉森說道。

「我可以提供你布料和針線。」他補上一句，「我希望替自己做一兩件衣服，對你來說應該不算太困難吧。」

她緊抿著嘴唇，彷彿在表明自己對做衣服一竅不通，並且感到驚惶失措，儘管她若無其事地努力想要隱藏這一點，但我都看在眼裡。

「我想你就跟那裡的凡．韋登先生一樣，習慣有人幫你把事情都做好。那麼，我想做幾件小事應該不至於讓你關節脫臼吧。順口問問，你是靠什麼過日子？」

她用毫不掩飾的驚訝表情看著狼・拉森。

「我無意冒犯，相信我。人們要吃東西，因此他們必須取得必要的資本。在這裡的人為了活命去射殺海豹。我為了同樣的理由，駕駛這艘船。至於凡・韋登先生，不管怎麼說，現在都靠協助我來賺取他那份粗鄙的食物。那麼，你是做什麼的？」

她聳了聳肩膀。

「你能養活自己嗎？或是有其他人養你？」

「恐怕我大半的人生都是靠別人養我。」她笑了起來，試著若無其事地附和狼・拉森的挖苦，但我可以看見在她回答時，眼裡漸漸浮現的恐懼。

「我想也會有人替你鋪床吧？」

「我『自己』鋪過床。」她回答道。

「常常？」

她故作悔恨地搖了搖頭。

「你知道在美國他們會怎麼對付像你這種不去自食其力的可憐人嗎？」

「我非常孤陋寡聞。」她承認，「他們會怎麼對付像我這樣的可憐人？」

「他們會把這些人都送進監獄，這種不能自食其力的罪名就叫作流浪罪。如果我是永遠在對錯問題上糾纏不休的凡・韋登先生，我會問你，如果你沒做出什麼值得活下去的事情，那你憑什麼活下去？」

「但你不是凡・韋登先生，所以我不必回答你的問題，對吧？」

她面帶微笑看著狼・拉森，可是眼神裡滿是恐懼，而這樣的苦楚讓我心如刀割。我必須想個辦法打斷談話，然後把話題轉往其他方向。

「你曾經靠自己的雙手賺過任何一塊錢嗎？」狼・拉森繼續追問，語氣中有著一種洋洋得意的報復心理，因為對她會怎麼回答已經心裡有數。

「是的，我有。」她緩慢地回答，而我看見狼・拉森沮喪的神情，差點忍不住放聲大笑。「我記得還是個小女孩的時候，我的父親曾給過我一塊錢，因為我保持絕對安靜五分鐘。」

狼・拉森縱情大笑。

「不過那是很久以前了。」她繼續說道，「你總不會去強求一個九歲的小女孩去賺自己的生活費吧。」

「然後現在，」她稍微停頓後說道，「我每年可以賺差不多一千八百塊錢。」

話音一出，所有人的視線同時從盤子上移開，落在她的身上。一個一年賺一千八百塊錢的女人值得好好端詳。狼·拉森毫不掩飾羨慕之情，隨即問道：「領薪水還是接案子？」

「接案子。」她立刻回答。

「一千八百塊。」狼·拉森開始計算，「所以是每個月一百五十塊錢。喔，布魯斯特小姐，『幽靈號』一點都不小氣，跟我們待在一起的這段時間，你就當作自己是在領薪水做事吧。」

她沒有給出答覆，因為還不習慣應對眼前這個男人的各種突發奇想，所以無法泰然接受。

「我忘了問，」他彬彬有禮地問道，「你的職業性質是什麼？你生產什麼商品？你需要什麼工具和材料？」

「紙和墨水。」她哈哈大笑，「還有，啊！一台打字機。」

「你是茉德·布魯斯特。」我一字一字慢慢說道，語氣肯定到幾乎就像是在宣判她的罪名一樣。

她好奇地抬起眼睛看著我。「你怎麼會知道？」

「你是嗎？」我追問道。

她點頭承認了自己的身分。這下子輪到狼・拉森一臉困惑，這個名字和其具備的魅力，對他來說半點意義都沒有。可是，她的名字對我來說很有意義，讓我感到很自豪，在這段身心俱疲的日子裡，我第一次壓倒性地意識到自己比他還要優越。

「我記得寫過一篇關於某本詩集的評論──」我不假思索地開口，這時她打斷了我的話。

「你！」她大喊，「你是──」

她現在滿臉驚奇，瞪大眼睛看著我。

這次換我點頭承認自己的身分。

「韓福瑞・凡・韋登。」她最後說道，然後如釋重負地嘆了一口氣，不經意地朝狼・拉森看了一眼，這才說道：「我實在太高興了。」

「我記得那篇評論，」她匆匆忙忙地說下去，開始意識到自己話中的難為情，「那實在是一篇太過獎的言論。」

「一點也不。」我果斷地否定她的話。「你這是在質疑我理性的判斷力，把我的評論貶得一文不值。再說，我的所有評論家同行都與我所見略同。朗恩不就將你的〈親吻苦難〉列入英語女性詩人最佳的四首十四行詩之一嗎？」

「可是你稱我為美國的梅內爾夫人（Alice Meynell，譯註：英國詩人）！」

「難道不是真的嗎？」我問道。

「不，並不是那個意思，」她回答道，「我有些困擾。」

「我們僅能用已知來衡量未知。」我用自己最洗練的學院派口吻回答，「身為評論家，我不得不去定位你。你現在已經成為一個衡量的尺度。你那七本詩集都擺在我的書架上。至於比較厚的那兩本散文集，請原諒我的說法，我不知道哪一種聽起來更過獎，與你的詩句並駕齊驅。如果在不久的將來，英國有一個名不見經傳的新人崛起，那麼評論家會稱呼她為英國的茉德·布魯斯特。」

「我敢保證，你實在太過獎了。」她喃喃自語。她的語氣和用字習慣，以及其引發對世界另一頭的過往生活的聯想，迅速讓我產生一陣激動，感受到許多回憶，卻又帶著思鄉的椎心之痛。

「所以，你就是茉德·布魯斯特。」我一本正經地說道，隔著餐桌注視著她。

「而你就是韓福瑞·凡·韋登。」她說道，用同樣正經和敬畏的眼神望著我。

「多麼稀奇啊！我不明白。我們肯定不會期盼看到從你理性的文筆底下，寫出什麼狂野的海上冒險故事？」

「不，我向你保證，我不是來搜集資料的。」我回答道，「我對於寫小說也沒有任何天分或愛好。」

「告訴我，為什麼你總是把自己藏在加利福尼亞？」她接著問道，「你太不厚道了吧。我們這些東岸的人很少有機會看到你——太少了，真的，你可是美國文壇的第二把交椅。」

我連忙鞠躬致意，表示承受不起如此讚美。「我有一次在費城差點碰到你，某場紀念白朗寧的活動——你預計要上台演講，你知道的。我的火車誤點四個小時。」

接下來，我們徹底忘記自己身在何處，把狼・拉森晾在一旁，只能夾在中間默默聽我們滔滔不絕聊天。連獵人們都離開餐桌到甲板上，我們都還在聊，只有狼・拉森一個人留下來。突然之間，我回過神意識到狼・拉森的存在，他正坐在桌邊後仰著身子，興味盎然地聽著我們用著異國般的語言，談論一個他所不知道的世界。

我在一句話講到一半的時候突然停下來。眼前的處境帶著各種危險和焦慮，以驚人的氣勢朝我襲來。這種氛圍也感染了布魯斯特小姐，她看向狼・拉森的眼神裡，有著無以名狀的恐懼。

狼・拉森站了起來，不自然地笑了笑，聲音聽上去很刺耳。

「喔，別在意我。」他自嘲地揮了揮手這麼說，「我算哪根蔥。繼續、繼續，我求你們了。」

但，談話的興致已被打斷，於是我們兩個也從桌邊站起來，不自然地笑了笑。

21

狼・拉森因為在餐桌上的談話中被茉德・布魯斯特和我忽略，感到相當懊惱，所以要用某種形式發洩，湯瑪斯・穆格里奇就是他的受害者。穆格里奇既沒有改變他的作風，也沒有修補身上的襯衫，儘管辯稱自己已經換過襯衫。可是，衣服本身卻無法支持他的說法，而廚房爐灶和鍋碗上積累的汙垢，也無法證明有達到一般程度的整潔。

「我早就警告過你了，廚子，」狼・拉森說道，「現在你必須得受點懲罰了。」

穆格里奇黝黑的臉一下變得慘白，當狼・拉森叫人拿來一條繩子，並喊幾個人過來的時候，可憐的倫敦佬發瘋似地跑出廚房，在甲板上東躲西藏，後面跟著一群咧嘴嘻笑的船員。對這些船員來說，沒什麼事情比得上把他掛在船舷旁邊要來得開心，因為他總是把煮得亂七八糟的惡劣餐點送到前水手艙。眼下各式各樣的條件也促成這次的懲罰。「幽靈」號正以每小時不到三英里的速度在海上滑行，而且海面相當平靜。但穆格里奇一點都不想泡在海裡游泳。或許他親眼見過一個被扔到海裡拖著走的人。順帶一提，海水冰冷刺骨，而他的體格完全稱不上結實。

一如往常，在下面船艙值班的船員和獵人都上到甲板，欣賞這場保證刺激的娛樂。穆格里奇似乎非常怕水，展現出我們做夢也想不到的靈活和敏捷。儘管被困在廚房和船尾樓的轉角，但是他像貓一樣跳到了客艙頂部，飛快地跑到了船尾。不過，追他的人堵住去路，於是他折回客艙，經過廚房，然後穿過統艙的艙口回到甲板上。

獵人們為穆格里奇逗趣的行徑拍手叫好、捧腹大笑，而他本人則是在前桅躲過一半的追兵，然後像個足球選手一樣閃過剩下的人，往船尾跑去。他直直衝向船尾，上到船尾樓，最後跑到船尾最底端。他跑得實在太快，以至於再繞過客艙的轉角時，滑了一跤摔倒在地。尼爾森正在掌舵，倫敦佬猛然摔出去的身體就撞到他的腳。結果兩個人都倒在地上，但只有穆格里奇一個人爬了起來。靠著某種詭異的作用力，他脆弱的身體居然啪地一聲撞斷那個強壯男人的腿，就好像是折斷菸斗柄一樣輕鬆。

帕森斯接過了船舵，而追逐還在繼續。他們在甲板上追了一圈又一圈，穆格里奇已經害怕到了極點，水手們不斷吆喝大喊去指揮對方，而獵人則是在一旁起鬨，笑得合不攏嘴。穆格里奇在三個人的夾擊下摔到前艙口蓋上，但是像鰻魚一樣從人群中掙脫，嘴巴流著血，身上惹人嫌的襯衫已經破破爛爛，接著他衝向了主帆的索具。不斷往上爬，越過了繩梯，最後上到了桅頂。

有六個水手一擁而上，追著他上到了桅頂橫桁，聚在那裡等著，同時其中兩個人，奧夫蒂－奧夫蒂和另外一個在拉蒂默的小艇上擔任划槳手的水手布萊克，則沿著細長的鋼索，靠著他們雙手的臂力，愈爬愈高、愈爬愈高。

這是件危險的任務，因為他們已經離甲板有一百多英尺高，只能靠著雙手穩住身體，所處的位置也無法良好保護他們來躲避穆格里奇往下踹的腳。穆格里奇瘋狂踢著腳，直到那個肯納卡人靠著單手抓住鋼索，用另外一隻手握住了倫敦佬的腳。沒過多久，布萊克也有樣學樣，抓住了另外一隻腳。於是三個人糾纏在一起，不斷扭打晃動，最後摔落到在下方橫桁上待命的同伴手臂裡。

這場高空中的戰鬥終於結束，湯瑪斯．穆格里奇被帶到了甲板上，他哭哭啼啼、語無倫次，嘴角旁邊滿是血沫。狼．拉森在繩子上打了個單套結，接著套在穆格里奇的肩膀下方。隨後，他就被抬到船尾，扔進海裡。四十、五十、六十英尺的繩子被放了下去，直到狼．拉森高喊一聲「停下！」，奧夫蒂－奧夫蒂才把繩子在纜柱上繞了一圈，繩子隨之繃緊，而「幽靈」號突然往前一衝，就猛然把廚師拖到了海面上。

這是個慘不忍睹的場面。儘管他不會淹死，而且生命力頑強，但是要一直忍受淹得半死不活的痛苦。「幽靈」號行進的速度很慢，當船尾被一陣海浪抬起時就會向前滑行，把這個可憐人拉到海面上，讓他有片刻的喘息時間。在每次升起之間，船尾就會下沉，當船頭緩慢地爬升到下一個浪頭時，綁著穆格里奇的繩索就會鬆弛，讓他整個人沉入海裡。

我完全忘記茉德．布魯斯特的存在，等到她輕手輕腳走到我旁邊，才被嚇了一跳，想起她也在船上。這是她上船之後第一次來到甲板上，迎接她的是一片死寂。

「怎麼會出現這麼歡樂的場面？」她問道。

「去問問拉森船長。」我冷靜鎮定地回答，儘管一想到她竟然要目睹這般殘忍的場景，就整個人怒火中燒。

她接受了我的建議，正轉過身準備行動，目光就落在立刻出現在面前的奧夫蒂－奧夫蒂身上，而後者的身體本能地做出警覺的反應，姿勢優美地緊緊握住手中的繩索。

「你在釣魚嗎？」她問道

奧夫蒂－奧夫蒂沒有回答，他的眼睛緊盯著船尾後方的海面，突然之間眼神裡閃過一道光。

「喂，是鯊魚，船長！」他大喊。

「拉上來！趕快！所有人一起拉！」狼．拉森咆哮道，搶在動作最快的人前面，立刻跳向了繩索。

穆格里奇聽見了肯納卡人的警告之後，開始瘋狂尖叫。我能看見一道黑色的魚鰭劃破水面，用比穆格里奇被拉上船還快的速度朝他游去。究竟是鯊魚先咬到他，還是我們先把他拉上來，機會一半一半，但這會是在一瞬間結束的事。當穆格里奇已經來到我們正下方的時候，船尾最尾端正好隨著海浪起伏向下傾斜，讓鯊魚占了上風。鯊魚的魚鰭瞬間失去蹤影，一道魚腹的白光迅速衝向前去。這時，幾乎用同樣的速度行動的人是狼．拉森，但還是不夠快。他用盡全身上下的力氣猛地一拉，倫敦佬整個人就離開了海面，連帶還有部分鯊魚的身體。穆格里奇抬起雙腿，而這條食人鯊看似只不過輕輕碰了其中一隻腳，就掉回海裡並濺起一道水花。可是，就這麼一碰，湯瑪斯．穆格里奇就放聲大叫。接著，他就像一條剛被釣上來的魚，高高飛越過船舷的欄杆，以雙手和膝蓋著地的姿勢，重重撞到甲板上，整個人滾了一圈。

然而，他血如泉湧，右腳掌已經不見了，從腳踝的地方整整齊齊被咬斷。我立刻看向了茱德·布魯斯特，她的臉色蒼白，眼神裡訴說著恐懼。她目不轉睛盯著的人不是湯瑪斯·穆格里奇，而是狼·拉森。後者也察覺到她的視線，於是急促地笑了一聲，開口說道：「男人的遊戲，布魯斯特小姐。我敢說與你過去熟悉的遊戲相比，有些粗暴，不過依然是——男人的遊戲。那條鯊魚不在計算之內。他——」

不過，就在這個時候，穆格里奇抬頭確認完自己的傷勢，接著便在甲板上連滾帶爬，一口咬住了狼·拉森的腿。狼·拉森冷靜地彎下腰，用拇指按住倫敦佬的下顎後方，其餘手指則壓在耳朵下方。倫敦佬的下顎不得已只能乖乖張開，狼·拉森就這樣掙脫了。

「就像我剛才說的，」他接著說道，彷彿沒發生過任何不尋常的事情，「鯊魚不在計算之內。他是——哼——該說這是天意嗎？」

她對狼·拉森這番話沒有做出任何反應，不過當她邁開腳步轉身離開時，眼神裡傳達的情緒已經變成一種難以言喻的厭惡。她才剛踏出沒幾步，身體就搖搖晃晃，沒有辦法站穩腳步，於是有氣無力地朝我伸出了手。我及時接住，她才沒有跌倒，隨後扶她到客艙的椅子上坐下。我原本以為她會當場昏過去，但撐了過來。

「請拿止血帶來，凡·韋登先生。」狼·拉森叫我過去。

我猶豫不決。她的嘴唇動了動，儘管沒有出聲，但是光靠眼神就比用說話更清楚地表達出意思，命令我去幫助那個不幸的人。「拜託。」她勉強吐出了這幾個字，而我只好照辦。

如今，我在外科手術方面的本領大有長進，狼．拉森只給出了寥寥數語的建議，就留我一個人去完成手術，旁邊有兩個水手權充助手。至於他的任務，則是決定要如何向那條鯊魚復仇。一個鉤著醃製肥豬肉當誘餌的重型轉環鉤被拋到了海裡。就在我壓住被咬斷的動脈和靜脈來止血的時候，水手們正唱著歌，把那頭惹出麻煩的怪物拉上船。我沒有親自去看那條鯊魚，但我的助手先是其中一人，接著剩下那個人也離開一下子，跑到船中央去看發生了什麼事。那條鯊魚足足有十六英尺長，吊在主帆的索具上。他的上下顎被撬開到最大，一根兩端削尖的堅硬木樁插到了嘴巴裡。這樣一來，當用來支撐的撬棍一移開，鯊魚張大的嘴巴就會被木樁死死固定住。這些都完成後，水手割斷綁著鉤子的繩子。鯊魚就這樣無助地落回海裡，空有一身力量，卻註定要忍受揮之不去的饑餓——這是活生生只能等死，比起發明這項酷刑的人，這條鯊魚更不該遭受這樣的懲罰。

22

當她朝著我走過來，我就明白是為了什麼事，因為已經看她跟那位管輪認真嚴肅地討論了十分鐘。於是我示意她不要出聲，把她帶到舵手聽不到我們講話聲音的地方。她的臉色蒼白緊繃，一雙大眼睛因為心裡有所打算，睜得比平常更大，正炯炯有神地看著我。我感到相當膽怯和忐忑，因為她是來審視韓福瑞．凡．韋登的靈魂，而韓福瑞．凡．韋登自從踏上了「幽靈」號之後，就沒做過什麼特別值得驕傲的事了。

我們走到船尾樓的交界處時，她轉過身來面對我。我環顧四周，確認沒有人待在能聽見我們說話的範圍內。

「你有什麼話要說？」我輕聲問道，但她臉上堅定的表情並沒有緩和下來。

「我很快就明白，」她開口說道，「今天早上發生的事情大致是一場意外。但我和哈斯金先生談過了，他告訴我在我們被救上船的那天，正當我待在客艙裡的時候，有兩個人淹死了，故意被淹死的——是場謀殺。」

她帶著興師問罪的語氣，一臉責難地面對我，彷彿我就是罪魁禍首，或者至少是幫凶之一。

「你的資訊非常正確。」我回答道，「那兩個水手是被謀殺的。」

「而你居然容許這種事情發生！」她大喊。

「用更精準一點的措辭，是我沒辦法阻止它。」我依然口氣溫和地回答。

「可是，你有試著去阻止嗎？」她刻意強調了「試著」兩個字，聲音裡還帶著一點懇求的語氣。

「喔，但是你沒有。」她料想到我的回答，於是緊接著說道，「可是，為什麼你沒去阻止呢？」

我聳了聳肩膀。「你必須記住，布魯斯特小姐，你是這個渺小世界的新居民，還不懂這個世界的法則如何運作。你帶著某些關於人性、男子氣概、行為舉止等諸如此類的美好觀念，但在這裡你會發現那些都是錯誤的。我自己也已經發覺了這一點。」我補充道，同時忍不住嘆了一口氣。

她不敢置信地搖了搖頭。

「那麼，你有什麼高見？」我問道，「我應該拿著刀子或槍，還是一把斧頭，把這個男人殺了嗎？」

她嚇得往後退了半步。

「不，不是那樣！」

「那我應該怎麼辦呢？自我了斷？」

「你純粹用唯物主義的觀點在說話。」她反駁道，「世界上還有道德勇氣這樣的東西，而道德勇氣永遠都不會失效。」

「啊，」我露出微笑，「你的建議是要我別去殺他，也別自我了斷，但是允許他來殺我。」當她正準備開口，我舉起手來阻止她。「因為在這個漂浮於海面上的渺小世界，道德勇氣是毫無價值的優點。李區，其中一個遭到謀殺的人，就有著非比尋常的道德勇氣。另一個人約翰遜也是如此。可是這不僅沒有為他們帶來多大的好處，反而毀了他們。如果我也用上自己可能擁有的些許道德勇氣，會落到同樣的下場。

「你得明白，布魯斯特小姐，而且要徹底明白，這個男人是個怪物，身上沒有分毫的良心。在他眼中，沒有什麼事情是神聖的，也沒有事情能嚇得倒他。在最一開始就是因為他的一時興起，我才會被扣留在這艘船上。我什麼也沒做，什麼也做不到，因為我是這個怪物的奴隸，而你現在也是他的奴隸；因為我想要活下去，你也會想要活下去；因為我打不過也戰勝不了他，正如同你也打不過他、戰勝不了他。」

她等著我繼續說下去。

「還能怎麼辦呢？我的辦法就是扮演弱者，保持沉默並忍受羞辱，正如你也會如此。這樣就好了。如果我們想要活下去，這就是我們能採取的最好辦法。戰鬥並不總是強者的天下。我們沒有力量去跟這個男人拼鬥，必須掩飾自己的動機，如果我們能贏的話，就靠手段來取勝。假設你願意接受我的建議，這就是你接下來應該做的。我知道自己的處境很危險，而我得坦白說，你的處境更加危險。我們必須站在同一陣線，但不能明目張膽表現出來，要結成祕密的同盟。我沒有辦法公開站在你這邊，而無論我受到怎樣的侮辱，你也同樣要保持沉默。我們不能去挑釁這個人，也不能違背他的意願，還得抱持微笑，與他友好相處，不管這會有多麼令人厭惡。」

她困惑地用手拂過額頭，說道：「我還是不明白。」

「你必須照我說的話做。」我不容分說地打斷她的話，因為看見正在船中央跟拉蒂默四處踱步的狼．拉森正朝著我們望過來。「照我說的話做，不久之後你就會發現我是對的。」

「那麼，我該做些什麼？」她問道，察覺到我焦慮地看著我們談論的對象一眼，而且我敢自吹自擂，我認真誠摯的態度也給她留下了深刻的印象。

「盡可能放下你所有的道德勇氣。」我趕緊說道，「別觸動這個男人的敵意。和他好好相處，跟他聊天，討論文學和藝術——他喜歡這類事物。你會發現他是個有意思的聽眾，也不是個傻瓜。為了你自己著想，盡量避免去目睹船上的殘酷行徑。這會讓你更輕鬆去扮演好自己的角色。」

「我得說謊了。」她用沉著堅定的反叛語氣說道，「說話和舉動都在撒謊。」

狼．拉森已經與拉蒂默分開行動，正朝著我們走過來。我陷入絕望而孤注一擲。

「求求你，求求你理解我的意思。」我放低聲量，著急地說，「你過去在人事方面的所有經驗，在這裡都行不通，必須重新來過。我知道，我看得出來，別的方面我不清楚，但你很習慣靠著眼神來左右他人，透過雙眼來訴說你的道德勇氣，就像現在這樣。你已經用眼神控制了我，對我下達命令。但不要試著對狼．拉森來這套。你可以輕而易舉控制一頭獅子，而他只會給你一陣嘲笑。他會的——我一直很自豪於能夠在他身上發現這點。」我說道，然後一當狼．拉森踏上船尾樓，來到我們之間時，就轉移了話題，「編輯們都怕他，而出版商也不想理他。但是我懂他，當他的〈熔爐〉引發轟動之後，他的天才和我的評論都獲得了平反。」

「而那是在報紙上發表的一首詩。」她立刻附和道。

「那首詩確實是在報紙上發表的，」我回答，「但並不是因為雜誌編輯將之拒於門外的關係。」

「我們正在談論哈里斯。」我對著狼．拉森說。

「喔，對，」他認同道，「我記得〈熔爐〉那首詩。充滿著許多美好的情感，以及對人類幻想的至高信念。順帶一提，凡．韋登先生，你最好去看一下廚子。他不停在發牢騷，整個人不能好好休息。」

於是，我就被硬生生地趕出船尾樓，結果卻發現穆格里奇因為我給他打了嗎啡，睡得很香。我沒有匆匆忙忙趕回甲板，而當我回去的時候，看見布魯斯特小姐正熱絡地和狼．拉森聊天，這讓我感到欣慰。正如我所說，這一幕讓我欣慰，因為她聽從了我的建議。可是，看見她能夠做到這些我求她去做，但她顯然不喜歡去做的事，卻也感覺到些許震驚和受傷。

23

朝我們迎面吹來的風，風力相當強勁，很快就讓「幽靈」號來到了北方的海豹棲息地。我們在北緯四十四度線遭遇了這群海豹，這裡是個寒冷刺骨、海況惡劣的海域，海面上狂風大作，不斷驅趕著陣陣濃霧。一連好幾天，我們根本不見天日，什麼也看不見。接著，海風便會橫掃過海面，激盪出波紋和浪花，我們才得知自己身處何方。接下來或許會有一天、三天，甚至四天的好天氣，隨後霧氣會再度籠罩在我們周圍，看上去比之前更加濃厚。

狩獵活動充滿危險，但是小艇仍舊日復一日下船捕獵，遭到灰暗朦朧的濃濃大霧所吞沒，直到夜幕降臨之後，才能再次見到它們的蹤影。往往要等到天色相當晚，一艘艘小艇才會像海怪一樣，從灰濛濛的霧氣中悄然而出。溫萊特，那個連艇帶人被狼．拉森霸占下來的獵人，利用海上的大霧逃走了。某個霧茫茫的早上，他跟底下兩個水手就這麼消失，我們從此就再也沒見過他們。然而，沒過幾天，就聽說他們輾轉從一艘帆船換到另外一艘，最後終於與自己的船會合。

這也是我一心想做的事，可惜機會一直沒有出現。搭乘小艇出海不是大副的職責，然而我費盡心思去爭取這個機會，可是狼·拉森從未同意給予我這個特權。彷彿他這麼做，我就會想盡某種辦法帶著布魯斯特小姐遠走高飛。實際上，局勢已經發展到我會害怕去考慮的地步。我不由自主地想去迴避這個念頭，卻在我的腦海裡不斷浮現，像是揮之不去的陰影。

我過去讀過的海上冒險故事，千篇一律都會描寫一個孤獨的女人，身處在整船的男人之間。然而，我現在才領悟到，我一直以來根本沒有理解這種情境所代表的更為深刻之意涵——這是那些作家精心推敲和深入探索的事物。如今在這裡，我所面對的就是如此的情境。這故事再生動也不過，而女主角不是別人，正是茉德·布魯斯特，她現在正深深吸引著我，正如同長久以來透過她的作品讓我為之著迷一般。

無法想像一個人能與環境如此格格不入。她是個嬌嫩空靈的人，一舉一動都如弱柳拂風，輕盈優美。在我眼裡，她不曾走過路，或是說，至少不曾用過凡人的普通方式來走路。她的步伐極為婀娜多姿，動起來有種說不出的輕盈，就像飄在空中的羽絨，或是展翅翱翔的鳥兒一樣朝你靠過來。

她就像是一件來自德勒斯登（Dresden）的瓷器，身上某種我可能會稱呼為「脆弱」的特質，不斷讓我留下深刻的印象。每次我扶著她的手臂走下客艙，時時刻刻都做好了心理準備，一旦她承受到壓力或粗暴的對待，就會碎得四分五裂。我從未見過如此完美調和的身體和靈魂。當你去形容她寫的詩句，如同評論家們的評語，是充滿理想與靈性的，同時你也已經描述完她的身體。她的身體似乎是靈魂的一部分，有著相似的特質，並用最纖細的鎖鏈將靈魂和生命連結在一起。甚至，上帝在造她的時候沒有混入任何一丁點粗野的泥土，讓她翩然來到這片大地上。

她跟狼．拉森呈現鮮明的對比。她擁有的，狼．拉森肯定沒有；反過來也是如此。某天早上，我注意到他們在甲板上一起散步，我把他們兩人比作人類進化階梯的兩端，一端是所有野蠻的集大成，另一端是最優秀文明的完成品。誠然，狼．拉森擁有異於常人的智力，但只是為了發揮他野蠻的本能，讓他成為更加令人畏懼的野蠻人。他的肌肉壯碩、身材魁梧，儘管步伐裡帶有體力勞動者的堅定和直率，卻一點也不沉重。在他雙腳的一踩一踏之間，潛藏著叢林和荒野的氣息。他像貓一樣靈巧，動作輕盈，體格強壯，而且總是那麼強壯。我把他比喻為一頭猛虎，一頭英勇無畏的掠食野獸，從外表看上去就是這樣，至於在他的眼中不時閃現的敏銳目光，跟我從被關在籠子裡的獵豹或其他野生掠食動物眼中觀察到的光芒如出一轍。

但是就在這一天，我留意到他們正走來走去，並且看見是茱德主動結束這次散步。他們走到了我所在的艙梯入口處。儘管她沒有表露出任何外在跡象，但不知為何，我感覺到她非常忐忑不安。她隨口說了幾句話，看著我，然後對我微微一笑。但是，我看見她的眼神不由自主地回到狼·拉森身上，彷彿著了迷一般。隨後，她的目光低了下來，但是低得不夠快，沒辦法掩飾雙眼流露出的驚恐。

正是狼·拉森的雙眼，讓我看出她心煩意亂的原因。狼·拉森平常冷漠嚴厲的灰色眼眸，如今變得溫暖柔和、金光閃閃，裡頭有著許多忽明忽暗的微小光芒正在跳躍，直到整個眼球都充滿了耀眼的光芒。這或許就是他的眼睛看上去是金色的原因。但他這雙迷人又有威嚴的眼睛，同時也滿是誘惑和強迫，說出了任何女人，更別說是茱德·布魯斯特，都不會誤會的要求和血液裡的喧囂。

她的恐懼朝我襲來，就在這恐懼的一瞬間，可以說是一個人所能體會到最可怕的恐懼之中，我明白到她對我來說，有著千言萬語都無法形容的重要。我理解到自己愛上她這件事，跟著恐懼一起湧上心頭，這兩種情緒緊緊抓住我的內心，讓我的血液同時變得冰冷和沸騰。我覺得自己受到一股不屬於我並超越於我的力量所吸引，同時發現眼睛不受意志左右，重新瞪著狼．拉森的眼睛。不過，狼．拉森已經變回原來的他，眼裡跳動的金黃色光芒業已消失無蹤。當他粗魯地鞠躬，轉身離去時，過往的冷漠和灰暗再次於他的眼睛裡閃爍。

「我很害怕。」她小聲地說，身體不斷發抖，「我真的好害怕。」

我也一樣害怕，同時發覺她在我心裡占有多麼重要的分量，兩者交雜在一起讓我心亂如麻。但成功用相當鎮靜的語氣回答：「一切都會好轉的，布魯斯特小姐。相信我，一定會好起來的。」

她滿懷感激地露出讓我心跳不已的淺淺微笑作為回答，接著就走下艙梯。

過了很長一段時間，我依然站在她離我而去的地方。當務之急是要調整自己，考慮各方面事情轉變之後的意義。它終於來了，愛情終於來了，在我最意想不到的時刻，還是在最嚴峻的條件之下。當然，在我的哲學裡面，總是認為愛情的呼喚不可避免地會到來，早或晚的問題而已。但是經年累月閉門讀書帶來的沉寂，卻讓我漫不經心、措手不及。

現在，愛情真的來了！茉德．布魯斯特！我的記憶瞬間回到在我書桌上的第一本詩集，彷彿在我眼前確確實實出現，還有在我的閱覽室書架上的那一整排詩集。我那時有多麼歡迎每本書的到來！每年都會從出版社那裡收到一本，每本對我來說，都是那一年的開始。它們表露出一種志同道合的智慧和精神，我接納它們為自己在心智上的同志。但是現在，它們占據了我的內心。

我的內心？一股情感的劇變突然影響了我，讓我彷彿脫離了自己的身體，難以置信地打量自己。茱德．布魯斯特！韓福瑞．凡．韋登，這個「冷血的魚兒」「沒有感情的怪物」「剖析的魔鬼」，查理．福魯賽斯給了這麼多綽號的我，墜入情網了！接著，我的思緒莫名其妙又半信半疑地回想起那本紅皮裝幀的《名人錄》裡的一篇人物小傳，自言自語地說道：「她出生於劍橋，今年二十七歲。」然後我又說道：「二十七歲，依然是自由之身，沒有戀愛對象嗎？」但我又怎麼會知道她有沒有對象呢？而新生的妒忌讓所有的疑惑都煙消雲散。這毫無疑問就是愛情的嫉妒。我吃醋了，因此證明我已經墜入愛河，而愛的那個女人就是茱德．布魯斯特。

我，韓福瑞．凡．韋登戀愛了！懷疑再度找上了我。然而，不是我害怕愛情，或是不願意遇見愛情。恰恰相反，我是個再明顯也不過的理想主義者，我的哲學總是認可並讚賞，愛是世界上最偉大的事情，是存在的目的和巔峰，是生命所能激發出的最美妙的喜悅和幸福，也是所有事物之中最值得歡呼、歡迎和銘記在心的事情。但是如今愛情來了，我卻不敢置信，不可能如此幸運。這實在太美好了，好到太不真實。西蒙斯（Arthur Symons，譯註：英國詩人）的詩句浮現在我的腦海裡：

這麼多年來我徬徨在
女人的世界裡，尋覓著你

後來，我停止了尋覓，認定這個世界上最偉大的事情並不屬於我。福魯賽斯說得對：我是個不太正常的人，「沒有感情的怪物」，一個古怪的書呆子，只能以心智的感受為樂。儘管我成天為女人所包圍，但我對她們的欣賞僅止於美學而已，別無其他想法。事實上，有時候我認為自己置身事外，是個僧侶，無法擁有我在別人身上看見並理解得如此透徹的那種永恆或一時的熱情。如今，愛情來了！在我做夢也想不到、也沒有任何預兆的情況下，愛情來了。在某種可以說是狂喜的情緒下，我離開了自己在艙口的崗位，開始沿著甲板往前走，口中喃喃唸起白朗寧夫人（Elizabeth Barrett Browning）的美麗詩句：

我過往與幻想為伴
而非男人與女人
發現它們是溫柔的伴侶，卻從未想過
有著比起它們為我演奏，還要更為美妙的音樂

這更為美妙的音樂正在我的耳邊迴盪，因此我對周遭的一切視若無睹，置若罔聞。此時，狼．拉森嚴厲的聲音喚醒了我。

「你該死的要去那裡做什麼？」他問道。

我偏離路線闖進水手們正在刷油漆的地方，並發現自己往前踏的那隻腳差點踢翻一個油漆罐。

「你是夢遊還是中暑——到底是怎樣？」他怒吼道。

「不，是消化不良。」我回嘴道，並繼續走我的路，假裝什麼事都沒發生。

24

我一生中最難忘的回憶，是在我發現自己愛上茉德·布魯斯特之後的四十小時內，在「幽靈」號上發生的幾件事。我過去都生活在很平靜的地方，到了三十五歲才踏上一場我所能想像到的、最為荒誕不經的冒險旅程，並且在我的人生經驗裡，未曾遇過任何四十小時內，塞滿這麼多的意外和刺激。我無法忽略耳邊傳來的低語，它用充滿驕傲的語氣告訴我，從各方面來說，我表現得還不算太差勁。

最一開始，是發生在正午的午餐時間，狼·拉森告訴那些獵人，他們以後都得在統艙吃飯。這在獵捕海豹的船上是前所未見的事情，因為獵人按照慣例都會被當成非正式的高級船員。他沒有給出任何理由，但是動機再明顯不過了。霍納和斯摩格一直向茉德·布魯斯特獻殷勤，這件事本身很滑稽，對她來說也無傷大雅，但顯然在狼·拉森心裡只有厭惡。

這項宣告讓大家鴉雀無聲，儘管另外四個獵人意味深長地朝這兩個惹出麻煩的人看了一眼。喬克・霍納一如往常不發一語，沒有做出任何反應；但是斯摩格的額頭怒冒青筋，半張開嘴想要說些什麼。狼・拉森正觀察他，等他開口，眼中閃著堅毅的光芒。不過，斯摩格最後什麼話都沒說，又把嘴巴閉上。

「有什麼話要說嗎？」狼・拉森語帶挑釁地問道。

這是個挑戰，但斯摩格拒絕接受。

「是要說什麼？」斯摩格一臉天真地問道，這讓狼・拉森陷入尷尬，其他人則是笑了出來。

「喔，沒事。」狼・拉森無力地回答，「我只是覺得你可能會想要表達反對。」

「反對什麼？」斯摩格不慌不忙地問道。

斯摩格的同伴們這下都忍不住開口大笑。至於他的船長則是恨不得殺了他，要不是茉德・布魯斯特在場，我敢保證早就血流成河。就這一點來說，也是因為她在場，才讓斯摩格敢這麼做。他是個非常謹慎小心的人，在這個會用比言語更激烈的方式表達憤怒的時刻，不會去惹怒狼・拉森。我正擔心會發生一場打鬥，但來自舵手的一聲叫喊，化解了這個局面。

「嘿，是煙！」叫喊聲從打開的艙口傳了下來。

「從哪個方向來的？」狼．拉森回應。

「船尾正後方，船長。」

「或許是俄羅斯的船。」拉蒂默表示。

他的話讓其他獵人的臉上浮現一層焦慮。如果是艘俄羅斯的船，就只有一種可能性——那是艘巡洋艦。獵人們雖然一直以來頂多知道「幽靈」號的大略位置，但他們也曉得我們現在非常靠近禁獵海域的邊界，而狼．拉森作為盜獵者的紀錄可是聲名狼藉。

「我們絕對安全。」狼．拉森大笑一聲向獵人們保證，「這次不會再被送去鹽礦做苦工，斯摩格。聽我說——我壓一賠五，那是『馬其頓』號。」

沒有人接下狼．拉森的賭注，於是他繼續說道：「那麼一賠十，如果會惹出麻煩的話。」

「不，謝了。」拉蒂默大聲說道，「我不在乎輸掉自己的錢，但不論如何，我都喜歡賺上一回。當你和你的哥哥聚在一起時，沒有一次是不曾惹出麻煩的，而我敢賭這個，一賠二十。」

在場的人紛紛笑了起來，連狼・拉森都跟著笑了。這頓午飯後來順順利利地繼續下去，這都要歸功於我，因為在剩下的時間裡，他對我的態度非常惡劣，不停挖苦和嘲諷，直到我整個人氣得渾身顫抖。我知道為了茉德・布魯斯特，必須控制好我自己，也得到了回報，當她的眼睛一瞬間捕捉到我的目光，用彷彿她本人開口說話般清晰的眼神示意道：「勇敢點，勇敢點。」

我們離開餐桌來到甲板上，因為能打破我們漂浮的海面上那種單調氛圍的一艘汽船，相當令人歡迎，而我們確信那是死神・拉森和「馬其頓」號的時候，心情變得更加激動。前一天下午颳起的大風大浪在整個早上逐漸趨緩，所以現在能夠放下小艇，進行下午的狩獵。這次狩獵保證有利可圖。我們在曙光乍現時，就航行穿越了一片沒有海豹的海域，現在終於碰上了海豹群。

那陣煙依然在離我們的船尾好幾英里外的地方，但是當我們放下小艇時就迅速地追了上來。小艇在海面上散開，橫跨海洋往北方而去。我們時不時就會看見艇帆降下，聽見霰彈槍的槍聲，然後再次看見艇帆升起。海豹群數量密集，而風勢正在減弱，全都有利於大豐收。當我們迅速駛向最後一艘背風艇的背風側時，發現大海上遍地都是熟睡的海豹。牠們就在我們周圍到處都是，我之前從未見過這麼密集的海豹，三三兩兩、成群結隊，在海面上舒展身體，隨後像許多懶惰的小狗一樣徹底睡著了。

隨著那道煙漸漸逼近，汽船的船身和水面上的構造變得愈來愈大。那是「馬其頓」號。當她從距離右舷一英里處駛過時，我透過望遠鏡看見了船身上的名字。狼・拉森一臉凶惡地看著那艘船，而茉德・布魯斯特則充滿好奇。

「你那麼肯定會出現的麻煩在哪裡，拉森船長？」她愉快地問道。

狼・拉森瞥了她一眼，瞬間的喜悅軟化了他的五官。

「你在期待什麼？期待他們登上船，把我們的喉嚨都割斷嗎？」

「類似那樣的事情。」她坦白道，「你知道的，海豹獵人對我來說是如此新奇古怪，所以已經做好期待任何事情都會發生的準備。」

狼・拉森點了點頭，說道：「非常正確，非常正確。你的錯誤是沒去期待發生最糟糕的事情。」

「為什麼，還有什麼事會比割開我們的喉嚨還要糟糕？」她帶著一副相當天真無邪的驚訝表情問道。

「割開我們的錢包。」他回答道，「當今在世的男人，他的生活能力取決於他所擁有的金錢。」

「偷走我錢包之人得到的是垃圾。」她引用了莎士比亞劇作《奧賽羅》（*Othello*）裡的句子。

「偷走我錢包之人得到的是我生存的權利。」狼．拉森如此回答，「與那些陳腔濫調正好相反。因為他偷走了我的麵包、肉和床鋪，如此一來就會危及我的生命。外頭可沒有這麼多救濟處和領取施捨的隊伍，而當人們的口袋裡空空如也的時候，他們通常就會死去，悲慘地死去——除非他們有辦法立刻把錢包塞得滿滿的。」

「但我實在看不出來那艘汽船對你的錢包有什麼企圖。」

「你就等著瞧吧。」他冷冷地說。

我們並沒有等太久。當超過我們的小艇幾英里遠之後，「馬其頓」號也開始放下自己的小艇。我們知道那艘船上載著十四艘小艇，而我們只有五艘（原本有六艘，但是在溫萊特逃走後就少了一艘）。「馬其頓」號遠遠就從我們最後一艘小艇的背風處，降下他們的小艇，接著一路沿著橫跨我們狩獵的路線，不斷放下小艇，最後一艘就落在我們第一艘順風艇的迎風處。對我們來說，這場狩獵已經毀於一旦。在我們後方沒有剩下任何海豹，至於在我們前方則是排成一列的十四艘小艇，像是一把巨大的掃帚，把海豹群掃得一乾二淨。

我們的小艇就在與「馬其頓」號降下小艇的位置之間兩三英里的水域上狩獵，然後就朝著「幽靈」號返航。風勢已經小到沙沙作響的程度，海面變得愈來愈平靜，這樣的好天氣再加上眼前有一大群的海豹，真是一個狩獵的完美日子——這就算在整個運氣很好的狩獵季裡，也頂多會碰到兩三天而已。一群憤怒的人們，包含划槳手、舵手和獵人，朝著我們聚過來。每個人都覺得自己被搶了，每艘小艇都是在咒罵聲中被吊上船。如果詛咒真的有力量的話，那麼肯定會讓死神．拉森永世不得好死——「該死，去死個十二輩子吧！」路易斯才剛拉緊固定小艇的繩索，正在休息時就這麼說道，還對我眨了眨眼睛。

「聽聽他們的咒罵，看看是否很難發掘出他們靈魂中最必不可少的事物。」狼．拉森說道，「信仰？愛情？崇高的理想？真善美？」

「他們與生俱來的權利遭到了侵害。」茉德．布魯斯特加入了這場對話。

她站在十幾英尺遠的地方，一手扶著主帆的牽索，身體隨著船身些微的搖晃而輕輕擺動。她沒有拉高說話的語調，但我仍然被那鈴鐺般清澈的嗓音給打動。喔，聽起來是多麼悅耳的聲音啊！我那時候幾乎不敢正眼看她，生怕自己會露出馬腳。她的頭上戴著一頂男孩的帽子，井然有序的淺棕色蓬鬆頭髮在太陽的照耀之下，彷彿是圍繞著她精緻鵝蛋臉的一輪光環。她看上去嫵媚動人，就算稱不上聖潔，也十足甜美活潑。我一看見這個生命的璀璨化身，過去所有對於生命的驚嘆都回來了，狼・拉森對於生命及其意義的冷酷解釋真是荒唐可笑。

「情感主義者，」他譏諷道，「跟凡・韋登先生一個樣。這群人之所以在咒罵，是因為他們的欲望遭到了阻撓。就是這麼回事。什麼欲望？他們嚮往豐厚的薪水帶來的大餐和岸上柔軟的床鋪。女人和美酒、大吃大喝和獸性大發是如此真實地表達他們自己、他們身上最好的優點、他們最高的抱負，以及，如果你允許我這樣說的話，他們的理想。他們展現出來的感受並不令人動容，卻顯示了他們被觸動得有多深，他們的錢包被傷害得有多深。因為你對他們的錢包動手，就等於是傷害他們的靈魂。」

「你的表現卻不像是有人動了你的錢包。」她莞爾一笑。

「之所以如此，是我的表現方式恰好與眾不同，因為我的錢包和靈魂全都被傷害了。以現今倫敦市場的毛皮價格，要不是『馬其頓』號霸占了我們的海豹，按照今天下午獵捕量的合理估算，『幽靈』號已經損失了價值約一千五百塊的毛皮。」

「你講話的樣子這麼冷靜——」她開口道。

「可是我一點都不覺得冷靜。我恨不得殺死那個搶劫我的男人。」狼・拉森打斷她的話，「是，是，我知道，那個男人是我的兄弟——更多愚蠢的情感！呸！」

他的臉色大變，聲音聽起來不再那麼嚴厲，反而徹底變得真誠起來。

「你們肯定會很高興，你們這些情感主義者，在夢見或發現良善的事物時就會由衷感到快樂，因為你們發覺其中一些事物是如此良善，便感覺到自己同樣善良。現在，告訴我，你們兩個，你們覺得我善良嗎？」

「你看上去很善良——從某個方面來說。」我語帶保留地說。

「你身上所有的力量都能夠為善。」茉德．布魯斯特回答。

「你瞧！」狼．拉森有些生氣地朝她大喊，「對我來說，你的講法都是空話。你所表達的思想中沒有任何清楚明白的地方。你沒有辦法用雙手拿起來好好端詳。事實上，這不算是一種思想。這是一種感覺、一種情感、一種基於幻想而生的某種東西，根本算不上是智識的產物。」

當狼．拉森繼續說下去的時候，他的聲音又變得更加柔和，還帶了一點推心置腹的語氣。「你們知道嗎，我有時候會制止自己，希望也能對生命的現實視而不見，只曉得其中種種想像和夢幻。但是這都是錯的，當然全都是錯的，而且違反理性。不過，在面對這些想像和夢幻的時候，我的理性告訴我，儘管是錯的，並且錯得離譜，但沉醉在裡頭能帶來更大的快樂。畢竟快樂是活著的報酬。如果失去快樂，活著就是毫無價值的行為。為了活下去而勞動，卻得不到報酬，比死了還要悽慘。一個過得最快樂的人，也會活得最有生氣，至於與我擁有的現實相比，你們的夢想和虛幻帶來了更少的困擾和更多的滿足。」

他緩緩地搖著頭，陷入沉思。

「我常常懷疑，常常懷疑理性有什麼價值。夢想肯定更加實在、令人滿足。情緒上的快樂比智識上的快樂來得更為充實和持久。而且，你還得為智識的快樂時刻付出代價，那就是憂鬱。情緒上的快樂伴隨的就只是感官的疲倦罷了，很快就能恢復原狀。我羨慕你們，我真羨慕你們。」

狼・拉森的話音突然中斷，隨後臉上泛起他那種古怪嘲弄的微笑，補充說道：

「給我記好，這是我的腦袋在羨慕你們，不是發自我的內心。是我的理性在影響。這種羨慕是個智識的產物。我就像個清醒的人看著其他喝醉的人，心裡疲憊不堪，希望自己也能喝個爛醉。」

「或說像個聰明人看著一群傻瓜，希望自己也能是個傻瓜。」我笑了起來。

「正是如此。」他說道，「你們是一對該死的破產傻瓜，隨身錢包裡沒有任何實實在在的東西。」

「可是我們卻像你一樣揮霍無度。」茉德．布魯斯特接著發言。

「是比我更不知節制，因為你不用為此付出任何代價。」

「而這是因為我們借助於永生。」她反駁道。

「不管你們真的如此或自以為如此都一樣。你們花掉了自己未曾擁有的東西，而我則是花著自己得手的東西，可是作為回報，你們卻獲得了比我更大的價值。那可是我辛勤揮灑汗水得來的啊。」

「那麼，為什麼不改變你的貨幣基礎呢？」她揶揄地問道。

狼．拉森立刻看向她，流露出些許希望，然後用遺憾萬分的語氣說道：「太遲了。也許我想這麼做，但我辦不到。我的隨身錢包裡裝滿了舊貨幣，那是種固執的東西。我永遠無法強迫自己承認其他事物也有相同效力。」

狼．拉森不再說話，目光心不在焉地越過她，迷失在平靜的大海上。古老的原始憂鬱強烈籠罩著他，使他渾身顫抖。他藉著理性讓自己陷入一陣憂鬱，而幾個小時內，你就會看見他體內的惡魔竄起，蠢蠢欲動。我想起了查理．福魯賽斯，了解到這個男人的悲傷，是唯物主義者要為他的唯物主義所付出的代價。

25

「你一直待在甲板上，凡・韋登先生。」隔天早上在餐桌上，狼・拉森說道，「情況看上去如何？」

「天氣夠晴朗。」我回答道，同時看了一眼從打開的艙口灑落下來的陽光，「不錯的西風，預計會逐漸增強——如果路易斯的預測準確的話。」

他滿意地點了點頭。「有起霧的跡象嗎？」

「北方和西北方都有很濃的霧氣。」

他又點了點頭，表現出比剛才更加滿意的樣子。

「『馬其頓』號呢？」

「沒有看見她的影子。」我回答道。

我敢發誓，他一聽到這個消息，臉就垮了下來，但我想不透他為什麼如此失望。

我很快就知道了。「有煙！」甲板上傳來了呼喊，他頓時開心了起來。

「太好了！」他高興得大喊，立刻離開餐桌走上甲板，然後去到統艙，獵人們在那裡吃著被趕出餐桌後的第一頓早餐。

我和茉德·布魯斯特幾乎沒有動過面前的食物，而是沉默焦慮地注視著彼此，聽著狼·拉森的聲音輕輕鬆鬆穿過牆壁，傳到客艙裡面來。他發表了一段很長的談話，做出結論之後得到一陣狂熱的歡呼。由於牆壁實在太厚，導致我們聽不清楚他究竟說了什麼。但不論如何，這番話顯然深深打動了獵人，因為繼歡呼聲之後，便是高聲的讚嘆和喜悅。

從甲板上傳來的聲音判斷，我曉得水手們已經動了起來，正準備降下小艇。茉德·布魯斯特陪我來到甲板上，不過我把她留在了船尾樓口，她在那裡既能看到事情的發展，又不會捲入其中。水手們肯定已經知道眼前的計畫，他們投注的精力和衝勁，看得出已經熱情高漲。獵人們拿著霰彈槍和彈藥箱，一個接一個走上甲板，而最不尋常的是手上還拿著來福槍。這很少會帶上小艇，因為如果用來福槍在遠距離射殺海豹，屍體總是會在小艇趕到之前就沉入海中。但是在這一天，每個獵人都帶上自己的來福槍和大量的彈藥。我注意到每當他們看見從「馬其頓」號冒出來的煙愈升愈高，表示對方正從西邊朝我們靠近時，都會露出滿意的微笑。

五艘小艇匆匆降下，呈扇形散開，接著像昨天下午一樣，朝著北方進發，而我們則跟在他們後面。我滿心好奇地觀察了一陣子，但是他們的舉動似乎沒有什麼特別之處。他們降下艇帆、射殺海豹，再拉起艇帆，然後重複做著這個我習以為常的流程。「馬其頓」號像昨天一樣故技重施，將小艇在我們前方一字排開，橫跨我們的航線，「霸占」了整片海域。十四艘小艇需要相當寬廣的海面，才能盡情狩獵，於是「馬其頓」號在徹底超越我們的狩獵範圍後，繼續往東北方航行，並在途中放下更多小艇。

「出了什麼事？」我再也藏不住自己的好奇心，於是開口向狼·拉森問道。

「別管發生了什麼事。」他粗聲粗氣地回答，「你不用等太久就會曉得了。在這段時間裡，只管祈禱有足夠的風就行了。」

「喔，好吧，我不介意就這樣告訴你。」下一秒他這麼說道，「我準備對我的親兄弟以牙還牙。簡單來說，我自己也要來當一回強盜，並且不光是這一天，而是整個剩下的狩獵季——如果我們走運的話。」

「那要是不走運呢？」我問道。

「這不在我的考慮之內。」他放聲大笑，「我們只有運氣好這個選項，不然就全完了。」

狼·拉森那時候正在掌舵，於是我就到自己在前水手艙的醫院，那裡躺著兩個傷殘的人，分別是尼爾森和湯瑪斯・穆格里奇。一如預期，尼爾森心情雀躍，因為他的斷腿正逐漸在癒合，恢復情況良好。至於倫敦佬則非常憂鬱，我對這個不幸的人深表同情。而且令人驚奇的是他依然活得好好的，死死抓住生命不放。殘酷的歲月讓他瘦弱的身軀變得支離破碎，然而體內生命的火花卻一如既往地熊熊燃燒。

「裝上義肢，現在他們做的品質都很好，你這輩子都能在船上的廚房邁著沉重的步伐走來走去。」我快活地向他保證。

可是，他的回答相當認真，不，是嚴肅。「我不知道你說的那東西，凡・韋登先生，但我只知道除非那該死的傢伙他媽的死去，否則我永遠都不會快樂。他絕對活不過我。他沒有活下去的權利，上帝會說：『他必定得死』，而我則會回答：『阿們，該死的就快去死。』」

我回到甲板上之後，看見狼・拉森主要用一隻手掌舵，另一隻手拿著海軍望遠鏡，正觀察著小艇的情況，並且特別留意「馬其頓」號的位置。我們的小艇唯一一個明顯的變化是，他們已經迎風航行，朝著北方偏西幾度的方向前進。我依然看不出這次的行動有什麼好處，因為空出來的海域仍然被「馬其頓」號的五艘迎風小艇給截斷，而他們也正在迎風航行，所以漸漸向西偏離航線，與其餘小艇的距離愈拉愈遠。

我們的小艇在划槳的同時，升起了艇帆。甚至連獵人們都在划槳，他們就靠著三對船槳，迅速趕上了那個我或許可以稱之為敵人的小艇。

「馬其頓」號冒出來的黑煙，在東北方的地平線上逐漸縮小成一個模糊的黑點，至於汽船的本體已經不見蹤影。直到此刻為止，我們一直保持著閒置的狀態，船帆有大半時間都在隨意飄蕩，任由海風吹拂而過。而且，還有兩次短暫期間，我們就這麼頂風停船。不過，現在我們開始動了起來。帆腳索調整好了方向，狼・拉森開始加快「幽靈」號航行的速度。我們越過自己小艇的狩獵範圍，朝著對方第一艘迎風小艇逼近。

「降下船首斜桅帆，韋登先生。」狼・拉森下達了命令，「然後在一旁待命，準備調整三角帆的方向。」

我跑到船首，趕緊把船首斜桅帆都降下來，同時我們也迅速從小艇背風處一百英尺的位置駛過。那艘小艇上的三個人眼神狐疑地望著我們。他們一直在海上闖蕩，或多或少都知道狼・拉森的名聲。我注意到那個獵人是個身形巨大的斯堪地那維亞人，他坐在小艇前端，拿起來福槍橫放在膝蓋上，做好隨時開槍的準備。那把槍理應放在槍架上的。等他們來到正對著我們船尾的位置，狼・拉森揮手向他們打招呼，並且喊道：「上船來『聊聊』吧！」

在這些獵捕海豹的帆船之間，「聊聊」是用來替代「拜訪」和「閒聊」的用語。這表達出了大海上彼此之間的嘮嘮叨叨，是單調生活中的愉快喘息。

「幽靈」號迅速轉向順風的方向，而我及時忙完船首的工作，跑到船尾幫忙拉動主帆的帆腳索。

「請你待在甲板上，布魯斯特小姐。」狼·拉森說道，同時上前迎接他的客人，「然後你也是，凡·韋登先生。」

那艘小艇已經降下了帆，來到我們的船邊。那個獵人蓄著金黃色的鬍子，儼然像是古代維京人的海盜頭子，他跨過了船舷的欄杆，跳到了甲板上。但是他魁梧的身軀並沒有辦法徹底掩飾內心的擔憂。他的臉上處處都是猜疑和多慮的神色。儘管他的臉龐有著濃密毛髮的掩護，依然是張藏不住祕密的臉，當他的視線從狼·拉森飄到我身上，發現甲板上就只有我們兩個人，然後瞥了一眼跟著他上船的兩個同伴，明顯立刻鬆了一口氣。當然，他沒有什麼理由好害怕。他像《聖經》中的歌利亞巨人一樣聳立在狼·拉森面前。他的身高應該有六呎八或六呎九，而我後來得知他的體重，有兩百四十磅。他渾身上下一點脂肪都沒有，全都是骨頭和肌肉。

當他們來到艙梯旁，狼・拉森邀請他下到船艙時，那股擔憂顯然又回來了。不過，他低頭看了一眼招待自己的主人就安心了，儘管狼・拉森同樣是個彪形大漢，但與巨人一比就相形見絀。於是所有的猶豫便煙消雲散，兩人就下到了客艙。與此同時，那個獵人的兩個手下按照來訪水手的慣例，前去拜訪船首的前水手艙。

突然之間，從客艙裡傳來遭人掐住脖子的巨大吼叫聲，緊接著是一陣激烈的打鬥聲。那聽上去像是獵豹和獅子在打架，而所有叫喊聲都是獅子發出來的。狼・拉森是那頭獵豹。

「看看我們有多麼盛情款待客人。」我心情苦澀地對著茉德・布魯斯特說道。

她點了點頭表示自己有聽見，我注意到她的臉色相當難看，是看見或聽見暴力打鬥時會出現的表情，與我在「幽靈」號上頭幾個禮拜深受其苦的感受如出一轍。

「你到船頭附近，好比統艙艙梯那裡，等著事情過去，會不會好一點？」我提出建議。

她搖搖頭，楚楚可憐地看著我。她並不是被嚇壞了，而是對於人類所展現出來的獸性，感到非常震驚。

「你會明白的，」我趁機說道，「無論我在現在或將來發生的事情中扮演什麼角色，我都是逼不得已——如果你和我想要活著擺脫這場災難的話。」

「這一點也不愉快——對我來說。」我補上一句。

「我明白。」她的聲音虛無飄渺，但她的眼神告訴我，她確實明白了。

甲板下很快就恢復成一片死寂。隨後，狼．拉森獨自一人走上了甲板。他古銅色的臉龐泛起微微的紅潮，但除此之外，在他身上看不到任何打鬥過的跡象。

「叫那兩個人到船尾來，凡．韋登先生。」狼．拉森說道。

我聽命行事，沒過多久，那兩個人就站在狼．拉森的面前。

「把你們的小艇吊上來。」他對著兩人說道，「你們的獵人決定在船上待一陣子，不想讓小艇在船旁邊撞個沒完。」

「我說，去把你們的小艇吊上來。」他重複了一遍，這次口氣更為嚴厲，因為那兩個人還在猶豫要不要聽從他的吩咐。

「誰曉得呢？你們也許不得不跟我一起航行個一陣子。」儘管他的口氣相當輕柔，卻語帶威脅，與此同時那兩個人開始緩慢行動，「然後我們不妨從友好的體諒開始吧。現在，給我動起來！死神．拉森會讓你們的手腳更俐落，你們都清楚這一點！」

在他的勸導之下，兩人的動作顯然加快了許多。當小艇吊上來之後，我便被派到船首去放下三角帆。狼・拉森掌著舵，操縱「幽靈」號往「馬其頓」號第二艘迎風小艇前進。

在這段期間，眼見無事可做，我便將注意力轉向海上其他小艇的情況。「馬其頓」號的第三艘迎風小艇，被兩艘我們的小艇攻擊，第四艘則面對到我們其餘的三艘小艇。至於對方的第五艘則掉過頭來幫忙，保護自己的同伴。戰鬥在很遠的距離就開打，來福槍的槍聲不絕於耳。風勢使得海面變得波濤洶湧，導致很難精準射擊。當我們愈來愈靠近戰場時，時不時就能看見子彈呼嘯而過，從一個浪頭飛越到另一個浪頭。

我們追趕的那艘小艇已經揚帆迎風，順著風勢逃之夭夭，途中還加入其他人的行列，擊退我們小艇發起的全面攻擊。

由於我現在得處理帆腳索和前帆角的工作，以至於沒有時間去觀看當前的戰況，不過當狼・拉森命令那兩個外來水手前去船首，進到前水手艙時，我人剛好就在船尾樓。儘管他們一臉悶悶不樂地離開，但還是照做了。狼・拉森接著又命令布魯斯特小姐下到船艙，並且在看見她眼神裡瞬間出現的恐懼時，笑了出來。

「你在底下不會遇見什麼可怕的東西。」他說道，「只有一個毫髮無傷的男人被牢牢固定在環螺栓上。子彈有可能會飛到船上來，我不想讓你被打死，你明白的。」

剛剛好就在他說話的這瞬間，一顆子彈從他的兩手之間穿過去，打在了黃銅包覆的船舵輻條上，然後偏離了原本的彈道，迎風飛向空中。

「你看看。」狼．拉森先是對著她說，接著又面對我，「凡．韋登先生，你來掌舵好嗎？」

茉德．布魯斯特已經踏進了艙梯，所以只剩下一顆頭露在外面。狼．拉森拿起一把來福槍，正將彈藥填入槍管裡。我用眼神示意她繼續往下走，但她笑了一下然後說道：「我們或許是沒有雙腳的軟弱陸地人，但我們也能讓拉森船長見識見識，我們至少像他一樣勇敢。」

狼．拉森立刻朝她投去欽佩的目光。

「你這樣的舉動讓我百分之百更喜歡你了。」他說道，「書本、腦袋和勇氣。你是個面面俱到的才女，適合當海盜頭子的夫人。啊哈，這個我們之後再談。」他露出微笑，同時一顆子彈扎扎實實地打在客艙的牆壁上。

我看見狼．拉森在講出這番話的時候眼冒金光，至於布魯斯特小姐的眼裡則浮現出了恐懼。

「我們更加勇敢，」我趕緊說道，「至少，就我自己來說，我知道自己比拉森船長還要勇敢。」

現在輪到我吸引了狼．拉森迅速的一瞥，他正在懷疑我是不是在拿他開玩笑。我打著船舵，轉動了三到四根輻條的幅度，藉此抵銷讓「幽靈」號偏離航道的風勢，然後穩住了船身。狼．拉森依然在等著我的解釋，於是我指著自己的膝蓋。

「你可以注意到這裡，」我說道，「正微微在發抖呢。這是因為我害怕了，肉體在害怕，我的內心也在害怕，因為我不想死。可是，我的精神克服了顫抖的肉體和內心的不安。我不只是勇敢。我是勇氣可嘉。你的肉體並不害怕，你本人也不害怕。一方面，這讓你遭遇危險不用付出任何代價；另一方面，這甚至為你帶來愉悅。你很享受這種事。你或許無所畏懼，拉森先生，但是你必須承認，勇敢的人是我。」

「你說得沒錯。」他馬上承認，「我過去從未用這個角度思考過。不過，反過來說也是對的嗎？如果你比我還要勇敢，我難道就比你更膽小了嗎？」

我們兩個人都被這荒唐的反問給逗笑了。接著，他低下身子，把來福槍架在船舷的欄杆上。剛才朝我們飛來的子彈是從將近一英里外的地方射過來，不過我們現在已經將這個距離縮短了一半。他認真瞄準後開了三槍。第一槍打在對方小艇迎風處五十英尺外的地方；第二槍射在艇身旁邊；第三槍則擊中舵手，讓他放開手中的櫓，在小艇裡面縮成一團。

「我猜這就解決他們了。」狼．拉森起身說道，「我承擔不起讓獵人得逞的後果，而那個划槳手有可能不知道如何掌舵。我這麼做，獵人就沒辦法同時兼顧掌舵和射擊了。」

他的推理很有道理，因為那艘小艇一下子就衝到風頭上，上面的獵人跳到了船尾，取代舵手的位子。儘管其他小艇上依然槍聲大作，但沒有子彈再朝我們射過來。

獵人想盡辦法讓小艇再度順風航行，但我們已經用至少快上兩倍的速度，朝著小艇衝過去。在一百碼外的地方，我看見划槳手把來福槍遞給那個獵人。狼．拉森走到船中央，將帆前上角帆索從繩座上取下。接著，他把來福槍架在欄杆上來瞄準對方。我兩度看見獵人放開手中的櫓，伸出一隻手想要拿槍，可是猶豫了。我們這時候已經靠到他們旁邊，激起一陣浪花。

「嘿，你！」狼．拉森突然朝著划槳手大喊，「繞一圈！」

與此同時，狼．拉森把那圈繩索拋了出去，扔得非常精準，差點將那個人打倒在地。不過，划槳手並未照做，而是看向獵人，等候命令。那個獵人反過來也不知所措。他的來福槍就夾在膝蓋中間，但是如果鬆開櫓想要開槍，小艇就會暴衝，一頭撞向帆船。同時，他也看見狼．拉森的來福槍正瞄準著自己，知道在拿起槍準備好射擊之前，就會先吃上子彈。

「繞一圈吧。」獵人靜靜地對著划槳手說道。

划槳手聽命行事，把繩索在狹小的前艇座上繞了一圈，然後在繩索繃緊的時候將手放開。小艇突然轉向，而獵人穩住艇身，讓它與「幽靈」號的船身並排，保持差不多二十英尺的距離。

「現在放下艇帆，然後靠過來！」狼．拉森命令道。

狼．拉森一刻也沒有放下手中的來福槍，即便是扔繩索都是用一隻手拋出去。當對方把小艇前後端都固定好，那兩個沒受傷的人準備上船的時候，獵人拿起了來福槍，似乎想要將其放在一個安全的地方。

「把槍放下！」狼．拉森大喊，而獵人彷彿被手中的來福槍燙到，立刻放開槍。

登上船之後，兩個俘虜把小艇吊了上來，然後在狼．拉森的指揮之下，將那個受傷的舵手抬到前水手艙。

「如果我們那五艘小艇都幹得跟你和我一樣好，我們船上的水手很快就能滿編了。」狼．拉森對我說道。

「你射中的那個人——他，我希望——」茉德．布魯斯特聲音顫抖地說。

「打中了肩膀。」他回答道，「傷得不嚴重。凡．韋登先生會治好他，三、四個禮拜後就會康復了。」

「不過，從那邊的狀況看來，凡．韋登先生是治不好那些小夥子了。」狼．拉森指著「馬其頓」號的第三艘小艇，補上一句。「那是霍納和斯摩格幹的好事。我告訴過他們，我們要的是活人，而不是屍體。不過，一旦你學會了如何開槍，命中目標的快樂是最讓人難以抗拒的。你有過這樣的經驗嗎，凡．韋登先生。」

我搖了搖頭，繼續注視著他們的行動。那的確相當血腥，因為他們已經出發去支援我們其他三艘小艇，加入攻擊敵人殘存的兩艘小艇的行列。那艘遭到斯摩格他們棄置的敵方小艇被捲入海浪的波谷，在浪濤中載浮載沉，鬆弛的斜杆帆與艇身形成了直角，在風中不停飄蕩和拍打。獵人和划槳手兩人姿勢古怪地躺在小艇底部，不過舵手則是整個人掛在艇舷上，身體一半在內，一半在外，他的手臂垂到海中，腦袋隨著波浪晃來晃去。

「別看，布魯斯特小姐，求你別看。」我懇求道，並且很高興見到她聽從我的話，別開了視線。

「朝著那幫人開過去，凡・韋登先生。」狼・拉森下達命令。

當我們靠得更近時，雙方已經停火，戰鬥結束了。對方殘存的兩艘小艇業已遭到我們五艘小艇俘虜，於是七艘小艇靠在一起，正等著「幽靈」號來接他們上船。

「快看那個！」我情不自禁地大喊，指著東北方的位置。

那團標示「馬其頓」號位置的黑煙再度出現。

「對，我一直在盯著它。」狼・拉森冷靜地回答。他測量著與濃霧的距離，並且立刻站住不動來感受風吹拂在他臉上的強度。「我們辦得到的，我想。但是你可以相信我那親愛的兄弟已經明白我們的小把戲，然後正朝我們火速趕過來。喔，看看那個！」

那團黑煙瞬間變得愈來愈大，而且顏色深上許多。

「我會擊敗你的，我的兄弟。」狼・拉森咯咯笑道，「我會贏過你的，我希望你最好別操壞你那老引擎。」

當我們頂風停船的時候，船上出現了一陣匆忙但有序的騷動。小艇一口氣從船身各處吊了上來。俘虜們一越過欄杆，立刻就被獵人們押送到前水手艙，而我們的水手急忙將小艇吊上船，然後安置在甲板上任何空出來的地方，不曾停下腳步去用繩子固定好。在最後一艘小艇離開水面，在繩索上晃動的時候，我們就已經啟航出發，所有船帆都升起來，正滿帆吃風，而帆腳索也被鬆開，等著側風吹來。

情況刻不容緩。「馬其頓」號從煙囪中噴出最為濃密的黑煙，從東北方朝著我們衝過來。她忽略了自己其餘的小艇，改變了航線想要先發制人，並沒有直直朝著我們開過來，而是打算趕到我們的前方。我們這兩艘船的航線就像一個角的兩邊逐漸靠攏，而這個角的頂點就在濃霧的邊緣。只有搶先到達那個地方，「馬其頓」號才有機會逮到我們。至於我們則是希望搶在「馬其頓」號之前，搶先通過那個地方。

狼．拉森正在掌舵，他的眼睛炯炯有神，不放過這場追逐的任何一絲細節。他一下觀察起迎風的海面，尋找風勢減弱或增強的跡象，一下又緊盯著「馬其頓」號。然後，他的眼睛會一遍又一遍掃視每面船帆，下達命令要鬆開這裡的帆腳索，或是拉緊那裡的帆腳索，直到他催出了「幽靈」號最後一丁點速度為止。此刻，船上存在的所有恩怨都被拋諸腦後，我非常驚訝這些長期忍受他的殘暴的人，竟然能如此欣然迅速地執行他的命令。說來也怪，當我們在海上乘風破浪地疾馳時，我的腦海裡浮現了約翰遜不幸的身影，覺得相當遺憾他沒有活著在場，因為他是如此喜愛「幽靈」號，以欣賞她的航海性能為樂。

「最好準備好你們的來福槍，夥計們。」狼．拉森叫上我們的獵人，而他們五個人在背風側的欄杆一字排開，手裡拿著槍等候命令。

「馬其頓」號這時只有距離一英里遠了，從煙囪冒出來的黑煙已經形成一個直角，顯示她行駛的速度有多麼瘋狂，正以十七節的航速在海上奔馳——「翱翔於海面之上。」狼．拉森盯著「馬其頓」號的同時，引用了佐格鮑姆（Rufus Zogbaum，譯註：美國插畫家、記者暨作家）的詩句。我們前進的速度不超過九節，但是濃霧已經近在眼前了。

「馬其頓」號的甲板上冒出了一陣煙，我們同時聽見一聲巨響，然後看到繃緊的主帆上出現了一個圓形的大洞。他們正在用據傳搭載於「馬其頓」號上的小型加農砲朝著我們開火。我們的人聚在船中央，揮舞著帽子，發出嘲笑的喝采。接著又是一陣煙霧和巨響，這次砲彈擊中了離船尾不到二十英尺的地方，接著在海面上彈跳了兩次，飛到迎風側才沉入海裡。

不過，我們並未聽見來福槍的槍聲，理由是因為他們的獵人不是待在小艇上，就是被我們給俘虜。當兩艘船距離只剩下半英里遠的時候，第三顆砲彈在我們的主帆上打出另外一個洞。隨後，我們就進到了霧裡。大霧圍繞在「幽靈」號四周，將我們藏在了濃密潮濕的霧氣中。

這突如其來的轉變令人震驚。前一秒，我們還在陽光底下馳騁，頭頂上是清澈的藍天，滾滾海浪奔向天際；下一秒，就有一艘噴吐黑煙、火舌及鐵製砲彈的船發瘋似地朝我們衝過來。然後，在轉瞬之間，太陽遭到遮蔽，天空不見蹤影，甚至連我們的桅頂都消失在視野之中。我們的視線一片迷濛，彷彿是從被淚水沾濕的眼眸望出去的景色。灰濛濛的霧氣如同一陣大雨，從我們身邊飄過。衣服上的每根毛線、頭上和臉上的每根毛髮，都鑲嵌著水晶般的水珠。濕氣重到連支索都濕漉漉的，水滴不斷從我們頭頂的索具上滴落。至於在帆桁下方的水滴則形成一條條搖曳的絲線，每當船身顛簸起伏，就會像陣雨一般灑落下來。我察覺到一股壓抑窒息的感受。如同帆船乘風破浪的聲音會被霧氣拋回來給我們一樣，一個人的思緒也是如此。思緒在面對這個將我們團團圍繞的潮濕面紗時退縮了，不敢去思索在此之外的世界。這陣霧氣就是世界，就是宇宙本身，它的邊界是如此靠近，以至於會讓人不禁想伸出雙臂，將其向外推開。不可能有其他事物存在於這片灰牆之外的地方。那些事物都是一場夢，僅僅只是夢中的泡影。

這實在太詭異了，詭異至極。我看向茉德．布魯斯特，了解到她也深有同感。接著，我的視線移到了狼．拉森身上，但他的意識並沒有顯露任何主觀的情緒。他全神關注於眼前的客觀現象。狼．拉森依然緊握著船舵，我感覺出來他正在計時，利用「幽靈」號每次的前後搖晃，計算每分每秒的流逝。

「到船首，搶風轉向，別製造任何聲響。」狼．拉森低聲對我說道，「先拉起中桅帆。在所有帆腳索旁邊安排好人手。不要讓滑車發出噪音，也不准有人出聲。要一點聲音都沒有，聽懂嗎，一點都不能有。」

一切準備就緒之後，水手們一個接一個將「搶風轉向」這句口令傳給人在船首的我，於是「幽靈」號開始朝著左舷的方向轉向，整個過程幾乎沒有發出半點聲響。即便是一些微小的噪音，像是縮帆繩發出的啪嗒聲，或是一兩個滑輪產生的嘎吱聲，在這片籠罩我們四周、滿是空洞回聲的霧氣之中，都顯得若有似無。

我們還沒來得及將船帆調整到迎風的位置，霧氣突然之間就變薄了，於是我們再度回到了陽光之下，浮現在我們面前的是一望無際的大海。但是，海面上空無一物，既沒有怒不可遏的「馬其頓」號的身影，也沒有那道將天空染黑的煙霧。

狼．拉森立刻迎風揚帆，沿著濃霧的邊緣行駛。他的詭計顯而易見。剛才「幽靈」號是在汽船的迎風側進入霧裡，而當後者盲目地駛進霧中，試圖攔截的時候我們就已經改變航向，從掩體裡鑽出來，如今正趕往背風側，重新進入霧裡。這招成功了，狼．拉森的兄弟想要找到他的機會，比古老的譬喻「大海撈針」還要難。

沒有行駛多久，狼．拉森就利用前帆和主帆來順風轉向，並且再度升起了中桅帆，於是我們就一頭鑽回了濃霧裡。就在我們進入霧中的瞬間，我敢發誓自己看見了一個模糊的巨大船影出現在迎風側，於是我立刻看了狼．拉森一眼。此時，我們已經深陷於霧氣之中，不過他點了點頭表示自己同樣也看見了——「馬其頓」號正在猜測他的策略，然後晚了一步沒來得及阻止「幽靈」號。毫無疑問，我們已經逃到了對方的視線之外。

「他這招玩不下去的。」狼．拉森說道，「他不得不回去接他剩下的小艇。派一個人去掌舵，凡．韋登先生，保持現在的航線，然後你最好也安排人值班，因為我們今晚不能有任何逗留。」

「我願意出五百塊錢，」他補上一句，「只要有人到『馬其頓』號上面待個五分鐘，聽聽我的兄弟是如何破口大罵。」

「至於現在，凡．韋登先生，」有人接手掌舵之後，狼．拉森對我說道，「我們一定要好好款待這些新來的人。給那些獵人送去夠多的威士忌，前水手艙也送去幾瓶。我敢打賭，等到明天，他們裡面不管是誰都會心滿意足地為狼．拉森狩獵海豹，如同他們過去在死神．拉森底下狩獵的時候一樣。」

「可是，他們不會像溫萊特那樣逃走嗎？」我提出疑問。

他精明狡猾地大笑。「只要我們的老獵人沒抱怨，就不會出什麼事。我們新來的獵人每打到一張毛皮，我就會多分給老獵人一塊錢。至少今天他們展現的一半熱情都是因為這個理由。喔，不會的，即便這些新來的人有任何怨言，他們也逃不掉的。現在，你最好去前水手艙做好你的醫生工作。那裡肯定擠滿傷患，等著你去治好他們。」

26

狼．拉森從我手中接過分發威士忌的工作，而當我到前水手艙照顧新來的傷患時，就已經出現了空威士忌酒瓶。我以前就見過別人喝威士忌，例如俱樂部的人會用威士忌兌蘇打水，但從未看過像這群人一樣的喝法，他們會倒進小金屬杯或馬克杯裡，甚至直接就著酒瓶來喝——每杯都倒得滿滿的，每一口都能讓人沉溺在酒精裡。但是，他們沒有只喝一兩杯就停下來，而是一杯接一杯不停地喝，只要有酒瓶擺在他們面前，就會繼續喝下去。

每個人都喝醉了，受傷的人也是，就連原本在協助我的奧夫蒂－奧夫蒂同樣醉醺醺的。只有路易斯有所節制，謹慎地用嘴唇沾了幾口，儘管他也加入了飲酒作樂的行列，放縱的程度不亞於他們其中大多數人。這正是一場狂歡。他們高聲講述著這天的戰鬥，爭論其中的細節，或是滔滔不絕地獻真情，跟那些他們剛戰鬥過的對手交朋友。勝敗雙方在彼此的肩膀上打嗝，發下重誓要相互敬重。他們哭訴著過去經歷過的痛苦，同時哀嘆著往後在狼．拉森的鐵腕統治下將會遭遇到的苦難。所有人都在詛咒他，並且講述著有關他殘酷行徑的可怕故事。

這是個詭異可怕的場面——狹小的鋪位空間、搖搖晃晃的地板和牆壁、昏暗的燈光、一會拉長一會縮短的搖曳影子、煙霧瀰漫的沉重空氣，以及人體和碘仿的氣味，最後加上這群男人紅腫的臉，不，我應該稱他們半人半獸才對。我注意到奧夫蒂－奧夫蒂手上拿著繃帶的一頭，望著眼前的這一幕，他柔和明亮的雙眼就像一頭小鹿的眼睛，在燈光的照射下閃閃發光，但是我知道在他的胸口裡潛藏著野蠻的惡魔，能掩蓋住他幾乎如同女人般的臉龐和外表所帶來的軟弱和溫柔。同時我也注意到哈里遜孩子氣的臉，原本那是張善良的臉，如今已經寄宿著魔鬼，而他正在向新來的人談起這艘來自地獄的帆船，同時尖聲咒罵著狼．拉森的腦袋，導致臉上的肌肉因為情緒激動而不斷抽搐。

狼．拉森，事情總是因為狼．拉森而起，這個人類的奴役者和折磨者，一個男版的喀耳刻（Circe，譯註：希臘神話中的魔女，在荷馬史詩《奧德賽》裡曾經將奧德修斯和同行的船員都變成豬），而這群他手下的豬，在他面前卑躬屈膝、受苦受難的畜生，只有喝醉酒或暗地裡才敢反抗他。那麼，我也是他底下其中一頭豬嗎？茉德．布魯斯特呢？不！我咬牙切齒，同時也下定決心，而我雙手用力過猛導致我正在照顧的人畏縮了起來，奧夫蒂－奧夫蒂則滿臉好奇地看著我。我頓時感覺到自己獲得了一股力量。在我新獲得的愛情之下，我就是一個巨人，無所畏懼。不管狼．拉森或是我三十五年書呆子的人生，我都會貫徹自己的意志來達成這一切。一切都會順利的。我會讓它順利的。如此這般，這股力量的感受讓我昇華、重生了，我轉身背對著那喧鬧的煉獄，爬上了甲板，霧氣虛無飄渺地飄過夜空，而空氣是如此甜美、純粹和安靜。

統艙裡面只有兩個受傷的獵人，除了他們沒有在咒罵狼．拉森之外，同樣在飲酒狂歡。我再度來到甲板上，大大鬆了一口氣，然後前去船尾，進到了客艙。晚餐已經準備好了，而狼．拉森和茉德正在等我就座。

整艘船上的人很快就喝醉了，他卻一人獨自清醒。他沒有碰任何一滴威士忌，因為在這樣的情況下，他只有路易斯和我可以依靠，而路易斯如今正在掌舵。我們依然在沒有瞭望和亮光的大霧中航行。狼．拉森將烈酒大肆分發給他的手下這件事令我吃驚，但是他顯然深知他們的心情狀態，明白這是鞏固從濺血開始的友誼的最好方法。

對死神．拉森的勝利，似乎在狼．拉森身上造成了非比尋常的影響。前一天的傍晚，他的思考已經讓自己變得鬱鬱寡歡，而我無時無刻不在等著他那獨特的情緒爆發。然而，什麼事都沒發生，他現在處於最佳狀態。或許是因為成功捕獲了這麼多獵人和小艇，抵銷了平常會出現的反應。無論如何，憂鬱的情緒都過去了，而那些抑鬱的魔鬼也沒有現出蹤影。我當時是這麼想的，不過，啊，我對他所知甚少，也不知道即使在那個時刻，他或許也在醞釀一場比我所見識過的場面都還要更可怕的爆發。

正如我剛才所說的，當我走進客艙時，狼．拉森發覺自己的狀態絕佳，他的頭痛已經有好幾個禮拜沒發作，眼神清澈得如天空般湛藍，古銅色肌膚在健康無比的狀況下非常美麗。生命的洪流在他的血管裡強而有力地流動。等我到來的這段期間，他和茉德展開了一場熱烈的討論。他們兩人正在談論誘惑的話題，從我聽見的寥寥數語，我了解到他的論點是，唯有一個人受到誘惑的勾引而墮落，誘惑才算得上是誘惑。

「你看，」狼．拉森說道，「我認為人是基於欲望在行動。他有著許多欲望。他有著逃避痛苦的欲望，或是享受快樂的欲望。可是不論他做了什麼事，都是他渴望去做才行動。」

「不過，假如他渴望去做兩件相反的事情，並且兩者都不許他做另外一件事情的話呢？」茉德打斷他的話。

「這正是我接下來要講的。」他回答道。

「而在這兩種欲望之間，正是人類靈魂得以彰顯的地方。」茱德繼續說道，「如果是善良的靈魂，就會渴望並做出良善的行為；邪惡的靈魂則徹底相反。靈魂決定了一切。」

「胡說八道！」狼．拉森不耐煩地大聲叫嚷，「是欲望決定了一切。有個男人他想要，比如說，喝得爛醉。同時，他也不想醉得不省人事。他會怎麼做？他該怎麼做？他只是一個傀儡，是個聽從自己欲望的奴才，會遵照兩個欲望裡最強烈的那一個來行事，就是這樣。與他的靈魂半點關係都沒有。他怎麼可能會受到誘惑去喝醉，同時又拒絕喝醉呢？如果想要保持清醒的欲望占了上風，那是因為它是最強烈的欲望。誘惑並不會發揮任何影響，除非——」他停頓了一下，領悟到腦中出現的新想法，「除非他受到誘惑要去保持清醒。」

「哈！哈！」他大笑起來，「關於這點，你有什麼高見呢，凡．韋登先生？」

「我的意見是你們兩個都在細微末節的事情上糾結。」我說道，「一個人的靈魂就是他種種欲望所組成。或者，你要這麼說也行，種種欲望的總和就是他的靈魂。在這點上，你們兩個都錯了。你強調的是撇開靈魂的欲望，布魯斯特小姐則是強調撇開欲望的靈魂，而其實靈魂和欲望指的是同一件事。」

「然後，」我繼續說下去，「布魯斯特小姐的主張是對的，不管一個人有沒有屈服或克服誘惑，誘惑依然是誘惑。火苗要在風勢的吹拂下才會猛烈燃起。所以，欲望就像是火焰。它就如同風會助長火勢，會因為看見了渴望的事物，或是對於渴望的事物有了誘人的全新描繪或理解，而遭到煽動。這就取決於誘惑，即為煽動欲望的風，直到欲望取得主宰地位為止。這就是誘惑，或許它的力道不足以讓欲望變成燎原大火，但只要它能夠助長欲望，那依然還是誘惑。然後，就如同你所說的，它可能會誘使人為善，也可能為惡。」

當我們在桌邊坐下時，我為自己感到相當自豪，因為我的話起了決定性的作用，至少讓他們兩個結束了這場討論。

但是狼．拉森看似滔滔不絕想要繼續說下去，我過去從未見過他這麼輕易開口，恍若體內有股壓抑的能量正在爆發，必須找到一個宣泄的出口。他幾乎立刻就開啟了討論愛情的話題。一如既往，他站在徹底唯物主義的角度，而茉德則是唯心主義那一方。至於我自己，除了偶爾發個言，提出一些建議或糾正之外，並未參與這個話題。

狼．拉森天資聰穎，但茉德也不遑多讓，而我不時會因為只顧著看茉德說話時的臉，以致忘記話題發展到哪裡了。那是張很少展現情緒的臉龐，但是今晚卻顯得臉色紅潤又活潑迷人。茉德的頭腦機智敏銳，她跟狼・拉森一樣享受這場針鋒相對，後者也相當樂在其中。儘管我不知道為什麼，但因為某些原因，在兩人辯論的過程中，我深深注視茉德一縷棕色的秀髮，結果看到出神，這時候狼・拉森引用了史溫本（Algernon Charles Swinburne，譯註：英國詩人）的史詩《里昂尼斯的崔斯坦》（*Tristram of Lyonesse*）裡，〈伊索德在廷塔哲〉（Iseult at Tintagel）的詩句，詩中的伊索德說道：

> 我有幸能超越這裡的女人，
> 超越所有生而在世的女人是我的罪，
> 並且完善了我的過錯。

正如狼・拉森在奧瑪的詩歌中讀出悲觀的情緒，現在他卻把史溫本的史詩念得如此慷慨激昂、神采飛揚。而且他讀得合情合理，讀得非常好。他才剛停下朗讀，路易斯就從艙梯探出頭來，低聲說道：「放輕鬆聽我說，好嗎？霧退了，有艘汽船的左舷探照燈在該死的幾分鐘前，掃過我們的船頭。」

狼．拉森飛快跑上了甲板，他的動作是如此迅速，以至於在我們跟上之前，他就已經拉起了統艙的滑門，藉此阻隔醉鬼們的喧鬧聲，然後正在趕往船頭的前水手艙，把艙口給關起來。霧氣儘管還沒散去，但已經升上高空，遮蔽住點點繁星，使得夜色變得漆黑無比。就在我們的正前方，我可以看見一道明亮的紅光和一道白光，還能聽見汽船引擎的運轉聲。那毫無疑問是「馬其頓」號。

狼．拉森回到了船尾樓口，而我們一群人不發一語地站在那裡，看著快速從船首掃過的燈光。

「我運氣不錯，他沒有帶上一盞探照燈。」狼．拉森說道。

「如果我大叫的話會怎麼樣？」我小聲問道。

「那就全玩完了。」他回答道，「不過你有想過自己喊完，緊接著會發生什麼事嗎？」

我還來不及表達自己有想知道的欲望，他已經用大猩猩般的握力掐住我的喉嚨，並且用肌肉的輕微顫抖來暗示我，只要他的手一扭，肯定就能弄斷我的脖子。下一秒他放開我，而我們一同注視著「馬其頓」號的燈光。

「如果是我大叫的話，又會怎麼樣呢？」茉德問道。

「我太喜歡你，所以不會傷害你。」他輕輕地說，不，他話中的那種溫柔和愛憐，讓我聽了眉頭一皺。「不過，別那麼做，結果會是一樣的，我會立刻把凡・韋登先生的脖子扭斷。」

「那麼她已經得到了我的許可，可以大聲叫出來了。」我挑釁地說。

「我很難想像你會在乎犧牲美國文壇第二把交椅的性命。」他嘲諷道。

我們沒有再多說什麼，不過已經很熟悉彼此的沉默，並沒有感到尷尬。等到那陣紅光和白光消失之後，我們回到了客艙，用完這頓中斷的晚餐。

接著他們又開始引經據典，茉德朗讀道森（Ernest Dowson，譯註：英國詩人）的《永世無悔》（*Impenitentia Ultima*），將詩句讀得很優美，不過我盯著的人不是她，而是狼・拉森。我被他一心盯著茉德的著迷眼神給吸引住了。他整個人看得出神，而我注意到他的嘴唇下意識跟著茉德的聲音，一字不差地念出詩句。當她念到下面這個段落時，狼・拉森出聲打斷了她，念道：

當太陽在我身後落下，她的雙眼就是我的光。
她的聲音有如古提琴般美妙，是我耳中最後的回響。

「你的聲音就如同古提琴般美妙。」他直言不諱地說，雙眼裡還閃爍著金色的光芒。

茱德的自制力讓我會忍不住為之大聲叫好，她不動聲色地念完詩句最後的段落，然後慢慢地把對話引導到不是那麼危險的方向。至於在這段時間裡，我始終處於一種半清醒半恍惚的狀態，統艙裡發酒瘋的騷動聲突破了牆壁的阻隔，而我害怕的男人和愛上的女人正滔滔不絕地交談。餐桌沒有人來整理，接替穆格里奇工作的人，顯然已經去到了前水手艙，加入了他的同伴的行列。

如果狼．拉森曾經到達過活著的巔峰，那麼就是此時此刻。我不時拋下自己的想法跟隨著他的思緒，並且讓我滿心驚訝，為他非凡的智慧所折服，拜倒在他激情的魅力之下，因為他正在宣揚反叛的激情。這必然會以彌爾頓（John Milton）筆下《失樂園》（*Paradise Lost*）的路西法當作例子，而狼．拉森敏銳的分析和描繪，展現了他被扼殺的天賦。這讓我想起了泰納（Hippolyte Adolphe Taine，譯註：法國評論家暨歷史學家），不過我曉得這個男人從未聽過這位天資聰穎但著實危險的思想家。

「他引領了一個失落的事業，並且毫不畏懼上帝的雷霆。」狼．拉森侃侃而談，

「儘管被打入了地獄，可是他並未被擊敗。他帶走了三分之一屬於上帝的天使，並且立刻唆使人類去反抗上帝，為自己和地獄獲得了人類世世代代的大多數。為什麼他會被趕出天堂？因為他沒有上帝勇敢嗎？沒那麼有自尊？沒那麼有抱負？不！絕對不是如此！上帝更加強大，正如他所言，雷霆讓其變得更加偉大。但是，路西法是個自由的靈魂。服從就是束縛。他寧願在自由中受苦，也不願在舒適的奴役中享受所有的幸福。他一點都不在乎去服從上帝，而在意的是不去服從任何事物。他不是一個傀儡。他靠著自己的雙腳挺立於大地。他是一個獨立的個體。」

「史上第一個無政府主義者。」茉德笑了起來，準備回到自己的艙房。

「那麼，成為無政府主義者是件好事！」狼．拉森喊道。他也已經站起身來，面對面看著茉德，而後者則在自己的房間門口停了下來。於是狼．拉森接著說道：

至少在這裡，
我們會是自由的；這全能的上帝尚未打造之地；
在這裡他的嫉妒；不會將我們趕走；
在這裡我們能安穩主宰；在我的選擇裡，

即便是在地獄，主宰才是更加值得擁有的抱負；
寧願在地獄主宰，也勝過在天堂服從。

那是一個強大靈魂的強硬呼喊。客艙裡迴盪著狼．拉森的聲音，而他就站在那裡，身體搖搖晃晃，古銅色的臉龐閃閃發光，仰頭傲視，至於他充滿男子氣概的金色雙眼，則帶著強烈的男子氣概和堅定的柔情，炯炯有神地看著站在門口的茉德。

茉德的眼裡再度浮現那種明明白白的莫名恐懼，她用幾乎像是耳語的聲音說道：「你就是路西法。」

門一關上，茉德就回到房間裡了。狼．拉森就站在那裡，凝視著茉德最後的身影好一會，接著恢復成平常的他。

「我去接替路易斯掌舵，」他簡短地說，「之後會在半夜裡叫你起來換班。你最好現在就上床睡一會吧。」

狼．拉森戴上了連指手套，再戴好帽子之後，就走上了艙梯，而我則是聽從他的建議上床睡覺。在某種神祕難測的原因驅使之下，我並沒有脫掉身上的衣服，就直接躺在床上。有好一陣子，我聽著統艙傳來的喧囂，驚嘆於突然降臨到自己身上的愛情。不過，我在「幽靈」號上的睡眠已經變得相當健康和自然，很快地那些歌聲和叫喊聲就漸漸遠去，而我也閉上了眼睛，意識沉入了半夢半醒的狀態。

我不曉得是什麼將我喚醒，但發現自己已經下了床，站了起來，神智十分清醒，靈魂感受到危險的警告而不停顫動，彷彿像是聽見喇叭的傳喚聲而情緒激動。我推開了門，客艙的燈光一片昏暗，然後看見了茱德，我的茱德，在狼·拉森雙臂的懷抱中使勁掙扎。我能看見茱德徒勞無功地捶打，並且把臉抵在狼·拉森的胸口，試圖想要從他身邊掙脫。我在一瞬間看到這一切，接著立刻就跳向前，撲了過去。

碰巧狼·拉森把頭抬起來，於是我的拳頭便直直朝他的臉揍過去，但那是不痛不癢的一擊。他發出野獸般凶猛的咆哮，用手把我推開。他只是用手腕輕輕一推，但他的力量是如此巨大，導致我整個人像是被投石機發射出去，狠狠拋向了後方。我撞在原本是穆格里奇房間的房門上，身體的衝擊力之大把整扇門撞得四分五裂。我掙扎著爬了起來，費力地拖著身體避開破裂的門板，也沒有意識到自己有沒有受傷，只感覺到怒不可遏。我想，我自己也大聲吼叫了起來，同時拔出腰間的刀子，再度向前撲過去。

然而，這時發生了某件事，讓我面前的兩人正踉踉蹌蹌地分開。我貼近到狼・拉森身旁，高舉著刀子，但忍住沒有揮下去。眼前詭異的景象讓我困惑不已。茱德倚靠在牆上，用一隻手支撐著身體。但是，狼・拉森依然步履蹣跚，左手壓在前額上，遮住了雙眼，而右手則是茫然摸索著前方。他的右手碰到牆壁的一瞬間，身體看上去表露出一種肌肉和肉體的舒緩，彷彿找到了自己的方位、在這空間裡的位置，以及某種可以倚靠的東西。

接著，我再度火冒三丈。所有我遭受的委屈和屈辱、所有我和其他人在他手下忍受的苦難，以及所有這個人存在本身的罪大惡極，如同一陣炫目的光彩在我眼前閃過。我失去理智，發狂似地撲向狼・拉森，把刀子刺進他的肩膀。我當下就知道這不過是個皮肉傷，因為我能感受到刀刃刮到他的肩胛骨，於是我拔出刀子，準備刺向更致命的部位。

但是，茱德看見了我捅出的第一刀，吶喊道：「別！拜託！」

我的手臂瞬間放了下來，但是就只有一瞬間，我再次舉起手中的刀子，要不是茱德及時擋在我和狼・拉森之間，他肯定一命嗚呼。茱德的手臂環抱住我，頭髮拂過我的臉龐。我的脈搏罕見地急促起來，但心中的怒氣也隨之而起。茉德毫無畏懼地看著我的雙眼。

「算是為了我。」她乞求道。

「就是為了你，我才打算殺了他！」我大喊，同時嘗試在不傷害茉德的前提下，讓自己的手臂掙脫。

「噓！」茉德說道，並且將手指輕輕放到我的嘴唇上。要是我有這個膽子，就會親吻她的手指，並且即便處在盛怒之下，它們的觸感還是如此甜蜜，非常甜蜜。「拜託、拜託。」她懇求道，而光靠著這幾個字，她就讓我放下武器，未來的我也將會發現，她的話語隨時都能讓我繳械投降。

我退後了一步，離開她的身邊，然後把刀收回腰間的刀鞘裡。我看向狼．拉森，他依然用左手捂著額頭，蓋住了自己的雙眼，同時頭低了下來，看似變得舉步維艱。他的身體從腰間垮了下來，寬厚的肩膀向前癱倒。整個人委靡不振。

「凡．韋登！」他嘶啞地呼喚，聲音裡滿是恐懼，「喔，凡．韋登！你在哪裡？」

我看向茉德，她沒出聲，但點了點頭。

「我就在這裡。」我回答道，站到了他身邊，「怎麼回事？」

「扶我坐下。」他用同樣沙啞的聲音害怕地說道。
「我是個病人，病得非常厲害，漢普。」他放開了我攙扶著他的手，坐到了椅子上。
狼．拉森的頭向前垂到桌上，埋在他的雙手裡，偶爾會隨著頭痛而前後搖擺。有一次當他半抬起頭來，我看見他的額頭到髮根之間滿是豆大的汗珠。
「我是個病人，病得非常厲害。」他重複了一遍又一遍。
「究竟是怎麼回事？」我問道，同時把手搭在他的肩膀上，「我能為你做些什麼嗎？」
不過，他惱怒地甩開了我的手，於是我站在他身旁，不發一語地待了很長一段時間。茉德則在一旁觀望，臉上滿是畏懼和驚恐的表情。我們都無法想像在他身上究竟發生了什麼事。
「漢普，」他終於開口說話，「我必須躺到床上去。扶我一把吧。我過一會就會沒事了。我相信這就是那該死的頭痛。我害怕這頭痛，我有種感覺——不，我不知道自己在胡說八道些什麼。扶我回床上去吧。」
不過，我扶著狼．拉森回到他的床鋪之後，他再次把臉埋進了雙手裡，同時捂住眼睛。當我轉身離開時，又聽見他在喃喃自語，「我是個病人，病得非常厲害。」

茉德一看見我走出來，就用探詢的眼神看著我。我搖了搖頭，說道：「在他身上發生了某些事，是什麼我也不知道。我想，這是他這輩子第一次如此無助和害怕。這肯定是發生在我刺傷他之前，因為那一刀僅僅是個皮肉傷。你一定見到發生了什麼事。」

茉德也搖了搖頭。「我什麼也沒看見，對我來說也是一頭霧水。他突然間就放開我，踉踉蹌蹌地向後退開。但是，我們該怎麼做？我該怎麼做才好呢？」

「如果你願意的話，拜託在這裡等著，等到我回來再說。」我回答道。

於是我走上甲板，路易斯正在上面掌舵。

「你可以到前水手艙去睡個覺。」我從路易斯的手中接過船舵。

路易斯立刻就照辦，而我這下子獨自一人待在「幽靈」號的甲板上。我盡可能不製造出任何聲響，將中桅帆拉上桅桁、放低船首斜桅帆和支帆、翻轉三角帆的方向，然後拉平主帆。這些都處理完之後，便下到船艙去找茉德。我把手指擺在嘴唇上，示意不要出聲，接著進到了狼．拉森的房間裡。他還是維持著我離開時的同個姿勢，頭不停在左右晃動，幾乎可以說是痛苦不堪地在扭動。

「有什麼我能為你做的嗎？」我問道。

狼・拉森起初沒有回答，直到我又問了一遍，他才回答：「不，不，我沒事。天亮之前讓我一個人待著就好。」

但是，當我轉身離開之際，我注意到他的頭又開始搖晃起來。茉德很有耐心地在等我，而我欣喜地注意到，她的頭擺出了女王般的姿態，眼神璀璨而平靜，就像她的靈魂一樣平靜堅定。

「你能放心把自己交給我，來趟六百英里的旅行嗎？」我提問道。

「你的意思是——？」她反問，而我曉得她已經猜到答案了。

「對，我就是這個意思。」我回答道，「除了駕著那艘敞篷的小艇逃走，我們別無選擇。」

「你的意思是，對我來說。」她接著說道，「你在這裡肯定會像以前一樣安全的。」

「不，對我們來說，除了那艘敞篷小艇之外別無選擇了。」我語氣堅決地重複道，「請你馬上去穿得愈暖和愈好，並且把你想要帶走的任何東西都綑成一個包裹。」

「然後動作要快。」在她轉身往自己的艙房走去時，我最後補上了一句。

儲藏室就位在客艙的正下方，我打開地板上的活板門，手裡拿著一根蠟燭，接著便走下儲藏室，開始查看這艘船上的物資。我主要挑了一些罐頭，並且在我打點好了之後，一雙積極賣力的手就從上面伸下來，接住我遞過去的東西。

我們兩人默默地進行這些作業。我也幫自己從販賣部拿了毯子、連指手套、油布雨衣、帽子和諸如此類的東西。在如此狂風暴雨的海面上，將我們的性命託付在一艘渺小的小艇之上，絕非是一場輕鬆的冒險，至關重要的是必須做好抵禦寒冷和避免淋濕的準備。

我們心急如焚地將搜括來的物資搬上甲板，統統放到船中央。由於搬得太過著急，原本體力就不好的茉德，不得不停下來休息，筋疲力盡地坐在船尾樓口的階梯上。這麼做並不能讓她緩過來，於是她仰躺在堅硬的甲板上，伸展雙臂，讓全身上下放鬆。我見過我妹妹用過一樣的技巧，所以知道茉德很快就能恢復元氣。我同樣也明白武器方面不能有任何閃失，於是再次去到了狼·拉森的房間，取走他的來福槍和霰彈槍。我對著他說話，不過他毫無反應，依然躺在床上搖頭晃腦，並未入睡。

「再見了，路西法。」我輕手輕腳關上門，同時用自己才聽得到的聲音說道。

下一步是弄到一些彈藥，這是輕而易舉的事情，只是我得進入統艙的艙口才行。獵人們將他們會帶上小艇的彈藥箱放在這裡，距離他們正在把酒狂歡的地方不過幾英尺遠，最後我還是拿到了兩箱彈藥。

接著是降下一艘小艇，這可不是一個人能輕鬆辦到的任務。解開固定住小艇的繩子之後，我先吊起了勾住小艇前端的滑車，再拉起小艇後端。等到小艇的高度越過欄杆，我再重複相同的步驟，一次幾英尺、幾英尺往下放，直到小艇靠在船身旁邊，緊緊貼在水面上為止。我確認好小艇上有著齊全的裝備，包含槳、櫓和帆。淡水是個需要考慮的因素，所以我盜走了每艘小艇上的小水桶。由於「幽靈」號上現在一共有九艘小艇，這代表我們會有充足的淡水和壓艙物，雖然小艇有可能會超載，因為我還帶上了大量其他物資。

正當茉德將那些物資遞給我，我再存放到小艇上時，有個水手從前水手艙走到甲板上。他在迎風側的欄杆旁邊站了好一陣子（我們則是在背風側降下小艇），然後慢慢散步到船中央，在那裡停了下來，面對著海風站著，背向著我們兩人。我姿勢放低，蹲在小艇裡的時候，可以聽見自己心臟狂跳。我知道茉德已經躲在舷牆的陰影處，一動也不動趴在甲板上。不過，那個男人始終沒回頭，他伸了個懶腰，打了個哈欠之後，就沿著原路走回前水手艙的艙口，消失不見。

剩下的東西不到幾分鐘就搬上小艇了，於是我將小艇降到海面上。當我扶著茉德跨過欄杆，感受到她的身體如此靠近，全都讓我忍不住想要大喊：「我愛你！我愛你！」接著，為了要協助她下到小艇，與她十指交扣的時候，我心裡想著，說真的，韓福瑞．凡．韋登終於墜入情網了。我一手緊抓著欄杆，另一手支撐著她的體重，並且為這一刻的壯舉感到非常自豪。在好幾個月之前，我與查理．福魯賽斯道別，坐上那艘開往舊金山、命運多舛的「馬丁尼茲」號時，我還是個手無縛雞之力的文弱書生。

當小艇隨著波浪在海面上浮起，茉德的腳踏上去之後，我才鬆開了她的手。我將垂吊小艇的滑車鬆開，跟在她後面跳上了小艇。儘管我從未划過船，但還是拿出了槳，費盡九牛二虎之力才讓小艇駛離了「幽靈」號。然後，我試著升起帆，雖然我看過小艇的舵手和獵人操作過斜桁帆很多次，然而這是我第一次嘗試。他們可能只需要兩分鐘就完成的作業，花了我整整二十分鐘，不過到最後，我成功揚起了帆，調整好角度，然後雙手握好了櫓，讓小艇迎風航行。

「日本就在那個方向，」我說道，「就在我們的正前方。」

「韓福瑞·凡·韋登，」茉德說道，「你是個勇敢的男人。」

「不，」我回答道，「你才是一個勇敢的女人。」

我們在一股不約而同的衝動下回頭，看了最後一眼「幽靈」號。她低矮的船身在海上乘風浮沉；船帆在夜色中隱約可見；用繩索固定住的船舵在猛烈轉動時嘎吱作響。過了一會，「幽靈」號的身影和聲響漸漸遠去，我們孤零零待在漆黑的大海上。

27

天剛破曉，是個灰濛濛、冷颼颼的早晨。小艇在清新的微風下迎風航行，羅盤顯示我們正在前往日本的航道上。儘管戴著厚實的連指手套，我的手指依舊冰冷，並且因為緊緊握著櫓而疼痛難耐，至於腳掌則是被霜氣凍得發出刺痛，所以我強烈地盼望太陽早點出來。

在我面前的艇底躺著茉德，至少她人是暖和的，因為她的全身上下都蓋著厚厚的毛毯。我把最上面的那條毛毯往上拉，蓋住了她的臉，藉此抵擋夜晚的寒氣，所以我只能看見她大致的身體輪廓，還有從毛毯露出來的淺棕色頭髮，上面還結著珠寶般的露水。

我的目光久久不能從她的頭髮上移開視線，彷彿我就是個將之視為世界上最珍貴之物的男人。我看得實在太專注，直到她終於在毛毯下動了一下，掀開最上面的毛毯，睡眼惺忪地對著我笑。

「早安，凡・韋登先生。」她說道，「你看見陸地了嗎？」

「還沒有，」我回答道，「不過，我們正以每小時六英里的速度靠近。」

她嘟起嘴來表達自己的失望。

「可是，這等於二十四小時就能航行一百四十四英里呢。」我用安慰的口氣補上一句。

她的臉頓時充滿希望，「我們還得航行多遠？」

「西伯利亞在那個方向。」我用手指著西方，「但是往西南方行駛六百英里就是日本了。如果持續保持這個風向，我們五天內就能抵達。」

「如果遇上風暴呢？這艘小艇撐得住嗎？」

她就是有辦法靠著眼神要人說出實話，因此她現在就是這樣一面盯著我，一面提出疑問。

「那得是很大的風暴。」我含糊其辭地回答。

「要是真的發生那樣的風暴呢？」

我點了點頭。「不過，我們隨時都有可能被一艘獵捕海豹的帆船救起，因為她們大批分散在這片海域上。」

「哎呀，你凍僵了吧！」她驚呼道，「看看你！你正在發抖。別不承認，你就是。我在這裡可是一直躺得像烤吐司一樣暖和。」

「假如你也坐起來一起受凍，我看不出來這會有什麼幫助。」我開口笑道。

「要是我學會掌舵，就會有幫助，而且我肯定得學會。」

茉德坐起身來，開始簡單地梳洗。她把頭髮放了下來，於是一下就籠罩在一團棕色的雲朵裡，遮住了她的臉龐和肩膀。天哪，濕漉漉的棕色長髮！我想要親吻她的頭髮，讓頭髮在我的指間滑過，把我的臉埋進去。我看得如癡如醉，直到小艇衝到風頭上，啪嗒作響的風帆警告我怠忽職守，才回過神來。我是個理想主義者，也是個浪漫主義者，儘管有著分析的本性，可是直到這個當下為止，我都無法理解愛情的物質特徵。我過去總是相信，男女之間的愛是某種與精神有關的高尚事物，是一種吸引彼此的靈魂，將之連結在一起的精神羈絆。在我的愛情世界觀裡，肉體上的紐帶並沒有占據太多分量。不過，我現在正學到甜蜜的一課，靈魂是藉由肉體來轉化為物質、表現自我。所愛之人的頭髮帶來的視覺、知覺和觸覺感受，就跟眼睛散發出來的光芒，或是嘴巴說出來的話一樣，等同於精神的呼吸、聲音和本質。畢竟，純粹的精神超越人類理解的範疇，是只能靠感知或猜測的事物，或是唯有其本身的措詞才能表達自身。

耶和華之所以是擬人化的，是因為他只能藉著猶太人的理解來向他們發表演說。因此，他是以猶太人自己的形象建構出來，就像是雲朵、火柱或是有形之物，是希伯來人的心靈能夠理解的某種物質存在。

於是我就這樣凝望著茉德淺棕色的頭髮，徹底愛上它，並且從中學到的愛，比起過去那些詩人和歌手的歌曲和十四行詩教會我的還要多。茉德乾脆俐落地把頭髮往後一甩，露出她笑容滿面的臉龐。

「為什麼女人不能一直把頭髮放下來？」我問道，「放下來更加美麗。」

「要是頭髮放下來不會狠狠打結的話。」她大笑起來，「哎！我弄丟了最寶貝的一枚髮夾！」

我已經顧不上小艇，任憑艇帆一次又一次隨風飄蕩，眼睛緊盯著她在毛毯之間尋找髮夾的一舉一動，整個人滿心歡喜。對於她如此有女人味，我感到又驚又喜，同時她所展現出來的每個女性獨有的特質和舉止，都為我帶來無上的喜悅。由於在我的內心裡已經把她捧得高高在上，到達了人手遠遠無法企及的範疇，因此對我來說也同樣太過遙遠。我將她視為女神般難以接近的存在，所以，我欣喜地歡迎那些能證明她終究只是個女人的細微舉止，例如將一頭秀髮甩到身後，或是尋找髮夾的樣子。她是個女人，是我的同類，跟我處在同一個水平，同個物種的男女之間愉快的親密關係是可能的，同時我也曉得自己永遠會對她抱持著崇拜和敬畏之心。

她終於找到了髮夾，發出一聲惹人憐愛的小小歡呼，而我則是將注意力徹底集中在掌舵上面。我開始實驗用東西將櫓綁緊固定，讓小艇在沒有我的操縱之下，也能順著風保持相同的方向前進。偶爾小艇會太過靠近風頭，或是任意變換航向，但總會自行調整回來，大體的表現還算令人滿意。

「我們現在來吃早餐了。」我說道，「不過，首先你必須穿得更暖和一點才行。」

我翻出一件厚襯衫，這是從販賣部拿來的新衣服，是用毛毯那類的布料縫製而成的。我知道這種厚實且質地相近的織品可以抵擋雨水，淋上好幾個小時也不會濕透。當她套上襯衫之後，我把她原本頭上戴的男孩款帽子換成大人款的帽子，大小才大到包得住她的頭髮，並且將帽沿翻下來，還能完全蓋住她的脖子和耳朵。換上新帽子的效果十分迷人。她的臉不論在什麼情況下都美麗動人，沒有任何事物能破壞那精緻的鵝蛋臉、近乎典雅的五官線條、輕柔畫過的眉毛，以及那雙棕色的大眼睛，眼神不僅清澈又冷靜，還沉著無比。

就在這個時候，一陣比平常稍微強勁一點的風吹向我們，小艇受制於風勢，艇身傾斜地穿過一道海浪的浪尖。由於小艇突然之間倒向一邊，使得舷緣沒入海面之下，結果就灌了好幾桶海水進來。我當下正打開一罐牛舌罐頭，於是立刻跳向帆腳索，及時把繩索鬆開。艇帆再度拍打飄動，小艇轉向下風處。經過幾分鐘的調節之後，小艇再度恢復正常的航線，我便回頭繼續準備早餐。

「雖然我對航海一竅不通，但這看上去運作得很順利。」她點頭大加讚賞我的掌舵發明。

「不過，這只有在我們逆風航行的時候才管用。」我解釋道，「要是小艇前進的方向更不受控，風一下從正後方、側面或斜後方吹來，我就必須自己掌舵了。」

「我得說自己聽不懂你所說的技術細節，」她說道，「但是我有聽懂你的結論，而我可不喜歡。你不可能沒日沒夜永遠都在掌舵。所以我要求在吃完早餐之後，接受我的第一堂航海訓練。然後你就可以躺下來睡一會。我們必須像他們在船上那樣輪班才行。」

「我不曉得該怎麼教你。」我表示反對，「我自己都還在摸索。你把自己託付給我的時候，一定沒想過我對於小艇根本是外行。這還是我第一次搭上小艇。」

「那麼我們就一起學吧，船長。而且好歹你已經開始了一個晚上，不管你學到什麼都可以教我。現在，吃早餐。噢！這空氣真讓人胃口大開！」

「沒有咖啡。」我滿懷歉意地說道，遞給她抹了奶油的餅乾和一塊罐頭牛舌。

「在我們設法於哪裡上岸之前，沒有茶、沒有湯，什麼熱食都沒有。」

搭配著一杯冷水，用完簡單的早餐之後，茉德開始學習掌舵。在教她的過程中，儘管我只是應用操縱「幽靈」號和觀察舵手駕駛小艇得來的知識，從中學到了不少。她是個有天分的學生，很快就學會了如何保持航向、在陣風中迎風行駛，以及在緊急的時候鬆開帆腳索。

明顯學得有點累之後，她心不甘情不願鬆開手，把櫓交到我的手上。可是，這時她卻把我已經摺好的毯子攤開，開始重新鋪在艇底。等到一切都準備得暖和舒適之後，她說道：「現在，船長，上床睡覺。而且你可以睡到吃中飯。我的意思是睡到午餐時間。」她想起「幽靈」號上的規矩，於是更正了自己的用詞。

我還能怎麼辦？她一點都不讓步，直說「拜託、拜託」，所以我只好把櫓交到她手上，然後照辦。當我鑽進她親手鋪的床時，徹底感受到感官上的愉悅。茉德身上的冷靜和克制似乎也傳達到了毛毯上，所以我感覺到一股溫柔的朦朧和滿足，注意到她戴著漁夫帽的橢圓臉蛋和棕色雙眼，一會在灰色的雲朵、一會在灰濛的大海的襯托之下搖來晃去，然後我就意識到自己已經睡著了。

當我醒來時，看了看自己的錶，下午一點。我一口氣睡了七個小時！代表她也不停掌舵了七個小時！我在接手掌舵之前，必須先把她彎曲僵硬的手指扳開。她僅存的一點氣力已經放盡，甚至連從原本的位置上離開都辦不到。我不得不鬆開帆腳索，扶她鑽進被窩裡，再幫她按摩手掌和手臂。

「我實在好累。」她迅速吸了一口氣，才發出一聲嘆息，疲憊地低下頭去。不過，她立刻就抬起頭，用假裝出來的挑釁口吻說道：「現在不准責備我，你敢責備我試試看。」

「希望我的臉上沒有流露出怒氣。」我認真嚴肅地回答，「因為我要向你保證，我一點都沒有在生氣。」

「嗯——沒有。」她想了想，「只是看上去像是一副要責備人的臉。」

「那麼就是張誠實坦率的臉，完全表達出我的感受。你對自己不公平，對我也是。我要怎麼再相信你呢？」

她露出懺悔的表情，說出淘氣的孩子會說的話：「我會乖乖的。我保證——」

「像是水手遵照船長的指示那樣嗎？」

「是的。」她回答道，「我知道，是我自己做了一件蠢事。」

「然後你還必須保證一些別的事情。」我趁機說道。

「請說。」

「那就是不要老是說『拜託、拜託』，因為你一旦說出口，就會讓我權威盡失。」

她會心一笑，顯然早就注意到這反覆「拜託」的威力。

「這是個好字眼——」我開口說道。

「但我一定不會過度使用這個詞。」她打斷我的話。

不過，她笑得有氣無力，頭再度低了下來。我暫時放下掌舵的工作，用毯子裹好她的腳，同時拉起被窩裡的另一張毯子蓋過她的臉。唉！她一點都不強壯。我憂心忡忡地看著西南方，想著還有六百英里的艱難路途在等著我們——唉，要是沒有發生更糟糕的情況的話。在這片海域上，隨時都有可能掀起一陣風暴，把我們摧毀殆盡。可是，我並不害怕。儘管我對未來沒有信心，並且極度懷疑，但不曾感覺到潛藏在內心深處的恐懼。事情會好起來的，肯定會好起來的，我對著自己重複說了一遍又一遍。

到了下午，風勢增強，海面變得波濤洶湧，狠狠考驗著我和小艇。不過，食物和九個水桶加起來的重量，讓小艇能承受得住風浪的威脅，而我也盡可能地堅持下去。

然後我卸下了撐住帆的斜杆，緊緊拉下帆頂，就在水手們所謂的「羊腿帆」下迅速前進。

下午稍晚，我在背風側遠方的地平線上，看見了汽船冒出的黑煙，知道那艘船如果不是俄羅斯的巡洋艦，就更有可能是還在搜索「幽靈」號的「馬其頓」號。太陽一整天都沒露臉，天氣變得寒冷刺骨。隨著夜幕低垂、烏雲密布，再加上風勢漸起，我和茉德在吃晚餐的時候都戴上了連指手套，而我則是一邊掌舵，一邊趁著風勢之間的空檔吃上幾口。

等到天色完全黑下來之後，風浪大到小艇已經撐不住，我心不甘情不願地收帆，接著開始製作起拖錨，或者說是海錨。我從獵人的閒聊間學會了這個方法，而且是個很簡單就能做好的東西。首先要把帆好好捲起來，接著跟桅杆、下桁、斜杆和兩對備用的槳牢牢綁在一起，最後再拋到海裡。同時會拿一條繩子，一頭綁在這個拖錨上，另一頭則繫在艇頭，因為拖錨會在低於海面的地方漂浮，實際上不會受到風勢影響，所以漂流的速度會比小艇慢上許多。如此一來，拖錨就能在大風大浪之中穩住艇頭——這是大海捲起滔滔白浪的時候，能避免小艇遭到淹沒的最安全方法。

「現在呢？」當我完成這些工作，戴上手套之後，茉德興高采烈地問道。

「現在，我們不再是朝日本前進了。」我回答道，「我們正以每小時至少兩英里的速度，向東南方，或是南南東的方向漂流。」

「所以如果風整晚都這麼強勁的話，就只有二十四英里。」她推論道。

「沒錯，要是持續個三天三夜，就只能航行一百四十英里。」

「不過，不會這樣持續下去的。」她信心滿滿地說，「風勢會好轉，變得和緩起來。」

「大海是最不能信賴的。」

「但是風不是！」她反駁道，「我聽你滔滔不絕講過那了不起的季風。」

「我要是有想到要帶上狼．拉森的經線儀和六分儀就好了。」我仍有些悶悶不樂地說道，「揚帆駕船是往這個方向，海浪是往那個方向，更別提還有第三種方向的洋流，讓人根本算不出來最後會往哪個方向前進。過不了多久，我們就會漂離五百英里遠，不知道自己身在何處了。」

說完這番話，我懇求她的原諒，並且保證自己不會再垂頭喪氣了。而在她的請求之下，我同意讓她負責值班到半夜──現在這時候是晚上九點。不過，我在她身上裹好毯子，再披上油布雨衣之後才躺了下來。我只有稍微打盹了一下。每當小艇在浪頭上破浪前行，高高躍起再重擊到水面上時，我都能聽見洶湧而至的海浪聲，浪花還不停潑濺到小艇裡面。即便如此，我仍暗自覺得今晚還不算太糟——至少跟我在「幽靈」號上所經歷過的，又或者是說我們將在這葉扁舟上渡過的那些夜晚比起來，根本算不了什麼。這艘小艇的木板厚度是四分之三英寸，這也代表我們和大海之間只隔了一塊不到一英寸厚的木頭。

然而，我得說，我得再說一次，我真的不害怕。狼・拉森，甚至是湯瑪斯・穆格里奇給我帶來的死亡威脅，曾經讓我害怕不已，但現在已經不再畏懼。茉德・布魯斯特闖進我的生命裡之後，似乎讓我整個人改頭換面。畢竟，我認為愛人比被愛來得更加美好，因為這能讓生命中的某些事物變得更有價值，讓人可以為之從容就義。我在愛著另外一條生命的同時，忘卻了自己的生命；而且就是如此矛盾，當我最不重視自己的時候，同時卻也從來沒有像現在這樣渴望活下去。我最後浮現的想法是，自己未曾擁有過這麼多想要活下去的理由。在這之後，我直到打起瞌睡以前，都心滿意足於試著穿透層層黑暗，看著茉德的身影。我曉得她就蹲坐在艇尾的座位，眼神緊盯著浪花翻騰的大海，準備一有狀況就立刻叫醒我。

28

好幾天以來，我們無可奈何地被迫在海上隨波逐流，更不用去多加描述究竟在小艇上受了多少苦。強烈的西北風在吹了二十四小時後，終於平靜下來，可是到了晚上，又再度颳起了西南風。這對我們來說是不利的風向，但我收起了拖錨，揚帆啟航，順著風向往南方或東南的方向前進。這是一種逼不得已的選擇，風勢只允許我們往這個方向，或是西方跟西北方移動，不過南方的溫暖氣候喚起了我對於更加暖和的海域的渴望，最終左右了我的決定。

我還記得很清楚那是發生在午夜時分，海上一如既往漆黑一片，在整整三個小時裡狂風大作，不斷從西南方吹來，讓我逼不得已只好再將拖錨拋下海。

天亮之後，我發現自己目光呆滯，大海白浪滔天，小艇因為被拖錨拉住，幾乎要倒立過來。我們隨時都有被浪濤淹沒的危險，因此在大量海水噴濺和湧入小艇時，我得刻不容緩地往外舀水。毯子都泡水濕透，不僅如此，小艇上所有東西，除了茱德之外，也全都濕透了，因為她身上穿著油布雨衣、橡膠雨靴和防水帽，只有露出在外的臉蛋、雙手和幾縷頭髮被海水打濕。她時不時接替我站在排水孔的位置，勇敢地把水舀出去，面對風暴毫不畏懼。所有事情都是相對的。這只不過是一陣稍微強勁的風，但對於在脆弱的小船上掙扎求生的我們來說，這的確是場風暴。

天氣寒冷又陰鬱，海風吹打在我們臉上，洶湧的海浪呼嘯而過，我們已經搏鬥了一整個白天。接著夜晚到來，可是我們兩人都沒合眼。白晝再度來臨，風浪依舊。到了第二天晚上，茱德因為體力不支，正沉沉睡去。我把油布雨衣和防水布都蓋在她的身上，因為儘管她的身體相對乾爽，但已經被凍得失去知覺。我非常擔心她在這天夜裡就會死去。不過天亮了，依然是個寒冷陰鬱的日子，天空烏雲密布，狂風大作，海面則波濤洶湧。

我已經是四十八個小時沒有睡覺，整個人全身濕透，寒氣深入骨髓，讓我覺得比起活著，自己更像個死人。我的身體因為疲勞和寒冷而渾身僵硬，每當我做出任何動作，疼痛不堪的肌肉都給我帶來最嚴重的折磨，但我還是不得不繼續做事。在這段時間裡，我們一直被風浪推向東北方，直直遠離日本而去，漂向寒冷刺骨的白令海。

不過，我們兩人還活著，小艇也完好無損，至於海上的風勢則有增無減。事實上，到了第三天傍晚，甚至還增強了不少。艇頭猛然鑽入浪尖之下，導致我們穿過去之後，小艇裡面的積水已經淹到四分之一深。我像個瘋子一樣舀水。如果再次碰上如此洶湧的海域，會大大增加航行的風險，因為重重壓在小艇裡的海水，會奪走我們的浮力。然後，再遇到一次，就意味著我們的生命到了終點。舀光小艇裡面的積水之後，我逼不得已拿起了蓋在茉德身上的防水布，拿去蓋在艇頭上面，緊緊包起來。我這麼做收到很好的效果，因為防水布蓋過了整整三分之一個艇身，在接下來的幾個小時裡，就算艇頭三度沒入海中，也能擋住大部分朝我們直撲而來的海水。

茉德的狀況令人憐惜，她整個人縮在小艇底部，臉色發白、嘴唇發紫，一眼就能明白她承受的痛苦。不過，她總是用無畏的眼神看著我，嘴巴裡也一直說著充滿勇氣的話語。

那天晚上肯定颳起了最為猛烈的風暴，只是我渾然不知罷了。我最後放棄抵抗，就這麼坐在艇尾的座位睡著了。第四天早上，風勢已經減弱成和煦的微風，海面也平靜下來，久未露面的陽光照耀在我們身上。喔，讚美太陽！我們沐浴在美好溫暖的太陽之下的身影，就像是在風暴後復甦的爬蟲走獸一般。我們再度拾回笑容，說了些有趣的事情，為自己的處境感到樂觀。不過，其實情況比以往任何時候都還糟糕。我們與日本之間的距離，比起離開「幽靈」號那天要來得更遠，而我也只能粗略推測出目前所在的經緯度。以每小時兩英里的漂流速度計算，經歷了七十多個小時的風暴，我們至少往東北方移動了一百五十英里。但是，這樣計算漂流的距離真的準確嗎？就我所知的全部，小艇有可能是以每小時四英里，而不是兩英里的速度前進。如果真的是這樣，代表我們又多漂流了一百五十英里。

我不曉得我們究竟在什麼地方，但是很有可能就在「幽靈」號附近，因為我們周遭有許多海豹，而我已經做好隨時都會看見一艘獵捕海豹船的心理準備。到了下午，當海面上再度吹起西北風時，我們確實看見了一艘帆船，不過這艘陌生的帆船消失在天際線，於是我們又獨自占據了這片空蕩的大海。

在起霧的日子，連茉德都變得情緒低落，嘴巴裡說不出什麼快樂的話；風平浪靜的日子，我們飄蕩在孤寂無垠的海面上，折服於大海的浩瀚，同時讚嘆起渺小生命的奇蹟，因為自己依然活著，努力求生；風雪交加的日子，沒有任何東西能讓我們保暖；濛濛細雨的日子，從濕透的艇帆上滴落下來的雨水，讓我們接滿小艇上的水桶。

同時，我對茉德的愛愈來愈深。她是如此多才多藝、如此情感豐沛——我都叫她是「千面女郎」。不過，像是這樣的稱呼，或是其他更親密的想法，都只藏在我的心裡。儘管向她示愛的話語已經來到嘴邊成千上萬次，但我知道現在還不是表白的時候。當一個男人正在保護並試圖拯救一個女人時，如果沒有其他特別的原因，並不適合在這時候向那個女人尋求愛情。不光是在這方面，從其他角度來看，情況都相當微妙，而我自以為能巧妙處理這個狀況。同時，我還自以為掩飾得不動聲色，沒有洩漏出自己已經愛上了她。我們就像是一對好戰友，隨著日子一天一天過去，我們的情誼也變得愈來愈深厚。

茱德讓我驚訝不已的一件事情是，她一點也不膽小或害怕。駭人的大海、脆弱的小艇、無數的風暴、無盡的苦難、與世隔絕的陌生處境，原本這些全都能讓一個健壯的女人嚇得半死，可是在她身上似乎半點影響都沒有。她明明過去只曉得生命之中最受保護、最完美無瑕的人為面向，而她自己就是個像火焰、露珠和薄霧般高尚的精神，具備著女人會有的溫柔、慈愛和黏人。但是我的想法大錯特錯。她其實又膽小又害怕，可是她具備了勇氣。她繼承了肉體與其帶來的不安，可是肉體也只能為肉體帶來沉重的負擔。而她是個精神上的存在，自始至終都是如此，是超凡的生命本質，就如同她冷靜的雙眼一般鎮定，在宇宙千變萬化的秩序中堅定不移。

風暴的日子來臨，沒日沒夜颳起風雨，大海靠著洶湧的浪濤威脅著我們，海風則以泰坦般雷霆萬鈞之勢摧殘著死命掙扎的小艇。而我們不斷被風浪推得愈來愈遠、愈來愈遠，直往東北方前進。正是在這樣的風暴之中，在這個我們所遭遇過最悽慘的處境底下，我筋疲力盡地往背風側看了一眼，不是為了要尋找什麼事物，更多的是已經疲於面對自然的衝突，同時對著這怒不可遏的力量發出近乎無聲的請求，希望就此停歇，讓我們活下來。我第一眼也不敢相信自己接下來看見的一切，因為日日夜夜的失眠和焦慮已經毫無疑問讓我頭昏眼花。我轉過頭來看向茉德，想要確認自己身處的時空，是否還神志清醒。看到她被水打濕的可愛臉龐、飛揚的頭髮和充滿勇氣的棕色雙眼，讓我相信自己的視力依然正常。於是，我再度把臉轉向背風處，又看見那伸入海中的岬角，看上去漆黑高聳又光禿禿的。洶湧的海浪拍打著岬角的底部，像噴泉一樣高高濺起，讓朝著東南方綿延、漆黑陰森的海岸線，在邊緣圍上了一圈巨大的白色圍巾。

「茉德，」我喊道，「茉德。」

她回過頭來，也看見了這個景象。

「那該不會是阿拉斯加吧！」她驚呼道。

「唉，很可惜不是。」我回答完她的問題後問道，「你會游泳嗎？」

她搖了搖頭。

「我也不會游泳。」我說道，「所以我們必須用不靠游泳的方法來上岸，我們可以把小艇開到那些岩石之間的缺口，然後爬上去。不過，我們動作要快，用最快的速度——同時不能出差錯。」

儘管我說得很有自信，但是她心裡明白我言不由衷，因為她用堅定不移的眼神看著我，然後說道：「我還沒有感謝你為我所做的一切，不過——」

她欲言又止，彷彿不知道該如何表達自己的感激之情。

「嗯？」我粗暴地出聲，對於她開始感謝我這件事感到非常不高興。

「你或許可以幫我。」她露出微笑。

「幫你在死前表達自己的謝意？一點也不想。我們不會死的，一定會登上那座島，然後在這天結束之前，就會躲在一個能遮風避雨、溫暖舒適的地方。」

雖然我說得很果斷，但是對自己的話一個字也不相信。我並不是因為害怕才說謊。儘管我很確信在波濤洶湧的岩石之間航行，死亡會迅速進逼，可是我一點都不覺得害怕。想要升起艇帆，讓小艇迎風朝岸邊前進是不可能的。強風會立刻掀翻小艇，而一旦小艇沉降到海浪的波谷，就會被海水給吞沒。順帶一提，我們的帆正與備用的艇槳綁在一起，在我們前方的海中浮沉。

正如我所說，我並不害怕自己的死亡，哪怕背風側幾百碼外的地方就是我的葬身之處。但我一想到茱德也會死，就感到驚恐萬分。我那該死的想像力能描繪出她撞在岩石上，整個人血肉模糊的畫面，實在是太可怕了。我拚命強迫自己只想著我們會安全上岸，所以我所說出的話，並非那些我所相信，而是我選擇要去相信的事物。

一想到那可怕的死亡，我就有點退縮，一瞬間甚至萌生一個念頭，要抱著茱德一起跳進海裡。然後我下定決心等待，等到最後一刻我們走投無路的時候，我就會將她擁入懷裡，大聲宣告我對她的愛，然後就這樣抱著她做垂死掙扎，迎向死亡。

我們兩個出自本能，在小艇底部靠得更貼近彼此。她戴著手套的一隻手伸向我，我也緊緊回握。就這樣，我們不發一語，等待結局的到來。我們距離沿著岬角西側吹拂的風不遠，我觀察著局勢，希望某股洋流或是海浪，能在我們碰上沿岸拍打的碎浪之前，就讓我們脫離險境。

「我們應該能平安渡過。」我語帶自信地說，但曉得我們心裡都不相信這句話。

「上帝在上，我們會平安渡過的！」五分鐘後，我不禁大喊。

咒罵在我激動之餘脫口而出，我相信是我這輩子第一次罵出口，除非年輕時罵的「糟糕了」也算在內的話。

「請你原諒我。」

「你讓我相信了你的誠意。」她露出淡淡的笑容，「我現在明白，我們應該能平安渡過。」

我看見越過岬角最邊緣的地方，在遠方有一處海角，當我們望過去的時候，能夠發現交錯的海岸線中間，明顯有一處凹陷進去的海灣。與此同時，我們的耳邊不斷傳來震天價響的吼叫聲。那規模和音量有如遠方轟響的雷鳴，越過海浪的沖刷聲，直直穿過風暴的勢頭，從背風側向我們迎面而來。當小艇通過海角時，整個海灣映入我們的眼簾，半月形的白色沙灘上湧起巨大的浪花，上面布滿了成千上萬隻海豹。那巨大的吼叫聲就是這群海豹發出來的。

「海豹棲息地！」我大聲驚呼，「這下我們真的得救了。肯定有人和巡洋艦在保護這些海豹免於獵人的襲擊。或許在海岸邊就有一個巡邏站。」

不過，我一邊研究著拍打沙灘的浪花，一邊說道：「情況依然不太妙，但還不算太糟。現在，如果神明顯靈的話，我們應該就會漂到下一個海角，到達一個不受惡劣天氣影響的完美沙灘，我們在那裡不必弄濕自己的腳就可以上岸了。」

然後，神明真的顯靈了。第一和第二座海角的位置連成一線，正好與西南風的風向重疊，雖然我們繞過第二座海角時，一度太過靠近岸邊，導致險象環生，而我們最後來到了與前兩座海角平行，同樣在西南風風向上的第三座海角。但重點是在那中間的海灣！這座海灣深入陸地，我們跟著漲潮的海水，漂流到海角的遮蔽處。這裡的海面風平浪靜，只有一道強勁但平穩的長浪，於是我收起了拖錨，開始動手划船。以海角為起點，海岸一路往西南方逐漸蜿蜒，最後露出一個海灣中的海灣，那是一個被陸地包圍的港口，海水靜得跟池塘一樣。當風暴越過海灘後方一百英尺沿岸的崎嶇岩壁，已經漸弱成飄忽不定的微風，在這裡的海面上只掀起點點漣漪。

這裡沒有任何海豹的影子。小艇的最前端碰到了海灘上堅硬的礫石。我跳下小艇，向茱德伸出手。下個瞬間，她就站在我的身旁。當我鬆開緊握的手指，她急忙抓住我的手臂。與此同時，我整個人搖搖欲墜，彷彿就要直接倒在沙地上。這是突然停下搖晃的驚人影響。我們已經在不停晃蕩的海上待了太久，以至於平穩的大地對我們來說才是在劇烈震動。我們原本設想海灘會像波浪一樣抬起，岩壁則會向船舷一樣前後擺動。當我們的身體下意識為這些預期之內的動靜做好準備時，結果一切都沒發生，反而大大破壞我們的平衡。

「我真的得坐下來才行。」茉德神情緊張地笑了一下，整個人看似頭暈目眩，立刻就坐到了海灘上。

我確保好小艇安全無虞後，也坐到了她身邊。就這樣，我們登上了奮進島，由於長期習慣海上的生活，現在反而暈陸了。

29

「笨蛋！」我氣得大叫。

我已經卸下了小艇裡的貨物，把東西都搬到海灘的高處，準備在那裡搭建一個營地。海灘上雖然有漂流木，但為數不多，就在我看見從「幽靈」號儲藏室拿來的咖啡罐時，讓我有了生火的念頭。

「超級大白癡！」我繼續咒罵。

不過，茱德用溫和的口氣責備道：「好了、好了」，然後問我，為什麼會說自己是個超級大白癡。

「沒有火柴。」我痛苦地呻吟，「我一根火柴都沒帶。這下我們就沒有熱咖啡、熱湯、熱茶或任何熱的東西可以喝了！」

「不是有——呃——一個叫魯賓遜的人鑽木取火的嗎？」她拉長音調說道。

「但是我讀過好幾十個遭遇船難的人所寫的個人故事，他們嘗試了一次又一次，最後都徒勞無功。」我回答道，「我記得溫特斯，一個報導阿拉斯加和西伯利亞出名的新聞人士。我曾經在古董會見過他一面，那時候他告訴我，自己是如何用好幾根樹枝來生火。那是個有趣至極的經驗，他講得生動無比，但那也是個失敗的故事。我還記得他下的結論，講的時候烏黑的眼睛還閃閃發光：『先生們，南海島民或許辦得到，馬來人可能也做得到，但請相信我說的話，白人是不可能的。』」

「喔，好吧，可是我們到目前為止，就算沒有火不也活下來了。」她興高采烈地說道，「沒有道理我們沒有火就過不下去吧。」

「可是，想想咖啡吧！」我叫喊道，「我還知道這可是上好的咖啡，因為是我從狼．拉森的私人存貨裡拿出來的。而且，看看那些好木柴吧。」

我必須承認，自己想念咖啡想念得要死，而沒過多久才知道，咖啡同樣也是茉德的小小嗜好。此外，我們吃了很長一段時間冷冰冰的食物，所以身體從裡到外都已經麻木了。任何溫暖的東西都讓人心存感激。不過，我沒有再出聲抱怨，而是開始用艇帆來為茉德搭起一頂帳篷。

我原本以為這是件簡單的任務，艇槳、桅杆、下桁、斜杆，更不用說再加上大量的繩子就完成了。可是，由於我完全沒經驗，導致搭帳篷的每個細節都像是場實驗，每個成功的細節都是個發明，最後白天過去了，我還沒搭好一個能為她遮風避雨的地方。而且，那天晚上隨即下了場雨，她被淋得渾身濕透，只好回到小艇上渡過。

第二天早上，我在帳篷四周挖了一道淺淺的壕溝。在挖了一個小時之後，忽然颳起一陣大風，從我們背後的岩壁呼嘯而來，結果吹走了整頂帳篷，重重摔在三十碼外的沙地上。

茉德看著我垂頭喪氣的樣子開懷大笑，而我則說道：「一旦風勢減弱，我打算乘著小艇去探索這座島。在某個地方肯定有座巡邏站和駐守人員，然後一定就會有船來造訪這座巡邏站。絕對有哪裡的政府在保護這些海豹。不過，首先我希望在出發前讓你過得舒服點。」

「我想要跟著你一起去。」她就只說了這句話。

「你最好還是留下來。你已經吃了夠多的苦頭，能活下來是個奇蹟。而且在這下雨天裡，又是划槳又是操帆，待在小艇上肯定很不好受。你需要的就是休息，所以我希望你待在這裡，好好休息。」

某些看似濕潤的東西在她美麗的眼睛裡打轉，使得她的眼神變得朦朧起來，接著她就微微把頭轉過去，低下了雙眼。

「我寧願跟著你一起去。」她用隱約帶著一絲懇求的低沉聲音說道。

「我或許能幫上一點忙——」她的聲音變了調，「就一點點。而且如果你身上發生了什麼事，想想看我孤單一人留在這裡的樣子吧。」

「喔，我會非常小心。」我回答道，「不會走太遠，不管怎樣都會在天黑前趕回來。好了，就這麼說定了。我認為你留下來是再好不過了，睡一覺好好休息，什麼事都別做。」

她轉過頭來，眼睛直盯著我看，她的眼神堅定不移，但充滿溫柔。

「拜託、拜託。」她說道，啊，是多麼嬌柔啊。

我狠下心來拒絕，於是搖了搖頭，不過她依然等在那裡看著我。我試圖開口拒絕，但整個人卻動搖了。我看見她的雙眼裡金光閃爍，當下就知道自己已經輸了。看見這幅景象之後，是不可能說「不」。

當天下午，風就停了，我們準備隔天一早出發。從我們的海灣沒有辦法穿越這座島，因為岩壁是從海灘上垂直而起，並且在海灣的每一側都深深沒入海中。

陰沉灰暗的早晨來臨了，不過海面風平浪靜。而我很早就醒來，把小艇準備好。

「笨蛋！白癡！蠢貨！」當我正想要叫醒茉德的時候，大叫了起來。但是這一次，我是歡樂得大叫，我假裝絕望的樣子，打著赤腳在海灘上手舞足蹈。

茉德的頭從風帆底下探了出來。

「現在又怎麼了？」她儘管睡眼惺忪，但又滿心好奇地問道。

「咖啡！」我喊道，「你覺得來一杯咖啡如何？熱咖啡？燙到不行的咖啡？」

「喔！」她小聲嘟囔道，「你嚇了我一跳，而且你好殘忍。我好不容易安撫好自己的靈魂，將就著沒有咖啡這件事，然後你現在卻在那邊說一些沒用的話讓我心煩。」

「看我的。」我說道。

我從岩石縫裡收集了一些乾樹枝和木片，將其削成木屑，或是劈成引火柴。接著，我撕下了一頁筆記本，並從彈藥箱裡拿出一顆霰彈槍子彈。我用刀子取下子彈的彈塞，把火藥倒在平坦的石頭上。然後，我從彈殼上撬下底火，也有人稱作雷管，放到鋪滿火藥的石頭上。一切準備就緒。茉德依然待在帳篷裡看著我的一舉一動。我用左手拿住筆記紙，右手握著一顆石頭，狠狠砸向下方的底火。一陣白煙升起，同時冒出一團火花，紙張的粗糙邊緣就這樣點著了。

茉德高興得鼓掌喝采，「普羅米修斯！」

然而，我忙到無暇顧及她的喜悅。這孱弱的火苗必須悉心呵護，才能凝聚成火焰，免於熄滅。我將一片片的木屑、一根根的樹枝投入火苗裡，直到火勢大到一接觸到較小的木片和樹枝，就會劈啪作響。由於漂流到荒島上並不在我的計算之內，所以我們並未帶上水壺，或是任何一種烹調器具。不過，我拿原本在小艇上用來舀水的空罐頭來代替，後來我們吃光更多罐頭之後，就累積了為數相當壯觀的器皿。

我把水燒開，不過是茉德煮好了咖啡。咖啡有多麼好喝啊！我的貢獻是把弄碎的餅乾攙水加到牛肉罐頭裡一起煮。早餐大獲成功，我們兩人坐在火堆旁邊，坐得比任何一位富有冒險犯難精神的探險家都來得久，喝著熱騰騰的黑咖啡，討論著我們目前的處境。

我信心滿滿，相信我們肯定能在其中一處的海灣找到巡邏站，因為我知道白令海的海豹棲息地都受到保護。而茉德提出了論點，認為我們可能發現了一處無人知曉的棲息地。我相信她這麼說，是為了要替我打預防針，萬一真的發生了這麼令人失望的狀況的話。然而，她的精神狀況相當健康，欣然接受我們有可能處在一個嚴峻的困境之中。

「如果你是對的，」我開口說道，「那麼代表我們必須準備在這裡過冬。我們的食物維持不了多久，不過這裡有海豹。他們一到秋天就會離開，所以我得要盡快著手儲備海豹肉。然後還有建造小屋和收集漂流木的工作。同時，我們應該試著利用海豹脂肪來當作照明。總之，如果我們發現這是座無人島，那就會忙得不可開交。但我知道，我們會發現人的。」

可是，茉德說對了。我們沿著海岸側風航行，透過望遠鏡搜索著海灣，偶爾也會登上岸，但是沒有發現任何人類生活過的跡象。不過，我們也得知自己不是第一個登上奮進島的人。在我們的據點數來第二座海灣的高處，發現了一艘支離破碎的小艇殘骸。這是一艘獵捕海豹的小艇，因為槳架是用編索綁起來的，而且在艇頭的右舷處還有一座槍架，上面模糊可見的白色字跡寫著「瞪羚二號」。這艘船已經棄置在這裡很長一段時間，因為艇身有一半埋在沙子裡，而碎裂的木頭則是長期暴露在大自然之中，顯得有些風化的痕跡。在艇尾的座位，我發現了一把生鏽的點七八口徑霰彈槍，還有一把水手用的帶鞘短刀，而這把刀已經從中折斷，生鏽到幾乎認不出原來的模樣。

「他們逃出生天了。」我語氣愉快地說道，但是內心卻沉入谷底，似乎預想得到他們的白骨就躺在這片海灘的某處。

我實在不希望這樣的發現打擊到茉德的精神，於是再度掉轉艇頭，朝著大海進發，沿著島嶼的東北角前進。南岸沒有海灘，而剛過下午沒多久，我們就繞過黑色的岬角，完成了環島一周的航行。我估計這座島的周長為二十五英里，寬度從二到五英里不等，而在我最保守的計算之下，全部的海灘上加起來總共有二十萬隻海豹。島嶼最西南端是整座島地勢最高的地方，然後海角與島脊的高度有規律地往東北方遞減，直到最後只高出海面幾英尺而已。除了我們所在的小海灣之外，其他海灘的地勢都平緩地向陸地升高，到了半英里左右的位置，就進入到我或許會稱為岩石草原的地形，到處都長滿了一片片苔蘚和苔原草。而這裡就是海豹上岸之後群聚的地方，年長的公海豹會守著自己的配偶群，而年輕的公海豹則獨自生活。

這簡短的描述就是奮進島的所有優點了。島上的地勢不是險峻崎嶇，就是潮濕滑溜，外加還有風暴的摧殘和大海的侵襲，以及從空氣中不斷傳來二十萬隻兩棲動物吼叫聲造成的振動，這是個令人憂傷又悲慘的旅居之地。當我們回到自己的小海灣，原本為我打好失望的預防針，以及一整天都精神抖擻的茉德也情緒崩潰，忍不住哭了出來。她故作勇敢地想對我隱瞞，但是在我生起另外一堆火的時候，我知道她正躲在帳篷底下的毯子裡啜泣。

這次輪到我負責打起精神，盡我所能地扮演好這個角色，最後成功把笑意帶回茉德那親愛的眼睛裡，還讓她開口唱起了歌。她在早早上床睡覺之前，為我唱了一首歌。這也是我第一次聽到茉德的歌聲，坐在火堆旁邊聽得如癡如醉，她一舉一動裡的藝術家氣息，造就了她的不平凡。茉德的聲音雖然不是屬於渾厚的類型，但是音色非常甜美、情感豐沛。

我仍舊睡在小艇上，那天晚上躺在裡面久久不能入睡，凝視著許多晚以來第一次見到的星星，同時沉思著現在的處境。這種責任感對我來說是全新的事物。狼・拉森說得很對，我過去都是靠我父親的雙腳才站得起來。我的律師和代理人替我打點好錢財，我一點責任都不用承擔。在搭上了「幽靈」號之後，我學到了要為自己負責。至於現在，則是我人生第一次發現自己要背負起其他人的責任。而且我必須對她負起最大的責任，因為她是這世界上那唯一的女人——獨一無二的小女人，我喜愛如此看待她的存在。

30

怪不得我們會把這座島叫作「奮進島」。我們辛苦工作了兩個禮拜，才蓋好一間小屋。茉德堅持要幫忙，而我看見她瘀青流血的雙手，忍不出想要哭出來。可是，我也因為這一點而為她感到驕傲。這位大家閨秀忍受著我們糟糕艱辛的處境，靠著她自己微薄的力量完成農家婦女的工作，實在是種巾幗不讓鬚眉的行徑。她幫我搬來許多用來堆成小屋牆壁的石頭，而當我懇求她停手休息時，她卻對我的苦苦哀求充耳不聞。然而，她最終還是妥協做一些較為輕鬆的工作，例如：煮飯和收集作為冬天燃料補給的漂流木與苔蘚。

堆起小屋的牆壁並不困難，每個步驟都順利完成，直到要搭建屋頂的時候才深深困擾了我。沒有屋頂，要四面牆又有什麼用呢？至於屋頂要用什麼來做呢？確實，我們有備用的槳可以拿來當作屋頂的骨架。可是我要用什麼來遮蓋住屋頂？苔蘚絕對派不上用場，苔原草也不切實際。

我們需要帆才能駕駛小艇，而防水布則已經開始漏水。
「溫斯特是用海象皮來搭小屋的屋頂。」我說道。
「這裡有海豹呀。」茱德提議道。
於是，隔天就展開了獵捕海豹的行動。我不懂該如何射擊，不過就一步一步從頭開始學。當我為了三隻海豹花掉了三十發子彈，就意識到在學到必要的知識之前，就會先耗盡所有的彈藥。我在靈光乍現想到用潮濕的苔蘚來悶燒火堆餘燼，藉此保留火種之前，已經消耗掉八顆子彈，所以現在彈藥箱裡剩下不到一百發。
「我們必須用棍棒來對付海豹了。」當我相信自己的槍法很爛之後如此宣布，「我聽過那些獵人是如何用棍棒來獵捕海豹。」
「他們多麼漂亮啊，」茱德出言反對，「我一想到他們要被如此對待就受不了。就這樣直接活活打死他們實在太殘忍了，你明白的，這與用槍打死他們是兩回事。」
「可是必須要搭好屋頂。」我冷酷地回答，「冬天就快要來了。這是用他們的命來換我們的命。很不幸的是，我們沒有足夠的彈藥，不過我覺得，無論如何，他們被一棒打死的痛苦，總比挨上許多發子彈要來得輕鬆。順帶一提，我來負責打死海豹。」

「這就是問題所在。」她急急忙忙開口，又突然陷入困惑而打住。

「當然，」換我開口，「要是你寧可——」

「那這樣我該做些什麼？」她口氣溫和地打斷我的話，可是我曉得這是要堅持到底的前奏。

「收集柴火還有煮飯。」我語帶輕鬆地回答。

她搖了搖頭，說道：「你單獨一個人去嘗試太危險了。」

「我知道、我知道，」她不讓我有反對的機會，「我只是個弱女子，不過我微不足道的協助或許正好能幫你脫離險境。」

「那麼，用棍棒攻擊海豹呢？」我間接問道。

「當然，那由你來負責。我或許會發出幾聲尖叫。到時候我會把臉別開——」

「那可是最不能輕忽的危險呢。」我笑了出來。

「我會自己判斷什麼時候看，什麼時候不看。」她一本正經地回答。

事情最終拍板定案，茉德就在隔天早上跟我一起出發。我划槳進入鄰近的海灣，來到了海灘邊緣。我們周遭的水裡到處都是海豹，而海灘上成千上萬隻海豹的吼叫聲，逼得我們要互相大喊才聽得見對方的聲音。

「我知道人們用棍棒來打海豹。」我試圖讓自己鎮靜下來，憂心忡忡地看著一頭離我三十英尺遠、體型相當大的公海豹，牠正抬起自己的前鰭足，目不轉睛地盯著我看。「但問題來了，他們是怎麼辦到的？」

「我們還是去收集苔原草來蓋屋頂吧。」茉德說道。

她跟我一樣都為即將要面對的未來感到恐懼，但這不是沒有原因的，因為我們正近距離盯著海豹閃閃發光的牙齒，以及如同狗一般的血盆大口。

「我原本一直以為他們會懼怕人類。」我說道。

「我怎麼會知道他們不怕呢？」過沒多久我就反問自己，這時已經划了幾槳，更靠近海灘一點。「或許我大膽點踏上海灘，他們就會嚇得逃走，而我一隻也追不上。」

我依然猶豫不決。

「我曾經聽過有一個人闖進野雁築巢的地方。」茉德說道，「然後他們就把人啄死了。」

「野雁？」

「對，野雁。是我哥哥在我還小的時候告訴我的。」

「但我知道有人能用棍棒獵捕他們。」我堅持道。

「我覺得用苔原草同樣能蓋出一個很好的屋頂。」她說道。

與她的本意大相逕庭，茉德的話反而刺激到我，逼得我繼續前進。我不能在她的面前表現出一副懦弱的樣子。

「從這裡上岸吧。」我靠著一支槳向後划，讓船頭駛向岸邊。

我下了小艇，勇猛果敢地朝著一頭妻妾成群的長鬃公海豹走去。我手裡拿著一根普通的棍棒，小艇上的划槳手都是用這樣的棒子，打死被獵人拖上來的海豹。這根棍棒只有一點五英尺長，我無知到了極點，做夢也想不到想要在岸上獵捕海豹群的話，棒子的長度需要有四到五英尺才行。母海豹緩緩爬過我身邊，而我和公海豹之間的距離逐漸縮短，後者靠著前鰭足，憤怒地抬起了上半身。我們相距只剩下十幾英尺遠。我依然大步向前，等著牠隨時可能轉頭就跑。

走到剩下六英尺的時候，我的心裡突然一陣慌亂，要是牠不逃走怎麼辦？哎呀，那麼我就應該要拿起棍棒打死他，這就是答案。我已經怕到忘記自己是去獵捕公海豹，而不是讓他逃走。而就在這個瞬間，公海豹噴出鼻息，一邊咆哮一邊朝著我衝過來。牠目露凶光，齜牙咧嘴，露出白晃晃的殘暴獠牙。故不上顏面，我得承認自己立刻轉身，拔腿就跑。公海豹跑起來貌似笨手笨腳，但速度很快，我跳上小艇的那個瞬間，他只落後我兩步的距離。而當我正準備撐船離開岸邊時，海豹的牙齒嘎吱嘎吱地咬住了槳，厚實的木頭就這樣像蛋殼一樣被咬得粉碎。茉德跟我都嚇壞了。片刻之後，公海豹潛到小艇底下，用嘴巴咬住了龍骨，粗暴地搖晃起了小艇。

「我的天！」茉德說道，「我們回去吧。」

我搖了搖頭，開口說道：「別的男人辦得到的事情，我也辦得到。我知道有人用棍棒打死過海豹。不過，我想下一次不要去招惹公海豹就是了。」

「我希望你別再去招惹他們。」她回應道。

「現在可別再說『拜託、拜託』了。」我大吼，相信自己已經有點生氣了。

茉德沒有出聲，但我知道自己的口氣肯定傷到了她的心。

「請你原諒我。」我開口說道，或者可以說是用吼的，這樣才能蓋住海豹的叫聲，讓她聽見我的話。「如果你真的那樣說，我就會掉頭回去。但說真的，我寧願留在這裡。」

「現在你不會說，這是帶一個女人來的下場吧。」她心血來潮地對我燦笑，而我曉得這代表不必再說什麼原諒不原諒了。

我沿著海灘划了兩百英尺，好讓自己鎮靜下來，接著再次上岸。

「千萬要小心。」她在我身後叮嚀道。

我點了點頭，然後朝著離我最近的母海豹群發起攻擊。起初一切都很順利，直到我瞄準一頭離群母海豹的頭，但是卻揮空了。她噴出鼻息，然後試著想逃離現場。我緊緊追了上去，揮出另外一擊，但是依然沒有打到頭部，而是命中了肩膀。

「小心！」我聽見茉德的尖叫。

我在興奮之餘沒有注意到周遭的情況，結果抬頭一看就發現母海豹群的首領正朝我直衝而來。我再度逃向了小艇，而海豹首領同樣緊跟在後。不過，這一次，茉德並沒有提議說要回去。

「我想，你別去惹母海豹群，集中精神對付那些看起來無害的落單海豹會比較好。」這反而是她的建議。「我記得自己有讀過關於他們的作品。我想是喬丹博士（David Jordan，譯註：史丹佛大學創校校長，同時也是位魚類學家）的書。那些落單的都是公海豹，他們的年齡還不到能擁有自己的母海豹群。喬丹博士稱呼他們是光棍海豹，或是某種類似的字眼。就我看來，假如我們能夠找到他們上岸的地方——」

「就我看來，你的戰鬥本能被喚醒了。」我笑了出來。

她頓時滿臉飛紅，相當嫵媚動人。「我承認自己比你更不喜歡失敗，而且跟殺死這些漂亮無害的生物比起來，也是如此。」

「漂亮！」我嗤之以鼻地說，「從這些口吐白沫、死命追著我的野獸身上，我看不到有什麼特別漂亮的地方。」

「那是你的看法。」她笑了起來，「你缺乏看待事情的角度。現在，你如果不必離目標那麼近的話——」

「這就是了！」我高喊起來，「我需要的是一根更長的棍棒，那隻斷掉的槳正好派上用場。」

「我剛好也想到這點，」她說道，「拉森船長跟我講過人們是怎麼襲擊海豹的棲息地。他們會去驅趕海豹，讓其分散成一個個小群體，往內陸的方向趕一小段距離，然後再動手殺死海豹。」

「我可不願意去趕那群母海豹。」我提出反對。

「但是還有光棍的海豹呀。」她說道，「光棍海豹都是獨自上岸，而且喬丹博士說過，母海豹群之間都會留有小徑，只要光棍海豹嚴守分寸，不要跨出這些小徑，母海豹們的一家之主就不會去找他們麻煩。」

「那裡就有一隻。」我指著一隻待在海裡的年輕公海豹，「我們盯著他，只要他一上岸就跟上去。」

那隻海豹直接游向海灘，爬到兩群母海豹之間的小小缺口，一家之主們只是發出了警告的聲響，但是沒有攻擊他。我們望著他緩慢地朝內陸前進，穿梭在母海豹群之間，而那想必就是所謂的小徑了。

「這下出發吧。」我走下小艇，不過必須得坦白承認，一想到要穿過這群怪物的中心，就緊張得心臟快從嘴巴裡跳出來。

「把船停得更穩一點會比較明智。」茉德說道。

她也跟著走下小艇，站在我旁邊，而我則是一臉不解地看著她。

她意志堅定地點點頭，說道：「對，我要和你一起去，所以你最好固定好小艇，然後也給我一根棍棒。」

「我們回去吧。」我沮喪地說，「我想，苔原草終究還是能拿來蓋屋頂。」

「你明知道那是行不通的。」她回答道，「要我打頭陣嗎？」

儘管我看似不在意地聳了聳肩，但內心對這個女子充滿最熱切的敬佩和驕傲，我讓她拿著那把壞掉的槳，然後自己手上再拿著另外一把。我們抱著忐忑不安的緊張心情，踏上了這趟冒險最初幾桿（rod，譯註：長度單位，一桿等於五點五碼）的距離。有一次，一頭母海豹滿臉好奇地用鼻子推了茉德的腳，嚇得她驚聲尖叫，而我也有好幾次基於相同的原因，加快了前進的腳步。不過，除了從兩側傳來咳嗽般的警告聲之外，沒有出現任何有敵意的跡象。這個棲息地的海豹沒有遭遇過獵人的襲擊，因此脾氣都很溫和，同時也不怕人。

當我們走到海豹群的正中心，嘈雜聲大得驚人，幾乎讓人頭暈目眩。我停下腳步對茉德微微一笑，想藉此讓她安心，因為我比她更快恢復平靜。我能看得出來，她依然嚇得魂不守舍。茉德靠近我之後大喊：「我怕得要命！」

而我並不害怕。儘管新奇感還沒退去，不過，海豹們和平的行為舉止已經平息了我的驚恐。茉德正在瑟瑟發抖。

「我怕，同時我也不怕。」她的下巴不停打哆嗦。「害怕的是我這可憐的身體，不是我。」

「沒事的、沒事的。」我安慰茉德，同時手臂本能地摟住她，把她保護在懷裡。

我永遠不會忘記在那個時刻，是如何瞬間意識到自己的男子氣概。在我本性中的原始深處正萌生情感。我覺得自己是個男子漢，成為弱者的保護者，變身為能夠戰鬥到底的男性。而且最重要的是，我感覺自己是所愛之人的護花使者。她正依偎在我的懷裡，是如此輕柔嬌弱。隨著她身體的顫抖逐漸和緩，我察覺到一股驚人的力量。我認為自己敵得過海豹群裡最凶猛的公海豹，並且知道就算一頭那樣的海豹朝我衝過來，也能毫不退縮、沉著冷靜地迎戰，然後將之殺死。

「我現在沒事了。」她滿懷感激看著我，「我們繼續走吧。」

我身上的那股力量不僅讓茉德平靜下來，還增添了她的信心，因此讓我內心歡欣鼓舞。種族的青春活力似乎在我身上萌芽，我過去是個過度文明開化的人，而如今正為了自己而活，體驗著我那被遺忘的遙遠祖先在白天於外頭狩獵、夜晚在森林遊蕩的古老日子。當我們沿著小徑，穿過推來擠去的母海豹群中間時，我想著有很多事情要感謝狼·拉森。

往內陸走了四分之一英里之後，我們終於遇到光棍海豹，這些毛皮油亮的年輕公海豹離群索居，正養精蓄銳等待著倚靠自己的力量殺出一片天，躋身已婚階級的那一天到來。

如今所有事情都進行得很順利。我似乎一下就知道該做什麼，並且要如何進行。我大吼大叫，揮舞手中的棍棒作勢威脅，甚至會朝那些慵懶的海豹戳個幾下，很快就將幾隻年輕的光棍海豹從他們的同伴中隔絕開來。每當有海豹拚命想往海裡逃，我就會把他們攔下來。茉德積極地加入驅趕的行列，不停喊叫，同時揮著手中的斷槳，幫了很大的忙。然而，我注意到只要哪隻海豹面露倦容、步履蹣跚，茉德就會讓他溜過去；假如哪隻海豹展現出戰鬥的意圖，試圖脫困，她的眼睛就會為之一亮，俐落地用手中的斷槳打過去。

「我的天，真刺激！」她高喊道，因為體力不支而停了下來，「我想我得坐下來。」

我趕著這小小的海豹群（現在只剩下十二隻強壯的海豹，因為她放走了一部分），又走了一百碼遠的距離。當茉德來到我身邊時，我已經完成屠殺的工作，正在動手剝皮。一個小時後，我們得意洋洋地沿著母海豹群之間的小徑往回走。我們扛著海豹皮，沿著這段路來回走了兩趟，直到覺得海豹皮的量足夠蓋出小屋的屋頂才收手。我升起帆，先是搶風行駛出了海灣，然後再一次轉向，回到我們小小的內陸海灣。

「這就像是回到家一樣。」我正將小艇靠上岸時，茉德這麼說道。

聽見她的話，讓我的心一陣激動，因為一切是如此親密自然，於是我說道：

「這感覺彷彿我一直過著這樣的生活。滿是書本和讀書人的世界變得非常模糊，比起現實，更像是一場夢中的記憶。我敢肯定這輩子都在狩獵、突襲和戰鬥。至於你也是，看上去就像這生活的一部分。你是——」我差點就要脫口而出「我的女人、我的伴侶」，不過未經思考就改口成「很能吃苦耐勞的人」。

但她的耳朵聽出了我話中的破綻，知道中途轉移了話題，於是飛快看了我一眼。

「你並不是要說這個吧。你想說的是——？」

「我想說的是美國的梅內爾夫人不但過著野蠻人一般的生活，還活得有聲有色。」我迅速接了下去。

「喔。」茉德就只回答了這一聲，但我敢發誓在她的語氣裡滿是失望的情緒。

不過，「我的女人、我的伴侶」這句話，在自此之後的幾天裡一直在我腦海中迴盪。然而，唯有那天晚上她移開炭火上的苔蘚，生起火苗，煮著晚餐的時候，這聲音響得最為響亮。這肯定是潛藏在我內心的獸性在蠢蠢欲動，因為這古老的誓言是如此緊密地跟種族的根源結合在一起，深深影響了我，讓我整個人激動不已。直到睡著之前，我對著自己喃喃自語，一遍又一遍念著這些誓言。

31

「它會有味道，」我說道，「不過可以保暖，而且能遮雨擋雪。」

我們正在檢查剛完成的海豹皮屋頂。

「雖然樣子很難看，但能發揮功用，這才是最重要的。」我繼續說，心裡渴望得到她的讚美。

茉德拍拍手，表示自己很滿意。

「不過這裡面很暗。」她接著說，肩膀不自覺地縮了一下。

「搭建牆壁的時候你應該提議留一扇窗的，」我說道，「這是為你修建的，你照理會意識到要留一扇窗吧。」

「但你知道的，我從來都看不出那些顯而易見的東西，」她笑著回答，「再說，你可以隨時在牆上打一個洞呀。」

「確實如此，我當時沒想到，」我一邊正經地點頭一邊回答道，「不過，你有沒有考慮訂購玻璃窗呢？只需要打通電話給那家公司——我想應該是瑞德 4451——告訴他們玻璃尺寸，以及你想要的玻璃種類。」

「那就是說——」她開口說。

「沒有窗戶。」

那間小屋看起來既陰暗又難看，並不比文明世界的豬圈好多少；但對於我們兩個曾經在敞篷的小艇上飽受苦難的人來說，這算是一間舒適的小居所了。我們用海豹油和由棉花填料製成的燈芯來照明，完成新居落成儀式，接著，為了準備冬季的肉類開始打獵，並且修建第二間小屋。現在，早上出發，中午滿載著海豹歸來已經是件簡單的事。然後，在我修建小屋時，茉德試著從海豹脂肪來煉油，並且讓烤肉架下方的火維持文火。我曾經聽說過在平原上風乾牛肉的做法，而我們的海豹肉在切成長條後，懸掛在煙霧中，燻製效果非常好。

第二間小屋建起來就比較容易，緊鄰著第一間小屋搭建，所以只需要三面牆就行了。不過這仍然是份粗重的工作。茉德和我從黎明到黃昏拚盡全力地工作，以至於夜幕降臨後，我們四肢僵硬地爬上床，就像是筋疲力竭的動物一般沉沉睡去。然而，茉德卻說自己從未感到如此健康或強壯。我自知也是如此，但就憑她那纖弱的力量，實在讓我擔心她會撐不下去。我常常看到她在用盡所有力氣後就直接仰躺在沙灘上，以她那獨特的方式休息並回復體力。接著，她會站起來，像之前一樣地努力工作。她是從哪裡得到這種力量的，實在教我驚嘆不已。

「想想這個冬天可以休息很長一段時間，」她回覆我的抱怨，「到時候我們會急著想找點事情做。」

我們在屋頂搭建完後，舉行了一個小小的喬遷宴。這是在一場持續了三天的猛烈風暴之後的夜晚，這場暴風從東南往西北方向移動，最後朝著我們襲來。外側海灣的海灘被巨浪拍打得轟隆作響，即使在我們所在的這處被陸地包圍的內灣也變得波濤洶湧。島上沒有高聳的山脊可以擋風，狂風在小屋周圍呼嘯著，有時我甚至擔心起牆壁的堅固程度。原本像鼓面一樣緊繃的海豹皮屋頂，隨著每一陣風下垂、鼓起。而牆壁上無數的縫隙，並不像茱德所認為的那樣，被苔蘚緊緊塞住。不過，海豹油燃燒得通亮，我們感到溫暖且舒適。

這確實是個愉快的夜晚，我們一致認為在奮進島上的社交聚會中，這一晚尚未被超越。我們的心情很坦然，不僅接受嚴冬的到來，也為此做好了準備。如今，無論海豹何時展開神祕的南遷旅程，都與我們無關了；暴風也不再讓我們膽戰心驚。我們不僅確保自己能夠乾爽、溫暖，不受暴風摧折，還擁有了苔蘚製成的最柔軟、最奢侈的床墊。這是茉德的點子，她小心翼翼地親自收集了所有的苔蘚。這是我躺在這張床墊的第一個晚上，因為是她做的，我一定會睡得更香甜。

她站起來準備離開時，以一種古怪的表情轉頭看著我，「有什麼事情正要發生——看起來正在發生。我感覺到某些東西正朝著我們這裡來，它正在靠近。我不知道那是什麼，但是它正在靠近。」

「好事還是壞事？」我問道。

她搖了搖頭，「我不知道，但是它在那裡，在某個地方。」

她指向了大海和風的方向。

「那是背風岸，」我笑著說，「在這樣的夜晚，我寧願守在這裡，而不是到那裡去。」

「你不害怕嗎？」我問道，同時走上前去為她開門。

她勇敢地注視著我的眼睛。

「你感覺還好嗎？完全沒問題嗎？」

「從來沒有這麼好過。」她回答道。

她離開前，我們又聊了一會。

「晚安，茉德。」我說。

「晚安，韓福瑞。」她說。

我們理所當然地直呼對方的名字，這樣的轉變並非刻意，而是自然而然地發生。在那一刻，我本可以伸出雙臂摟住她，並將她拉近自己。如果是在我們原先所屬的那個世界裡，我理應會這麼做。但在現在這種處境，情況只能停在此刻。然而，當我獨自待在我的小屋時，內心感到一股溫暖的愉悅：我知道我們之間存在著一種以前不曾有過的連結或默契。

32

我醒來的時候，被一種難以理解的感覺所壓迫。四周似乎少了什麼東西。然而，在醒過來的幾分鐘後，意識到缺少的東西是風，那種難以理解的壓迫感便消失了。我是在神經緊繃的狀態下入睡，因為持續面對著聲響與晃動的衝擊，即使醒來後，我仍然處於緊張狀態，隨時準備應對那已經消失的壓迫感。

這是我幾個月來第一次在有遮蔽的地方過夜，我奢侈地賴在毯子裡幾分鐘（毯子這次沒有被霧氣和浪花弄濕），先是分析風停之後對我的影響，接著感受茉德親手製成的床墊帶來的安逸。當我穿好衣服打開門，聽見海浪仍在拍打著海灘，喋喋不休地訴說著昨夜的憤怒。這是一個晴朗的天氣，陽光普照。我睡得很飽，精神充沛地走出屋外，決意彌補失去的時間，做一個配得上奮進島的居民。

我一走出屋外便立刻停下來，儘管相信自己的眼睛沒有看錯，但是眼前的景象依然令人震驚不已。距離我不到五十英尺的地方，一艘有著黑色船身、桅杆斷裂的帆船，擱淺在海灘之上。全部的桅杆和帆桁都跟支索、帆腳索和破損的帆布糾纏在一起，在一旁輕輕摩擦船身。我揉了揉自己的眼睛，看見我們搭起的簡易廚房、熟悉的船尾樓口，以及勉勉強強高過欄杆的低矮客艙。這艘船是「幽靈」號。

究竟是什麼奇異的命運將它帶到了這裡——偏偏是這個地方？這樣的巧合竟然發生了？我看著背後那片荒涼、無法抵達的峭壁，感受到絕望的深淵。逃跑是毫無希望的，完全不可能。我想到茉德正睡在我們建造的小屋裡、想起她說的「晚安，韓福瑞」。「我的女人，我的伴侶」這句話曾在我腦中迴盪，但是現在，天哪，這聲音卻如同喪鐘響起。接著，我眼前的一切都變得一片漆黑。

也許那只是一瞬間，但我不知道過了多久才恢復清醒。「幽靈」號就擱淺在那裡，船頭擱淺在沙灘上，斷裂的船首斜桅凸出在海灘之上，糾纏在一起的桅杆隨著低吟的波浪輕輕碰撞著船身。必須做點什麼，必須有所行動。

突然之間，我感到奇怪的是，船上竟然沒有任何動靜。我想，經歷一夜的掙扎和摧殘，所有人都還在睡覺。隨即我想到，也許我和茉德還能逃跑。如果我們能乘上小艇，在任何人醒來之前繞過海角？我打算去叫她，於是立刻行動。我正要舉起手敲她房門時，卻突然想到這個島嶼的渺小。我們根本無法藏身於此。除了那片遼闊嚴寒的海洋，我們無處可去。我想到我們那舒適的小屋以及儲備好的肉品、油料、苔蘚和柴火，我知道，我們無法在寒冷的大海與即將到來的風暴中倖存。

於是，我站在茉德的門前，敲門的指節猶豫不決。這是不可能的，不可能。我腦中突然冒出一個瘋狂的念頭：衝進去，趁她熟睡時殺了她。隨即，一個更好的解決方案閃現在我腦海中。所有的水手都在睡覺，為什麼不悄悄溜上「幽靈」號？我很清楚狼．拉森的床鋪在哪，趁他睡著時殺了他。接下來的事到時候再說。他一死，我們就有時間和空間準備其他事情。而且，不管出現什麼新的情況，也不可能比現在更糟糕了。

腰間掛著刀的我，回到小屋拿起霰彈槍，確認了一下已經上了膛，便向「幽靈」號走去。我費了一些力氣才爬上了船，就算腰部都濕透了也不在乎。前水手艙的艙口大開。我停下腳步，留神傾聽船員發出的氣息，不過，什麼也都沒聽見。此時，腦海中突然浮現了一個念頭，讓我倒抽了一口氣：「幽靈」號該不會是遭到棄船了吧？我更加仔細專注地聽，依舊沒聽到什麼聲音。我謹慎地沿著梯子往下走，整個空間讓人有種空蕩蕩又滿是塵埃的感覺，而且還散發著長久無人居處的氣味。四處散落著垃圾、破爛衣物、老舊防水靴、漏水的防水油布——全都是長途航程下來，累積在前水手艙裡的無用廢棄物。

我的結論是，他們在倉皇之間棄了船。我爬上甲板時，胸中重新燃起了希望，我以更加冷靜的心態環顧四周。我注意到小艇不見了。統艙和前水手艙的情況如出一轍，獵人們同樣匆忙地打包了他們的物品。「幽靈」號已是一艘棄船，現在它屬於我和茉德了。我想到船上的物資和客艙下方的儲藏室，便萌生了一個想法，想要準備一頓豐盛的早餐來給茉德一場驚喜。

從恐懼中解脫出來，再加上原本來這裡打算要做的駭人之舉已經沒有必要，使我興奮得像個孩子一般。我三步併作兩步地跑上統艙的艙梯，腦子裡沒有什麼具體的想法，除了喜悅之外，就只有希望茉德能一直睡到我把那頓驚喜的早餐準備好。繞過廚房的時候，我想到了裡頭那些精美的廚具，心底便生起了一種全新的滿足。我跳上船尾樓的階梯，卻看到了狼・拉森。由於衝力的慣性和這驚人的景象，我在甲板上踉蹌了三、四步才停下來。他就站在艙梯前面，只露出了頭與肩膀，直直盯著我看。他的手臂就靠在半開的滑門上，不過沒有任何動作——就只是站在那裡盯著我。

我顫抖了起來，胃部的不適再次襲來。我一手扶住船艙邊緣好穩住自己，因為突如其來地感到嘴唇乾燥，便用舌頭潤了潤唇，好準備隨時開口說話。而我的視線一刻也沒有從他身上移開。

我們兩人誰也沒有說話，他一動也不動且不發一語，寂靜中透著一種不祥的氣息，我對他的恐懼再度湧上心頭，而新的恐懼更增長了百倍。然而，我們仍然杵在原地，彼此對視。

雖然我意識到必須先下手為強，但過去的那種無助感又席捲而來，使得我變成被動等待他出手。然而隨著時間推移，我感覺眼前的局勢，竟與當初面對那頭長鬃公海豹的情境頗為相似，當時恐懼動搖了我用棍棒攻擊的意圖，最後只是希望讓海豹逃走而已。我終究明白到這回必須要掌握主導權，不能讓狼・拉森主動出擊。

我扣上霰彈槍的扳機，將槍口對準了他。如果他有任何動作或試圖躲進樓梯下方，我知道自己就會開槍。但他依然一動也不動地站在那裡盯著我看。當我面對他，持槍的雙手不停發抖時，我注意到他臉上的疲倦和枯槁，就像某種強烈的焦慮耗盡了他的精力。他臉頰凹陷，額頭上布滿疲憊的皺紋。他的眼睛看起來很奇怪，不僅僅是眼神，而是整顆眼球像是因為視神經和支撐眼球的肌肉負荷過大，導致稍微變形了。

我目睹這一切，大腦飛快地運轉，閃過無數的念頭，但就是無法扣下扳機。我放下了槍，走到客艙的一角，主要是為了緩解緊張的神經，重新開始行動，順便更靠近狼·拉森一點。我再次舉起槍，距離他只有一臂之遙，他沒有任何希望了。我已經下定決心，無論自己的射擊技術有多差，這根本不可能射偏。然而，我內心激烈掙扎，仍然無法扣下扳機。

「嗯？」他不耐煩地問道。

我拚命想讓手指扣下扳機，但徒勞無功，同時也想說點什麼，但開不了口。

「為什麼不開槍？」他問道。

我清了清嗓子，那種沙啞感讓我無法開口。

「漢普，」他緩緩地說，「你辦不到。你並不是害怕，而是無能為力。你遵循的道德觀念比你更強大。你成為它們的奴隸，而這些看法為你身邊認識的人，抑或是書中讀到的人物所認可。從你開始牙牙學語起，這些道德準則就已經深植在你的腦海裡。儘管你有自己的哲學，還有那些我教過你的事情，但這些道德準則不許你殺死一個手無寸鐵、毫無抵抗的人。」

「我知道。」我沙啞地說道。

「你知道我可以像抽雪茄一樣輕鬆地殺死一個手無寸鐵的人，」他繼續說道，

「你知道我是怎樣的人，就你的標準來衡量我在這個世界上的價值，你稱我是蛇、老虎、鯊魚、怪物和凱利班。然而，你這個破爛的小傀儡，你這個應聲蟲，卻無法像殺死一條蛇或鯊魚那樣把我殺了，因為我有手有腳，還有跟你一樣的身軀。哼！我對你本有更高的期望，漢普。」

他走出了艙梯口，向我走來。

「放下那把槍。我想問你幾個問題。我還沒來得及環顧四周。這裡是哪裡？『幽靈』號現在怎麼了？你怎麼弄得濕答答的？茉德在哪裡？——請原諒我，布魯斯特小姐——或者我應該稱她為『凡．韋登夫人』？」

我退開了幾步，因為無法開槍而欲哭無淚，但也沒有傻到乖乖把槍放下。我絕望地希望狼．拉森能做出一些敵對行為，像是試圖打我或掐住我的脖子，因為知道唯有如此，才能迫使自己開槍。

「這裡是奮進島。」我說。

「從來沒聽過。」他接話道。

「起碼這是我們給它起的名字。」我補充說。

「我們？」他問道，「誰是我們？」

「是布魯斯特小姐和我。至於『幽靈』號，正如你所見，船頭擱淺在沙灘上了。」

「這裡有海豹，」他說，「他們的嚎叫聲把我吵醒了，不然我還在呼呼大睡。昨晚駛到這裡就聽到他們的聲音。是他們最先讓我知道自己到了一處背風岸。這是一個海豹棲息地，多年來我一直在尋找的地方。多虧了我的兄弟死神．拉森，我這下走運了。這座島在什麼方位？」

「一點頭緒都沒有，」我說，「但你應該清楚知道。你最後觀測的結果是什麼？」

他神祕地笑了笑，但沒有回答。

「那麼，船員們都到哪裡去了？」我問道，「怎麼只剩下你一人？」

雖然已經做好心理準備他會再次迴避我的問題，但他竟出乎意料地迅速回答。

「我兄弟在不到四十八小時內逮到了我，但不是我的錯。他們在夜裡只有一個人在甲板上守夜的時候登船。那些獵人背叛了我，他給獵人更高的報酬。我親耳聽到他們出價，就在我的面前。當然，船員們全都拋棄了我，這是預料中的事。所有人都下了船，我卻被困在自己的船上。這次是死神．拉森贏了，不過總歸都是家務事。」

「但是你桅杆怎麼都倒了？」我問道。

「你自己走過去檢查看看那些繫索。」他指著原本要有後桅索具的地方說道。

「它們被刀子割斷了！」我驚呼道。

「沒有完全割斷，」他笑道，「那是一個更巧妙的伎倆。你再看一遍。」

我仔細看了看，發現繩索沒有完全被割斷，只留下一丁點足以撐住桅杆的程度，只要一有嚴重的拉扯，就會徹底斷開。

「廚子幹的好事，」他再次笑道，「即便沒有親眼看見也知道是他幹的。這樣算是扯平了。」

「穆格里奇好樣的！」我喊道。

「是的，當大勢已去，我也是這麼想。只不過已經笑不出來了。」

「但是當這一切發生時，你在做什麼？」我問道。

「你可以相信，我拚盡全力了，只不過在當時情況下沒起多大作用。」

我轉過身去重新檢查湯瑪斯・穆格里奇幹的好事。

「我想我得坐下來曬曬陽光，」我聽見狼・拉森這麼說。

他的聲音中隱約帶有一絲身體虛弱的跡象，這很少見，我立刻看向他。他的手神經質地掃過臉龐，彷彿在揮去蜘蛛網。我感到困惑，整個情況和我認識的狼・拉森完全不同。

「你的頭痛怎麼樣了？」我問道。

「頭痛仍然困擾著我，」他回答道，「我覺得現在可能又要發作了。」

他從坐姿滑落，側身躺在甲板上，頭枕在下方手臂的二頭肌上，前臂遮住了眼睛，避開陽光的直射。我站在一旁驚訝地看著他。

「現在是你的機會了，漢普。」他說。

「我不懂你的意思。」我說了謊，因為自己完全明白他的意思。

「喔，沒什麼，」他輕聲補充道，彷彿正在打瞌睡，「只想說你在如你所願的地方逮到了我。」

「不，我沒有。」我反駁道，「因為我希望你待在幾千英里之外。」

他咯咯地笑了，之後便不再說話，就連我經過他身邊時也沒有反應，我走下了客艙，掀開地板上的活板門，疑惑地看了一下漆黑一團的儲藏室。我猶豫著是否要下去。萬一他躺下來只是個詭計呢？我會像老鼠一樣被困在裡面。我悄悄地爬上甲板，窺視他的動靜。他仍然躺著，和我離開時一樣。我再次往下走去，並在下去之前，事先扔下活板門。至少這個陷阱沒有蓋子。但是，這一切都是多餘的。我帶著一堆果醬、餅乾、罐頭肉之類的東西回到客艙，並把那個門放回原處。

我瞥了一眼狼．拉森，發現他沒動，於是靈光一閃，偷偷溜進他的艙房，拿走了他的手槍。我徹底翻遍了剩下的三個艙房，但沒發現其他武器。為了確認，我回去檢查了統艙和前水手艙，在廚房裡收集了所有鋒利的切肉刀和切菜刀。然後，我想起他總是隨身攜帶的那把航海刀，於是我來到他面前，先是輕聲說話，然後提高音量。他沒有反應，於是我彎下身子從他的口袋裡取出那把刀，總算可以鬆口氣。他沒有武器可以從遠處攻擊我，而我有，隨時可以防範他用那大猩猩般的可怕手臂抓住我。

我把掠奪來的部分戰利品裝滿了咖啡壺和煎鍋，還從客艙的儲藏室裡拿了一些瓷器，然後把狼．拉森留在陽光下，自己上了岸。

茉德還在睡覺。我重新點燃了餘燼（我們還沒設置好冬季廚房），急急忙忙地準備早餐。快做好的時候，我聽到她在小屋裡走動及梳洗。就在一切都準備就緒，咖啡也倒好的時候，小屋的門打開了，她走了出來。

「你這樣不公平，」她如此問候道，「你正在剝奪我的權利。你知道，你已經答應好做飯的事由我來負責，而且——」

「就這一次。」我懇求道。

「除非你答應不再這麼做。」她微笑著說，「當然，除非你已經厭倦了我那糟糕的努力。」

我很高興，茱德從未朝海灘的方向看去，我成功地維繫了這個小小的騙局，她不自覺地用瓷杯啜了一口咖啡，吃著煎炸過的馬鈴薯，並在餅乾上塗抹了果醬。但這種情況無法維持太久。我看到她露出驚訝的表情，注意到自己正在使用的瓷盤，並且仔細端詳了早餐，發現一個又一個細節。然後看向我，臉慢慢轉向海灘。

「韓福瑞！」她叫道。

她的眼中漸漸浮現出那種無法形容的恐懼。

「是——他——？」她顫抖著問。

我點了點頭。

33

我們一整天都在等狼・拉森上岸，那是一段難以忍受的焦慮。每分每秒，我們其中一個人就會朝「幽靈」號投去期盼的目光，不過他一直沒現身，甚至沒出現在甲板上。

「也許是因為他的頭痛發作了。」我說道，「我留他一個人躺在船尾樓，或許就那樣躺了一整晚。我覺得我應該上船去一探究竟。」

茉德用哀求的眼神看著我。

「沒事的。」我向她保證，「我會帶上左輪手槍。你知道我把船上所有武器都搜括過來了。」

「可是他還有兩條手臂和雙手，他那可怕至極的雙手！」她先是出言反駁，接著哭喊道，「喔，韓福瑞，我怕他！別去——拜託別去！」

茉德懇切地把手放到我的手上，使得我的脈搏怦怦亂跳。在那個瞬間，我的眼神肯定洩漏了我的心思。心愛的佳人啊！她就是命中註定的那個女人，如此依賴我，也如此讓我著迷，是讓我的男子氣概生根茁壯的陽光和露水，是一股全新力量的養分。我本來想摟著她，就像我們待在海豹群之中時那樣，不過在深思熟慮之後，最終還是忍住了。

「我不會冒任何風險的。」我說道，「我只會從船頭窺探一下狀況。」茉德認真嚴肅地按了按我的手後，就讓我出發了。不過，原本我離開「幽靈」號的時候，狼．拉森躺著的地方空無一人，他顯然是下到船艙裡了。那天晚上我和茉德輪流守夜和休息，因為誰都說不準狼．拉森會做出什麼事。他毫無疑問有能力做出任何事。

第二天我們依然在等，第三天也是如此，可是他一直都沒有出現。

「他的頭痛，以及發作的程度，」在第四天的下午，茉德說道，「或許他生病了，病得非常嚴重。他可能就要死了。」

「或者說已經奄奄一息了。」她後來又補了一句，然後等著我開口。

「那樣更好。」我回答道。

「但你想想，韓福瑞，一個男人孤伶伶地渡過他人生最後的幾個小時。」

「或許吧。」我間接說道。

「對，就算真是這樣。」她承認，「但我們不知道發生了什麼事。如果他就那樣死去，實在太悽慘了。我永遠都不會原諒自己。我們一定得做些什麼。」

「或許吧。」我再度說道。

我一邊等著，一邊在心中暗自笑看她因為身為女人，而對於狼．拉森和所有生物激起的關懷。我想著，她對我的關心又到哪裡去了呢？剛才我只不過是說要去船上看一眼，就擔心得要命嗎？

茉德實在太過敏銳，沒有順應我的沉默，並且如同她的敏銳，個性也同樣直接。

「你最好上船把情況弄清楚，韓福瑞。」她說道，「如果你想要笑我，就儘管笑吧，我允許和原諒你。」

我順從地站起身，朝海灘走去。

「千萬要小心。」她在我身後吶喊。

我在前水手艙前方揮了揮手，然後跳到甲板上，走到船尾的客艙艙口就停下腳步，朝著船艙底下呼喊。狼．拉森出聲回應，當他開始走上樓梯時，我也扣上了左輪手槍的扳機。在我們交談的過程中，我亮出了手槍，不過他並未注意到。他的外表看上去跟我上次見到時一樣，只是整個人陰沉寡言。事實上，我們只有互相說了幾個字，幾乎算不上是對話。我沒有詢問他為什麼不上岸，而他也沒有問我為什麼不上船。狼．拉森說他的頭已經沒事了，而我也沒有再多說什麼就離他而去。

茉德聽完我的報告之後鬆了一口氣，後來看見廚房冒出了炊煙，讓她心情更加愉快。接連幾天，我們都看見廚房有煙升起，偶爾還會見到狼．拉森在船尾樓走動。不過，就只是這樣而已。他沒有要上岸的打算，這點我們很清楚，因為我們每天依然持續守夜。我們正等著他做出些什麼事，或是表明他的意圖，但他什麼都不做，反倒讓我們陷入困惑，擔心不已。

就這樣過了一個禮拜，我們只對狼．拉森的一舉一動感興趣，他的存在讓我們坐立不安，無法完成任何我們早已計畫好的小事。

但是就在那個禮拜快要過去的時候，廚房不再冒出炊煙，狼．拉森也沒有出現在船尾樓。我看得出來茉德愈來愈擔心，儘管她表現得怯生生地，我想甚至還帶點自豪，克制住自己不再向我提出請求。畢竟，怎麼能去責怪她呢？她是個極度的利他主義者，而且還是個女人。順帶一提，一想到這個我曾經試圖想殺死的人，就算他的同類就在身邊，卻得一個人孤獨地死去，不禁也感到難過。狼．拉森說得對。我的群體所設下的道德準則，比我個人意志更為強大。事實擺在眼前，他有手有腳，還有著身形跟我差不多的身體，所以我不能視而不見。

因此，我並沒有等到茱德第二次開口。我發現我們的煉乳和果醬剛好吃完了，於是主動提議到船上一趟。我看得出茱德左右為難，她甚至喃喃自語說這些都不是必需品，所以我跑這一趟是不明智的。正如同她明白我沉默不語的意涵，現在也聽得出我話中有話，知道我之所以要上船，不是為了煉乳和果醬，而是為了她，還有她曉得自己根本藏不住的焦慮。

我抵達前水手艙前方之後就將鞋子脫掉，只穿著襪子無聲無息地走到船尾。這次我並未站在艙口前大喊，而是小心翼翼地下到船艙，結果發現客艙裡空無一人，狼・拉森艙房的房門緊閉。起初，我打算敲門，接著想起自己表面上宣稱的差事，於是決定先去完成再說。我謹慎地避免製造任何聲響，拉開地板上的活板門，放到一旁。販賣部的商品和糧食都存放在儲藏室裡，所以我趁這個機會拿走了不少內衣。

我從儲藏室出來的時候，聽見狼・拉森的房間傳來聲響。我立刻蹲下，聽著他的動靜。這時，門把發出嘎嗒一聲。我下意識偷偷摸摸地躲到了桌子後面，拔出左輪手槍，然後扣起扳機。房門突然打開，狼・拉森走了出來。我從未在他的臉上看過如此深沉的絕望，他明明是個戰士、強者、不屈不撓的男人，現在卻完全像是個焦慮不安而雙手交握的女人，他舉起了緊握的拳頭，痛苦地呻吟。接著，他鬆開其中一顆拳頭，張開的手掌橫掃過他的眼前，做出彷彿想要扯掉蜘蛛網一樣的動作。

「上帝啊！上帝啊！」他在呻吟的同時，與喉嚨發出的無盡絕望相呼應，再度舉起了緊握的拳頭。

這幅光景可怕到讓我全身發抖、背脊發涼，連額頭都冷汗直流。想必在這個世界上，沒有什麼是比看見一個強大的男人墜入軟弱和崩潰的瞬間，還要來得可怕。

不過，狼．拉森靠著他非凡的意志力，重新掌握住身體。這費盡了他的心神，整個身體都在顫抖，像是個瀕臨發作的人。他努力想讓自己的臉保持鎮靜，卻在痛苦中歪斜扭曲，直到二度陷入崩潰，又一次舉起緊握的拳頭，同時不斷呻吟，並且在喘了一兩口氣之後泣不成聲。最後，他成功辦到了。我原本以為他又回到了從前的狼．拉森，但他的動作裡隱隱約約透露出一股虛弱和優柔寡斷。他開始踏著我過去習以為常的步伐，朝著艙梯走去，這時我再度從他走路的樣子，看見了相同的虛弱和優柔寡斷。

現在，我開始擔心起自己了。敞開的儲藏室洞口就在狼．拉森的必經之路上，只要察覺到儲藏室被打開，就會立刻發現我的存在。眼看自己將要以蹲坐在地的窩囊姿勢被他逮到，我就對自己感到生氣。趁著還有一點時間，我迅速站了起來，並且知道自己在下意識之間擺出了挑釁的姿態。他並沒有注意到我，也沒有留意到洞口。我還來不及掌握局勢或做出行動，狼．拉森就一腳踩了上去。他的一隻腳正要踏進敞開的洞口，另一隻腳則準備要抬起來。不過，當他踩下去的腳沒有碰到實心的地板，感覺腳下空無一物時，從前的那個狼．拉森回來了。即便身體正往下墜，他運作起老虎般的肌肉，整個人向前飛撲，越過了儲藏室的洞口，以兩隻手臂往前伸、胸口和腹部著地的姿勢，落到對面的地板上。下一個瞬間，他就蹬起雙腿，滾離現場。不過，他剛好滾到我的果醬和內衣上面，然後撞到了活板門。

狼．拉森露出一副對現狀了然於心的表情，不過在我猜出他領悟到什麼事情之前，他就已經將活板門放回原位，關上了儲藏室。這下我明白了，他以為自己把我關進了儲藏室。還有，他瞎了，像蝙蝠一樣什麼都看不見。我觀察著他的行動，同時屏住呼吸，如此一來他就不至於會聽見我的存在。狼．拉森迅速退回了自己的艙房，我看見他打算開門的手偏離了門把一英寸，迅速摸索之後才找到了正確的位置。這正是我的大好機會。我踮起腳尖穿過客艙，走到了樓梯的最頂端。他拖著一個沉重的箱子走了回來，把它壓在活板門上面，而且不是這樣就算了，接著又拿了第二個箱子放在第一個箱子上面。然後，收拾好果醬和那堆內衣，擺到了桌子上。當他走上艙口時，我趕緊撤退，默默翻滾到客艙的頂部。

狼．拉森把艙口的滑門推開，手臂靠在上面，身體依然待在艙口裡。他的姿勢就像是一個人正望向前方，估量著帆船的船身，或者可以形容是瞪大雙眼，因為他的眼睛連眨都不眨一下。我離他只有五英尺遠，而且正好就在他的視線範圍內。這實在非常難以解釋，我覺得自己變成了肉眼無法看見的幽靈。我來回揮了揮手，當然半點效果都沒有，不過當晃動的影子落在他的臉上，我立刻就看出他很容易受到感知影響。當他嘗試分析和辨認出感受到的事物，臉色就變得更加期待和緊繃。狼．拉森知道自己對外界的某項事物產生了反應，他的感覺被周遭環境中的某種變動事物給觸動，可是卻沒有辦法認出那究竟是什麼。我停止揮手，所以影子就保持固定不動。他慢慢地將頭在陰影下前後移動，左搖右晃，一下暴露在陽光底下，一下又回到陰影之中，藉此去感受影子，就好像在用感官來測試一樣。

同時，我也忙著想弄清楚狼．拉森是怎麼察覺出影子這類無形的存在。假如受到影響的只有他的眼球，或是視神經沒有完全受損，那麼解釋起來就很簡單。如果不是這樣，我唯一能得出的結論就是，敏感的肌膚能夠分辨出陰影和陽光的溫度差異。又或許，這就是那傳說中的第六感，讓他能感受到朝著自己逼近、近在咫尺的物體，誰知道呢？

當放棄確認陰影的嘗試之後，狼．拉森踏上了甲板，開始大步流星、自信滿滿地向前走，讓我嚇了一跳。不過，從他走路的方式，依然能夠發現眼睛看不見的無力感。此時此刻，我才明白他真的瞎了。

讓我好氣又好笑的是，他在前水手艙前方發現了我的鞋子，並將它們帶回了廚房。我看著他生起了火，開始為自己動手做飯。接著，我偷偷溜進客艙，拿走我的果醬和內衣，然後悄悄經過廚房，爬下船跳到海灘上，光著腳去回報我的所見所聞。

34

「可惜『幽靈』號的桅杆壞了。不然，我們可以揚帆出海離開。你難道不這麼想嗎，韓福瑞？」

我激動地跳起來。

「我想想，我想想。」我念念有詞，並來回踱步。

茉德的眼睛隨著我的每個動作移動，閃爍著期待的光芒。她對我竟是如此信任！想到這點我就力量大增。我想起米什萊（Jules Michelet，譯註：法國史學之父）的那段話：「對於男人而言，女人就如同大地之於她那眾所周知的孩子。男人只需要屈身親吻她的乳房，就能重獲力量。」我第一次意識到這句話的奇妙真理。沒錯，我正處在這樣的真理之中。對我來說，茉德便是一切，源源不斷地給我力量和勇氣。我只需看她一眼，或者想到她，就會再次充滿力量。

「可以辦到的，可以辦到的，」我一邊思考一邊大聲地自我肯定，「別人辦得到的事，我也能辦到；即使從未有人辦到，我也能夠辦到。」

「什麼？天哪，」茉德問道，「拜託說清楚點，你能辦到什麼？」

「我們辦得到的，」我改口說，「哈，就是重新把桅杆裝回『幽靈』號，然後離開這個地方。」

「韓福瑞！」她驚呼。

我為自己的想法感到無比自豪，彷彿這個想法已經付諸實行。

「但是，這要如何才能辦到呢？」她問道。

「我不知道，」我回答道，「我只知道這些日子以來，覺得自己無所不能。」

我得意地對她笑了笑，結果得意過頭了，以至於她垂下眼睛，沉默了一會。

「可是拉森船長還在船上。」她提出反對。

「他又瞎又無助，」我立刻回道，「如同一根稻草，輕鬆就能把他揮到一邊。」

「可是他那雙可怕的手！你知道他是如何躍過儲藏室洞口的。」

「你也知道我是怎麼偷偷避開他的。」我毫無意義地爭辯著。

「結果弄丟了你的鞋子。」

「你總不會指望它們在沒有我的腳穿著的情況下，自己避開狼・拉森吧。」

我們兩人笑了起來，隨後認真地著手擬定計畫，準備豎起「幽靈」號的桅杆，重返文明世界。我模糊地回想起學生時代的物理課，而過去幾個月的生活也讓我獲得了一些機械起重裝置的操作經驗。不過，當我們走到「幽靈」號旁，仔細勘查眼前的工作時，看到那巨大的桅杆沉在水中，幾乎讓我灰心喪志。我們該從哪裡著手呢？如果還有一根桅杆豎著，至少還能將滑輪和滑車固定在某個高處！但是，現在什麼都沒有。這讓我想起那個用自己鞋子的鞋帶將自己吊起來的悖論。我懂槓桿原理，但我到哪裡去弄一個支點呢？

我面前的是主桅杆，底部直徑有十五英寸，長度更是有六十五英尺，我粗略估計重量至少有三千磅。接著是前桅杆，直徑更長，重量肯定有三千五百磅。我該從哪裡著手呢？茉德默默地站在我身邊，我心中則浮現出一種在航海中被稱為「起重架」的裝置，雖然水手們都熟知這種裝置，我卻是自己在奮進島上發明了它。藉由將兩根桅杆的末端交叉並綑綁在一起，然後將它們像倒V字形一樣立起，這樣我就能在甲板上方找到一個固定起重滑車的支點。如果需要的話，我還可以再栓一個起重滑車。再說，船上還有一個絞盤！

茉德看到我似乎想出了什麼解決方案，眼神便流露出同情的溫暖。

「你打算怎麼做？」她問道。

「清理那些亂七八糟的東西。」我指向甲板邊緣那堆糾纏在一起的東西。

啊，這果斷的口氣，每個字在我耳裡聽來是如此悅耳。「清理那些亂七八糟的東西！」幾個月下來，韓福瑞・凡・韋登竟能說出這樣粗魯的話語！

我的姿勢和語氣似乎帶著些許戲劇性，茉德因而露出了笑容。她對荒謬事物的感受力相當敏銳，無論是裝腔作勢、過度矯情，又或是弦外之音，她總是能夠準確地察覺到。正是這種特質賦予了她在工作上所具備的沉穩與洞察力，在這個世界上占有一席之地。有著幽默感和表達能力的優秀評論家，必然會得到世間的青睞，茉德也是如此。她的幽默感正是藝術家拿捏分寸的本能。

「我敢肯定，自己曾經聽過這句話，或許是在哪本書裡讀到的。」她欣喜地低語著。

我自己也有著拿捏分寸的本能，所以立刻一蹶不振，從萬物主宰的統治者姿態，墜入卑微混亂的狀況，可以說相當悲慘。

她立刻握住我的手。

「我很抱歉。」她說道。

「不必道歉。」我吞了吞口水，「這對我是好事。我還太幼稚。但這些都不是重點，我們現在真正需要做的是清理那些雜物。如果妳能跟我一起搭上小艇，我們就可以立刻動手把事情搞定。」

「『當水手用嘴咬著摺疊刀清理那些雜物時。』」她向我引述了吉卜林的詩句。

接下來整個下午，我們一邊工作一邊歡笑。

她的任務是保持小艇的穩定，而我則負責解開那些糾纏的繩索。真是一團糟——升帆索、帆腳索、拉索、下拉索、支索、拉桅繩，全都被海水來來回回沖刷，纏繞在一起。我只切斷必要的地方，然後將長長的繩子穿過帆桁和桅杆，同時收回吊索和帆腳索，並在小艇上盤好，然後再次解開繩索，穿過繩耳上的另一個繩結。我很快就渾身濕透。

船帆確實需要稍微裁切，浸滿水的帆布非常重，嚴重考驗我的體力。但在天黑之前，終於成功把它們全部攤在海灘上晾乾了。我們兩個人在吃晚飯時都感到十分疲憊，儘管看起來微不足道，但我們的工作也算是卓有成效。

第二天早上，在茱德這個能幹助手的幫助下，我進入了「幽靈」號的貨艙清理桅杆底部的桅跟座。在我們著手進行沒多久，敲擊和錘打的聲音便把狼·拉森吸引了過來。

「喂，下面的人！」他對著敞開的艙口喊道。

他這麼一喊，讓茉德趕緊靠到了我身邊尋求保護，在我和狼・拉森對話的時候，她將一隻手輕輕搭在我的手臂上。

「喂，甲板上的人，」我回應道，「早安。」

「你們在下面做什麼？」狼・拉森問道，「打算把我的船弄沉嗎？」

「恰恰相反，我在修理它。」我回答道。

「你到底在修理什麼？」他的語氣充滿困惑。

「喔，我正在為重新安裝桅杆做準備。」我不假思索地回答道，好像這是再明白不過的事情。

「看來你終於站穩腳步了，漢普。」他說完這句話之後就陷入一陣沉默。

「可是我說，漢普，」他又喊道，「你辦不到的。」

「喔，不，我辦得到，」我回答道，「我現在就在做。」

「話說回來，這可是我的船，是我的私人財產，要是我不允許呢？」

「你忘了，」我回答道，「你已經不是最大的那團酵母。你曾經是，而且就像你喜歡說的那樣，有辦法吞掉我。不過情況已經改變了，現在換成我能吞掉你。你這酵母已經變質了。」

他發出了一聲短促刺耳的笑聲。「我看你是把我的哲學反過來用在我身上了，不過，別犯下大錯去低估我！我這是為你好才警告你的。」

「你什麼時候變成了慈善家？」我問道，「警告我是為我好？不如現在就承認這句話有多麼前後矛盾！」

他無視我的諷刺，說道：「要是我現在就把艙門關上，你又能拿我怎麼辦呢？這回你可無法像上次儲藏室那樣騙我上當。」

「狼．拉森，」這是我第一次直呼他的名字，然後嚴正地說道，「我無法對一個既無助又沒有反抗能力的人開槍。你已經證明過了，我們也都明白這一點。但是，我現在警告你，這不僅是為了你好，更是為了我自己，只要你有任何敵對行動，我就會立刻對你開槍。我現在就能對你開槍，就站在這裡，如果你這麼有興趣的話，就儘管動手關上艙門試試看。」

「就算是這樣，我還是不允許。我嚴正禁止你敲打我的船。」

「可是，老兄！」我反駁道，「你說這是你的船，聽起來像是一種道德權利。但是，你與其他人交涉時從不考慮這些。難道你真的以為我在面對你的時候，會考慮這些嗎？」

我走到敞開的艙門下方，以便看得到他。他那張不帶表情的臉孔，與過去我觀察到的樣貌截然不同，尤其他那雙眨也不眨、總是瞪視的眼睛，那不是一張賞心悅目的臉。

「連漢普這樣卑微的人，對我都不會表示敬意了。」他嘲諷道。諷刺的語氣完全體現在他的語氣裡，不過他的臉依然沒有任何表情。

「你好，布魯斯特小姐。」他在停頓一會後突然說道。

我嚇了一跳，萊德一直沒出聲，連動都沒動一下。難道他還保有一點視力？還是他的視力正在恢復？

「你好，拉森船長，」她回答道，「請問，你怎麼知道我在這裡？」

「當然是聽到了你的呼吸聲。我說，你不覺得漢普表現得愈來愈好了？」

「我不知道，」她對著我微笑，「他一直都是這個樣子。」

「那你應該看看他以前的樣子。」

「狼・拉森，太誇張了，」我嘟囔著說，「我前後都差不多的。」

「我再跟你說一次，漢普，」他語帶威脅地說，「你最好別再動手了。」

「難道你不想和我們一起逃走嗎？」我不敢置信地問道。

「不，」他回答說，「我打算死在這裡。」

「好，我們可不想。」我用挑釁的口氣說完，繼續敲打起來。

35

第二天，桅跟座清理完畢，一切準備就緒，我們開始把兩根中桅弄上船。主桅有超過三十英尺長，前桅也有將近三十英尺，我打算用它們來製作人字吊臂起重架。這是一個令人絞盡腦汁的工作。我把重型滑車的一端固定在絞盤上，另一端則固定在前桅的末端，接著我就開始用力拉。茉德負責轉動絞盤，收攏鬆弛的繩索。

我們都對於那樣的圓木如此輕易就被抬起來感到非常震驚。這是一個改良過的曲柄絞盤，能提供相當驚人的拉力。當然，我們付出了距離作為代價來交換它帶來的動力。絞盤讓我的力量增強了多少倍，我就必須拉起等倍長度的繩索。滑車重重拖過船舷的欄杆，隨著桅杆漸漸被拖出海面，轉動絞盤的工作也變得愈來愈吃力。

不過，桅杆末端與欄杆平行時，一切都停滯下來。

「我早該知道這一點。」我不耐煩地說，「這下我們得重來一遍了。」

「為什麼不把滑車固定在桅杆再下方一點的地方？」茉德提出建議。

「我打從一開始就該這麼做。」我極度厭惡起自己。

放開一輪繩索，讓桅杆降回水面之後，我將滑車固定在距離末端三分之一的位置。在一個小時內，我邊拉邊休息，將桅杆吊到我再也拉不動的地步。桅杆的末端現在位於欄杆上方八英尺的空中，離我把這根圓木吊上船還差得很遠。我坐下來思索眼前的問題。沒過多久，我就想出了解決辦法，興高采烈地跳了起來。

「這下我想到了！」我大喊道，「我應該把滑車固定在桅杆的平衡點上。這一招可以讓我們把所有需要的東西都吊上船。」

我再次把桅杆降回水裡，重來所有步驟。但我沒有算好平衡點，所以拉上來的是桅杆頂端，而不是末端。茉德看上去很絕望，不過我笑著表示這樣也行得通。

我教導茉德如何轉動絞盤，做好準備等我一聲令下就放開繩索，而我則用雙手扶住桅杆，試著讓它朝著船內跨過欄杆，保持平衡。當我覺得調整好位置之後，就叫茉德鬆開繩索，但是圓木無視我的努力，回到原本的狀態，直直落到海水裡。我再次把桅杆吊到剛才的位置，而這次我有別的想法。我想起輕便滑車的存在，那是個有著小型雙滑輪和單滑輪的東西，於是就把它拿來了。

當我把輕便滑車裝在桅杆頂端和對側欄杆之間時，狼．拉森來到了現場。我們只相互問候了一聲早安。儘管他的眼睛看不見，卻坐在了不會礙事的欄杆上，透過聲響關注我的一舉一動。

我再次告訴茉德，聽到我的指示就鬆開絞盤，自己則是著手拉動輕便滑車。桅杆緩緩地擺動，直到橫跨過欄杆，在正確角度取得了平衡，然後我吃驚地發現，根本不需要茉德去鬆開絞盤，事實上更需要的反而是轉緊它。固定好輕便滑車之後，我拉動絞盤，將桅杆一吋一吋地吊進船裡，直到其頂部朝著甲板傾斜，才終於把整根原木搬到了甲板上。

我看了看自己的錶，時間是正午十二點。我的背痛得要命，筋疲力盡且饑腸轆轆。甲板上多躺了這根木頭，就是一整個早上工作的成果。這是我第一次意識到橫亙在我們面前的任務有多麼艱巨。不過，我正在學習，正在學習啊。下午就會完成更多的進度。而我們也確實辦到了，在吃完一頓豐盛的午餐，養精蓄銳之後，我們在下午一點便回到船上。

花了不到一個小時，我就將主桅吊到甲板上，開始組裝起人字吊臂起重架。我將兩根中桅綑在一起，並且為兩者不對等的長度預留空間，至於在兩者交叉的地方，則是繫上了帆前上角帆索的雙滑輪。就這樣，加上單滑輪和帆前上角帆索，我就有了一個起重滑車。為了防止兩根桅杆的底部在甲板上滑動，我釘上了厚重的木條來加固。一切都準備就緒，我在起重架的頂點固定了一條繩子，然後直接拉到絞盤上。由於絞盤為我帶來超乎預期的力量，所以對它愈來愈有信心。一如往常，茉德負責在我拉的時候轉動絞盤。起重架升到了空中。

這時，我發現自己忘記上牽繩了。這使得我必須爬上起重架兩次，將牽繩綁在它的前後和兩側。這項工作完成之後，暮色已經降臨。一整個下午都坐在那裡聽著，沒有開口說過任何一句話的狼．拉森已經去到廚房，準備起自己的晚餐。我覺得自己的下背部相當僵硬，以至於吃力地站直身體時，感受到一陣疼痛。我自豪地看著自己的成果，這才要準備大展身手。我像個拿到新玩具的孩子一樣被欲望沖昏了頭，想要馬上用我的起重架吊起什麼東西。

「要不是天色這麼晚，」我說道，「我好想知道這究竟會如何運作。」

「別太貪心了，韓福瑞。」茉德勸告我，「記住，明天總會到來，你現在已經累到幾乎站不穩了。」

「那麼你呢？」我突然擔心起來，「你肯定非常累了，你工作得既賣力又出色。

我為你感到驕傲，茉德。」

「這既不及我為你驕傲的一半，也構不成一半的理由。」茉德帶著她獨有的表情，直直看著我好一陣子，眼神裡流露出一種我從未見過的搖曳光芒，而這讓我感覺到一陣迅速湧上的喜悅。我也不曉得原因，因為自己根本搞不清楚。然後她低下了眼睛，等到再度抬起來時，臉上洋溢著微笑。

「如果我們的朋友能看見現在的我們。」茉德說道，「看看我們自己。你曾停下來一會，想過我們的樣子嗎？」

「有啊，我有想過你的樣子，經常想。」我回答道，不僅對於自己在茉德眼裡看到的東西感到疑惑，也對於她突然轉移話題覺得不解。

「天啊！」她叫喊道，「請你告訴我，我看上去是什麼樣子？」

「很遺憾，看上去是個稻草人。」我回答道，「舉例來說，就看看你那邋遢的裙子。看看上面三道裂縫。還有那腰際！不用夏洛特．福爾摩斯出馬，就能推論出你曾經在營火邊煮飯，更別說還嘗試過提煉海豹油了。最糟糕的是那頂帽子！所有這些加起來，就是那位寫下〈親吻苦難〉的女人。」

茉德優雅莊重地向我行了一禮，然後說道：「至於你呢，先生——」

我們接下來開了五分鐘的玩笑，不過在這背後卻隱藏著某種嚴肅的事物，我不得不將這與自己在茉德的眼神中所捕捉到轉瞬即逝的奇妙神色聯繫在一起。那到底是什麼？難道是我們的眼睛能超越說話的意志來表達想法嗎？我知道自己的眼神曾經發表過意見，直到我發現了罪魁禍首之後才讓它們安靜下來，而這也發生過好幾次了。不過，茉德是否看出了我眼中的喧嘩，並且理解其意呢？至於她的眼睛是否也曾這樣對我訴說呢？那樣的神情，那種搖曳的光芒、超越言語所能表達之物，還能有什麼其他含義呢？不，不會有其他含意。這是不可能的。順帶一提，我並不善於用眼神表達想法。我就只是個韓福瑞·凡·韋登，一個墜入情網的書呆子。去愛一個人，去耐心等候然後贏得愛情，這對我來說毫無疑問是個無上光榮的事情。因此我想，即便我們在抵達岸邊之前都還在取笑彼此的外表，依然還有其他事情得考慮。

「真是遺憾，我們辛苦工作了一整天，卻沒辦法安安穩穩地睡上一覺。」我吃完晚餐後開始發牢騷。

「可是，現在不會有危險了吧？一個瞎掉的男人？」茉德問道。

「我永遠都沒有辦法相信他。」我堅稱，「他瞎了之後就更是如此。麻煩就在於陷入部分無助的狀態後，會讓他變得比以前更加惡毒。我知道明天該做什麼了，第一件事情就是鬆開一個輕型的船錨，然後靠著那個錨讓帆船離開岸邊。當我們每天晚上划著小艇回到岸上，狼．拉森先生就會一個人被囚禁在船上。所以，今天會是我們最後一天守夜，之後就會過得輕鬆一點。」

我們早早就醒來，在天剛亮的時候就便用完了早餐。

「啊，韓福瑞！」我聽見茉德突然停下手邊的動作，驚惶失措地大叫。

我看向茉德，她正緊盯著「幽靈」號。我順著她的視線看過去，不過沒有發現任何不尋常的事情。她看了看我，我則是滿臉疑惑地看回去。

「起重架。」她的聲音在顫抖。

我早已忘記了起重架的存在，於是又轉頭看去，但是沒發現任何東西。

「如果他毀了——」我凶狠地低聲說道。

茉德憐憫地把手放到我的手上，說道：「你可以重新來過。」

「喔，相信我，我的怒氣一點都沒用，連一隻蒼蠅都傷害不了。」我滿臉苦笑，「最糟糕的部分在於，他知道這件事了。你說得對，如果他毀掉了起重架，我能做的也只有重新再來一遍。」

「不過，我今後得在帆船上守夜了。」過了一會，我脫口而出，「如果他妨礙

——」

「但是我不敢整晚獨自一人待在岸上。」當我恢復理智的時候，茉德說道，「假如他能友善一點，並且幫助我們的話，那就更好了。我們就可以舒舒服服地住在船上。」

「我們會的。」我向她保證，儘管語氣依然很凶狠，因為我寶貝的起重架遭到破壞的打擊實在太大。「也就是說，你跟我都會住到船上，不管狼．拉森對我們的態度友不友善。」

「真是幼稚。」我過不久笑了出來，「不管是他做出這些事情，還是我為他所做的事情感到生氣，都很幼稚。」

然而，當我們爬上船，一看見他造成的破壞，我的心都碎了。起重架完全毀了。牽繩被不分青紅皂白地亂砍一通，而我固定好的帆前上角帆索，每個部分都被割斷，因為狼．拉森知道我不會接合繩子。我的腦袋突然冒出一個念頭，於是趕緊去查看絞盤。他也毀了絞盤，完全不能用了。我們滿臉錯愕地看著對方。接著，我跑向船舷，發現我清理好的桅杆、縱帆下桁和斜桁都消失無蹤。他找到了我用來綁住它們的繩子，然後拋到海裡，於是桅杆全都順著水流漂走了。

茉德的眼眶裡充滿淚水，我相信那是為我而流的，而我自己則是欲哭無淚。如今，我們重新為「幽靈」號裝上桅杆的計畫該怎麼辦呢？狼．拉森破壞得很徹底。我坐在艙口蓋上，雙手托著下巴，陷入深沉的絕望。

「他死有餘辜。」我大喊，「上帝寬恕我吧，我沒辦法鼓起勇氣下手了結他。」

不過，茉德待在我身邊，用手輕輕撫摸著我的頭髮，彷彿我就是個孩子，然後說道：「好了，好了，一切都會沒事的。我們所作所為都是正確的，事情肯定會好起來的。」

我想起了米什萊，同時把頭靠在茉德身上。說真的，我又再度充滿力量，這個受到祝福的女人給了我源源不絕的力量。這算得了什麼？只不過是個挫折、是個耽擱罷了。潮汐不可能讓桅杆往海裡漂得太遠，海面上也沒有風。這僅僅代表要多花一點工夫把這些東西找回來而已。還有，順帶一提，這也是一次很好的教訓，讓我知道之後可能會發生什麼事。狼．拉森或許會等我們完成更多工作後，再更有效率地一口氣破壞殆盡。

「看，他來了。」茉德小聲說道。

我抬頭迅速看了一眼，狼．拉森正在左舷船尾樓悠悠哉哉地蹓躂。

「別理他。」我也壓低聲音，「他是來看我們的反應。別讓他知道我們明白發生什麼事。我們不能讓他得逞。脫掉你的鞋子，對，就是這樣，然後拿在手上。」

接下來，我們就跟這個瞎子玩起捉迷藏。當他來到左舷，我們就悄悄溜到右舷；我們從船尾觀察他的動向，他回過頭順著我們的原路，朝著船尾走來。

狼・拉森肯定靠著什麼方法知道我們上了船，因為他非常有自信地說了聲「早安」，然後等著我們回應。接著，他漫步走向船尾，而我們則偷溜到了船頭。

「喔，我知道你們在船上。」狼・拉森大聲呼喊，而我能看見他在說完話之後，專心傾聽著周遭的動靜。

這讓我想起了大貓頭鷹會在發出宏亮的叫聲後，聽著受到驚嚇的獵物所發出的騷動。不過，我們並未驚惶失措，而是等到他開始走動，才跟著動起來。我們兩人像一對被邪惡食人魔追趕的孩子，手牽著手在甲板上東躲西藏，狼・拉森直到顯然厭煩之後，才離開甲板，回到客艙。當我們穿好鞋子，爬下船舷，回到小艇時，眼睛裡充滿愉快的神色，臉上滿是抑制不住的笑容。我一看向茉德清澈的棕色眼睛，就將狼・拉森做過的壞事拋到腦後：我的腦袋裡只知道我愛她，而且就是因為她，我才獲得了能讓我們重返文明世界的力量。

36

茱德和我花了兩天的時間在海上巡視，探索各處海灘去尋找遺失的桅杆。不過，一直要到第三天才找齊包含起重架在內的全部桅杆，而且都位於相當危險的西南方岬角，因為那裡的地勢險峻，海面波濤洶湧。我們真的花了好一番工夫！我們在第一天忙到天黑，費盡全身力氣，才將主桅杆拖回小海灣。在一片死寂的海面上，我們幾乎整趟路都不得不靠著自己的雙手划槳來前進。

然後又一個令人肝腸寸斷、危險萬分的辛苦日子過去，我們才將兩根中桅拉回營地，讓事情有了進展。隔天，我孤注一擲，將前桅、前桅和主桅的下桁，以及前桅和主桅的斜桁，綁成一個木筏。由於當時是順風，我本來打算靠著艇帆將這些桅杆運回去，不過風勢忽大忽小，最後逐漸停歇，所以我們只能划槳龜速前進。這是如此令人灰心喪志的工作。將全身的力氣和重量都集中在槳上，感受到小艇要往前衝的時候，卻有重物在後面拖累速度，這實在不是一件振奮人心的事。

當夜色漸漸籠罩海面時，情況變得雪上加霜，風朝著我們迎面吹來。小艇不但無法前進，我們還開始向後往大海的方向漂流。我死命划槳，直到自己筋疲力盡為止。可憐的茉德，我永遠都無法阻止她拚盡全力，現在正虛弱地癱倒在艇尾座位上。我再也划不動了，不只瘀青腫脹的雙手握不住槳柄，手臂和手腕也痠痛難耐。儘管十二點時已經吃過一頓豐盛的午餐，但是花費太多力氣，導致我餓到兩眼發直。

我收起艇槳，向前彎腰打算解開綁住木筏的繩子。不過，茉德迅速伸出手，制止了我。

「你打算做什麼？」她神情緊張地問道。

「拋下木筏。」我一邊回答，一邊放掉一圈繩子。

可是，她的手指緊緊握住我的手。

「拜託別這樣。」她苦苦哀求。

「這派不上用場。」我說道，「眼看就要天黑，風還不斷把我們吹離陸地。」

「但是你想一想，韓福瑞。如果我們不能搭著『幽靈』號揚帆出海，我們就得留在這座島上好幾年，甚至是一輩子。假如這座島這麼多年來都沒被人發現，代表永遠都不會有人發現。」

「你忘記我們在海攤上發現的那艘小艇了。」我提醒她。

「那是一艘獵捕海豹的小艇。你肯定很清楚如果小艇上的人逃走了，他們絕對會回到這個棲息地來大撈一筆。你知道他們根本沒有逃出去。」

我一言不發，不知道該如何是好。

「再說，」她結結巴巴地補上一句，「這是你的主意，我希望看見你成功。」

這下子我倒能狠下心腸，因為當她從個人的立場來取悅我的時候，我不得不從大局著眼來否定。

「在島上多活幾年，總比在今天晚上死掉好，或者是明天，抑或是後天，死在這艘沒有遮蔽的小艇上。我們還沒準備好冒險面對大海。我們沒有食物、沒有淡水、沒有毯子，什麼都沒有。啊，沒有毯子你是活不過這一晚的。我知道你的身體狀況，你現在正在發抖呢。」

「這只是緊張罷了。」她回答道，「我怕你會不聽我的勸，扔掉那些桅杆。」

「喔，拜託、拜託，韓福瑞，別那麼做！」她過了一會又突然大喊。

事情就這樣落幕了，茉德知道那兩個字對我來說威力無窮。我們整個晚上都在瑟瑟發抖。我斷斷續續地睡著，但冰冷刺骨的寒氣就會把我喚醒。我一點都不明白茱德是怎麼撐過去的。我實在累到無法揮動手臂來替自己暖暖身子，但我一而再、再而三地湧現力量，幫茱德搓揉她的手腳，恢復血液循環。而她依然在懇求我不要扔掉桅杆。大約在凌晨三點時，她因為天氣太冷，身體出現痙攣，在我幫她搓揉身體之後，卻凍僵到失去知覺。我整個人嚇壞了，趕緊拿槳給茱德，要她不停地划。她虛弱到我覺得隨時都有可能會昏倒。

天亮了，我們在漸漸光亮的晨曦之中眺望遠方，搜尋著我們的小島。最終，小島現出身形，是個遠在天邊的小小黑點，足足有十五英里遠。我藉著望遠鏡掃視過海面，在遙遠的西南方海面上看到一條暗沉的黑線，並且在我緊盯不放的同時，變得愈來愈明顯。

「順風！」我的喉嚨沙啞到都認不出是自己的聲音。

茱德試著回應我的話，但已經沒有辦法出聲。她已經凍到嘴唇發紫，眼窩凹陷。不過，天啊，她看向我的那雙棕色眼眸是多麼勇敢！勇敢到多麼令人心疼！

我再度開始摩擦她的手，上下左右活動她的手臂，直到她可以靠自己去自由伸展。接著，我強迫她站起來，就算跌倒了也沒有去幫她一把，反而要她先在槳手座和船尾座位之間來回走幾趟，最後再原地跳個幾下。

「喔，你這個好勇敢、好勇敢的女子。」當我看見她臉上再度充滿生氣便如此說道。「你明白自己有多勇敢嗎？」

「我過去從來都不覺得。」她回答道，「在遇到你之前，我一點都不勇敢，是你讓我變得勇敢。」

「我也是，直到認識你。」我跟著說道。

茉德迅速看了我一眼，而我再度於她的眼裡捕捉到那股搖曳的光芒，以及除此之外的某種情緒，不過就只出現了這麼一瞬間。接著，她面露微笑，說道：「這肯定就是環境的影響。」但我知道她錯了，並且好奇她是否同樣明白這件事。

後來，強勁的順風吹拂而來，小艇很快就在滔滔大海上朝著小島破浪而行，到了下午三點半就通過了西南方的岬角。此時，我們不僅饑腸轆轆，還變得口乾舌燥，嘴唇都已經裂開，也沒辦法用舌頭去讓其保持濕潤。接著，風勢又慢慢停歇。到了晚上，海面風平浪靜，我只好再一次吃力地划起槳，不過划得有氣無力，一點力氣都沒有。凌晨兩點，小艇在我們那座內陸海灣的海灘靠了岸，我踉踉蹌蹌地跨出小艇，將艇艄索固定好。茉德已經站不起來，但我也沒有力氣幫她。我跟她一起倒在沙地上，等我恢復體力之後，只能把雙手架在她的肩膀下方，將她從海灘拖到小屋裡。

隔天，我們什麼事都沒做，事實上是一路睡到了下午三點。或者說，至少我睡到了那個時候，因為醒來就已經看見茱德在煮午餐。她復原的能力實在很驚人。她如同百合花嬌嫩的身體裡有股頑強的力量，一種對於生存的執著，沒有辦法與她身上顯而易見的脆弱聯結在一起。

「你知道我旅行到日本的目的是為了身體健康。」茱德說道，那時我們吃完飯，正流連在火堆旁邊，享受著無所事事的悠閒。「我的身體並不好，一直都是如此。醫生建議來趟海上旅行，於是我選了最遠的路線。」

「你壓根都沒想到自己選到了什麼。」我大笑起來。

「但是這段經歷確實讓我變成不一樣的女人，一個更強壯的女人。」她回答道，「同時，我希望有成為一個更好的女人。至少現在了解更多關於生命的事情。」

然後，隨著短暫的白晝過去，我們開始討論起狼．拉森失明的狀況。那實在令人費解，也十分嚴重，我舉出狼．拉森自己的話，說他打算留在奮進島上等死。當他這個曾經如此強壯、如此熱愛生命的人，卻接受了自己的死亡，清楚表明困擾著他的麻煩，並不單單只是失明而已。狼．拉森有過非常嚴重的頭痛，我們一致認為那是某種腦部病變，當病情發作時，他所忍受的痛苦是我們難以理解的。

我注意到談起狼．拉森的病情時，茉德給予他愈來愈多的同情。可是，我卻因此愛她愛得更深了，多麼可愛迷人的女人味。此外，在她的感受裡，沒有一絲虛假的情感。她也同意，如果我們打算逃離這座島，就必須採取最嚴厲的手段，儘管強烈反對在某些不得已的情況下，我必須得了結狼．拉森的性命來保全自己性命的提議——她強調那是為了保全「我們的」性命。

隔天早上我們吃過早餐，天一亮就開始工作。我在前貨艙裡找到一個輕型的拖錨，那裡存放著許多這類的東西，然後花了一番工夫才將錨弄上甲板，搬到小艇裡。我在斜後方的船尾拉了一條長長的牽索，划著小艇進到我們的小海灣，然後將拖錨拋到水中。海上無風，正在漲潮，帆船則漂浮在海面上。放掉了岸邊的繩索之後，因為絞盤壞了，我只能使盡全力靠著拖錨來拉動「幽靈」號，直到最後幾乎是又進又退地朝著小小拖錨的方向前進。這個拖錨小到連微風的力量都抵擋不住。於是我降下右舷的大錨，並鬆開足夠的繩索。到了下午就開始修理起絞盤。

我花了整整三天去修理絞盤。我對機械一竅不通，花了這麼多天的時間才完成一個普通機工在幾個小時就能做好的工作。我必須從如何使用眼前的工具開始學起，至於任何人都能信手拈來的簡單機械原理，我同樣都得學。到了第三天結束時，我有了一個運作得不是很靈活的絞盤。儘管不像原本的絞盤那樣令人滿意，不過依然派得上用場，讓我能完成後續的工作。

我花了半天時間將兩根桅杆吊到船上，然後像先前一樣架好起重架，拉好牽索。那天晚上，我就睡在船上，守在甲板上的起重架旁邊。茉德拒絕一個人待在岸上，所以睡在前水手艙。在這段期間，狼·拉森都坐在一旁，聽著我修理絞盤的聲音，然後與我和茉德聊著無關緊要的話題。雙方之間都沒提起先前起重架遭到破壞的事，至於狼·拉森也沒有再進一步要我別再碰他的船。但是，我依然很怕他，害怕這個又瞎又無助、一直在旁邊聽著動靜的男人。在我工作的時候，從來沒有讓他強壯的手臂靠近過我。

就在這天晚上，當我睡在心愛的起重架下方，突然被狼·拉森踏上甲板的腳步聲給驚醒。那是個星光熠熠的夜晚，我依稀能看見他移動時的模糊身影。我從身上蓋著的毯子裡滾出來，腳上穿著襪子，躡手躡腳地跟在他的身後。狼·拉森從工具櫃裡拿出一把雙柄刮刀，準備割斷我再次用來固定起重架的帆前上角帆索。他的手摸到了帆索，卻發現我沒有把它們綁緊，所以刮刀無法施力。於是他握住了滑動的部分，用力拉緊後固定好，接著就準備用刮刀鋸斷繩索。

「如果我是你，就不會這麼做。」我靜靜地說道。

狼．拉森聽見了我扣下扳機的聲音後放聲大笑。

「嗨，漢普，我一直都知道你人待在這。你可糊弄不了我的耳朵。」

「你說謊，狼．拉森。」我維持同樣平靜的語氣說道，「然而，我倒是一直想找個機會殺死你，所以你就動手割斷吧。」

「你一直都有機會。」他嘲諷道。

「快動手吧。」我惡狠狠地威脅。

「我寧願讓你失望。」他大笑三聲後，轉身往船尾走去。

「一定得做點什麼，韓福瑞。」第二天早上，我就把昨晚發生的事情告訴茉德，「只要他能自由行動，什麼事都做得出來。他或許會把船弄沉，或是在船上放火。誰都說不準他會做出什麼事。我們必須把他關起來。」

「但是該怎麼做？」我無奈地聳了聳肩，「我不敢靠近他手臂搆得到的範圍，而他也知道只要消極反抗，我就不會對他開槍。」

「肯定有某種方法。」她爭辯道，「讓我想想。」

「就只有一個辦法。」我冷酷地說。

茱德等著我繼續說下去。

我拿起一根用來打海豹的棍棒。

「這個打不死他。」我說道，「在他醒過來之前，我就會把他五花大綁。」

茱德不寒而慄地搖搖頭，「不，不能那樣做。肯定還有不那麼殘忍的方法。讓我們等等看吧。」

然而，我們確實沒有等多久，這個問題就自己解決了。某天早上，在經過幾次試驗之後，我找到了前桅杆的平衡點，然後把我的起重滑車繫在上方幾英尺的位置。茱德握著絞盤的把手，當我往上拉的時候，她就收緊繩索。如果絞盤還能正常運作，就不會如此吃力。我被迫用上全身的體重和力氣，才有辦法拉動一英寸，這讓我不得不常常停下來休息。說實話，我休息的時間比工作的時間還長。有時候，我費盡千辛萬苦也沒有辦法拉動絞盤，茱德就會設法向我伸出援手，她會一隻手抓著握把，然後用另一隻手把她纖細身體的重量都加諸在我身上。

一個小時過後，單滑輪和雙滑輪都升到了起重架的頂端。我再也拉不動了。然而，桅杆還沒有完全移動到船內，底端還靠在左舷欄杆的外側，而頂端則是遠遠超過右舷欄杆，懸在水面上。我的起重架太短了，整個都白忙一場。然而，我已經不像過去那樣絕望，不僅對自己更有信心，還更相信絞盤、起重架，以及起重滑車帶來的可能性。這個目標是有辦法達成的，只要等我找出那個正確的方法。

當我正在思索這個問題的時候，狼．拉森來到了甲板上。我們立刻發現他有些不對勁，動作明顯變得更為遲緩和無力。實際上，他從左舷客艙走過來時，已經步履蹣跚。他搖搖晃晃走到船尾樓口，一隻手舉到自己眼前，做出那個熟悉的拂掃動作，隨即在台階上摔了一跤。儘管他跌倒在主甲板後依然站著，但腳步踉踉蹌蹌、搖搖欲墜，伸出手臂尋求支撐。狼．拉森在統艙艙梯旁邊恢復了平衡，昏昏沉沉地站了一會，隨後突然雙腿一軟、不支倒地，蜷縮在甲板上。

「又發作了。」我悄悄對茉德說。

她點了點頭，我從她的眼中看得見溫暖的同情目光。

我們朝著狼．拉森走過去，但他似乎失去意識，呼吸斷斷續續。茉德負責照顧他，把他的頭抬高避免血液集中在腦袋裡，同時吩咐我去客艙拿一顆枕頭。我還多拿了幾條毯子，於是兩人一起讓他躺得舒服一點。我量了他的脈搏，發現跳得穩定又有力，脈象相當正常。這讓我困惑不已，開始產生了懷疑。

「他要是裝出來的話該怎麼辦？」我問道，依然沒有放開他的手腕。

茉德搖搖頭，眼睛裡出現責備的神色。不過，說時遲那時快，我握著的手腕一下掙脫了我的束縛，那隻手反過來像個鋼鐵手銬一樣，鉗住我的手腕。我嚇得大叫一聲，發狂似地大喊了一些聽不清楚的字眼。我瞥了一眼他的臉，臉上滿是惡毒與得意的神情，同時他的另一隻手環抱住我的身體，狠狠地把我拉倒在他的身旁。

狼·拉森放開我的手腕，可是另一隻手臂卻從我的背後繞過來，緊緊握住我的兩條手臂，讓我動彈不得。他騰出來的那隻手伸向了我的喉嚨，在那個瞬間，我預先體會到了因為自己的愚蠢，所換來的最苦澀的死亡滋味。我為什麼要自以為是，進到他那兩條可怕的手臂碰得到的範圍呢？我感覺到有另外一雙手靠近了我的喉嚨，那是茉德的手，徒勞無功地努力想掰開那隻正要把我掐死的手。茉德最後放棄了，我聽見她發出一聲讓我撕心裂肺的尖叫，那是一個女人充滿恐懼和傷心絕望的尖叫。我在「馬丁尼茲」號沉沒期間，就聽過這樣的尖叫聲。

由於我的臉貼在狼·拉森的胸膛上，所以什麼都看不見，但我聽見茉德飛快轉身沿著甲板跑走。一切都發生得太快。我還沒有失去意識的跡象，等到再度聽見她飛奔回來之前，似乎渡過了一段漫長無比的時間。就在這個時候，我感覺到自己身體底下的男人整個癱軟了下去。他的呼吸逐漸遠去，胸膛被我身體的重量壓垮。我不曉得這究竟只是他呼出了一口氣，或是他意識到自己愈來愈無力，但他的喉嚨裡發出一聲低沉的呻吟。掐住我脖子的手鬆開，我可以呼吸了，接著那隻手顫抖了一下又再度收緊。不過，即便是他強大的意志力，也無法戰勝向其襲來的崩壞。他的意志正在土崩瓦解，最後昏了過去。

狼．拉森的手最後顫抖了一下，放開了我的喉嚨，這時茉德的腳步聲已經非常靠近。我滾到一旁，仰躺在甲板上，對著陽光眨著眼睛。茉德的臉色蒼白，但神情鎮靜，當我的眼睛掃視到她的臉上，發現她正帶著驚恐和安心的表情看著我。她手上拿著的沉重海豹棍棒吸引了我的目光，而她也順著我的視線往下看。她像是被刺傷一般放開手中的棍棒，與此同時，在我心中則湧現巨大的喜悅。她真的是我的女人、我的伴侶，不僅跟我並肩作戰，還為我而戰，就如同一個穴居人的伴侶也得加入戰鬥一樣。在她身上的所有原始都被喚醒，忘卻了她的文化，在她熟知的唯一一種會軟化人心的文明底下變得強硬起來。

「親愛的女人！」我大聲喊道，慌忙地站起來。

下一秒，她就依偎在我的懷裡，靠在我的肩膀上啜泣，而我則是緊緊抱住她。我向下看著她棕色的秀髮，像是寶石一樣在太陽底下閃閃發光，對我來說比起國王寶箱裡的珠寶都還要珍貴許多。我低下頭溫柔地親吻她的頭髮，輕柔到她根本沒有察覺。

接著，我的腦袋閃過一道冷靜清醒的想法。不管怎麼說，她只是個女人，如今危險已經過去，倒在她的保護者，或者說曾經遭受威脅的人的懷裡哭泣，藉此宣泄自己的情緒。如果我是她的父親或兄弟，情況也不會有什麼不同。另外，時間和地點都不適合，我希望贏得一個更好的資格去宣示我的愛。所以當我感覺到她從我的懷裡退開時，便再度溫柔地親吻她的頭髮。

「這次是真的頭痛發作了。」我說道，「又一次導致他眼睛失明的那種症狀。他一開始是假裝的，裝著裝著就真的發作了。」

茱德已經在動手整理狼．拉森的枕頭。

「不，」我說道，「還沒結束。既然我現在讓他陷入無力狀態，他最好就這樣保持下去。從今天起，我們就住在客艙。狼．拉森就搬到統艙裡住。」

我架住狼．拉森的肩膀，將他拖到了艙梯。茱德聽從我的指示，拿來了一條繩子。我把繩子繞過他的腋下，頂著他跨過門檻，然後沿著階梯往下走，搬到船艙的地板上。我沒辦法直接把他抬到床鋪上，但在茱德的協助下，我先是抬起他的肩膀和頭，再來是身體，接著在床緣保持好平衡之後，把他推到其中一個下鋪裡面。

不過，這還沒完。我想起了狼．拉森艙房裡的手銬，這是他用來取代古老笨重的船用鐐銬去對付那些水手。就這樣，當我們離他而去之後，他的手和腳都被銬住了。那是這一連串日子以來，我第一次呼吸得如此自在。來到甲板上，我感覺到異常輕鬆，彷彿肩膀上的大石頭已經放下。我同樣也感受到茉德與我之間變得更加親密。當我們沿著甲板並肩走向吊在起重架上、擱置已久的前桅杆時，我一直很想知道她是不是也有相同的感覺。

37

我們馬上搬到了「幽靈」號上，住進原本的艙房，在廚房裡煮飯。囚禁狼．拉森這件事發生得正是時候，因為這種高緯度的秋老虎已經過去，轉變成陰雨綿綿的暴風雨天氣。我們過得非常舒適，而懸掛著前桅杆的那台不夠力的起重架，為整艘船增添了務實的氣息，帶來了即將出航的希望。

如今我們將狼．拉森銬了起來，可是我們其實一點都不需要這麼做！如同他第一次頭痛發作的結果，第二次也帶來嚴重的殘疾。茉德在下午打算幫他補充營養的時候發現了這件事。狼．拉森看上去意識清醒，可是茉德跟他說話，卻得不到任何回應。他的左邊身體側躺在床上，顯然十分痛苦。他煩躁不安地扭頭，好讓被壓在枕頭上的左耳露出來。這麼做之後，他立刻就聽得到聲音，並回答茉德的問題，而後者馬上就來找我。

狼．拉森保持著左耳壓在枕頭底下的姿勢，我問他能不能聽見我說的話，但他沒有任何表示。移開枕頭又問了一遍，他很快就回答說自己有聽見。

「你知道你的右耳聾了嗎？」我問道。

「知道，」他用低沉有力的嗓音回答，「還有更糟的，我整個右半邊的身體都受到影響，就像陷入了沉睡，我連手臂或腳都動不了。」

「又再裝病了？」我氣憤地責問道。

他搖搖頭，堅毅的嘴巴露出了最為古怪的扭曲笑容。那確實是個扭曲的笑容，因為只有左半邊露出笑意，右半邊的肌肉一動也不動。

「這是狼的最後一舞了。」狼．拉森說道，「我已經癱瘓了，再也無法走路。喔，只有靠著另一邊才能動。」他最後又補了一句，彷彿是發現了我盯著他左腿的懷疑目光，因為那隻腳的膝蓋剛好伸直，抬起了毛毯。

「真是遺憾。」他繼續說道，「我本來想先對你動手，漢普。我以為自己身體裡還留有足夠的力量。」

「可是為什麼要這麼做？」我既害怕又好奇地問道。

他那堅毅的嘴巴再度露出扭曲的笑容，說道：「喔，就只想要活著，想要活下去並做些什麼事，直到最後成為那團最大的酵母，再吃掉你。但是像這樣子死去——」

他聳了聳肩，或者說試圖聳肩，因為只有左邊的肩膀孤單地動了一下。如同他的笑容，連聳肩都是扭曲的。

「但是你要怎麼解釋這點？」我問道，「你的病因是出自哪裡？」

「腦袋。」他立刻回答，「都是那些該死的頭痛造成的。」

「徵兆。」我說道。

狼．拉森點了點頭，繼續說道：「這沒有辦法解釋。我一輩子從未生過病。我的腦袋裡某個地方出了問題。癌症、腫瘤或是某種性質類似的東西，會吞噬和破壞一切的東西。它攻擊了我的神經中樞，一口接一口、一個細胞接一個細胞，把它們全都吃光，這就造成了我的頭痛。」

「還有運動中樞也是。」我提醒道。

「看來似乎是這樣。可恨的是我必須躺在這裡，不僅意識清醒，神智還毫髮無損，只能眼睜睜看著身體裡的線路接連故障，一點一點地斷開與世界的聯繫。我看不見了，聽覺與觸覺也正在離我而去，按照這個速度，我很快就不能開口說話。然而，我不得不一直待在這裡，就這樣活著、活動，但無力回天。」

「你說『你』待在這裡的時候，我想這可能就是靈魂。」我說道。

「胡說！」狼．拉森出言反駁，「這只意味著當我的大腦遭受攻擊時，更高層次的精神中樞沒有受到破壞。我能記憶、我能思考和推理。等到那些都失去了，我就死了。我並不是。你說靈魂？」

他爆出一陣嘲諷的大笑，然後把左耳轉向枕頭，暗示他不想再交談了。

茉德和我繼續我們的工作，為壓垮狼．拉森的可怕命運感到壓抑不安，但我們還沒有充分意識到究竟有多可怕。那是涉及命運的報應所帶來的糟糕感受。我們的思緒既沉重又嚴肅，彼此之間開口說話都不超過耳語的音量。

「你們可以拿掉手銬了。」在那天夜裡，我們站在狼．拉森身邊商量的時候，他說道，「徹底安全了。我現在陷入癱瘓。接下來要當心的就是褥瘡了。」

他露出扭曲的微笑。茉德驚恐萬分地睜大眼睛，不由得轉過頭，撇開視線。

「你知道你的笑容是歪的嗎？」我問他，因為自己知道茉德一定會要照顧他，所以想盡可能幫上茉德的忙。

「那麼我就不會再笑了。」他冷靜地說道，「我想是某個地方出了毛病。我的右臉頰一整天都沒有知覺。沒錯，我這三天以來都有收到這樣的預兆。每隔一段時間，我的右半邊身體似乎就要睡著了，有時候是手臂或手，有時候則是腿或腳。」

「所以我的笑容是歪的？」他停頓了短短一下後問道，「那麼，從今以後就當作我是在內心裡微笑，發自我的靈魂——如果你要這麼想的話。對，我的靈魂。就當作我現在正在笑吧。」

接下來的好幾分鐘，他就只是靜靜地躺在那裡，沉浸於古怪的幻想之中。

這個男人沒有任何變化，他依然是原本那個不屈不撓、駭人聽聞的狼．拉森，只是他被囚禁在那個曾經勢不可擋、輝煌壯麗的肉體裡的某處。如今，這具肉體用無知覺的枷鎖束縛住他，將他的靈魂關在黑暗與寂靜之中，隔絕了與世界的聯繫，那個曾經對他來說充滿動盪的世界。他不能再用任何情態或時態去描述「行動」的動詞變化，對他來說，就只剩下「存在」一詞而已。「存在」就如同他對死亡的定義，代表沒有任何活動；有著決意，卻沒有去執行；能夠思考和推理，並且在他的靈魂之中一如既往地活著，可是在肉體的層面來說，他已經死了，徹底地死去。

然而，即便我解開他的手銬，我們依然無法調適自己的心情去面對狼．拉森的處境，內心還是在抗拒，因為在我們的眼中，他有著辦到任何事情的潛力。我們不曉得他接下來會做什麼，以及他會超越肉體的限制，做出什麼可怕的事。我們的經驗佐證了這種心態，所以我們工作時總是惴惴不安。

我已經解決了起重架太短引發的問題。我利用自己新做好的輕便滑車，將前桅杆的底端吊到欄杆之上，再降下安置到甲板上。下一步，就是透過起重架，將主帆桁也吊上船，其四十英尺的長度，提供了剛好足夠的高度去擺動桅杆。藉著繫在起重架上的第二組滑車，我將主帆桁拉到幾乎垂直的位置，再將帆桁的底端降到甲板上，同時為了避免滑動，在四周釘上了許多加固用的大木條。我自己獨創的起重架滑車的單滑輪，被我裝在帆桁的末端。如此一來，藉由將這個滑車牽到絞盤上，我可以隨心所欲地抬高或放低帆桁的末端，底端則會一直維持不動，而利用那些牽索，還能左右移動帆桁。在帆桁的末端，我同樣加裝了一個起重滑車。當整個準備工作都完成之後，我不禁被這個裝置為我帶來的力量和自由度給嚇了一跳。

當然，完成這部分工作，總共花費了我兩天的時間，直到第三天早上我才吊起前桅杆，著手將底端修整成正方形，才能裝到桅跟座裡。這部分的作業特別棘手，我又鋸又砍又鑿，直到這根風化的木頭看上去像是被巨大的老鼠啃過一樣，不過最後順利裝進去了。

「行了，我就知道這行得通。」我大喊。

「你知道喬丹博士對真理的最終試驗嗎？」茉德問道。
我搖搖頭，停下手邊的工作，將飄落到脖子上的木屑撥掉。
「『我們能讓它運作嗎？』『我們能將自己的生命託付其上嗎？』這就是那次試驗的內容。」
「他是你最欣賞的人物。」我說道。
「當我拆除自己舊有的萬神殿，趕走拿破崙和凱撒及他們的追隨者時，我立刻建造了一座新的萬神殿。」她嚴肅地回答，「我供奉的第一尊雕像就是喬丹博士。」
「一個當代的英雄。」
「正因為是當代人，才顯得更加偉大。」她補充道，「舊世界的英雄怎麼能和我們的相提並論！」
我搖了搖頭。我們在許多事情上都所見略同，用不著爭辯。至少我們的觀點和對於人生的看法都非常接近。
「作為一對評論家，我們的意見太一致了。」我開口大笑。
「作為造船工人和能幹的助手也是呢。」她笑著回應。
不過，在那段日子裡，沒什麼讓我們開懷大笑的時刻，不僅是因為我們繁重的工作，還有狼．拉森生不如死的煎熬所帶來的恐懼。

狼．拉森又一次遭到病痛的打擊，這次他失去了聲音，或是說逐漸無法再發出聲音，只能斷斷續續地說話。正如他所形容的，他身體裡的線路就像股票市場一樣起起伏伏。偶爾線路接通了，他能夠像以前一樣流暢地對話，儘管講得緩慢又吃力。然後也許話說到一半，他就會突然講不出來，有時候我們必須等上好幾個小時，才能重新接上線。他抱怨自己頭痛欲裂，而他在這段期間設計出一種溝通方法，以防哪天再也無法發出聲音——按一下手表示「是」，兩下則為「不是」。幸虧狼．拉森想到這個辦法，因為到了傍晚，他已經失去了聲音。之後，他靠著按手的方法來回答我們的問題，萬一他想說些什麼，就會用左手在紙上草草寫下自己的想法，倒也相當清楚。

嚴酷的冬天已經降臨到我們身邊。夾帶著雪、霰和雨水的狂風接踵而來。海豹們已經踏上了前往南方的大遷徙，他們的棲息地實際上已經荒廢了。我心急如焚地工作。即便外頭天氣惡劣，其中風勢特別妨礙作業，我還是從早到晚都待在甲板上，取得重大的進展。

升起起重架，然後再爬上去安裝牽索的教訓，讓我獲益良多。我將索具、牽索、帆前上角帆索和斜桁帆索都固定在剛好從甲板抬高到適合高度的前桅杆頂端。一如往常，我低估了完成這部分任務所需的工作量，最後花了兩天才做完。而船上還有許多事情有待處理，例如，實際上我們得重新縫製船帆。

我費盡千辛萬苦固定前桅杆的同時，茉德則在縫補帆布，並且做好準備隨時丟下手邊的工作，當我需要人手的時候過來幫忙。帆布既厚重又結實，她是用一般水手的頂針掌和三角形船帆針來縫，於是她的手很快就起了水泡，但是依然勇敢地咬牙苦撐。此外，茉德還要負責煮飯跟照顧那個病人。

「迷信算不上什麼。」我在某個禮拜五早上說道，「那根桅杆今天就得裝起來。」

一切都準備就緒。我將桅桁的滑車連到絞盤上，然後將桅杆吊到幾乎要離開甲板的位置。固定好這邊的滑車之後，我將絞盤和起重架的滑車（這被接在桅桁的末端）綁起來，轉了幾圈絞盤之後，桅杆就完全離開甲板，呈現垂直的狀態。

茉德一放開絞盤的握把，就立刻鼓掌叫好大喊：「行了！行了！我們能將自己的性命託付給它了！」

這時，她面露悲傷。

「這沒有對準桅跟座的洞。你是不是又得重新來一遍？」她說道。

我擺出一副高傲的姿態露出微笑，接著將一條綁住桅桁的牽索鬆開，然後再放開另外一條，讓桅杆完美地擺到甲板正中央。這依然沒有對準桅跟座。她的臉上再度浮現憐憫的神情，而我則是又發出傲慢的笑容。我鬆開桅桁的滑車，再按照鬆開的量，吊起起重架的滑車，這樣一來便將桅杆的底部對準了甲板上的洞。接著，我仔細教導茉德如何降下桅杆後，就走下貨艙，去到帆船底部的桅跟座。

我大聲呼喚茉德，然後桅杆就輕鬆準確地移動，其四四方方的底端直直朝著桅跟座正方形的洞而去。可是，桅杆下降時卻開始慢慢旋轉起來，結果沒有辦法對上洞口。然而，我也毫無片刻的猶豫，立刻叫茉德停止作業。接著，我回到甲板上，打了一個輪結將輕便滑車固定在桅杆上。我讓茉德把繩索拉緊之後，就走下船艙。藉著提燈的燈光，我看見桅杆底端慢慢轉了一圈，終於對準了桅跟座的四個角。茉德固定好繩索之後，就回去轉動絞盤。正當桅杆緩緩下降幾英寸的同時，再度微微地轉起來。於是茉德重新用輕便滑車來校正扭轉的角度，調整好位置之後再繼續轉動絞盤，繼續降下桅杆的作業。最後，桅杆四個角對四個角，豎立在桅跟座上。

我大吼一聲，茉德則是跑下來看。在昏黃的燈光下，我們仔細檢視自己完成的豐功偉業。我們看著彼此，自然而然握起對方的手，十指緊扣。我想，我們兩個人都因為成功的喜悅而淚眼汪汪。

「終究完成得如此輕鬆。」我評論道，「所有工作最重要的就在於做好事前準備。」

「如此一來就能完成所有的奇蹟。」茉德補上一句，「我很難讓自己相信那根巨大的桅杆真的被舉起來，安裝到桅跟座裡。你將桅杆從水裡抬起來，吊到空中，然後將其放置到該放的位置。這是泰坦的工作。」

「而且他們還自己創造了許多發明。」我原本興高采烈地開口，接著停下來聞了聞空氣。

我迅速看向一旁的提燈，並沒有冒煙，於是又聞了一下。

「有什麼東西燒起來了。」茉德突然確定起來。

我們一起跑向梯子，不過我搶先一步上到甲板，看見統艙艙口冒出陣陣濃煙。

「那匹狼還沒死。」我喃喃自語，同時穿過濃煙往下方跑去。

狹小的空間裡濃煙密布，我不得不摸索著前進。由於我想像中的狼．拉森法力無邊，所以我做好充足的心理準備，那個無力的巨人會一手抓住我的脖子，直接把我掐死。我猶豫不決，想要轉身爬上樓梯、逃回甲板的欲望就快要把我壓垮。下一秒，我想起了茉德。我眼前閃過最後一次看見她的樣子，在貨艙的提燈燈光下，她棕色的雙眼因為喜悅而熱淚盈眶，於是我明白自己不能退縮。

等我來到狼．拉森的床鋪旁邊，已經被濃煙嗆得快要喘不過氣。我伸手去尋找他的手在哪。他一動也不動地躺在床上，只有當我的手碰到他時才微微動了一下。我摸遍了他毯子的裡裡外外，沒有發現任何熱源或著火的跡象。但這個讓我看不見東西、不斷咳嗽和喘氣的濃煙肯定有個源頭。我一時失去理智，慌慌張張在統艙裡亂衝亂撞。撞到桌角的衝擊讓我一時呼吸困難，同時也使我清醒過來。我推斷一個不能動彈的人就只能在他躺著的地方附近來放火。

我回到了狼．拉森的床邊，並在那裡碰到了茉德。我想不到她究竟在這股令人窒息的空氣裡待了多久。

「快到甲板上去！」我不容置疑地命令她。

「可是，韓福瑞——」她用異常沙啞的聲音出言反對。

「拜託！拜託！」我粗暴地朝她大吼。

茉德於是乖乖離開，接著我想到，萬一她找不到階梯該怎麼辦？我朝她離開的方向追上去，但在艙梯底部停了下來。也許她已經上去甲板了。當我站在那裡猶豫的時候，聽見她輕聲呼喊：「喔，韓福瑞，我迷路了。」

我發現她在後艙壁的牆上不停摸索，於是半牽半抱地帶她走上艙梯。清新的空氣宛如瓊漿玉液。茉德只是嗆得頭暈目眩，於是我讓她躺在甲板上，然後就朝著客艙發起第二次的衝刺。

濃煙的源頭一定離狼．拉森非常近，我的腦袋認定了這一點，於是直直朝著他的床鋪衝過去。當我在他的毯子裡摸索時，某個火燙的東西掉到我的手背上並燙到了我，於是我將手抽了出來。這下我明白了。狼．拉森透過上鋪底部的縫隙，點燃了床墊。他的左手臂依然有能力辦到這件事。床墊裡潮濕的麥稈從下往上燃燒，由於缺少空氣，因此一直在悶燒。

當我將床墊拉下床鋪時，它似乎在空中解體了，同時冒出了火焰。我將床鋪上面還在燃燒的剩餘麥稈撲滅，然後就衝到甲板上呼吸新鮮空氣。

幾桶水就足以撲滅在統艙地板中央燃燒的床墊，十分鐘過後，濃煙就已經完全散去，我才讓茉德下來統艙。狼．拉森失去意識，不過，新鮮的空氣讓他在幾分鐘之內就醒了過來。我們在他身邊收拾殘局時，他卻示意自己要紙和筆。

「請別打擾我。」他寫道，「我正在微笑。」

「你看，我還是一小團的酵母。」他過了一會又寫道。

「我很高興你是這麼小一點點。」我說道。

「謝謝你。」他寫道，「不過想想我在死之前會變得多麼渺小。」

「然而，我徹底存在於此，漢普。」他寫下了最後一段話，「我比過去一生中任何時刻都思考得更透徹。任何事情都無法干擾我。全神貫注。我徹底存在於此，又超越於此。」

這彷彿是從墳墓的黑夜裡傳來的訊息，這個男人的肉體已經成為他的陵墓。在那古怪的墓地裡，他的靈魂依然活著，持續脈動，直到最後負責聯繫的線路中斷為止，而且在那之後，誰都說不準這個靈魂還能繼續存活、脈動多久呢？

38

「我想我左半邊的身體不行了，」狼．拉森寫道，那是他嘗試放火燒船的第二天早上，「麻木感愈來愈強烈，我的手幾乎無法移動。你們必須大聲說話。最後的線路正在失靈。」

「痛嗎？」我問道。

我得大聲重複問題，他才回答道：「斷斷續續。」

他的左手緩慢而痛苦地在紙上移動，字跡潦草不已，辨認起來非常吃力。那就像是一種「通靈訊息」，會在一美元就能入場的靈媒降神會上見到的那樣。

「但我還在這裡，徹底存在這裡。」那隻手更加緩慢和艱難地寫道。

鉛筆掉了下來，我們不得不再次將它放回到他手中。

「不痛的時候，我感到完全的平靜與安寧。我從未如此清晰地思考過。我可以像印度聖賢一樣思考生與死。」

「那永生呢？」茉德在他的耳邊大聲問道。

那隻手試圖提筆三次，但是動作太過笨拙而無法辦到。我們設法將掉落的鉛筆放回他的手中，但他的手指無法握筆。於是，茉德伸手協助他握住鉛筆。那隻手用大寫字母緩慢地寫著，以至於時間在筆畫間滴答流逝。

「胡——扯——」

這是狼．拉森的最後一句話「胡扯」，直到生命的最後一刻，他仍然保持懷疑和永不屈服的精神。他的手臂和手鬆弛了下來，身軀輕微晃了一下，然後就不再動了。茉德放開他的手，那隻手的指頭微微張開，隨著自己的重量落下，鉛筆也滾了出來。

「你還聽得見嗎？」我大聲喊道並握住他的手指，等待那意味著「是」的輕微按壓。然而，沒有任何回應，那隻手已經死了。

「我注意到他的嘴唇輕微地動了。」茉德說。

我再重複一次這個問題。狼．拉森的嘴唇動了動，於是茉德將指尖輕輕放在他的嘴唇上。我又重複了一遍問題。

「是的。」茉德宣布道。

我們滿懷期待地看著對方。

「這有什麼意義呢？」我問道，「我們現在能說什麼？」

「喔，問他——」

她欲言又止。

「問他一個是非題。」我提議道，「這樣我們就得到明確的答案。」

「你餓了嗎？」茉德喊道。

狼．拉森的嘴唇在茉德的指尖下微微地動了動，後者代為說出口：「是的。」

「你要吃點牛肉嗎？」她接著又問。

「不。」她宣布道。

「牛肉湯呢？」

「是的，他要喝點牛肉湯，」茉德抬頭看著我，輕聲地說道，「只要他還能聽得見，我們就能和他溝通。可是再往後就——」

茉德用奇怪的表情看著我。我看到她的嘴唇在顫抖，眼中盈滿淚水。她搖搖晃晃地走向我，接著我伸手抱住了她。

「喔，韓福瑞，」她啜泣道，「這一切什麼時候才會結束？我好累、好累。」

她把頭埋在我的肩上，瘦弱的身軀隨著她的哭泣劇烈顫抖。她在我的懷裡宛如一根羽毛，那麼纖細、那麼輕盈，「她終於崩潰了，」我心想，「沒有她的幫助，我該怎麼辦呢？」

然而，我不斷安撫她，直到她勇敢地振作起來，她的精神就像肉體一樣很快恢復了。

「我真為自己感到羞愧。」她說完後，又帶著我喜歡的心血來潮笑容補充道，「可我只是一個小女人啊。」

這句「一個小女人」像電擊一樣讓我猛然一驚。這是我自己內心深處的詞語，我祕密的愛語，是我對她的愛戀之詞。

「你從哪裡聽來這句話呢？」我追問道，這突如其來的提問讓她吃了一驚。

「哪句話？」她問道。

「一個小女人。」

「是你的話嗎？」她問道。

「是的，」我回答道，「是我的，我自創的話。」

「那你一定是在睡夢中說出來過。」她莞爾一笑。

她眼中閃爍著那種輕盈、耀動的光芒。我的目光也在無意中說出了內心的話語。我向她靠過去，不由自主地向她靠近，如同一棵隨風搖曳的樹。啊，此時此刻我們緊緊地依偎在一起。但是，她搖了搖頭，就像要擺脫睡意或夢境般，她說道：「我一直都知道這句話。這是我父親對我母親的稱呼。」

「這也是我的話。」我頑固地說。

「對你母親嗎？」

「不！」我回答，而她便不再追問，但我敢發誓她的眼底有那麼一絲調皮和戲謔的神情，而且持續了好一陣子。

前桅修復後，工作進展得很順利。幾乎在我意識到之前，已經將主桅裝好了，而且沒有遇到什麼嚴重的阻礙。安裝在前桅的起重架完成了這項工作。又過了幾天，所有支索和支桅索都已經拉緊就定位了。對兩名船員來說，中桅帆安裝起來既費勁又危險，於是我將中桅帆卸下來放在甲板上，並牢牢綁好。

接下來，又花了幾天時間安裝船帆。其實只有三面帆——三角帆、前桅帆和主帆。經過修補、裁切和修整後，這三面帆對於像「幽靈」號這樣的船，它們顯得不合適到有些可笑。

「但是，它們會發揮作用的！」茉德歡呼道，「我們會讓它們運作，並將我們的生命託付給它們！」

當然，在我學到的各種新技能中，縫製船帆是我最不拿手的。比起縫製這些船帆，我更善於駕馭它們。毫無疑問，我能操縱這艘帆船開往日本北方的任何港口。事實上，我拚命從船上的教科書中學習航海知識，而且船上還有狼·拉森的星圖比例尺，那是一種非常簡單的裝置，連小孩子都能夠學會。

這裝置的發明者，除了聽力逐漸減退，嘴唇的動作愈來愈微弱，整體狀況在過去一週幾乎沒有什麼變化。但是就在我們把船帆全部懸起來的那天，不僅是他最後一次聽到我們的對話，也是他動最後一次嘴唇——不過在那之前我已經問過他，「你還在嗎？」他則回答「是」。

最後一條線路停止運作。在那血肉之軀深處的某個角落，仍然藏著這個人的靈魂。他被活生生的肉體禁錮，然而，我們所熟知的那股強大智慧仍持續地燃燒著，只不過是在寂靜與黑暗裡頭燃燒。這股智慧脫離了肉體的束縛。對於那智慧而言，已經無法感知肉體的存在，這個世界也消失了。它只知曉自身的存在，以及寂靜與黑暗的浩瀚深邃。

39

終於來到啟航的日子，奮進島上沒有任何東西可以妨礙我們，「幽靈」號的短桅已經就位，那些荒唐的船帆也裝好了。我親手打造的這一切，雖然沒有一樣稱得上美觀，卻都很牢固。我知道它們能夠派上用場，當我看著自己完成的工作時，覺得充滿力量。

「我做到了！我做到了！我用自己的雙手做到了！」我真想大聲吆喝。

但是，茱德與我總是能讀懂彼此的心思，在我們準備揚起主帆的時候，她說道：「想想看，韓福瑞，你用你的雙手完成了這一切！」

「不過，還有另一雙手，」我回答，「一雙小手。別告訴我這也是你父親說過的話！」

她笑著搖搖頭，並舉起雙手檢查。

「它們再也無法被洗淨，」她哀嘆道，「經歷風霜摧折的它們再也無法恢復柔軟了。」

「那些汙垢與風霜留下的痕跡將成為你榮譽的象徵。」我握住她的手。儘管我已經下定決心，若不是她迅速將手抽回，我一定會親吻那雙可愛的手。

我們的情誼變得非常敏感。我早已學會控制好我的愛意，但現在它卻反過來控制了我。它倔強地不聽從我的命令，硬是從眉目間流露並控制了我的舌頭——甚至是我的嘴唇，因為此刻它們瘋狂地想要親吻那雙辛勤工作的手。而我也變得瘋狂，內心的聲音猶如號角聲般呼喚著她，感到一股無法抗拒的風在吹拂著我，讓我的身體不自覺地向她靠攏。而萊德知道這一切，當她迅速收回雙手的那一刻便已察覺，卻還是忍不住對我投以意味深長的目光，然後才轉開視線。

我利用甲板上的滑車將吊索搬運到絞盤前，現在同時升起了主帆的縱帆前上角和後上角。雖然方法很笨拙，但沒有耗費多少時間也將前帆升起。

「在這狹窄的地方，一旦從海底拉起船錨，」我說，「肯定會先撞上礁石。」

「那該怎麼辦呢？」茉德問道。

「把它放掉，」我回答道，「當我這麼做時，你必須立刻轉動絞盤。然後我得馬上跑去掌舵，同時你要升起船首三角帆。」

這種啟航的流程我已經反覆研究和演練很多次，並且因為艏帆升降索已經接到絞盤上，知道茉德能夠勝任升起船首三角帆的任務。一陣強風正吹進海灣，雖然海面平靜，但我們需要抓緊時機才能安全地離開。

我把帶鉤螺栓敲鬆，錨鏈從錨鏈孔中匡匡噹噹落進海裡。我跑到船尾，握住船舵，「幽靈」號在船帆一接觸到風之後，似乎便開始甦醒。船首三角帆正在升起，等到吃滿風時，「幽靈」號的船頭向上一躍，我不得不朝下打了幾下船舵，把它穩住。

我設計了一個船首三角帆索的自動裝置，能夠讓船首三角帆自動從一側轉向另一側，這樣茉德就不必操心這部分。然而，當我將船舵打到底時，她還在升起船首三角帆，那一刻真讓人心急如焚，因為「幽靈」號正迅速朝海灘衝去，距離海灘僅有咫尺之遠。不過，「幽靈」號聽話地隨風轉向，船帆和縮帆索猛烈拍打的聲音對我來說無比欣慰，隨後轉到另一側搶風航行。

茉德完成了她的任務，來到船尾站在我身邊。一頂小小的帽子戴在被風吹起的頭髮上，雙頰因用力過度而泛紅，眼睛因興奮而閃閃發亮，鼻翼微微顫動，感受著清新的海風。她棕色的眼睛看起來像是受到驚嚇的小鹿，帶著我從未見過的狂野與銳利。她的嘴唇微微張開，屏住了呼吸。「幽靈」號衝向內陸海灣入口處的岩壁時，猛地迎風轉向，隨後順風駛入安全的水域。

在獵捕海豹的海域擔任大副的經驗，讓我駕起船來得心應手。我俐落地駛出內陸海灣，沿著外圍海灣的海岸航行了一段距離。再次轉向後，「幽靈」號來到了外海。此時，她已經投入海洋的懷抱，與海浪的節奏融為一體，順暢地在每個壯闊的浪頭上升起，隨即又滑下。這一天原本灰濛陰沉，不過此時陽光穿透雲層，這是一個令人歡欣鼓舞的徵兆。在這片陽光普照的蜿蜒沙灘上，我們曾經挑戰過母海豹群的領主，並獵殺了那些光棍海豹。整座奮進島在太陽下變得明亮起來，連那個冷峻的西南岬角也顯得不那麼陰沉，到處都看得見飛濺而起的海浪，閃爍著波光粼粼的光點。

「我將永遠以此為榮。」我對茉德說。

她以女王般的姿態抬起頭說道：「親愛、親愛的奮進島啊！我將永遠愛著它。」

「我也是。」我趕緊說道。

我們的眼神似乎必定在深刻的理解中交會，然而，它們卻不情願地掙扎逃脫，最終沒有對上視線。

接著一段我幾乎可以稱之為尷尬的沉默，最後我打破僵局，說道：「你看那些迎風而來的烏雲。還記得昨天夜裡告訴過你氣壓在下降。」

「而且太陽已經消失了，」茉德說，她的目光仍然停留在我們的島，因為我們在那裡證明了自己可以主宰事物，並且建立了男人和女人之間最真摯的夥伴關係。

「揚帆前進，直奔日本吧！」我高興地喊叫道，「你知道的，就是順風揚帆，不論結果。」

我將船舵固定好後，跑到船頭，鬆開前桅和主桅的帆腳索，收緊了帆桁滑車，將所有的帆索調整好，以應對朝我們吹來的側風。這是一陣強風，非常強勁，不過我決意在情況允許下盡量航行。不幸的是，順風行駛時是無法固定住船舵，因此我得整晚都在一旁守著。茉德堅持接替我值班，但即使她在短時間內學會了掌舵的技巧，依然發現自己在這樣的風浪中無能為力。她對這一發現相當沮喪，但很快就恢復了心情，開始將滑車、吊索及其他散落的繩索整理好。接下來她還得在廚房裡準備餐點，整理床鋪，以及照料狼．拉森，最後她徹底清理了客艙和統艙，以此來結束這一天。

整晚我都在掌舵，沒有休息，風勢緩慢但穩定地增強，海浪也在不斷升高。清晨五點，茉德給我送來她親手烤的餅乾和咖啡，到了七點，一頓熱騰騰的豐盛早餐讓我重新充滿活力。

整個白天的風勢一如既往地穩定緩漸地增強。這風給人一種陰沉的感覺，一心一意要愈颳愈猛，永不停歇。「幽靈」號則一路破浪前行，快速掠過海面，我敢肯定時速至少在十一海里。這種情況實在好到我捨不得放棄，但是到了傍晚，卻已經筋疲力盡了。儘管身體還撐得住，但是連續掌舵三十六個小時已經超出了我的極限。再加上茉德懇求我停船，而且我知道，如果夜裡的風浪再以這樣的速度增強下去，之後會很難停下來。於是，隨著暮色加深，我既欣喜又不捨地讓「幽靈」號頂風停船。

但是，我沒想到只靠一個人收起三面帆是這麼艱巨的任務。在順風航行時，我並未意識到風力的強勁，然而在我們停駛的時候才發現風勢竟然如此猛烈，這幾乎讓我陷入絕望。每當我試圖收起船帆，風便阻撓我每一次的努力，將其從我手中狠狠奪走，瞬間破壞了耗費十多分鐘的艱苦努力。到了晚上八點，我只成功地在前桅帆上打了第二個收帆結，可是到了十一點，我仍未有任何進展。鮮血從我每根手指的指尖滴落，指甲裂到了肉裡，我在黑暗中因疼痛與極度疲憊而默默流淚，所以不至於讓茉德發現。

在絕望之中，我放棄收起主帆的嘗試，並試著光靠收起的前桅帆，讓船穩定停在風中。然後，我又耗費了三個多小時才把主帆和船首三角帆綁好，到凌晨兩點，已經累到筋疲力竭，氣力幾乎放盡，靠著僅存的意識明白這個嘗試總算成功。收緊的前桅帆起了作用，「幽靈」號緊緊貼著風航行，沒有因風力過強而偏離航線或失去平衡。

我饑餓難耐，儘管茉德試著讓我吃下東西，卻徒勞無功。我還滿嘴塞著食物就打起瞌睡，並在食物送到嘴邊的過程中睡著，在痛苦中醒來卻發現根本還沒吃進嘴裡。我昏昏欲睡，她不得不把我在椅子上扶好，以防我因為船隻的猛烈搖晃而摔到地上。

從廚房走到客艙的路上，我不省人事，茉德等於是攙扶一個夢遊的人，帶著他走回房間。事實上，我醒來之後依舊一片茫然，發現自己正躺在床上，鞋子也已經脫掉，完全沒有辦法想像究竟睡了多久。周遭漆黑一片。我全身僵硬、腰酸背痛，當床單碰到我悽慘的指尖時，就讓我痛得大叫。

很顯然還沒到早上，於是我閉起眼睛，再度睡著。但我根本不曉得，自己睡了整整十二個小時，於是又到了晚上。

我再次醒來時，因為睡不好而心煩意亂。我劃亮一根火柴，看了看錶，顯示現在是午夜時分。我之前是堅持到凌晨三點才離開甲板的！要是我沒猜出答案，肯定會困惑不已。難怪我睡得斷斷續續，原來已經睡了二十一個小時。我靜靜聽了一會「幽靈」號的動靜，以及海浪的拍打聲，還有風從甲板上呼嘯而過的聲音，然後我翻了個身，一覺睡到天亮。

我在早上七點醒來時，沒看見茉德的身影，以為她是在廚房裡準備早餐。來到甲板之後，我發現「幽靈」號靠著縫縫補補的船帆，航行得很順利。可是，儘管廚房裡的爐火正在燃燒，水也煮滾了，我卻找不到茉德。

我在統艙發現茉德，她就待在狼．拉森的床鋪旁邊。我看著狼．拉森，這個男人已經從生命的巔峰跌落，被活活埋葬，生不如死。他面無表情的臉上似乎出現了一絲鬆懈，這次前所未見的。茉德看向我，而我也明白了。

「他的生命在風暴中熄滅了。」我說道。

「但是他依然活著。」茉德回答道，聲音裡有著無比的信念。

「他擁有著太過強大的力量。」

「沒錯，」她說道，「不過，如今這股力量不再束縛他。他是自由的靈魂。」

「他肯定是個自由的靈魂。」我回答完就牽起茉德的手，帶著她走上甲板。

風暴到了那天晚上才停歇，可以說來得慢，去得也慢。第二天早上吃完早餐之後，我將狼．拉森的屍體吊到甲板上，準備舉行一場葬禮。風勢依然凶猛，大海波濤洶湧。海水不斷沒過甲板，越過船舷欄杆，淹到船裡，然後流入排水孔。一陣大風突然襲向「幽靈」號，導致船身傾斜到連背風側的欄杆都沉到水裡，而索具則發出尖叫般的呼嘯聲。正當水淹到我們的膝蓋時，我脫下了帽子。

「我只記得海葬儀式裡的其中一個環節，」我說道，「那就是『屍體應該拋進海裡』。」

茉德一臉驚訝與震驚地看著我。然而，我過去曾見識過的某種靈魂依附在我身上，強烈驅使我為狼．拉森舉行儀式，就如同狼．拉森以前曾為另外一位船員所做的一樣。我抬起艙口蓋的一端，那具被帆布包裹住的屍體，就以雙腳朝下的姿態滑進海裡。鐵製鐐銬的重量將他拖入海中，離開了這世間。

「再見了，路西法，高傲的靈魂。」茉德輕聲低語，聲音小到這句話都被呼嘯的風聲蓋過，不過我能從嘴型讀出她在說些什麼。

我們沿著背風側的欄杆，努力朝著船尾走去時，無意間朝背風側看了一眼。儘管「幽靈」號此時正在海面上下翻騰，我依然清楚看見在兩三英里外的海面上，有艘小汽船在海中顛簸搖晃，破浪前行，直直朝著我們駛來。整艘船漆成黑色，從獵人們談論他們盜獵事蹟的故事，我認出那是一艘美國的緝私船。我指給茉德看，然後趕緊帶她走到船尾樓的安全地帶。

我衝向船艙底下的旗櫃，這才想起在裝設「幽靈」號的索具時，忘記裝上了升旗索。

「我們不需要發出遇難的信號，」茉德說道，「他們眼前就只看得到我們。」

「我們得救了。」我冷靜又嚴肅地說道。過了一會，才歡天喜地地開口，「我真不知道該不該高興。」

我看向茉德。我們兩人的眼神不期而遇，身體漸漸靠近彼此，在不知不覺之間，我的手臂已經環抱住茉德。

「我該說出口嗎？」我問道。

她回答道：「不需要，不過說出來肯定會很甜蜜，甜蜜無比。」

茉德的雙唇貼上了我的嘴唇，我不曉得是什麼奇妙的想像力在作怪，在「幽靈」號客艙裡發生的那幕景象在我的腦海裡閃過，當時她正用手指輕輕按住我的嘴唇，說道：「噓、噓」。

「我的女人，我那唯一的小女人。」我空出來的手臂，用著全天下的戀人都無師自通的方法，輕拍著她的肩膀。

「我的男人。」她微微顫抖的雙眼看了我一會，隨即閉起了眼睛，將頭依偎在我的胸膛上，幸福地輕輕嘆了一口氣。

我抬頭看了一眼緝私船，對方已經離我們非常近，並且從船上降下了一艘小艇。

「親一個，吾愛，」我輕輕地說，「趁他們來之前再親一個。」

「還有趁著把我們從自己手中救出來之前。」茉德說完，露出最迷人的笑容。我過去從未見過如此璀璨驚豔的笑容，之所以會如此動人，正是因為其中飽含著愛情。

國家圖書館出版品預行編目（CIP）資料

海狼：從生存的掙扎中探索人性力量的遠征／傑克・倫敦（Jack London）著；小月譯. -- 初版. -- 新北市：畢方文化有限公司, 2024.10

480面；14.8×21公分（Zeit）

譯自：The sea wolf

ISBN 978-626-98769-5-2（平裝）

874.57 113012751

ZEIT

海狼

從生存的掙扎中探索人性力量的遠征

The Sea Wolf

作　　者　傑克・倫敦（Jack London）
譯　　者　小月
責任編輯　徐鉞、翁靜如
校　　對　呂佳真
版　　權　翁靜如
封面設計　萬勝安
內頁設計　黃淑華

出版發行　畢方文化有限公司
　　　　　23141 新北市中和區建一路 176 號 12 樓之 1
　　　　　電話：（02）2226-3070 #535
　　　　　傳真：（02）2226-0198 #535
　　　　　E-mail：befunlc@gmail.com

總 經 銷　大和書報圖書股份有限公司
地　　址　24890 新北市新莊區五工五路 2 號（新北產業園區）
電　　話　（02）8990-2588
傳　　真　（02）2290-1658

I S B N　978-626-98769-5-2
初　　版　2024 年 10 月
印 刷 廠　鴻霖印刷傳媒股份有限公司
定　　價　新台幣 550 元